D0996735

Souvenir

Therese Fowler

Souvenir

DE KERN

Oorspronkelijke titel: *Souvenir*
Oorspronkelijke uitgever: Avon, a division of HarperCollins*Publishers*, London
Copyright © 2007 by Therese Fowler
Therese Fowler asserts the moral right to be identified as the author of this work
Copyright © 2008 voor deze uitgave:
Uitgeverij De Kern, De Fontein bv, Postbus 1, 3740 AA Baarn
Vertaling: Ans van der Graaff
Omslagontwerp: Mariska Cock
Omslagillustratie: Matthew Wiley, Masterfile
Opmaak binnenwerk: 2-D'sign grafisch ontwerp en dtp, Hilversum
ISBN 978 90 325 1113 5
NUR 302

www.dekern.nl
www.uitgeverijdefontein.nl

Deze is voor mam, van wie ik graag geloof dat ze over mijn schouder mee las.

Liefde is een belofte, liefde is een souvenir,
eenmaal gegeven, verdwijnt zij nooit meer.

– John Lennon

Doe, uit liefde, wat je nooit zou doen.

Proloog

Wat ze deed was verkeerd. Maar ja, alles was verkeerd, of niet soms?

Ze sloop het huis uit om naar Carson te gaan, ook al zou ze over dertien uur de vrouw van een andere man zijn. De vrouw van Brian. Brians vrouw. Hoe ze het ook zei, de woorden sloegen voor haar gevoel nog steeds nergens op. Ze hoorden bij de realiteit van een andere persoon. Het was alsof zij, Meg Powell, aan het eind van de huwelijksceremonie zou ophouden te bestaan en een onbekende vrouw zou worden die mevrouw Brian Hamilton heette. Maar misschien was dat ook wel beter.

Ze verliet het huis in het donker en volgde het vertrouwde pad door de weilanden naar het meer, de boomgaarden en Carsons huis. De zon zou algauw opkomen en haar zusjes zouden opgetogen wakker worden – het was Megs trouwdag! Haar ouders zouden haar briefje vinden, waarin stond dat ze was gaan wandelen, en zich geen zorgen maken. Ze zouden weten dat ze ruimschoots op tijd terug zou zijn; ze was erg betrouwbaar en zat vol verantwoordelijkheidsbesef. Een modeldochter. Hun redding.

En ze was blij dat ze dat allemaal was. Ze wou alleen dat ze de Meg kon uitschakelen die nog steeds verlangde naar de toekomst die ze had opgeofferd. Dit bezoek aan Carson was bedoeld om het verleden af te sluiten. Dit deel van haar missie was in elk geval juist; dit was het deel dat ze aan hem zou uitleggen. Carson kennende – en nadat ze zestien jaar beste vrienden waren geweest kende ze alleen zichzelf beter – zou hij de gedeeltelijke waarheid accepteren zonder te vermoeden dat er meer achter zat.

Ze wilde hem zo graag de waarheid vertellen over de rest, hem uitleggen waarom ze met Brian trouwde. Daarmee zou ze alles op het spel zetten, en hij zou dan bovendien willen proberen het op te lossen. Als dat had gekund, zou er nu geen adembenemend mooie trouwjurk van vierduizend dollar als een sprookje in wording in haar slaapkamer op haar hangen te wachten. Ze huiverde bij de gedachte aan de jurk die als een schrikbeeld aan haar kastdeur hing; ze had genoeg sprookjes gelezen om te weten dat ze niet altijd met een lang en gelukkig leven eindigden.

Carson woonde in een verbouwde schuur op de citruskwekerij van zijn ouders in Florida. De kwekerij van de McKays grensde aan de stoeterij van haar familie, en werd ervan gescheiden door een lange rij houten palen en prikkeldraad die van oost naar west liep. De afrastering weerde de paarden uit de boomgaard, maar was voor Meg, haar drie jongere zusjes en Carson nooit een groot obstakel geweest. Toen ze zeven of acht was hadden ze een houten ladder gevonden en die in tweeën gezaagd en de helften aan weerskanten van een paal gezet, zodat ze gemakkelijker over de afrastering konden klimmen. Het verbaasde Meg nu niet dat de ladder weg was. Ze klom heel voorzichtig over het prikkeldraad om geen schrammen op te lopen die ze vanavond maar moeilijk zou kunnen verklaren.

Een kwartier later kwam ze uit de schaduwen van de sinaasappelboomgaard tevoorschijn en bleef staan. In het licht van de ondergaande maan zag ze de schuur met de witte gevel van gepotdekselde planken en de donkere ramen honderd meter links van het huis. Carson en zij waren een groot deel van zijn laatste schooljaar samen met zijn vader bezig geweest de schuur te verbouwen; beneden hadden ze twee kamers gemaakt en boven een slaapzolder. Ze hadden de schuur hun liefdesnestje genoemd, niet alleen omdat ze er voor het eerst de liefde hadden bedreven, maar ook omdat die hun thuis had moeten worden. Niet voor altijd, maar om mee te beginnen. Het plan was geweest dat ze uiteindelijk een nieuw huis zouden bouwen aan de andere kant van de boomgaarden. Op de beboste heuvelhelling waar ze als kinderen een schommel hadden opgehangen voor henzelf en haar zusjes. Waar ze jaren later een oude paardendeken hadden uitgespreid en zo ver waren gegaan als ze zonder bescherming durfden.

Vanochtend was ze doelbewust − sommigen zouden het misschien zelfzuchtig noemen − niet beter beschermd dan toen.

Hoewel het later op de dag warm zou worden, hadden de vochtige lucht en de lichte bries haar verkild tegen de tijd dat ze de deur bereikte. Haar voeten in haar witte linnen schoentjes waren nat, haar dijbenen werden nauwelijks bedekt door haar kort afgeknipte spijkerbroek. Ze droeg geen beha onder Carsons John Deere T-shirt en voelde dat haar tepels samengetrokken waren. Haar gouden kettinkje, zijn cadeautje voor haar negentiende verjaardag twee jaar geleden, lag koel tegen haar vochtige huid.

Ze aarzelde even voordat ze haar hand op de klink legde; ze vroeg zich af wat Brian zou doen als hij wist dat ze hierheen was gegaan, stelde zich de teleurstelling en het verdriet van haar ouders voor als ze het plan in het honderd liet lopen, bedacht dat ze later misschien een nog grotere hekel aan zichzelf zou krijgen... en duwde toen de klink omlaag.

Zoals ze had geweten was de deur niet op slot. Het was hier niet nodig om deuren af te sluiten; alles van waarde stond buiten, althans bij Carson en bijna iedereen die van het land leefde. In de machineloods stonden twee nieuwe tractoren van tachtigduizend dollar, die met geleend geld waren betaald. In de stal stond een gekoesterde voskleurige volbloed – Carolyn McKays 'hobby', die haar compensatie bood voor het feit dat ze na Carson geen kinderen meer had kunnen krijgen. Meg wist bijna alles over het leven van de McKays, maar als ze hier later vanochtend wegging, zou ze al het mogelijke doen om hen te vergeten.

Ze stapte naar binnen en deed de deur zachtjes achter zich dicht, omdat ze wilde dat Carson haar pas opmerkte als ze naast hem tussen de lakens kroop. Ze bleef even staan om haar ogen te laten wennen aan het duister. Het rook lichtelijk naar omgehakte naaldbomen, gebeitst hout en curry, een van Carsons lievelingsgeuren.

Toen ze voldoende kon zien, liep ze de grote voorkamer door naar de trap die deze van de keuken scheidde. Ze pakte de leuning vast, trok haar schoenen uit en liep de trap op. Er kraakte een trede onder haar voet. Met bonkend hart bleef ze even staan wachten, maar liep daarna weer door. Vanaf de achtste tree kon ze de donkere zolder zien. Ze bleef staan luisteren of ze Carsons ademhaling hoorde. Hoewel ze als volwassenen maar een paar nachten samen hadden doorgebracht, hadden ze als kinderen ontelbare keren bij elkaar gelogeerd. Ze kende de geluiden van een slapende Carson bijna even goed als die van haar zusje Kara. Tot Brians onverwachte aanzoek anderhalf jaar geleden was Carson de zoon geweest die haar ouders nooit hadden gekregen, en zij de aangenomen dochter van Carolyn en Jim.

Ze spande zich in om Carson te horen, maar het enige geluid dat ze opving was het zachte gonzen van de koelkast en daarna het getjilp van een vogel buiten in een boom, die de nadering van de zon aankondigde. Ze beklom de rest van de treden, kromp bij elk kraakgeluidje ineen en probeerde zijn gestalte te onderscheiden op het bed aan de andere kant van de kamer.

'Betekent dit dat je van gedachten veranderd bent?'

Meg sprong op alsof ze door een wesp gestoken was. Carson zat op het tweezitsbankje dat ze ooit hadden meegenomen van de veiling van een failliete sinaasappelkweker. Ze kon zijn gezichtsuitdrukking niet zien, maar hoorde aan zijn stem dat hij klaarwakker was.

Ze wenste vanuit het diepst van haar hart dat ze ja kon zeggen, dat haar aanwezigheid precies betekende wat hij hoopte. Maar ze zei zacht: 'Nee.'

'Wat kom je hier dan...?'

'Sst,' zei ze, en ze liep naar hem toe en pakte zijn hand vast. 'Kom hier.'

Hij stond op en voor hij nog iets kon zeggen, kuste ze hem hard en dringend, tot ze zich duizelig en dapper voelde en vastbesloten was niet terug te krabbelen. Ze legde zijn handen op de zoom van haar shirt en hielp hem, met haar handen op de zijne, het shirt over haar hoofd uit te trekken. Even later waren ze allebei uitgekleed en lagen ze in de blauwige gloed van het zwakke maanlicht op zijn bed.

Nog één keer. Ze zou elke aanraking koesteren, elk gevoel van zijn volle lippen, zijn hoekige kaak, de donkere stoppels die langs haar hals en haar borsten streken. Ze zou hier geen moment van vergeten, zou er altijd aan terugdenken en zich herinneren hoe verheven ze zich voelde wanneer ze de liefde met hem bedreef. Ze zou de herinnering koesteren als een onbetaalbaar, onvervangbaar sieraad. Ze zou zich herinneren hoe hij zich in haar duwde alsof zijn leven, hun beider leven ervan afhing, alsof hij daarmee de eeuwigheid kon veiligstellen.

Naderhand lag Carson op zijn zij naar haar te kijken en met een paar lokken van haar koperkleurige haren te spelen. 'Wat voor bewijs heb je verder nog nodig?' vroeg hij. In zijn ogen glommen vastberadenheid en hoop, en ze moest haar blik afwenden. Haar loyaliteit lag allereerst bij haar familie; dat kon toch niet anders? Omwille van hen moest ze met Brian trouwen, ze had zich daarbij neergelegd en zou haar best doen er achteraf niet op terug te komen; dat had ze zich al voorgenomen.

'Ik weet hoe het eruitziet,' zei ze, 'maar dat is nou juist waarom het niets kan worden. We zijn te intens. Dat is hiermee wel weer bewezen.' De leugen, dezelfde die ze hem anderhalf jaar geleden had verteld, smaakte bitter. Liefde die uit kinderlijke vriendschap en puberale nieuwsgierigheid was gegroeid en die nu zo veel lange maanden van volledige afzondering had doorstaan, kon niet bezwaarlijk of onwenselijk zijn... en toch was dat wat ze hem probeerde wijs te maken.

Hij ging rechtop zitten en wendde zijn blik af. 'Ik had je moeten wegsturen zodra ik je de deur hoorde openmaken.'

'Nee,' zei ze, en ze raakte even zijn rug aan. 'We moesten dit doen, om ons verleden te ruste te kunnen leggen.' Dat was in elk geval waar, dacht ze.

Hij keek haar met samengeknepen ogen over zijn schouder aan. 'Denk je dat met één laatste snelle wip te kunnen bewerkstelligen?' beet hij haar toe, en ze kromp ineen. 'Dacht je dat je hierheen kon komen, mij iets kon aanbieden waarvan je wist dat ik het niet zou kunnen weerstaan, om daarna met een zuiver geweten met Hamilton te trouwen? Je bent niet te geloven.' Hij sprong van het bed, keerde haar zijn rug toe en trok zijn broek aan.

Haar schuldige geweten – en God wist dat ze zich schuldig voelde – werd gesust door wat ze voor haar zusjes en haar ouders deed. Wat hij zei was precies wat zij dacht en wat ze wilde. Ze stond op, trok haar shirt aan en liet zijn verdiende woede over zich heen komen. Toen maakte ze het gouden kettinkje los van haar hals.

'Ik heb dit nooit afgedaan,' zei ze terwijl ze het om zijn hals hing, het vastmaakte en daarna voor de laatste keer zijn golvende bruine haren gladstreek.

'Zelfs niet wanneer hij...'

'Zelfs dan niet.'

Carson draaide zich om en keek op haar neer. 'Weet hij dat ik het je heb gegeven?'

Ze knikte.

'Dan is hij net zo'n stommeling als ik,' zei hij. Hij liep bij haar vandaan en naar het raam, naar een uitzicht van eindeloze rijen sinaasappelbomen die smaragdgroen kleurden in het licht van de vroege zon.

Ze was dol op dat uitzicht, die aanblik van de schijnbaar pasgeboren aarde in de opkomende mist. Maar vanaf die avond zou dat uitzicht voor altijd voor haar verloren zijn... alsof ze de planeet had verlaten. De ramen van Brians appartement keken hier niet op uit, op het soort leven waar haar herkomst lag. Ze zou de vrouw van een zakenman zijn. De man die ze voortaan elke ochtend zou zien, zou niet deze slanke man zijn met lange vingers die even goed in staat waren om fruit te plukken als om op een gitaar te tokkelen – of haar hand vast te houden, haar pizza te voeren, of haar haren te vlechten. Zodra ze hier wegging, zou ze Carson nooit meer aanraken.

Die gedachte kwam aan als een vuistslag. Hoe had ze dit kunnen laten gebeuren?

Haar verlangen om op de afspraak met de Hamiltons terug te komen was zo sterk dat het haar bijna te gronde richtte. Ze kon het nog terugdraaien, haar eigen leven weer opeisen... Als Carson ook maar een klein beetje aandrong, als hij probeerde haar te overtuigen, als hij haar verzekerde dat alles waarvan hij niet eens wist dat het fout zat op de een of andere manier wel goed zou komen, zou ze naar hem teruggaan.

Hij bleef bij het raam staan en sloot zijn hart voor haar af. Het moment was verstreken.

Ze kleedde zich verder aan, overspoeld door spijt, maar nog altijd met de hoop dat ze een deel van hem mee zou nemen als God of het lot het zo besliste. Ze liep naar hem toe en raakte zijn arm aan.

Hij rukte zich los. 'Je kunt maar beter gaan,' zei hij, terwijl hij zich omdraaide. Ook zijn blik was nu gesloten. Dat zou haar niet van streek moeten maken – het was haar verdiende loon, zijn woede, zijn venijn, zijn kille blik – en toch sneed het dwars door haar ziel.

'Oké.' Ze zou niet huilen.

'Maar hier... laat me je dit nog geven.' Hij legde zijn hand tegen haar wang, boog voorover en kuste haar met langzame vastberadenheid, met zo veel hartstocht en gratie dat ze haar tranen niet langer kon bedwingen. Toen duwde hij haar weg en zei: 'Nou, tot ziens in de hel dan maar.'

DEEL EEN

God gaf ons een geheugen
opdat we rozen konden hebben in december.

– James Barrie

1

Herinneringen. Meg had er niet nog meer nodig, maar ze kreeg ze wel toen haar vader haar op woensdagavond binnenliet in zijn nieuwe appartement in ouderencentrum Horizon. Hij stak haar een plastic vuilniszak toe.

'Wat zit erin?'

'Notitieboeken, uit je moeders bureau,' zei hij. 'Pak ze nou maar aan voor ik het straks vergeet.'

Dat deed hij de laatste tijd steeds vaker, dingen vergeten. *Idiopathisch kortetermijngeheugenverlies* noemde zijn dokter de aandoening, die vooralsnog veeleer vervelend dan problematisch was. Idiopathisch betekende dat er geen specifieke verklaring voor was. Idiopathisch was een passende term voor Spencer Powell, een man die geheel volgens zijn eigen luimen leefde.

Meg nam de zak aan en zette hem samen met haar tas op de eettafel. Het zou een kort bezoekje worden, aan het einde van een werkdag van twaalf uur. Vanochtend om zeven uur de ziekenhuisronde, daarna twee bevallingen, een chocoladereep als lunch en vervolgens vier uur lang de ene patiënte na de andere – vrouwen die zich druk maakten over inknippen tijdens de bevalling, over de pijn van een keizersnede, over zwangerschapsstriemen, zware menstruaties, gebrek aan libido, angst voor de bevalling. En nu nog vier uur te gaan voordat ze waarschijnlijk maar vijf uurtjes haar bed in kon duiken. Het was soms vreselijk vermoeiend, maar ze hield van haar werk. Of althans van het ideaal achter haar werk.

'Hoe is het vandaag met je?' vroeg ze terwijl ze de speld uit haar schouderlange haren haalde en ze losschudde. 'Weet je al een beetje de weg hier?'

'Het is erg kleurrijk,' zei hij, en hij ging haar voor naar de woonkamer.

Hij ging in zijn leunstoel zitten – waarom hadden oude mannen altijd zo'n versleten, krakend ding waar ze geen afstand van leken te kunnen doen? 'Een paar kerels in de C-vleugel hebben een geweldig systeem om te winnen met de honden.'

Hij bedoelde de windhondenrennen. 'O, ja?' zei ze, en ze keek hem aan. Hij zag er net zo kras uit als altijd en in zijn ogen was de glimlach teruggekeerd die er tot afgelopen herfst voortdurend in geschitterd had. Zijn haar, ooit glanzend koper, was nu helemaal zilverkleurig. Dat gaf hem iets gedistingeerds, alsof zilver waardevoller was dan koper. Gedistingeerd, maar niet minder wild dan voorheen... een man die altijd eerst handelde en dan pas nadacht. Zijn diabetes was onder controle, maar sinds haar moeder zeven maanden geleden plotseling was overleden voelde Meg zich genoodzaakt hem goed in de gaten te houden. Ze zocht naar tekenen van falende gezondheid, diabetische waarschuwingssignalen: opgezette enkels, vochtophoping in zijn gezicht, ongebruikelijk gedrag. Zijn gedrag was altijd ongebruikelijk, dus dat was wat moeilijk.

Wat ze ook moeilijk vond, was het feit dat hij haar bleef confronteren met willekeurige stukjes van haar moeders leven. Een gedeukte verchroomde theepot. Gesteven, verbleekte vingerdoekjes uit hun oude buffetkast. Talkpoeder met rozengeur, in een rond doosje met een ronde poederdons erin. Vorige week een papieren zak met dennenappels die in was met glitters waren gedoopt. Trivia uit een leven dat voor altijd was veranderd door het plotselinge stilstaan van Anna Powells hart, als een automotor die te lang had doorgereden zonder olie.

'Ja, die kerels zeggen dat ze meer winnen dan verliezen, dus wat is daar mis mee? Hé, mijn linkernier speelt weer op. Gestage, beetje doffe pijn meestal. Wat denk je dat het is?'

'Bel dokter Aimes,' zei ze zoals altijd wanneer hij over zijn nieren begon. 'Meteen morgen. Niet blijven afwachten.'

Hij zag er goed uit, maar dat was bij haar moeder ook het geval geweest, dacht ze. Wat was zíj nou voor arts; ze had de tekenen van veel te hoge bloeddruk moeten onderkennen, had moeten inzien dat er een zwaar hartinfarct aan zat te komen. Ze had haar moeder niet moeten geloven toen die zei dat het goed ging met de nieuwe bloeddrukmedicijnen, en dat ze zich nergens zorgen over hoefde te maken.

Haar vader fronste geërgerd, zoals altijd wanneer ze weigerde een diagnose te stellen. 'Wat heb ik daar nou aan?'

'Als je weeën krijgt zal ik je met alle plezier helpen. In alle andere gevallen moet je bij dokter Aimes zijn.' Ze zou hem eraan herinneren als ze hem morgen belde.

Zijn appartement was van bescheiden formaat – een slaapkamer, een badkamer, een woon-eetkamer en een keuken – maar wel comfortabel en ingericht met voornamelijk nieuwe spullen. Hij had de zaak, Powell's Breeding and Boarding, samen met het huis en alle grond verkocht om hierheen te verhuizen. Ze wist niets over de financiële details, omdat hij erop had gestaan het allemaal zelf te regelen, maar hij had haar verzekerd dat hij het zich kon veroorloven 'een beetje te moderniseren', zoals hij het noemde.

Meg keek om zich heen en was blij dat ze hier niet zoveel van haar moeder terugzag. Herinneringen waren als de messen van een snijmachine: gevaarlijk als je er te dicht bij kwam. Ze zou er even aan moeten wennen dat haar moeders lege schommelstoel naast zijn leunstoel stond. Als haar vader nou maar eens ophield haar steeds weer dingen van thuis te geven – of ze naar haar zussen zou sturen, die allemaal wijselijk in een andere staat waren gaan wonen – zou ze misschien wel kunnen wennen aan de nieuwe gang van zaken. Was dat ook zíjn strategie? Gaf hij dingen weg om niet telkens als hij een kast of een la opentrok aan zijn verlies te worden herinnerd? Hij was er in elk geval de man niet naar om bij het verleden stil te blijven staan. Daar lagen namelijk al zijn mislukkingen.

Dat hadden ze dan met elkaar gemeen.

Hij trok aan de hendel van zijn stoel en strekte zich uit. 'Dus, ja, ik maak het prima. Waarom breng je Savannah zondag niet mee; dan gaan we eten in de prima eetzaal van dit etablissement. Ze hebben er net zo'n zelfbedieningsijsmachine geïnstalleerd; weet je wat ik bedoel? Zelfs met slagroom en nootjes en zo. Je zou die ouwe lullen eens moeten zien dringen om er als eerste bij te zijn! Als ik had geweten dat het hier zo leuk was, had ik je moeder meegenomen. Dit was echt iets voor haar geweest, denk je niet? Genoeg ouwe besjes om mee te kletsen.'

'Ja, dat zou ze erg fijn hebben gevonden,' zei Meg. De stoeterij had haar moeder altijd volledig opgeslorpt, zelfs nadat Brian en zijn vader – officieel Hamilton Savings and Loan – haar ouders de hypotheekschuld hadden kwijtgescholden, zoals ze hadden beloofd. In de jaren daarna nam Meg haar moeder graag af en toe mee uit lunchen; ze bood haar soms geld aan (zoals ze bij haar zusjes ook stiekem deed), maar het antwoord luidde altijd: 'O, hemeltje, nee, Meggie. Je hebt al zo veel voor ons gedaan. En je weet hoe je vader is.'

Dat wist ze inderdaad. Hoewel hij vaak meer verlies dan winst maakte, was hij te trots om geld van haar aan te nemen. Hij was echter niet te trots geweest om goed te vinden dat ze Brians aanbod aannam – of haar zelfs aan te moedigen dat te doen. Dat was iets anders; daarbij ging geen geld van hand tot hand. Meg had er niets voor hoeven opgeven – Carson telde niet mee. Het was trouwens háár keus geweest, had hij altijd gezegd.

'Hé... waarom kom je zondag niet hier eten met de kleine meid?' Hij zei het alsof het idee net pas bij hem opkwam.

Ze ging naast zijn stoel staan en merkte op dat zijn uitnodiging niet voor Brian gold. Was dat met opzet? 'Dat zal ik doen,' zei ze. 'Maar nu moet ik gaan.'

'Oké, prima, ga maar, juffertje met je volle agenda. Ik weet dat je het druk hebt. Je zou eens wat meer moeten genieten van het leven, weet je. Nu het kan. Vind je zelf ook niet? Ik zit hier prima en alles is geregeld. Ik snap niet dat je je leven niet gewoon weer oppakt.'

Nu het kan? Waar had hij het over?

Hij vervolgde: 'Je bent niet gelukkig. Dat weet ik al een hele tijd. Sla een andere weg in, Meggie, nu je nog jong bent.'

Ze keek hem vorsend aan – hij praatte niet altijd meer begrijpelijke taal, maar vond het vreselijk om daarop gewezen te worden – en gaf hem een kus zonder er op in te gaan. 'Alles is in orde met me, pap,' zei ze. 'Het was alleen een lange dag.'

2

'Aan de noordoostkant heb je de beste golven,' riep Valerie Haas boven het sputterende lawaai van de motorfietsen uit die Carson McKay en zij hadden gehuurd om Sint Maarten te bezichtigen. Het eiland in de Caribische Zee, dat bekend was om zijn half Nederlandse en half Franse identiteit, was een van de drie eilanden die ze overwogen als trouwlocatie, en als locatie voor een vakantiehuis. 'En daar zijn ook de naaktstranden!'

'Is er ook ergens een goede bar?' riep Carson terug. Hij had genoeg van het kabaal, de warme wind en de trillingen in zijn kruis, naaktstranden of niet.

Hij reed liever op een paard dan op een motorfiets, en maakte deze tocht op een opgevoerde scooter alleen maar om Val een plezier te doen. Ze had hem liever op iets veel zwaarders gezien als dat beschikbaar was geweest – iets waarmee je je op een motorcrossbaan kon vertonen – en was teleurgesteld dat ze genoegen moesten nemen met maar 100 cc. Ze wilde niet eens nadenken over de kleine Suzuki SUV's en hield vol dat de mooiste plekjes alleen op de motor te bereiken waren. Hij moest toegeven dat ze gelijk had; de wegen in de heuvels werden steeds slechter naarmate ze verder van de kleine kustplaatsjes vandaan gingen, en een paar keer waren ze over niet meer dan smalle paden naar weer een interessante plek gereden. Val was op zoek naar een woning die enkele jaren geleden van Jennifer Aniston en Brad Pitt zou zijn geweest. Hoewel ze hadden gehoord dat het huis officieel niet op de markt was, leek het haar leuk om het te kopen als dat kon. Geweldige gespreksstof had ze het genoemd, alsof het daar nog aan ontbrak in hun levens. Ze hadden het huis vanochtend gevonden, tussen de heuvels op het Franse deel van het eiland, maar hij was niet weg van het rotsachtige landschap én het gebrek aan grote schaduwbomen. Val, die in Malibu was opgegroeid, zou er toch voor gegaan zijn. Carson dacht aan het rijke groen in centraal Florida, de eiken, ceders, palmen en bloeiende klimplanten, en verklaarde dat de reputatie van het huis niet voldoende was om hem over te halen.

Nu wees hij naar de kant van het grindpad om aan te geven dat hij ging stoppen.

'Je hebt er toch nog niet genoeg van?' zei Val toen ze naast hem stilstond.

De zon brandde op zijn voorhoofd en het zweet liep langs zijn nek omlaag. Hij veegde het weg. 'Ik ben bang van wel,' zei hij.

'We zijn nog lang niet klaar met de rondrit.'

Hij snoof. Ze waren al sinds halfacht onderweg en het was nu bijna twee uur. Hun lunch had bestaan uit gefrituurde pisangs en wat fruitige frisdrank aan een kraampje langs de weg. 'Ga gerust door als je wilt, maar ik rij terug naar de villa's.' Daar was een fantastische bar, en mocht hij dan iets te veel drinken om nog veilig te kunnen rijden, dan was hij in elk geval al 'thuis'.

Val schoof haar zonnebril omhoog op haar ruige, witblonde haren en keek hem door haar wimpers heen aan. 'Oké, ik ga met je terug...

als jij tenminste zorgt dat het de moeite waard is,' zei ze met dezelfde uitdagende grijns die ze had gebruikt op de avond dat ze elkaar hadden ontmoet tijdens een feestje in LA ter ere van het uitkomen van zijn laatste cd. Hij had door de jaren heen duizenden verleidelijke blikken gezien, maar de hare was anders. Vol vertrouwen, maar niet bedreigend, zoals dat bij sommige vrouwen het geval was. Sommige vrouwen waren zo opdringerig dat ze hem angst aanjoegen. Val, die op haar tweeëntwintigste zelf al wereldberoemd was, had hem verleid met een glimlach die hem het gevoel gaf dat hij er zonder wroeging op kon reageren. Hij had door de jaren heen zijn portie wroeging wel gehad, ruimschoots zelfs.

Hij schudde zijn hoofd, bewonderde haar prachtige haar en de lange, sterke spieren in haar dijbenen en armen, die het gevolg waren van talloze uren surfen en trainen. Ze had op haar vijftiende haar eerste jeugdkampioenschap gewonnen en had een jaar later al haar eerste sponsorcontract binnengehaald. 'Je geeft vreselijk makkelijk aan me toe, weet je dat?'

'Ja, dat weet ik,' antwoordde ze.

'Dat is echt een karaktergebrek.'

'Ik heb nooit gezegd dat ik perfect was.' Ze duwde haar zonnebril weer omlaag en keerde haar motorfiets in de richting waar hun vakantieoord lag, een verzameling luxe villa's in Nettle Bay. 'Pak me dan, als je kan!'

3

Meg verliet haar vaders appartement en bleef even naar de ondergaande zon staan kijken, die prachtig door de met mos begroeide takken van de eiken scheen. Het was volop lente, kamperfoelie klom geurend tegen de bomen omhoog, en langs paden en onder ramen stonden fuchsiapaarse, roze, witte en lavendelkleurige azalea's. De lente was Megs favoriete seizoen, maar Brian met zijn allergieën had er een hekel aan. Smerige pollen en rondzwevende zaden, vieze bloemblaadjes. Hij had de aannemer die hun huis had gebouwd rondom een strook van vijftien meter laten bestraten. Zonder grote bomen die schaduw op het huis wierpen, was hun elektriciteitsrekening gigantisch hoog. Dat kon hem niets schelen. 'Daar is geld voor,' zou hij zeggen.

Toen Meg op de parkeerplaats haar sleutels uit haar tas haalde, voelde haar rechterarm vreemd zwak aan. Ze deed haar best de arm omhoog te brengen en de afstandsbediening op haar zes jaar oude Volvo te richten, maar haar arm leek loodzwaar. Bizar.

Een erg lange dag, dacht ze terwijl ze de resterende vijf meter naar haar auto liep. De moeilijke verlossing van die tweeling net voor de lunch moest te veel zijn geweest voor haar arm... en dan die verdraaide speculums die ze uitprobeerde, een nieuw type dat eenvoudig met één hand te bedienen moest zijn maar niet aan de beloften van het product voldeed. Er waren er vanochtend drie in geopende stand vast blijven zitten, wat onprettig was geweest voor haar patiënten en gênant voor haar. Ze had bovendien gemerkt dat ze pijn in haar hand kreeg door de inspanning om ze dicht te krijgen.

Ze klemde haar hand rond de afstandsbediening en probeerde toen weer het knopje in te drukken. Haar duim werkte mee en het vreemde gevoel in haar arm begon weg te trekken. Eenmaal in de auto leunde ze met een diepe zucht achterover en richtte ze de ventilatoren zo dat ze de koele lucht recht in haar gezicht bliezen. Het vooruitzicht van een douche was net zo aanlokkelijk als diamanten. Nee, nog aanlokkelijker; diamanten hadden van zichzelf weinig praktische waarde, en bijna geen waarde voor mensen die ze niet konden zien. Een douche daarentegen bezat universele aantrekkingskracht: die kon je zorgen, je zonden, het bewijs, de schade, de restanten wegwassen – wat je ook maar nodig had. Ze had liever een douche op het juiste moment dan diamanten.

Terwijl ze haar hand strekte, keek ze naar de zak met notitieboeken op de stoel naast haar. Ze opende de zak en zag pakweg een dozijn blauwe schrijfboeken, tot een nette stapel bijeengebonden met hetzelfde touw dat ze vroeger thuis al overal voor gebruikten. Het was bijna net zo goed als vinyltape voor reparaties die als tijdelijk bedoeld waren, maar vaak onvermijdelijk permanent werden.

De boeken zagen er nog bijna nieuw uit. Haar vader had ze waarschijnlijk gevonden in een onlangs uitgepakte doos – overgebleven kantoorvoorraden, die hij tijdens zijn fulltime 'pensionering' niet meer nodig had. Alsof hij ooit de administratie van de zaak zelf had bijgehouden.

Het dashboardklokje gaf twintig voor acht aan, en Megs lege maag knorde. Ze zou bij Kentucky Fried Chicken langsgaan voordat ze haar dochter Savannah ging ophalen bij de bibliotheek, waar ze met haar beste vriendin Rachel was. Waarschijnlijk. Ze werden geacht bezig te zijn met onderzoek voor een biologieproject, maar ze betwijfelde het. Ze konden bijna al hun onderzoek vanaf de computer thuis doen. Rachel kennende – een bruisende meid die de theorie ontkrachtte dat blondjes dom waren – waren er jongens in het spel en was de bibliotheek slechts een verzamelplaats waarmee de meisjes hun ouders voor de gek dachten te kunnen houden.

Wie zouden de jongens zijn? Savannah liet de laatste tijd erg weinig los over haar leven. Ergens tussen haar eerste menstruatie en haar eerste mobieltje was Savannah van een nieuwsgierig, enigszins behoeftig en naïef meisje veranderd in een gesloten puber. Ze leek helemaal niet op Meg zoals die als tiener was geweest, en dat was goed. Savannah was net zo betrouwbaar, maar hield zich lang niet zo bezig met het gedoe tussen jongens en meisjes. Ze was niet innig verbonden met het hart van een jongeman die haar later zou haten omdat ze hem had verraden. Niet, zo hoopte Meg, voorbestemd om zelf met een in tweeën gespleten hart te leven.

Sommige herinneringen waren messcherp.

Ze schoof het verleden opzij en bleef nog even genieten van de airconditioning om zichzelf te harden voor de volgende werkzaamheden.

Eten. Kind. Verslagen. Casestudy's. Een halfuur op het fitnessapparaat, als ze de energie kon opbrengen – of misschien zou ze haar arm sparen en die een avondje vrij geven. Nu haar arm weer bijna normaal aanvoelde, zette ze de auto in de versnelling en ging op weg naar de bibliotheek.

4

Carson zag de zon langzaam dichter naar de lage bergen zakken. Hij zat met een glas sangria voor zich onder het strodak van de openluchtbar. Val was met haar trainer Wade gaan fitnessen en had hem hier alleen gelaten met zijn overpeinzingen. Hij was het gewend om alleen te zijn met zijn overpeinzingen, en had zo een deel van zijn beste werk geproduceerd. Vanmiddag waren de overpeinzingen noch creatief, noch zo positief als ze zouden moeten zijn voor een man die net de liefde had bedreven met een levendige jongere vrouw.

Hoewel de bar in de schaduw lag, hield hij zijn zonnebril en pet op – de ontoereikende, universele vermomming van beroemdheden. Sint Maarten puilde niet zo uit van de fans als de meeste plaatsen in de VS, maar in de twee dagen dat ze nu hier waren, hadden ze hem toch al zeven keer om zijn handtekening gevraagd. Dat was niet de oorzaak van zijn humeurigheid; in feite kon hij niet eens goed aangeven wat wel de oorzaak was. Hij had helemaal geen reden om humeurig te zijn: hij had net seks gehad, had onlangs twee Grammy Awards gewonnen, er was een bod gedaan op zijn appartement in Seattle dat hoger lag dan de vraagprijs, zijn ouders waren gezond en bijna drieënveertig jaar getrouwd en hij ging binnenkort met een vrouw trouwen die geen problemen leek te hebben met zijn ruige verleden – een vrouw die al twee keer in *Sports Illustrated* had gestaan en die zo ongeveer elke man kon krijgen die ze wilde. Misschien was het dat laatste wat hem dwarszat.

'Ik weet dat het een cliché is,' zei hij tegen het barmeisje, een rondborstige brunette met kort haar, 'maar ik wil graag je mening ergens over vragen.'

'Natuurlijk,' zei ze, en ze lachte haar gelijkmatige, kunstmatig wit gemaakte tanden bloot. Ze legde een handdoek opzij en leunde pal voor hem op de bar, waardoor haar bloesje met V-hals strak om haar borsten spande.

Hij week iets terug. 'Waarom zou een vrouw – jong, knap, aantrekkelijk, zoals jij – waarom zou een vrouw als jij met een afgedragen kerel als ik willen trouwen.'

'Je bent toch de rockster, niet?'

Rockster. Dat etiketje werd hem al meer dan tien jaar opgeplakt en het klonk hem nog steeds vreemd en verkeerd in de oren. Hij was songwriter, zanger, leadzanger van een band waarvan de optredens meestal uitverkocht waren – dat was allemaal waar. En ja, de muziek was inderdaad rockmuziek, maar wel breder van omvang dan de meeste; naar het voorbeeld van Queen en de sociaal bewuste, verfrissende muziek van Sting, die hij vorig jaar voor het eerst had ontmoet. Toch zag hij zichzelf niet als een rocker, al moest hij toegeven dat hij wel zo leefde. Het was een vreemde tweedeling, waarvan hij zich al lange tijd vaag bewust was, maar die hij pas sinds een jaar of twee scherper begon te zien. Waarschijnlijk was dat besef een gevolg van zijn leeftijd – het midlifegedoe waar mannen volgens zijn impresario Gene Delaney meedogenlozer door werden achtervolgd dan door sletjes. Gene kon zich mooi uitdrukken. Wat het ook was, Carson voelde zich steeds minder prettig bij zijn rockster-imago: het klonk op z'n best oppervlakkig, tweedimensionaal. Hij wilde 'dikker' zijn dan dat. Hij wilde iets betekenen in het leven en had ooit gemeend dat zijn diepgevoelde muziek dat zou bewerkstelligen.

'Juist,' zei hij tegen het barmeisje. 'Ik ben de rockster. Bedoel je dat dat het verklaart?'

'*Non*,' zei ze. 'Het is goed, ja, *mais non pas tout* – het is niet alles. Je hebt een knap gezicht en een heel goed... *qu'est-ce que c'est?*' Ze gebaarde naar zijn lichaam. 'En je bent niet zo'n Amerikaanse klootzak.'

Hij trok zijn wenkbrauwen op en het meisje legde uit wat ze bedoelde. 'Je slaat je vrouw niet en laat je niet door haar bedienen. Je bent *généreux, non?*'

Hij haalde zijn schouders op. Hij was waarschijnlijk wel vrijgevig – hij gaf altijd een zeer royale fooi, en nam aan dat dat nieuwtje zich snel onder het personeel had verspreid. Hij doneerde aan diverse liefdadigheidsinstellingen, werkte twee keer per jaar bij Habitat for Humanity – sommige mensen zouden dat misschien vrijgevig noemen. Hijzelf vond het wel het minste wat hij kon doen nu hij zo veel geld had dat het zichzelf leek te vermenigvuldigen.

Geld beheren was een vak apart en hij had er geen tijd voor. Hij liet het aan zijn moeder over, die hem graag plaagde dat een vrouw en een half dozijn kinderen wel raad zouden weten met zijn geld. Ze vond het jammer dat Val zo veel geld van zichzelf had.

'Dat maakt haar te onafhankelijk, Carson, let op mijn woorden.' Toen zijn ouders met Nieuwjaar naar Seattle kwamen om kennis te maken met Val, vertelde zijn moeder haar dat er in Ocala een landhuis met zeven slaapkamers te koop stond: 'Ruimte zat voor jullie tweeën en een hoop kinderen,' zei ze, zonder zelfs maar enige subtiliteit voor te wenden.

'Kinderen?' zei Val. 'Ocala?'

Carson zei tegen het meisje achter de bar: 'Mijn verloofde is zeventien jaar jonger dan ik... niet dat ík dat erg vind, maar zou het voor haar geen probleem moeten zijn?'

De vrouw legde een gemanicuurde hand op zijn arm. 'Dan heb je vast een sterke motor, hè?'

'Nog wel.'

'*Mais oui*. Dat is toch het enige wat telt?'

5

Toen Meg de parkeerplaats van de openbare bibliotheek van Ocala op reed, streek het licht van haar koplampen over haar dochter die, met oordopjes in, alleen op een bankje bij de ingang zat. Savannah stond op, pakte haar met lapjes beklede boekentas van de bank en zwaaide hem over haar schouder toen Meg langs het trottoir tot stilstand kwam.

'Dag, lieverd,' zei ze toen Savannah instapte, hard genoeg om boven de muziek op haar iPod uit te komen. 'Doe die dingen even uit, wil je?'

Savannah trok de oordopjes uit en hing het koordje om haar hals. 'Zo beter?' Ze draaide zich om, legde haar tas en de zak met notitieboeken op de achterbank en pakte meteen de zak met gebraden kip.

'Zeker,' zei Meg, zichzelf dwingend om niets over Savannahs onbeschoftheid te zeggen. Ze wist dat ze het niet zo bedoelde, wist uit ervaring dat het niet de moeite waard was om ruzie te maken over de toon waarop haar dochter sprak. 'Waar luister je naar?' vroeg ze.

'Dat zegt jou toch niks.' Savannah begon de zak met kip te doorzoeken.

'Waarom wacht je niet even... het leek me leuk om thuis samen met papa te eten.' Voor de verandering. Ze kon zich niet zo snel herinneren wanneer ze dat voor het laatst gedaan hadden.

'Ik heb nu honger,' zei Savannah, en ze opende het doosje en haalde er een vleugeltje uit. 'Je bent laat.'

Meg reed van het trottoir weg; ze negeerde de nog aanwezige zwakte in haar arm, en negeerde Savannahs beschuldigende toon. Negeren wat je niet aanstaat: een strategie die ze al op haar vaders knie had ontwikkeld. Ze vroeg: 'Waar is Rachel?'

'Hááar moeder heeft haar om acht uur opgehaald.' Het was nu zeven minuten over acht.

Meg zuchtte. Een boek over ouderschap dat ze had gelezen adviseerde om alleen de strijd aan te gaan over belangrijke dingen. Het probleem was om te bepalen wat wel en wat niet belangrijk was. Toen ze gisterochtend allebei moe waren nadat ze 's nachts om twee uur wakker waren geworden doordat de alarminstallatie op hol was geslagen, hadden ze ruzie gemaakt over de vraag of de melk al zuur begon te worden.

Savannah zei: 'Bedankt voor de kip. Hij is lekker.'

Er was nog hoop. 'Graag gedaan. Geef mij ook maar een stuk. Een poot... en een servetje.' Ze konden samen in de auto eten; Brian was waarschijnlijk toch nog niet thuis.

Savannah rommelde in het doosje en vond een poot. 'Hier,' zei ze. Meg wilde de poot aanpakken, maar toen ze het stuur losliet voelde haar arm weer zwaar aan. Er was iets mis. Ze dacht terug aan haar colleges anatomie, aan de netwerken en paden van zenuwen en signalen; er moest iets zijn afgekneld of van zijn plaats gewrongen door de zware verlossing van de tweeling die ochtend. Janey, de kraamverpleegster, had een keizersnede voorgesteld, maar volgens Meg werd het nut van keizersneden overdreven en waren ze soms riskanter dan gewoon geduldig de natuur haar gang laten gaan. Bovendien wilde Corinne, de moeder, het op de natuurlijke manier doen zolang er geen risico was voor de baby's. Meg was net als Corinne heel tevreden geweest toen Corey en Casey de bevalling zonder kleerscheuren doorstaan hadden. De enige prijs voor haar keuze voor de moeilijkere weg was dit gedoe met haar arm, dacht Meg, en dat was waarschijnlijk wel op te lossen met een bezoekje aan Brians orthopeed.

Toen Meg de kippenpoot niet meteen aannam, zei Savannah: 'Mam?'

Meg dwong zichzelf tot een glimlach. 'Weet je, ik denk dat ik toch maar even wacht en mijn handen aan het stuur hou. Wat voor voorbeeld geef ik als ik ga zitten eten tijdens het autorijden?' *Een dat je al wel honderd keek hebt gegeven*, dacht ze. Ach ja, wat was het ouderschap anders dan een aaneenschakeling van inconsequenties en zo nu en dan een hypocriete daad?

Ze veranderde van onderwerp. 'Vertel me eens met wat voor project je bezig bent.'

'Het stelt niet veel voor. Celanatomie en -functie. Knap saai.'

Meg herinnerde zich haar eigen biologielessen op de middelbare school, toen ze dezelfde stof bestudeerde met haar practicumpartner, Carson. Het merendeel van de tijd studeerden ze niet. Savannah was een serieuze, bijzonder weetgierige leerling – of was dat althans geweest, toen al haar gedachten zich nog manifesteerden als een vraag of een observatie. Ze was vermoedelijk nog steeds hetzelfde meisje, alleen stiller. Zat ze in een identiteitscrisis? Twijfelde ze over haar seksualiteit? Ze had nog niet echt een vriendje gehad; misschien was ze lesbisch – wat trouwens geen probleem was, Meg zou evengoed van haar houden. Of misschien was Savannah gewoon kieskeurig. Ze kon vreselijk streng oordelen; de 'vloek' van begaafde kinderen, had haar juf van de vijfde klas het ooit genoemd. Meg hoopte eigenlijk dat Rachel Savannah inderdaad had overgehaald om kennis te maken met een paar jongens, al was het alleen maar opdat Savannah het spel leerde meespelen.

'En heb je de informatie gevonden die je zocht?'

'Het meeste wel,' zei Savannah met volle mond.

Het verkeerslicht voor hen sprong op rood en Meg remde af. Ze keek naar Savannah, keek écht naar haar, zoals ze dat al lange tijd niet meer gedaan had. De bengelende houten kralenoorbellen, de brede armband van gesmeed zilver, de mascara, de lipgloss – wanneer was ze dat gaan gebruiken? – de welving van haar borsten onder een strak groen T-shirt; het waren allemaal tekenen dat haar dochter in essentie een vrouw was. Wanneer had die overgang naar volwassenheid plaatsgevonden? Was het niet pas een week geleden dat de magere, platte en onopgesmukte Savannah met barbiepoppen speelde en de radslag oefende naast het zwembad achter hun huis? En toch was ze deze week al een van de tweedejaars op een particuliere middelbare school voor meisjes; wat meer contact met het andere geslacht zou haar goed doen.

Meg wreef over haar schouder en vroeg zich af of ze ronduit zou vragen of de meisjes 'onderzoek hadden gedaan' met jongens. Savannah kennende zou ze dat als een beschuldiging opvatten en Meg had vanavond gewoonweg de energie niet om zichzelf te verdedigen. In plaats van ernaar te vragen veranderde ze dus weer van onderwerp.

'Hé, ik ben net bij opa Spencer geweest. Heb je zin om zondag bij hem te gaan eten? Hij dacht dat je het geweldig zou vinden om de zelfbedieningsijsmachine te gebruiken die ze daar hebben.'

Savannah meesmuilde. 'Ik ben bijna zéstien. Is hij de laatste tien jaar soms vergeten of zo?'

Het verkeerslicht sprong op groen en Meg sloeg af in de richting van de omheinde wijk aan de noordoostkant van de stad waar ze woonden. Ze liet haar arm op haar schoot liggen.

'Gedraag je,' zei ze. 'Het gaat erom dat hij je graag bij zich wil hebben.'

'Als jij het zegt,' zei Savannah.

Meg keek haar van opzij aan. 'Betekent dat ja?'

Haar dochter haalde haar smalle schouders op in een vrijblijvend gebaar. 'Gaan jij en pap ook?'

'Ik in elk geval wel. Ik weet niet wat je vader zal doen.'

'Hij doet nooit iets,' mopperde Savannah.

Hoewel ze gelijk had, voelde Meg zich toch verplicht hem te verdedigen. 'Hij moet een zaak runnen.'

'Dat weet ik ook wel.' Savannah opende het dashboardkastje, schoof een paar cd's heen en weer, koos er een uit en stopte die in de cd-speler.

Meg was benieuwd wat ze had gekozen. Even later werden ze omringd door de klanken van een piano en een akoestische gitaar, na enkele maten gevolgd door de stem van Carson. Ze glimlachte toen ze zag hoe gemakkelijk Savannah de negatieve gedachten over Brian opzij schoof en zich liet troosten door Carsons muziek. Meg had dat zelf ook vele malen gedaan.

'Goede keus,' zei ze.

'Kan ik hem lenen om hem te downloaden als we thuis zijn?'

'Natuurlijk mag je dat... als je hem maar teruglegt.'

'Duh,' zei Savannah, alsof ze dat nog nooit vergeten was.

Savannah zong zachtjes mee, in de muziek verdiept alsof ze hem zelf had geschreven. Meg wist wel waarom zij zelf van Carsons muziek hield, maar had Savannah er een aangeboren band mee? Die mogelijkheid maakte haar afwisselend blij en bezorgd, naargelang de vraag hoe dichtbij het verleden leek op het moment dat zij eraan dacht. Vanavond was de gedachte een bitterzoet genoegen – een verlangen naar het eenvoudiger leven dat Carson, Savannah en zij gehad zouden hebben als alles anders was gelopen. Maar soms hoopte ze vurig dat Brian Savannahs vader was en verlangde ze naar een zuivere breuk met Carson, naar een duidelijke afscheiding tussen haar verleden en de realiteit van haar huidige leven. Het welbewuste mysterie rond Savannahs afkomst bleek haar veel meer onrust te bezorgen dan ze had verwacht.

Waarschijnlijk had ze Savannah geleerd om van Carsons muziek te houden, besloot ze. Onbedoeld, door er zelf naar te luisteren. Meer betekende het vast niet.

'Ik denk wel dat ik meega naar opa,' zei Savannah toen het nummer was afgelopen. 'O, we hebben zondag om één uur onze openingswedstrijd. Ik heb het tegen pap gezegd, maar hij zei dat hij om halftien met een cliënt heeft afgesproken op de golfbaan, dus jij moet me brengen.'

Natuurlijk. Als Brian niet op weg was naar een van de filialen van het bedrijf dat hij had opgericht, Hamilton Investments Management Inc., dan was hij op de golfbaan te vinden. Hij mengde zich zelden in hun leven... ironisch, als je bedacht dat hij er ooit zo op gebrand was om haar van Carson weg te kapen dat zijn vader en hij daar 387.000 dollar voor over hadden gehad.

Hij was niet het type man dat naar intimiteit verlangde, in de ruimste zin van het woord. Wat oppervlakkig was, was ongecompliceerd en dat was wat hij wilde; hij bewaarde zijn energie voor zijn werk. Alles draaide om prestaties, om resultaten, het succesvol nastreven van een steeds hoger niveau. Hij verzamelde resultaten zoals andere mensen trofeeën. Ze bewonderde zijn energie, maar voelde zich er ook door geïntimideerd; hij verwachtte hetzelfde van iedereen in zijn omgeving, en vooral de laatste tijd kon ze die energie niet opbrengen.

'Nou ja, of papa nou meegaat of niet,' zei Meg, 'opa zal blij zijn je te zien; hij wil je alles laten zien, en "met je pronken", zoals hij het uitdrukte.'

'Waarom?'

'Het is zijn nieuwe thuis, de mensen daar zijn zijn nieuwe buren... hij wil dat ze zijn knappe nageslacht zien.'

'Dat ben jij dus, of tante Beth,' zei Savannah. 'Ik niet. Ik ben niet knap; ik heb papa's grote neus.'

Misschien, dacht Meg. Savannahs neus leek inderdaad wel wat op die van Brian, en ook de vorm van haar gezicht had iets van het zijne; het brede voorhoofd en de brede glimlach. Meg zou er haar leven niet om durven verwedden dat er sprake was van een genetisch verband. Ze zei: 'Je ziet er absoluut adembenemend uit. Ik zou alles overhebben voor je golvende haren.' Ze wilde haar hand uitsteken om Savannahs lange kastanjebruine haar aan te raken, en hoopte dat haar vermoeide arm zou meewerken. Gelukkig deed die dat; ze streek een paar lokken achter haar dochters oor en liet haar hand even waar die was. Carsons lage, gevoelvolle stem zong nu een van zijn vroege ballades, een nummer over een paar jonge geliefden die van elkaar waren gescheiden door een weggespoelde brug.

'Hé, twee handen aan het stuur,' zei Savannah.

Meg glimlachte weemoedig in het duister.

6

Savannah besteedde de anderhalf uur voor haar 'onlineafspraakje' aan een nieuwe song. Haar gitaar, die ze bijna een jaar geleden voor haar vijftiende verjaardag had gekregen, vormde de meeste avonden een prima bron van ontspanning, vooral nu de stoeterij van haar grootouders was verkocht. Toen ze afgelopen zondag met haar vriendinnen zat te chatten, kreeg ze een berichtje van een intrigerende jongen – nee, een man – die haar wilde leren kennen. En vanavond om halftien zou hij weer online zijn om met haar te chatten... hoopte ze.

Ze zat op haar donzige paarse kruk en probeerde de laatste drie maten van haar song te verbeteren. Ze ergerde zich aan het paars en het dons. Niets in haar kamer leek nog bij haar te passen; zelfs haar leven leek niet meer bij haar te passen. Ze was de lavendelkleurige muren en lentegroene vloerkleden, de witte kasten en het bureautje ontgroeid. Haar fuchsiakleurige gordijnen met de erop geappliqueerde madeliefjes irriteerden haar. Er waren in feite veel dingen die haar irriteerden: voornamelijk haar klasgenotes, haar vaders weigering om haar een hond te geven, zelfs al bleef die buiten, de starende blikken van de tuinmannen, het feit dat ze nog steeds niet alleen thuis mocht blijven als haar ouders op reis waren, alsof ze niet te vertrouwen was... om maar een paar dingen te noemen. Het was allemaal vreselijk irritant, als een zwerm muggen die ze maar niet weggejaagd kreeg. Zelfs deze song, waar ze zich aanvankelijk vol overgave aan had gewijd, begon op haar zenuwen te werken; het lukte haar maar niet die te laten eindigen zoals zij dat wilde.

Eindelijk, om tien voor halftien, gaf ze haar pogingen zich te concentreren op en zette ze de gitaar tegen de muur. Ze wilde dat er een manier was om versneld door te spoelen naar een tijd waarin ze haar eigen leven had en haar eigen plek om te wonen. Een plek die door haar zelf was ingericht en niet door een of andere vage ontwerpster die precies dacht te weten 'wat knappe meisjes mooi vinden!' Zoiets als een boswachtershuisje aan de rivier de Chassahowitzka, waar ze onderzoek kon doen naar de lamantijnpopulatie, zeekoeien... dat zou volmaakt zijn. Behalve de muziek waren die zachtaardige zoogdieren haar voornaamste onderwerp van interesse. Dat wilde zeggen muziek, lamantijnen en een vriend die dezelfde interesses had. En misschien had ze die nu gevonden.

'Nog tien minuten tot Kyle,' zei ze nerveus. Zou hij online komen? Zou hij evenveel belangstelling voor haar hebben als hij de vorige keer leek te hebben? Ze pakte haar laptop en ging met haar rug tegen de paarse fluwelen kussens op haar bed zitten, haar gezicht zoals altijd naar de deur – zodat haar ouders niet over haar schouder mee konden lezen als ze binnen kwamen lopen. Niet dat ze dat ooit zouden doen. Niet dat zij ooit iets bijzonders te verbergen had gehad... tot deze week.

Ze meldde zich aan en zocht in haar vriendenlijst naar de schermnaam van Kyle: nog steeds offline. Als hij nou eens niet kwam opdagen? Als hij nou eens iemand had gevonden die hij leuker vond?

Haar webpagina, waar hij haar voor het eerst had gezien, was zo aantrekkelijk als ze hem kon maken. Ze had een beetje gesjoemeld met de feiten en speciale foto's uitgezocht waarop ze twintig leek in plaats van op een maand na zestien. Op een daarvan was ze te zien naast het zwembad, in bikini en met een longdrinkglas in haar hand, dat gevuld was met een amberkleurige vloeistof die eruitzag als een cocktail. In werkelijkheid dronk ze helemaal niet... daar was ze veel te slim voor. Maar succes in het leven draaide helemaal om presentatie, zei haar vader altijd. Dus presenteerde haar pagina de Savannah waarvan ze verwachtte dat die het type vriend zou aanspreken dat ze wilde: een oudere jongen met dezelfde interesses als zij. Jongens van haar leeftijd – althans de jongens die ze kende – leken meer te geven om sport of geld of, zoals haar vriend Jonathan, meer belangstelling te hebben voor videospelletjes dan voor het echte leven.

Haar pagina was haar portaal naar de echte wereld. En ze hoopte – zo hevig dat ze er maagpijn van kreeg – dat haar strategie had gewerkt en dat Kyle haar metgezel en gids zou worden.

Ze wisselde *instant messages* uit met Rachel over de knul die ze die middag in de bibliotheek hadden ontmoet. Een of andere laatstejaars van North Marion High. Ze was mee naar de bibliotheek gegaan als morele steun, hoewel Rachel, die bijna aan het oor van de knul had gelikt toen ze hem iets toefluisterde, die steun helemaal niet nodig leek te hebben. Rachel zei nu dat hij beloofd had haar te bellen, maar dat ze vergeten was hem haar nummer te geven voor haar moeder er was. In typische Rachel-stijl schreef ze:

OMG!! wat moek doen.???? zie m vast nooit meer terug!!!!!!

chillen, schreef Savannah. Naar haar mening was die jongen te mager, en hij had trouwens helemaal niet zo verliefd op Rachel geleken.

Savannah nam gedachteloos wachtend deel aan het gesprek; zelfs haar hart leek te wachten, tot het belletje dat Kyles bericht aankondigde het weer aanduwde:

he schatje, hoest?

Ze schreef Rachel snel: *hijs er! kmoet weg.*

Als wat hij tijdens hun eerste chatgesprek had gezegd klopte, was hij drieëntwintig jaar en was hij bachelor in mariene biologie. Hij was dol op muziek, ook op sommige van haar lievelingsbands: No Doubt, Evanescence, Nickelback en Carson McKay. Hij klonk volmaakt.

Alles wat ze op haar webpagina had gezet klopte... behalve haar leeftijd dan: lang, golvend roodbruin haar, 1,73 lang (te lang, vond ze zelf, maar daar was niets aan te doen), groene ogen, 58 kilo. Omdat ze wist dat het riskant was te veel informatie te verstrekken, had ze niet haar volledige naam onthuld, alleen haar voornamen. *Savannah Rae*. Als ze ooit beroepsmatig songs zou gaan schrijven, of optreden voor publiek, was dat de naam die ze wilde gebruiken.

kzit te leren voor biotentamen, antwoordde ze. Ze had hem die eerste avond verteld dat ze aan de Universiteit van Florida studeerde... maar pas toen ze zeker wist dat hij daar niet had gestudeerd.

die goeie ouwe tijd, schreef hij. Hij was nu bezig voor zijn masters en deed onderzoek voor een professor in Harvard – veldonderzoek in de westelijke Everglades, maar een paar uur van Gainesville vandaan, waar zij zogenaamd met drie vriendinnen in een appartement woonde.

Kyles allereerste berichtje ging vergezeld van een foto van hem op een vervallen steiger met alleen een korte baggy broek die laag op zijn heupen hing en wandelschoenen waar sokken bovenuit kwamen. Hij was welgevormd en gespierd als de Griekse beelden die ze voor kunstgeschiedenis bestudeerde. Ze vond zijn lichaam fantastisch, maar zijn gezicht deed het hem helemaal: zijn grote ogen met lange wimpers zagen er vriendelijk uit. Zorgzaam. Toegewijd aan zijn passies – waartoe zij ook hoopte te gaan behoren. Zijn donkere krulhaar en gebruinde gelaat deden haar vermoeden dat hij deels Latijns-Amerikaan of zwart was – iets waar haar vader niet blij mee zou zijn, maar dat kon haar niets schelen.

wat doe je? vroeg ze.

tja, wachten op weekend. wil je echt graag int echt ontmoeten, schreef hij, en ze was verrukt. *wat doe je zaterdag?*

is m'n pa jarig, schreef ze, met een fronsende smiley erachter. Weer een leugentje, maar ze wilde niet al te gretig lijken. Ze wachtte gespannen op zijn antwoord.

idee: kom anders ook naar miami op dag vd arbeid

Savannah fleurde op. *watser dan?*

elk jaar strandfeest. heb je bikini?

duh. Hij had de foto's op haar webpagina gezien.

heb je een auto?

duh, schreef ze weer, al kreeg ze pas een auto met haar verjaardag, half mei, een klein detail dat ze later wel kon oplossen. Ze veegde haar vochtige handpalmen af aan de bedsprei en wachtte af of hij het serieus meende.

Kyle schreef: *kzou t leuk vinden als je kwam. ok?*

tuurlijk! antwoordde ze, al had ze geen idee hoe ze daar moest komen zonder toestemming van haar ouders. Niet dat ze veel aandacht besteedden aan wat ze deed, vooral haar vader niet. Ze geloofden gewoon wat ze hun vertelde. 'Goeie genade,' fluisterde ze, maar ze speelde het cool en typte: *zal kijken of ik vrij ben.*

hoop t, schreef Kyle. *he schatje, moet gaan – vrienden hier. Zaterdag bellen?*

Teleurgesteld dat het zo kort had geduurd, schreef ze: *ok tot later,* en ze voegde een glimlachende smiley toe, om aan te geven dat ze het prima vond om hem los te laten. Daarna logde ze uit, zodat geen van haar vriendinnen door haar roze wolk heen kon prikken.

Wauw, dacht ze terwijl ze haar laptop sloot. *Kyle, Miami.* Ze kon nauwelijks wachten tot ze er met hem over kon praten – het zou pas hun tweede gesprek worden. Het eerste was maandagavond geweest. Ze hadden niet lang gepraat, maar wel lang genoeg om haar duidelijk te maken dat hij geen sul of engerd was. Lang genoeg om te ontdekken dat zijn stem, een tenor die haar alt zou kunnen aanvullen als hij kon zingen, een gat in haar hart vulde – of misschien in haar ziel, dat wist ze niet zeker – zoals niets anders dat kon. Ze stond op en rekte zich grinnikend uit.

Terwijl ze haar handen waste, stelde ze zich voor dat ze met Kyle over zacht, wit zand wandelde, hand in hand, en dat ze elkaar zoenden... tongzoenden, zoals ze wel eens had uitgeprobeerd met haar vriend Jonathan, die twee huizen verderop woonde. Ze was gefascineerd door het mannelijk lichaam en het gevoel dat ze kreeg bij het idee om kennis uit de eerste hand op te doen over dat van Kyle. Nu ze iemand had gevonden die haar tijd waard was, was ze klaar om een hoop van de dingen te proberen die veel van haar vriendinnen al deden. Sommigen al vanaf hun dertiende. Haar maag maakte een rare buiteling toen ze eraan dacht hoe het zou zijn om haar hand in zijn korte broek te steken.

Ze ging dicht bij de spiegel staan om de paar mee-eters op haar voorhoofd en neus te inspecteren. Daar moest ze voor Miami vanaf zien te komen – welk meisje van twintig had nou nog mee-eters? Het zou ook leuk zijn als ze de sproeten van haar neus en wangen kon laten verdwijnen, maar dat zou niet lukken. Haar lengte, haar sproeten, haar glimlach en de rode highlights in haar bruine haren waren cadeautjes van haar moeder; zo had oma Anna het altijd gezegd. Ze deed haar best ze te waarderen, maar ze zou liever klein en blond zijn en een vlekkeloze huid hebben. Dat dacht ze tenminste vaak, maar nu ze de interesse van Kyle had weten te wekken, was ze meer geneigd om toe te geven dat ze er misschien toch zo slecht niet uitzag.

Vanuit zijn perspectief denkend trok ze haar T-shirt uit en keek ze kritisch naar haar borsten. 'Middelmatig,' zei ze, naar opzij en toen weer naar voren draaiend. Niet dat ze daar veel aan kon veranderen, behalve implantaten nemen, en daar peinsde ze niet over. Ze kende wel meisjes die het deden – meisjes die hun neus al hadden laten veranderen, meisjes die alleen maar bezig waren hun lichaam te verbeteren zodat ze een leukere jongen konden krijgen. Meisjes die wisten hoe ze moesten flirten. Meisjes die schoenen met kleine naaldhakjes droegen, en lief naar hun vaders glimlachten, zodat ze meer geld kregen om te gaan winkelen.

Savannah wist dat ze niet erg goed was in flirten, niet met jongens en niet met haar vader, maar ze haalde wel goede punten op school en had dingen snel door, wat op de lange duur veel waardevoller was. Bovendien hield Kyle kennelijk van slimme vrouwen, want hij dacht dat ze een studente was die serieus carrière wilde maken en zo.

Ze had net het gele topje van Earth Day en de grijze joggingshorts aangetrokken waar ze altijd in sliep, toen ze een klopje op haar slaapkamerdeur hoorde.

'Ja,' zei ze, 'kom maar binnen.'

De deur ging open. 'Dag, lieverd, klaar om naar bed te gaan?' vroeg haar moeder.

'Waar lijkt het op?' zei Savannah, en ze verplaatste haar laptop van haar bed naar haar bureau om aan te geven dat ze ermee klaar was. Ze wist dat ze nog ongestoord gitaar kon spelen, iemand kon bellen of haar laptop kon openen zodra haar moeder de kamer uit was. Haar moeder was vreselijk voorspelbaar; als ze eenmaal goedenacht had gezegd, zag Savannah haar niet meer voor de volgende ochtend. Sommige kinderen zouden daar veel meer misbruik van maken dan zij ooit had gedaan; wegsluipen, bijvoorbeeld, of iemand binnensmokkelen. Zij deed dat soort dingen niet; ze had er nog nooit reden toe gehad.

Haar moeder ging op de rand van haar bed zitten. 'Wat ben je toch een wijsneus. Waar lijkt het op? Of je op het punt staat om met sledehonden te gaan racen in de Iditarod. Maar ik geloof dat je beter eerst een nacht goed kunt slapen.'

Savannah ging zitten en trok haar knieën op naar haar borst. 'Grappig,' zei ze, 'maar niet heus.'

'Eerlijk gezegd zie je eruit alsof je auditie wilt gaan doen voor een baantje in een stripclub.'

'Ma-am!' zei Savannah.

'Wat? Die korte broek is schandalig.'

'Je hebt hem zelf gekocht.'

'Toen je twaalf was, als ik me goed herinner. Wat is dat toch met tienermeisjes en korte kleren?'

'Het is gewoon een stijl.'

'Hmm. Nou, draag hem maar niet in het openbaar. Papa zou je vermoorden.'

Savannah keek omlaag naar de short, die ze eigenlijk in Miami wilde dragen. 'Maak je geen zorgen,' zei ze.

'Nou... heb je nog iets nodig?' vroeg haar moeder, waarbij ze de kamer rond keek zoals ouders dat doen wanneer ze zoeken naar tekenen dat hun kind rookt of drinkt of zo. Daardoor voelde Savannah zich al schuldig voor ze iets verkeerd had gedaan.

Ze trok een pluk haren voor haar gezicht en begon ze te vlechten. *Mijn auto*, dacht ze. 'Shampoo,' zei ze en toen zag ze een opening en voegde eraan toe: 'O, en ik heb een vraag. Weet je nog toen we vorig najaar met tante Beth naar Londen zijn gegaan...'

'Was dat niet geweldig? Deze herfst is de conferentie in Singapore. Zou je daar mee naartoe willen? Papa is er al eens geweest en vond het geweldig... de golfbanen in elk geval; het eten was niet zijn smaak, maar...'

'Ma-am,' onderbrak ze, en ze maakte haar haren weer los.

'O, sorry. Wat wilde je zeggen?'

'Ik dacht dat het misschien leuk zou zijn als ik deze zomer naar haar toe vloog; in mijn eentje, bedoel ik. Mogen kinderen dat... alleen vliegen, bedoel ik?'

Haar moeder zei: 'Natuurlijk. Weet je nog, die drie jongetjes in dezelfde kleurige shirts en met buttons van de luchtvaartmaatschappij op die vlucht naar Londen?'

'O, ja. Dus je hoeft geen achttien te zijn of zo?' Ze begon weer te vlechten, betrapte zichzelf toen en duwde de haren terug achter haar oor.

'Nee. Zoals ik het begrepen heb, hebben de luchtvaartmaatschappijen speciale diensten voor alleenreizende kinderen – ze krijgen een stewardess toegewezen en worden op de luchthaven van bestemming overgedragen aan een ouder of familielid.'

'Dus ik zou zo'n beetje als een gevangene in de gaten worden gehouden.'

Haar moeder lachte. 'Nee, dat is voor jongere kinderen; jij bent oud genoeg om alleen te reizen. Weet je dat ik pas op de radio heb gehoord dat Atlanta het drukste vliegveld ter wereld heeft? Ik dacht altijd dat dat New York zou zijn, maar dat zit niet eens in de top tien! Ik geloof dat O'Hare op de tweede plaats stond en daarna Heathrow...'

Savannah luisterde maar met een half oor en vroeg zich af hoe ze een ticket naar Miami zou kunnen kopen. Haar moeder nam altijd een omweg als ze iets uitlegde. Ze had dat altijd geweldig gevonden, maar nu leek het vaak onnodig. Soms wilde ze wel zeggen dat ze eindelijk eens ter zake moest komen. Ze deed dat nooit, misschien omdat ze haar moeder ergens nog graag zag als een alwetende bron van kennis. Misschien omdat ze wist dat vragen stellen een goede manier was om haar moeders aandacht te krijgen en vast te houden. Niet dat ze dat nog zo vaak wilde... dat was niet zo. Ze wilde haar eigen leven, een leven waarin ze paste, een leven waarin geen overijverige vader neerkeek op mensen met carrières die minder goed betaalden. Een leven waarin ze belangrijk was voor de mensen om zich heen. Voor Kyle, misschien. Nu haar oma Anna er niet meer was, voelde ze zich meestal onzichtbaar. En dat was dan nog op goede dagen.

Haar moeder praatte nog steeds. 'Nou, ik weet in elk geval zeker dat tante Beth het erg leuk zou vinden als je kwam, zonder twijfel. Ze zou je Berkeley kunnen laten zien, je voorstellen aan een paar van de andere professoren. Je zou je daar moeten inschrijven, een makkie voor jou. Ik ben zo blij dat je bij haar wilt logeren. Wat een leuk idee!'

Savannah knikte. Ze zou er waarschijnlijk wel van genieten, al had ze er tot dit moment eigenlijk niet over nagedacht. En milieuwetenschappen studeren in Berkeley was inderdaad mogelijk, als ze zich via de politiek en beleidsvoering voor de lamantijnen wilde inzetten. Het enige wat haar nu bezighield was of ze met niet meer dan een ticket en haar identiteitsbewijs op een vliegtuig naar Miami kon stappen. Zo te horen kon dat.

'Ik zal het er met Beth over hebben,' zei haar moeder, 'en als je graag mee naar Singapore wilt, moet ik dat wel binnenkort regelen.'

'Ik zal erover nadenken.' Ze wilde nu graag alleen zijn, zodat ze online kon gaan om vluchtschema's te bekijken. Ze glimlachte naar haar moeder om haar aan te moedigen weg te gaan. 'Nou... welte-rusten dan maar,' zei ze.

'O. Oké.' Haar moeder stond op, en toen ze haar zag glimlachen, vreesde Savannah dat ze te abrupt was geweest. Alweer. Het was nooit haar bedoeling om bot te zijn; het kwam er gewoon zo uit.

Haar moeder liep naar de deur, draaide zich toen om en keek haar aan.

'Schatje?'

'Ja?'

'Laten we dit weekend eens over geboortebeperking praten, waar je vast en zeker tegen opziet.' Voor Savannah de kans kreeg te ant-woorden, was haar moeder verdwenen.

Savannah bleef zitten alsof ze bevroren was, hoewel haar ge-zicht gloeide en haar hoofd tolde. Vermoedde haar moeder iets? Ze voelde een impuls om het hele idee over Miami maar opzij te schui-ven, maar toen dacht ze aan Kyle, en die foto van hem op de steiger, en verdween de impuls. Het zou wel zijn omdat haar zestiende ver-jaardag naderde, dat haar moeder erover begon. Haar moeder ken-nende had ze dat gesprek al gepland op het moment dat ze te horen kreeg: 'Het is een meisje!'

Stel nou eens dat ze tijdens dat gesprek ronduit tegen haar moeder zou zeggen dat ze aan de pil wilde? Stel nou eens dat ze zei dat ze een vriend had en dat ze van plan waren met elkaar naar bed te gaan. Ja hoor... dat werd vast een succes. Ze had nog nooit verkering gehad en dan zou ze nu verkondigen dat ze niet alleen een vriend had, maar ook een seksuele relatie met hem... dat was geen goed idee, zelfs al zou ze haar over Kyle willen vertellen, en dat wilde ze niet. Dat kon ze niet. Hij was beslist niet wat haar ouders voor haar in gedachten hadden, zeker niet de eerste zes of zeven jaar. Bovendien vond haar vader zijn huidskleur waarschijnlijk diverse schakeringen te donker.

Dus geen anticonceptiepil, voorlopig nog niet. Maar zodra ze de kans kreeg, zou ze naar de Wal-Mart of een andere zaak gaan waar niemand haar kende om een doos condooms te kopen. Dat stelde niets voor; ze kende meisjes op school die dat geregeld deden. Ze wilde graag denken dat haar ouders trots zouden zijn op haar verantwoor-delijkheidsgevoel als ze ontdekten dat ze condooms had gekocht.

Waarschijnlijk zou haar moeder zich verraden voelen en zou haar vader alleen zijn schouders ophalen en naar de golfclub gaan.

7

Toen Brian vrijdagavond de woonkamer binnenstapte, zag Meg dat hij gedoucht had voor hij naar huis kwam. Ze zag de sporen van de kam in zijn dunner wordende donkere haren. Hij droeg een licht gesteven golfshirt – niet hetzelfde als waarin hij had gespeeld – boven zijn op maat gemaakte blauwe korte broek. Zijn middel puilde over de ceintuur heen als de bol van een muffin. Ze had hem nooit onaantrekkelijk gevonden, maar zijn stijl had niet haar voorkeur. Ze zag het liever wat ruiger, minder verfijnd en avontuurlijker. Brian was zo... netjes, dacht ze. Ordelijk. Net als hun huis, net als hun leven.

Ze legde de stapel blauwe notitieboeken weg, die ze pas vanavond uit de auto had gehaald omdat ze dat eerder was vergeten. Ze had zonder succes geprobeerd het touw eraf te krijgen, omdat ze zich ervan had willen overtuigen dat er niets belangrijks in stond voordat ze ze bij het oud papier legde.

'Ben je naar de club geweest?' vroeg ze aan Brian om zijn aandacht te trekken. Ze moest vaker die moeite nemen; over twee jaar zou Savannah gaan studeren, en wat restte hen dan nog? Vage bekenden, samen in een professioneel ingericht huis van vijfhonderdzestig vierkante meter. Een huis dat nu al te veel ongebruikte kamers had; wat zou het vreselijk leeg zijn als Savannah weg was.

Brian bleef staan en zette zijn sporttas op de geboende hardhouten vloer. 'Ja,' zei hij, en hij ging op de armleuning van een stoel tegenover haar zitten. 'Ik heb negen holes gemaakt tegen de cliënten uit Duitsland over wie ik je laatst vertelde. Ze zijn vreselijk slecht – kennen het verschil niet tussen een wedge en een iron – maar ze hadden er wel veel plezier in. We zijn maar opgehouden de score bij te houden.'

Meg knikte. Ze voelde met de Duitse mannen mee; ze wist zelf ook nauwelijks het verschil tussen de diverse golfclubs. Ze nam aan dat ze het wel zou moeten weten, omdat golf buiten Brians werk het belangrijkste in zijn leven was. Het interesseerde haar gewoon niet, en ze had genoeg aan haar hoofd met de dingen die ze wel moest weten.

Misschien begreep hij dat wel; hij nam nooit de moeite de details van zijn golfspel met haar te bespreken. Hun gesprekken gingen over gezamenlijke interesses: het huis, Savannah, hun families, hun carrières. Een film, als ze die bij hoge uitzondering samen hadden gezien – of apart, als een van hen op reis was en hem in het vliegtuig of 's avonds laat in een hotel had gezien.

Nu Savannah vaak dezelfde films keek, mengde ze zich soms in het gesprek. Als ze de film tenminste allemaal hadden gezien en tegelijk in dezelfde kamer of hetzelfde voertuig zaten, wat ongeveer net zo zeldzaam was als een Siamese tweeling.

Manisha Patel, Megs partner, verzekerde haar dat dit helemaal niet ongebruikelijk was; bij Manisha in de familie ging het er hetzelfde aan toe, net als bij de meeste andere families die ze kende. Het was ook vaak een gespreksonderwerp in talkshows die Meg soms 's avonds laat zag als ze niet kon slapen. Brian, Savannah en zij waren planeten die rond een gemeenschappelijke zon draaiden en af en toe dicht bij elkaar in de buurt kwamen. Bijeengehouden door de zwaartekracht van een gezamenlijk adres, hadden ze erg weinig gemeen met wat ooit het 'traditionele gezin' werd genoemd. Ze voelde zich er net zo vaak schuldig als defensief over en vermoedde dat ze het allemaal wel zou leren accepteren tegen de tijd dat Savannah volwassen en het huis uit was.

'Je ziet er opgefrist uit,' zei Meg. 'Ik ga dadelijk ook even douchen, maar ik geniet er zo van om hier gewoon maar te zitten.'

Brian glimlachte zoals hij dat vaak deed, enigszins neerbuigend en vol zelfbevestiging. Hij kon na een lange, hectische dag nog wel de energie opbrengen om cliënten bezig te houden en negen holes te slaan op de golfbaan; zoiets dacht hij waarschijnlijk. Hij was nooit openlijk kritisch, maar toch voelde ze zijn veroordeling en voelde ze de vergelijking – het was gewoon zijn aard om zo te denken. Ze verwachtte half dat hij haar een Team Hamilton-peptalk zou geven.

'Was het een drukke dag?' vroeg hij – zijn poging om contact te maken, vermoedde ze, aangezien hij wist dat al haar dagen druk waren.

Ze zuchtte en legde haar voeten op de bank om de ruimte in beslag te nemen die hij had kunnen opvullen als hij iets meer zijn best had gedaan. Als hij zijn best had willen doen. Als zij had gewild dat hij dat deed.

'Ja, druk, maar ook zwaar,' zei ze. 'Ik had een moeder met zwangerschapsvergiftiging die rugweeën had en daar met veel gekrijs op reageerde, en daarna een dwarsliggertje waarvoor ik bijna naar binnen moest kruipen om het eruit te krijgen.' Ze wreef over haar arm toen ze aan de baby dacht. 'En vanmiddag twee nieuwe patiënten met verhoogd risico. Ik geloof dat je de man van een van die twee kent: McKinney? Joseph heet hij geloof ik.' Toen ze eerder die dag de achternaam op de patiëntenkaart had gezien, had die haar aan McKay doen denken, aan Carson, over wie ze vorige week had gehoord dat hij in mei zou trouwen. Met een veel jongere vrouw, zo meldden de koppen van de nieuwswebpagina – 'Haalt muzikant McKay zijn bruid uit de wieg?' – en Meg had ervoor gekozen niet op de link te klikken voor meer details. Sindsdien moest ze bij de minste aanleiding aan hem denken.

'Ja, die ken ik, Joe McKinney,' zei Brian. Hij knikte. 'Een van de partners van Decker McKinney Peterson. Hij is behoorlijk goed – in golfen, bedoel ik – al zal hij te oordelen naar de kleine zwarte Ferrari waar ik hem in zag rijden ook wel goed zijn in zijn werk. Wat voor probleem heeft zijn vrouw?'

'Ze is drieënveertig.'

'Aha. Het is trouwens wel een goed teken dat je allemaal nieuwe risicopatiënten krijgt – je bouwt kennelijk een goede reputatie als specialist op. Je zou je tarieven moeten verhogen, een andere ruimte huren... in betere kringen, zal ik maar zeggen.'

'We zitten graag waar we nu zitten,' zei Meg. Manisha en zij hadden juist deze locatie in een niet zo dure wijk voor hun praktijk gekozen om te voorkomen dat minder welvarende vrouwen als de dames Joseph McKinney van de wereld, hen niet meer konden betalen. Of de dames Carson McKay, dacht ze, en ze vroeg zich af of een zwangerschap de reden was van de aankondiging-op-zo-korte-termijn. Hun rijke patiëntes kwamen naar hen toe omdat ze goede artsen waren, niet omdat hun praktijk eruitzag als een luxe kuuroord.

'Ik snap gewoon niet waarom je niet zou willen profiteren van een kans die je praktisch in de schoot wordt geworpen,' zei Brian terwijl hij opstond. 'Daar ben jij toch zeker te schrander voor?'

Zijn kritiek stak haar, hoewel die op vriendelijke toon werd geuit. 'Wat heeft "schrander zijn" er nou mee te maken? Dus omdat ik niet het gevoel heb dat ik nog meer geld moet verdienen, ben ik niet schrander?'

Brian stak, ontspannen en overtuigd van de juistheid van zijn mening, zijn handen in de zakken van zijn korte broek. 'Luister nou, al zo lang als ik je ken heb je altijd de kans waargenomen om jezelf op te werken of je status te verbeteren. Ik begrijp niet waarom je daar nu mee zou moeten stoppen.'

Hij had gelijk, en toch bleek uit zijn oordeel over haar dat hij niet zag wie ze echt was, alsof de tijd zijn geheugen net zo verziend had gemaakt als zijn ogen. Was hij vergeten dat haar eerste 'kans' er een was geweest die hij zo zorgvuldig had geconstrueerd dat ze die onmogelijk kon laten schieten? Toen hij het eenmaal in werking had gezet, ja, toen had ze op alle mogelijke manieren geprobeerd zich op te werken. Ze was praktisch ingesteld. Toch kende haar ambitie grenzen. Misschien wilde hij dat niet geloven, of had hij het niet opgemerkt. Hij vertelde altijd graag dat ze zo'n geweldig stel waren, dat ze wat temperament en smaak betrof zo op elkaar leken, dat ze zo veel had bereikt; hij had de realiteit die hij in hun huwelijk wilde zien op dezelfde manier opgebouwd als hij dat bij zijn zaak had gedaan.

Hij begreep niets van haar.

Ze was niet de vrouw uit zijn verhalen en zou dat ook nooit zijn, maar had het zin om op dat punt tegen hem in te gaan? Dat hij niet wist hoe ze werkelijk was, kwam voor een deel doordat zij delen van zichzelf voor hem verborgen hield. Niet alles was met geld te koop.

Voor ze een antwoord kon bedenken, pakte Brian zijn sporttas op, zei: 'Ik moet een paar mensen bellen', en liep de kamer uit. Ze hield hem niet tegen.

Hij wist ook niet dat ze er vaak over had gedacht bij hem weg te gaan, zoals een blonde vrouw erover zou denken haar haren zwart te verven: geïnteresseerd in de mogelijkheden, maar niet bereid zo'n drastische stap te zetten. Wat nu, als zwart haar niet mooi was? Was zwart een voordeel, of was het alleen anders? Als ze de ambitieuze vrouw was die hij in haar zag, zou ze van hem gescheiden zijn zodra ze geld genoeg verdiende om de hypotheek van haar ouders terug te betalen. Dan zou ze 'vooruit en hogerop' gegaan zijn, zoals Brians refrein luidde. Maar nee, ze had de enige brug achter zich opgeblazen die ze nog wel over had willen gaan, en omdat ze een stabiel leven wilde voor Savannah en Brian en zij goed genoeg bij elkaar pasten, bleef ze bij hem.

Ze stond op, stak haar hand uit naar de notitieboeken en voelde haar linkerknie knikken. Ze hield zich met een hand vast aan de armleuning van de bank. 'Je wordt oud, meid,' zei ze hoofdschuddend.

Toen ze langs de keuken liep, hoorde ze Brian overtuigend en resoluut in de telefoon praten. Hij maakte onder het praten een snack klaar. Zo te ruiken, warmde hij brownies op. Hij zou er nog vanilleijs en chocoladesiroop bij doen, wat verklaarde waarom ze zijn pakken moest laten uitleggen terwijl hij toch twintig uur per week ging golfen. Dat was de andere vloek van de middelbare leeftijd: een langzamer wordende stofwisseling. Het werd steeds moeilijker om in vorm te blijven – en zij had in de maanden sinds haar moeders overlijden meer trainingen gemist dan ze wilde toegeven. Er leek nooit tijd te zijn om te sporten; het aantal uren in haar dag was net zo gekrompen als een uitgedroogde sinaasappel, en ze was gewoon te moe om er iets in te proppen wat ze als niet-essentieel kon beschouwen.

In de grote badkamer legde ze de notitieboeken neer en zette ze de douche aan. Terwijl het water warm werd, zocht ze in een laatje naar het schaartje dat ze gebruikte om haar schaamhaar kort te houden. Brian zag haar het liefst met heel korte haren, bijna haarloos, afgezien van de haren op haar hoofd, die hij graag lang zag, en het koperkleurige dons op haar armen. Hoe lang was het geleden dat ze de moeite had genomen het bij te knippen? Ze schoor haar benen zelfs niet meer elke week. Ze hadden al niet meer de liefde bedreven sinds... wat was het nu, april? Twee maanden. Niet sinds Valentijnsdag, en zelfs toen was het veeleer een gebaar geweest van het-hoort-eigenlijk-zo, dan een langverwacht-eindelijk, wat het eerlijk gezegd zelfs de eerste maanden niet was geweest – althans niet wat haar betrof. Terwijl de waterdamp als onrustige geesten om haar heen wervelde, pakte ze het schaartje en knipte het touw rond de notitieboeken door in de verwachting bij het openen ervan niets anders te zullen zien dan pagina's die op de lichtblauwe, voorgedrukte schrijflijntjes na leeg waren

Wat ze aantrof, verraste haar zo dat ze de douchekraan dichtdraaide.

Een paar snelle blikken maakten duidelijk dat ieder boek gevuld was met haar moeders berekeningen en observaties over de status van de stoeterij, het weer, de gezondheid van de paarden, afgewisseld met opmerkingen over Meg, haar zusters en vader, allemaal geschreven met dunne blauwe of zwarte stift. Meg voelde zich zwak worden toen ze de bogen en lussen van haar moeders handschrift zag; ze liet zich op het dikke katoenen vloerkleedje zakken en spreidde de boeken om zich heen uit.

Had haar vader geweten dat hij haar dít had gegeven? Dit waren in feite twaalf dagboeken, die een periode van bijna twintig jaar bestreken, en eindigden op de dag voordat hij op een zondagochtend in september wakker was geworden en ontdekte dat zijn vrouw hem was ontglipt en haar verstilde lichaam had achtergelaten... en deze woorden. Roddels? Wijsheid?

Als ze had geweten dat de notitieboeken dagboeken waren, zou ze ze nooit hebben opengeslagen. Waarom zou je vragen om pijn? Nu wist ze niet wat ze ermee moest doen. Ze wilde ze niet lezen, maar ze wilde ze ook niet ongelezen laten.

Ze schrok van een klop op de deur. 'Wat?'

'Mam, je moet even iets voor me tekenen, zodat ik mee mag met de eindejaarsexcursie.'

'Kan papa dat niet doen?'

'Hij zit te bellen.'

Meg maakte een stapel van de notitieboeken en legde ze in de toilettafel. 'Ik kom zo.'

8

Meg zat op zaterdagochtend in de keuken met een kop koffie in haar hand en de stapel dagboeken voor haar op de tafel. Brian was vertrokken voor zijn gebruikelijke zaterdagontbijt met zijn maatjes, en had eerst Savannah naar Rachel gebracht zodat zij ergens heen konden gaan. Savannah had het haar wel verteld, maar Meg was met haar gedachten bij de dagboeken geweest, en haar twijfels of ze ze wel of niet zou lezen. Ze had Savannah overgedragen aan Brian en niet meer aan haar plannen gedacht.

Het was nu rustig in huis, wat de beslissing vergemakkelijkte om een paar stukjes te lezen. Gewoon om zichzelf te bewijzen dat ze onbelangrijk waren, dat ze het hele spul kon weggooien zonder daar spijt van te krijgen.

Ze bladerde door, las wat stukjes en was onverwacht gefascineerd. Zelfs het kortste stukje van haar moeders opmerkingen onthulde delen van haar verleden – hun verleden – die ze nooit eerder had gezien.

8 juni 1985
Meggie is aangenomen op de bank. We hebben haar hier nodig, maar we hebben haar ook daar nodig. Of ergens anders waar ze goed betalen. De Heer weet dat het geld goed van pas zal komen! We hebben onze ziektekostenverzekering opgezegd, dus ik hoop maar dat er niemand ziek wordt. Heilige Moeder, waak over ons.

Ze waren dus onverzekerd geweest; het idee alleen al was angstaanjagend, zelfs na al die jaren nog. Ze herinnerde zich haar moeders spitse gezicht uit die tijd, de zorgrimpels rondom haar mond en op haar voorhoofd. Hoe vroeg Meg 's ochtends ook opstond, haar moeder was altijd al beneden. Hoe laat ze ook naar bed ging, haar moeder was altijd nog op. Het was geen wonder dat haar moeders bloeddruk te hoog was geweest.

'Acht juni...' zei ze. De dag dat ze Brian had ontmoet.

Haar eerste werkdag bij Hamilton Savings and Loans. Om tien uur zou iemand beginnen haar in te werken, maar eerst moest ze bij haar baas komen – Brian, de zoon van de eigenaar, maar zes jaar ouder dan ze zelf was. Belinda Cordero, hoofd-kasbediende, bracht haar tot de deuropening van zijn kantoor en liet haar daar achter. Ze was verlegen en had het gevoel dat ze daar niet thuishoorde, alsof iemand haar per ongeluk in het tafereel had geplaatst. Haar echte leven wachtte in de paddock, waar paarden moesten worden getraind en hoofdstellen moesten worden gerepareerd. Ze zou er het liefst vandoor gaan.

Brian zat achter een bureau dat er ouder en gedistingeerder uitzag dan hij. Hij droeg een offwhite linnen jasje en een zachtroze overhemd, zoiets als Sonny Crockett uit *Miami Vice*. Zijn haar was aan de lange kant en zat precies goed. Het was bedoeld om indruk te maken op alle vrouwen en om de mannen te laten zien dat hij op de hoogte was van de laatste trends.

Hij leunde achterover en wenkte haar. 'Hoi, kom maar binnen, Meg. Ik ben Brian Hamilton.'

Ze zette drie stapjes en bleef toen staan. Zijn kantoor rook naar oud leer en jeugdige ambitie, vormgegeven door een duur reukwater dat ze voor altijd met hem zou associëren. Ze zette nog een stap en bleef weer staan.

Brian sloeg zijn handen achter zijn hoofd in elkaar. 'Welkom. We zijn blij dat je deel uitmaakt van het Hamilton-team. Eileen vertelde me dat je aan het laatste jaar op North Marion High begint?'

'Dat klopt.'

'Goed in wiskunde?'

Ze knikte. Ze deed haar best om oogcontact te houden, zoals haar vader had gezegd dat ze moest doen, maar dat was moeilijk. Brian bleef naar haar glimlachen alsof hij wist dat haar zwarte polyester rok en gerimpelde bruine bloesje uit een tweedehandswinkel kwamen. Haar schoenen ook; al hoopte ze dat hij die niet kon zien nu ze voor zijn bureau stond. Het waren dezelfde kleren als die ze een week eerder voor haar sollicitatiegesprek had gedragen, en ze vermoedde dat juffrouw Guillen hem alles had verteld.

Ze wist zeker dat ze het baantje had gekregen uit sympathie. Iedereen in Ocala leek te weten hoe moeilijk de Powells het hadden; haar vader schreeuwde zijn mislukkingen net zo hard van de daken als zijn successen, 's middags in de winkel. Ze had gesolliciteerd naar een baantje als schoonmaakster, waarvoor een advertentie in de *Ocala Star-Banner* had gestaan, maar tijdens het gesprek met Eileen Guillen, hoofd personeelszaken, had ze gezegd dat ze van plan was boekhouden te gaan studeren als ze geslaagd was. Daarom zou Meg – in plaats van vloeren en toiletten te moeten schoonmaken in het historische gebouw dat Adair Hamilton meteen na de brand in 1883 had herbouwd – parttimekasbediende worden.

'We geven onze mensen graag een zo goed mogelijke start,' had Eileen gezegd. 'Vooral degenen die het het hardst nodig hebben.'

Brian zei: 'Ik hou ook van wiskunde. Ik ben afgestudeerd in economie en ben bijna klaar met mijn MBA. Ga jij ook studeren?'

'Ik hoop het.'

'Geweldig.' Hij klapte in zijn handen, als een uitroepteken. 'We zien graag dat onze mensen hogere ambities hebben, die boven dit marmer en koper uitsteken.' Hij stond op en stak haar zijn hand toe. 'Het is fantastisch om je bij ons te hebben. Ik weet dat Belinda zit te wachten tot ze je weer van me terugkrijgt, dus ik zal je maar laten gaan.'

Aanvankelijk dacht Meg dat ze liever toiletten zou schoonmaken; aan de kas werken betekende dat je zichtbaar was en presentabel moest zijn, en dat was een hele uitdaging voor een meisje met als beste kleren een spijkerbroek en T-shirt zonder lappen of vlekken. Ze had samen met haar moeder met enig succes de tweedehandswinkels afgestruind op zoek naar professionele kleding, maar elke middag opgedirkt rondlopen, in een rok en hoge hakken, voelde aan alsof ze een kostuum droeg, eentje dat lang niet zo leuk was als die van de andere kasbediendes. Brian deed zijn uiterste best om haar het gevoel te geven dat ze een waardevolle aanwinst was voor team Hamilton... zo praatte hij altijd over de kasbediendes, als een team. Als haar witte bloes smoezelig was omdat ze geen wasmiddel meer hadden, deed hij alsof hij dat niet zag. Als het namaakleer van de hakken van haar schoenen afbladderde, deed hij ook alsof hij het niet zag. Was ze goed met mensen? Ging ze zorgvuldig om met procedures en fondsen? Dat waren de dingen die ertoe deden. Tegen de tijd dat de school weer begon, haar eindexamenjaar, was ze opgeklommen tot de status van permanente employee, wat volgens Belinda een 'heel groot compliment' was.

Brian deed zijn best vriendschap met haar te sluiten. Hij zocht haar op tijdens haar pauzes, vroeg zo nu en dan naar de stoeterij of haar familie, haar vriendje, haar ambities. Ze dacht dat hij dat bij iedereen deed – ze zeiden allemaal dat hij zo'n praktische manager was, dat hij was voorbestemd een groot succes te worden – en kwam er pas later achter dat hij haar had uitgekozen. Hij kwam soms ook als ze met een paar collega's na het werk naar de Trough ging – een uitje dat zij zichzelf maar om de andere vrijdag permitteerde. Carson kwam nooit. 'Te veel kerels met stropdassen,' schertste hij wel eens. Zij ging wel, omdat ze erbij wilde horen. Ze hadden het allemaal over hun carrièreplannen en op een keer gaf ze toe dat haar droombaan helemaal niet in de financiële sector lag, maar in de geneeskunde. Misschien diergeneeskunde, misschien reguliere geneeskunde, dat wist ze niet zeker. 'Ik ben gewend alles en iedereen te behandelen,' zei ze. 'Mijn zusjes, de paarden, onze katten... ik heb merries geholpen bij het werpen... en ik heb zelfs onze pony ooit gehecht.'

Brian sloeg op de tafel. 'Dan moet je dat gaan doen,' zei hij tot haar verbazing. 'Bedenk wat je wilt en hoe je het voor elkaar kunt krijgen, en doe het.'

Maar hij wist vast ook wel hoe onmogelijk dat voor haar was, voor welke van de zusjes Powell dan ook. Al het loon dat ze verdiende ging naar haar ouders, om boodschappen van te helpen betalen. Pogingen om een studie geneeskunde te gaan volgen waren net zo zinloos als pogingen om haar armen te gebruiken om te vliegen.

Brian. Hij had precies geweten hoe hij haar moest bespelen toen het zover was.

9

In hun villa in Nettle Bay keek Carson naar Val en Marie-Louise, de ambitieuze Franse makelaarster die Val had uitgekozen, die verdiept waren in de foto's en brochures van huizen die op het tafeltje op de patio lagen. Hij wist dat hij er net zo in op zou moeten gaan als Val, en zag aan de manier waarop ze telkens naar hem keek, op de rotanstoel rechts van haar, dat zij er hetzelfde over dacht. En hij wilde dat hij het kon. Hij wilde zich echt concentreren op ideale hoogte, nabijheid van de beste branding, voorzieningen als ingebouwde zwembaden, bubbelbaden en kamers met horren waar de bries doorheen kon waaien. Maar zijn opstandige brein bleef maar teruggaan in de tijd, naar de avonden waarop zijn vader en hij aan de vierkante keukentafel zaten en schetsen maakten voor een heel ander soort woning, die hij met een heel ander soort meisje zou gaan delen.

Hij zag het voor zich alsof het pas vorige week was gebeurd in plaats van twintig jaar geleden: zijn vader, die er jong en sterk uitzag in de broek van zware keperstof en de katoenen bloes die hij altijd droeg als hij in de boomgaarden werkte; de keukenlamp, een kegelvormige luchter, die boven het midden van de tafel hing en zijn gouden licht over hun uitgespreide papieren wierp; zijn moeder, die een deuntje uit de jaren zestig zong terwijl ze aan het bureau de boeken zat bij te werken – de Carpenters meende hij, nu hij in zijn herinnering haar alt hoorde. En Meg, die links naast hem zat, haar lange haren naar achteren duwde en glimlachte naar hem en de toekomst die ze tekenden met een houten liniaal en potloden die met een mes waren aangepunt.

Hoe anders was dat tafereel dan wat er later kwam.

Hij herinnerde zich zijn tweeëntwintigste verjaardag, lang na de breuk, maanden na Megs huwelijk in '89. George Pappas, zijn goede vriend en toekomstig gitarist, had hem uitgenodigd voor de lunch en een paar biertjes. Ze stonden in Georges verbleekte bruine Chevelle te wachten voor het rode verkeerslicht, en Pearl Jam dreunde uit de later ingebouwde radio. Aanvankelijk zag hij de glanzende rode sportwagen die links naast hen stopte niet eens. Door de vier of vijf – of zes? – biertjes na de lunch was hij zich nauwelijks nog bewust van zijn omgeving, of van het feit dat hij weer een verjaardag zonder Meg vierde. Het was de eerste sinds ze getrouwd was, maar wie hield dat bij?

'Hé,' zei George, en hij tikte tegen zijn raampje. 'Is dat Meg niet?'

Carson draaide zich om op het moment dat zij in zijn richting keek, haar hand tegen het glas gedrukt. Ze staarden naar elkaar alsof George niet tussen hen in zat, alsof ze geen passagiers in verschillende auto's waren, van elkaar gescheiden door raampjes, harde woorden en huwelijksgeloften.

George begon zijn raampje omlaag te draaien. Dacht hij soms dat ze een gezellig babbeltje zouden maken? Dat ze hem een fijne verjaardag zou wensen en hem een kushandje toe zou werpen? Maar toen sprong het licht voor linksaf op groen en reed de Porsche weg.

George floot. 'Mooie kar, hè, maat?' zei hij toen de auto zich steeds verder van hen verwijderde en verdween in de schemering. 'Ze heeft goed geboerd.'

'Val dood,' zei Carson.

Hij werd terug naar het heden geroepen toen Val hem met haar elleboog aanstootte. 'Carson! Dit is het, volgens mij!'

Hij zette de herinneringen aan Meg uit zijn hoofd zodat hij zich bezig kon houden met de vrouw van wie hij redelijk zeker wist dat ze wel met hem zou trouwen. Hij richtte zich op en boog iets voorover om te kunnen zien waar Val naar zat te kijken. 'Ja? Laat eens zien dan.'

Val gaf hem een brochure van een charmant huis met blauw dak, waarvan de gestuukte gevels en boogdeuren deden denken aan de Caribische invloeden in de architectuur van Zuid-Florida. Of beter gezegd, de huizen in Florida waren nabootsingen van de huizen hier op Sint Maarten, die weer waren beïnvloed door de Franse smaak – wat natuurlijk voor veel gebouwen in Franse koloniën gold.

Dat was de levenscyclus van de architectuur, besloot hij. Het zou een realitysoap kunnen zijn.

Marie-Louise zei: 'Dat huis staat in Terres Basses – "laaglanden" *en français*. Het is *très exlusif.*'

Dat mag ook wel voor drieënhalf miljoen Amerikaanse dollar, dacht hij.

'Daar hebben we gisteren rondgekeken,' zei Val tegen hem.

'*Alors*, vanuit het zwembad en het bubbelbad hebt u daar uitzicht op de Caribische Zee – erg leuk voor romantische avondjes, niet?' Marie-Louise glimlachte innemend. 'Maar als jullie bezoek krijgen – misschien jullie makelaar? – dan zijn er vier gastenkamers, drie badkamers... en jullie keuken, tja, die is *magnifique!*'

Hij moest zijn best doen om niet met zijn ogen te rollen. Marie-Louise deed hem denken aan het type vrouw dat hij het liefst ontliep. Ze zou een ideale gastvrouw zijn voor zijn denkbeeldige realitysoap, besloot hij, waarin ze Caribisch onroerend goed bekeek met welvarende stellen, en iedereen van de eilanden schopte die minder dan tien miljoen netto waard was.

'Carson is dol op koken, nietwaar, Car?' zei Val.

'Dat is misschien wat te sterk uitgedrukt.'

'Hij doet bescheiden. Hij is geweldig in de keuken – zijn Thaise maaltijden zijn heerlijk. Mannen moeten voor zichzelf kunnen zorgen, vind je ook niet?'

'O, *oui*,' zei Marie-Louise. 'Ze moeten koken en schoonmaken en geld verdienen – net als wij doen, *non?*'

'Gelijkheid,' zei Val, en ze knikte.

'*L'égalité*,' stemde Marie-Louise met haar in, en beide vrouwen keken Carson aan.

'Daar ben ik helemaal voor. Ik zal wel koken, Val mag afwassen.'

'Echt niet!'

'Je praat als een echte prinses van de eenentwintigste eeuw.' Carson glimlachte. Hij had geweten hoe Val zou reageren – ze was hopeloos in de keuken en kon niet veel meer dan ontbijtgranen in een schaaltje schudden en wijn inschenken. Dat maakte deel uit van haar charme.

'De prinses *de la Mer*,' merkte Marie-Louise op.

Val pakte de brochure terug. 'En dit huis lijkt me een volmaakte schuilplaats voor een prinses. Wat vind jij, Car? Zullen we het gaan bezichtigen?'

Hij overdacht wat er zou kunnen gebeuren als hij nee zei, als hij zei dat hij het al belachelijk en onwerkelijk vond om één miljoen aan een vakantiehuis uit te geven, dat dat niet strookte met waar het in zijn leven om draaide; niet dat hij kon omschrijven waar het wel om draaide. Hij bedacht hoe haar glimlach zou vervagen en vervangen zou worden door verwarring over zijn – in haar ogen – atypische gedrag. Ze had hem nooit pessimistisch gezien en was nooit getuige geweest van een van zijn 'filosofische buien', zoals Gene de duistere overpeinzingen noemde die hem zo nu en dan leken te besluipen. Hij had niet meer zo'n bui gehad sinds hij in september had gehoord dat Megs moeder plotseling was overleden, kort voordat hij Val leerde kennen. Val zou niet weten wat ze met die Carson moest aanvangen, evenmin als hij dat zelf meestal wist. En misschien was het niet eerlijk om met haar te trouwen zonder dat ze een van die buien had meegemaakt – al had hij haar er wel over verteld. Misschien moest hij haar er eerst een laten ondervinden.

Of misschien zou hij door met haar te trouwen zijn melancholische kant kunnen kortsluiten en konden ze nog lang en gelukkig leven. Hij stond op, pakte Vals hand en zei: 'Laten we gaan.'

Een paar minuten later liep hij achter de vrouwen aan over een flagstonepad naar de auto van de makelaarster, een nieuw model Mercedes. De realiteit van zijn omgeving – het belachelijke blauw van de Caribische hemel, de palmbomen die er zo volmaakt uitzagen dat ze nauwelijks echt leken, de in model gesnoeide heesters, de schittering van de diamant van 79.000 dollar aan Vals ringvinger als ze met haar arm zwaaide – dat was niet de realiteit die hij had gepland toen hij opgroeide. Het was niet de realiteit waar hij voor gemaakt meende te zijn. En toch was hij hier. Hij vertrouwde erop dat als hij de lange reeks van gebeurtenissen en beslissingen in zijn leven overdacht die hem naar dit moment, naar deze realiteit hadden geleid, het allemaal wel begrijpelijk zou worden. Dat moest gewoon: hij was te moe, te uitgeblust van het leven als rockster om de status quo daarvan in stand te houden. De levendige jonge vrouw voor hem, in haar verbleekte, erg korte korte broek en strak roze hemdje wilde met hem trouwen. Ze was misschien niet de vrouw met wie hij ooit had gedacht zijn leven te zullen delen, maar wel een zeer aantrekkelijk alternatief. Dus tenzij een van hen een hersenbeschadiging opliep of doodging, zouden ze over vier weken met trouwkleding, ouders en vrienden terugkeren naar het eiland en het jawoord uitspreken.

Misschien, dacht hij terwijl hij het autoportier openhield voor Val, kon hij dan het verleden voor eens en voor altijd achter zich laten.

10

Toen Kyle haar op zaterdagavond belde, deed Savannah alsof ze het druk had met haar familie – haar vaders verjaardagsfeestje, loog ze. Rachel had haar geleerd dat je een jongen eerst een beetje aan het lijntje moest houden, zodat hij nog meer belangstelling voor je kreeg. 'Maar bedankt voor het bellen! Jammer dat ik maar een minuut of tien met je kan praten,' zei ze.

'Nee, dat is niet erg. Fijn dat ze je er nog steeds graag bij hebben.'

'Ja,' zei ze, en ze wenste maar dat het echt waar was. Haar moeder leek vanochtend allesbehalve haar gezelschap te hebben gewild, en haar vader had tijdens de hele rit naar Rachel zitten bellen. 'Wat ben je aan het doen?'

'Ik zit aan jou te denken.'

'Nee, serieus,' zei ze, en ze zette haar stereo aan met het volume laag, zodat hij achtergrondmuziek zou horen.

'Ja, serieus. Ik denk de hele tijd aan je. Ik heb het gevoel dat we... je weet wel, dat we misschien bij elkaar horen.' Hij lachte. 'Je vindt me natuurlijk een malloot, nietwaar? Maar het is gewoon... je hebt een verbazingwekkend effect op me. Ik kan niet wachten tot ik je in levenden lijve zal zien.'

Ze probeerde niet te laten merken hoe gevleid ze zich voelde, al hoefde hij zo te horen niet langer aan het lijntje te worden gehouden en had ze hem stevig aan de haak. Wat een opluchting; ze was helemaal niet goed in het spel tussen jongens en meisjes dat sommige andere meisjes zo gemakkelijk leek af te gaan.

'Ja, nou, ik verheug me er ook op om jou te zien,' zei ze. 'Waar kan ik het beste een kamer nemen?'

Ze hadden het even over hotels en toen vroeg hij of ze op het vliegveld een auto zou huren.

'O... moet dat? Want, eh, het is nogal lastig rijden in Miami, toch?' Vooral als je geen rijbewijs had en dus helemaal geen auto kón huren.

'Dat klopt,' zei Kyle. 'Ik laat meestal een van mijn broers rijden. Dus wat maakt het uit... we kunnen je wel ophalen.'

'Of misschien rijdt er een shuttlebus.'

'Of je kunt, je weet wel, bij mijn broer logeren, oké? Als je geld wilt besparen, bedoel ik.'

'Ik kan me wel een hotel veroorloven,' zei ze. Ze wist genoeg om niet in een vreemde stad te gaan overnachten bij iemand die ze van internet kende, hoe fantastisch hij tot dusver ook leek. 'Maar bedankt.'

Ze vroeg hem naar zijn broers (hij had er twee; ze waren allebei ouder dan hij en hun ouders waren trots op hen), en toen hadden ze het erover wat ze in Miami zouden kunnen doen, waaronder topless zonnebaden, mocht ze daar van houden. Niet dat hij dat verwachtte, helemaal niet. En nee, het was niet echt legaal, maar er waren wel meisjes die het deden. 'Als je zoiets zou willen,' zei hij, 'nou, je bent zo adembenemend dat je je gemakkelijk met de andere meisjes op het strand zou kunnen meten.'

Adembenemend. Zo had nog niemand haar genoemd.

Ze genoot nog van het compliment toen Kyle zei: 'Ik wil graag zeker weten dat je genoeg geld hebt voor de reis.'

'Ja, echt waar,' verzekerde ze hem, omdat ze onafhankelijk en volwassen wilde lijken. 'Ik heb een hele hoop spaargeld... omdat mijn ouders mijn studie betalen.' Dat was geen leugen, want ze betaalden inderdaad de kosten van de middelbare school. En ze zouden te zijner tijd ook haar studie aan de universiteit betalen. 'Dus, ja, geld is geen probleem. En bij jou? Ik zou je kunnen helpen als het nodig is.'

'Wat, mij? Nee, hoor, ik red me prima.'

'Weet je het zeker?' Hij klonk alsof hij iets probeerde te verbergen.

'Ik wil geen geld van jou aannemen. Bovendien ga ik bij mijn broer slapen en zo, dus heb ik weinig onkosten.'

'Oké. Maar ik betaal wel voor mijn eigen eten en zo.'

Hij lachte. 'Dus je bent zo'n geëmancipeerde meid, hè? Nou, daar heb ik geen moeite mee. Ik heb bewondering voor onafhankelijke karakters... dat is ook de reden dat ik geen geld meer aanneem van mijn ouders.' Zijn ouders en hij dachten niet overal hetzelfde over, legde hij uit, en dus had hij de band met hen verbroken. 'Goed dat jij niet zoiets extreems hebt hoeven doen.'

Savannah was onder de indruk van de kracht van zijn overtuigingen en zei: 'Nog niet. Mijn ouders begrijpen mij ook niet echt, snap je? Gelukkig heb ik altijd nog het geld van mijn fonds om van te leven als het echt erg wordt.' Dat maakte deel uit van haar vaders obsessieve strategie voor financiële planning en kwam pas tot haar beschikking als ze achttien was... maar dat vertelde ze er natuurlijk niet bij.

'Dat is inderdaad een geluk,' stemde Kyle met haar in.

Ze praatten nog een paar minuten, waarin hij haar weer vertelde dat hij nauwelijks kon wachten tot hij haar te zien kreeg, en dat hij nu al het gevoel had dat ze bij elkaar hoorden. 'Ik heb nog nooit zo snel zoiets voor een meisje gevoeld, weet je?'

'Nooit?' vroeg ze sceptisch maar hoopvol.

'Geloof me,' zei hij, 'jij bent anders dan andere meisjes. Je bent bijzonder, dat weet ik, dat zie ik... en ik wed dat andere kerels het ook zien.'

Toen ze de telefoon weglegde, gloeide ze helemaal. Ze ging in de spiegel kijken om het te controleren.

11

De zondagmorgen ging niet goed. De bevalling van de eenenveertigjarige Cristina Lang verliep na vijftien zware uren nog maar met een slakkengangetje, en Meg keek met tot spleetjes geknepen ogen in een bleek gezicht naar de babymonitor. De hartslag van de baby fluctueerde al een uur en werd nu gestaag langzamer. Zo zacht dat alleen Susan, de verpleegster, het kon horen, zei Meg: 'Je hebt gelijk: ik denk niet dat we een andere keus hebben. Bereid haar voor.'

Tegen de hevig bezwete aanstaande moeder zei ze: 'Cristina, je hebt vreselijk hard je best gedaan, maar ik denk dat we het nu toch moeten overnemen. Je baarmoederhals wil gewoon niet helemaal open gaan en ik weet niet zeker waarom, maar je kleine jongen raakt behoorlijk gestrest. We willen niet dat hij er blijvende gevolgen aan overhoudt, oké?'

Cristina's man Martin, een gezette man met een hoveniersbedrijf dat de tuin bij Meg en veel van haar buren onderhield, keek haar gealarmeerd aan. 'Het overnemen? Bedoelt u dat het geen natuurlijke bevalling wordt?'

'Het spijt me,' zei Meg tegen hem. 'Het was het proberen waard, maar er zit geen vordering in en de vertragende hartslag van de baby doet vermoeden dat de baby in de problemen zit.' Ze wendde zich weer tot Cristina. 'Soms moeten zelfs de best voorbereide moeders instemmen met plan B. Susan gaat je voorbereiden en ik zie je over een paar minuten in de operatiekamer.'

'Cristina pakte Megs hand beet. 'Gaat het goed met hem? Mijn baby, komt alles in orde met hem?'

'Daar ga ik wel van uit, als we hem er nu snel uit halen. Probeer je geen zorgen te maken.'

'Oké.' De vrouw knikte en Meg zag de opluchting in haar ogen. 'Oké, goed.'

Meg kneep even in haar hand en gaf Martin een schouderklopje toen ze langs hem de kamer uit liep om naar de operatiekamer te gaan. Ze was met haar gedachten bij de klus die voor haar lag toen ze de gang door en de hoek om liep. Toen ze net voor de deur naar de operatieruimtes struikelde, hervond ze snel haar evenwicht en liep door om zichzelf voor te bereiden op de geboorte van de baby.

Ze zette de kraan zo warm als ze het kon verdragen en schrobde goed tot onder de randen van haar nagels en in de plooien van haar handen. Het was jammer dat ze een scalpel nodig had om Cristina's werk af te maken, maar het kon nu niet anders en ze verheugde zich op het moment dat ze de glibberige baby eruit zou halen en aan de verpleegster zou geven, een nieuw klein wonder vol levenskracht. De regelmatige mogelijkheid om die eerste geschokte ademteug van een kind te aanschouwen was de reden dat ze voor verloskunde had gekozen; ze kende niets wat zo wonderlijk, verrassend of fantastisch was. Ieder gezond kind stond symbool voor mogelijkheden. Al die nieuwe kleine mensen die ze op de wereld hielp, herinnerden haar eraan dat haar eigen leven niet zo vreselijk belangrijk was – en maakten het gemakkelijker om haar eigen teleurstellingen te vergeten.

Keith, de gezette ok-verpleegkundige duwde de deur open. Zijn eigen vrouw moest een dezer dagen voor het eerst bevallen. 'We zijn bijna zover. Bent u klaar, dokter?' vroeg hij.

Ze duwde met haar elleboog de kraan dicht. 'Ik kom eraan.'

Hij knikte en stapte terug de operatiekamer binnen. Meg keek door het raam terwijl ze haar handen afdroogde, dacht aan de positie van de baby, eerder littekenweefsel aan Cristina's baarmoeder, hoeveel tijd er was verstreken sinds ze de beslissing had genomen om te opereren. Spoedkeizersneden waren het minst favoriete onderdeel van haar werk en waren alleen al door hun aard de riskantste procedures. De moeders moesten onder algehele narcose worden gebracht, de baby's hadden het altijd al moeilijk – deze operaties leken ondanks haar expertise en ondanks haar absolute toewijding aan de patiëntes altijd een gok. Ze hoefde ze alleen maar uit te voeren wanneer iets wat geacht werd voorspelbaar en routinematig te zijn, als in een stroomversnelling in het tegenovergestelde veranderde.

Ze liep achterwaarts de deuren door om haar handen steriel te houden en liet zich door een assistent in een operatiejas en handschoenen helpen. Haar rechterarm, de arm waar ze problemen mee had, voelde een beetje stijf en loom aan toen ze hem uitstak voor de handschoen. Zodra de assistent opzij was gestapt, stak Meg haar handen omhoog en rekte zich uit.

'Heb je behoefte aan een tukje?' vroeg Clay Williams, de nieuwe chirurg, die haar zou assisteren. 'Susan zei dat jullie al de hele nacht met deze bevalling bezig zijn geweest.'

'Dat klopt,' zei Meg terwijl ze naar de operatietafel liep, waar hij vanaf de andere kant naar haar keek. 'Maar ik denk dat ik met dat tukje toch maar wacht tot we klaar zijn.'

'Tja, dat lijkt me wel een goed idee,' gekscheerde Clay. Zijn mond ging schuil achter zijn groene masker, maar ze zag zijn glimlach in zijn ogen, evenals een soort belangstellende genegenheid die haar verbaasde. Flirtte hij met haar? 'Jullie professionals weten het het beste,' voegde hij eraan toe.

Hij was beslist enkele jaren jonger dan zij en ze hadden nog maar een paar keer samengewerkt, bij een paar congressen contact met elkaar gehad en zo nu en dan even gekletst na een stafvergadering. Ze antwoordde vriendelijk maar terughoudend: 'Ik heb de aanpak van slapen tijdens een operatie wel geprobeerd, maar op de een of andere manier voldeden de resultaten niet aan de normen van de American Medical Association.'

'Bah, normen zijn er om van af te wijken,' zei Clay. Doelde hij ook op huwelijksnormen, of verbeeldde ze zich dat sprankje interesse en die suggestieve toon maar?

De anesthesist, een serieuze man van middelbare leeftijd die Leo heette, richtte Megs aandacht weer op het werk dat hen wachtte. 'Ze is er helemaal klaar voor.'

Meg keek naar haar nu bewusteloze patiënte, naar de steriele doek rond Cristina's jodiumoranje buik, en keek of alles op z'n plaats lag op het blad met instrumenten. 'Wat was de laatst gemeten hartslag van de baby?' vroeg ze.

'Eenentachtig, net voor we hem van de monitor haalden.'

Erg laag, maar nog niet per se kritiek. Meg knikte het team verpleegsters, assistenten en neonatologen toe en zei: 'Oké, laten we hier maar een verjaardag van maken.'

Aanvankelijk leek alles in orde. Ze pakte het scalpel zonder problemen stevig vast en zette het blad op de huid net boven Cristina's schaambeen. Toen was het net of ze zomaar alle kracht uit haar arm verloor. Het scalpel viel uit haar vingers op de rand van de operatietafel en landde kletterend op de grond. Meg keek gegeneerd en bezorgd op. Er verkeerde een baby in nood; haar arm kon nu niet weigeren mee te werken.

'Strooivingers,' schertste ze terwijl haar het zweet uitbrak op haar voorhoofd, onder haar armen en in haar handpalmen.

'Je moest dat scalpel maar niet meer gebruiken, ' grapte Clay terug.

'Goed dat je het zegt, een nieuw scalpel.' Meg knikte in een poging het spelletje mee te spelen. Ze keek naar haar hand. Die lag nog op Cristina's buik, de buik waar een baby in zat die bijna zeker hard achteruitging. Het vergde al haar concentratie om haar hand op te tillen en naar haar borst te trekken.

'Alstublieft,' zei de assistent, die haar een tweede scalpel voorhield. Meg keek naar het glanzende stalen lemmet dat haar leek uit te dagen. Het moment strekte zich uit in een lang, pijnlijk uitstel, waarin Meg haar arm aanspoorde normaal te reageren. Haar arm voelde loodzwaar aan.

Ze pakte met haar linkerhand haar pols beet en deed abrupt een stap naar achteren.

'Dokter Williams, zou u het willen overnemen?' vroeg ze, en ze voelde dat iedereen haar bezorgd aankeek. 'Ik heb... kramp. In mijn hand.'

'Ik... natuurlijk,' zei Clay. Hij haastte zich om de tafel heen en pakte het scalpel. 'Bedankt dat u me de kans geeft,' zei hij, en het klonk of hij meende dat ze deed alsof, om hem een gunst te bewijzen.

Ze leidde haar aandacht weg van haar arm en richtte die op de cruciale taak om Cristina's baby ter wereld te brengen. Ze leidde Clay door de voor hem relatief onbekende procedure heen. Hij werkte snel en zelfverzekerd, maar toen hij de baby tevoorschijn haalde, was duidelijk dat er iets mis was. Het jongetje was welgevormd, maar grauw en bewegingloos toen Clay het in de handen van de neonatoloog legde. Clay keek haar aan met ogen vol afgrijzen.

Ze was zelf diep geschokt, maar probeerde toch hem gerust te stellen. 'Je hebt alles juist gedaan.' Achter hen probeerden de specialist en zijn team de baby tot leven te wekken. 'Laten wij hier verder gaan,' zei ze met een knikje naar de patiënte, die, hoe moeilijk het voor elke verloskundige ook was om daaraan te denken als er problemen waren met de baby, haar voornaamste prioriteit bleef.

'Juist,' zei Clay. 'Wil je dat ík...'

'Ja,' zei ze zacht. 'Mijn arm...' Ze fronste haar voorhoofd.

'Geen probleem.'

'Dank je.'

Ze bleef erbij staan en voelde zich vreselijk hulpeloos. Wat was er misgegaan? Ze dacht terug aan Cristina's weeën, aan de handelingen en procedures tijdens de operatie, de problemen met de hartslag van de baby – maar zodra Clay de rest van de navelstreng en de placenta tevoorschijn haalde, werd duidelijk wat de oorzaak was: een knoop in de navelstreng.

'Shit,' zei ze, terwijl ze haar linkerhand ernaar uitstak. 'Dat moet al vroeg in de zwangerschap zijn gebeurd.' In zeldzame gevallen wist een erg actieve foetus met een erg lange navelstreng daar een knoop in te leggen. Ook in zeldzame gevallen werd dat tijdens een echografie niet zichtbaar. Op een gegeven moment tijdens de bevalling werd de knoop, die tot dusver los genoeg was geweest om geen problemen te veroorzaken, strakgetrokken en werden de bloed- en zuurstoftoevoer van de baby afgesneden. In de minuten – letterlijk minuten – tussen het moment dat ze de monitor hadden afgekoppeld en het moment dat Clay de baby uit de baarmoeder haalde, was de baby overleden. Zwijgend en zonder verzet weggezakt. Ze hadden het onmogelijk kunnen weten, of iets anders kunnen doen als ze het wel hadden geweten. Behalve... behalve de pakweg vijfenveertig seconden nadat zij het scalpel had laten vallen: het was mogelijk dat die seconden het verschil hadden gemaakt. Clay stootte haar met zijn elleboog aan en toen ze opkeek schudde hij zijn hoofd alsof hij wist wat ze dacht, alsof hij wilde zeggen dat ze zichzelf niet de schuld moest geven.

Ze keek achter hen, naar de afhangende schouders van de groep rondom de behandeltafel met de baby en slikte moeizaam.

Twee uur later stonden Clay en Meg zwijgend samen in de lift toen hij op de stopknop drukte.

Geschokt zei ze: 'Wat doe je nou?'

Clay raakte haar kin aan, zodat ze naar hem op moest kijken. 'Het is niet jouw schuld.'

Ze wendde haar blik af. 'Dat weet je niet. Als ik mijn arm niet...'

'Je wist toch niet van tevoren dat die zou verkrampen.'

'Ik wist dat het kon gebeuren. Het is vorige week ook een keer gebeurd.'

'Een keer. Vorige week.'

Ze waardeerde zijn steun, maar de waarheid was dat ze al iets had gevoeld toen ze zich aan het omkleden was. Dat had ze genegeerd en nu was er een baby dood.

Clay vervolgde: 'Luister eens, stel dat we die minuut konden terugwinnen. Dan zou de baby het misschien – en ik leg dubbel de nadruk op "misschien" – overleefd hebben, maar in dat geval zou hij bijna zeker ernstig hersenletsel hebben gehad door het zuurstoftekort dat hij al had opgelopen en zou hij hun hele verdere leven van zijn arme ouders afhankelijk zijn geweest. Ik weet dat het bot klinkt, maar hij zou een plantje zijn geweest.'

'Misschien,' gaf ze toe. Ze probeerde zich voor te stellen hoe Cristina en Mark aan de behoeften van zo'n kindje tegemoet probeerden te komen, met daarnaast de zorg voor hun mollige, schattige tweejarige dochter Chloe, die ze ook – en wel heel vlot – met een spoedkeizersnede had verlost. Ze zag hun nieuwe baby'tje met wezenloze ogen, permanente sondevoeding en beademing, en zonder toekomst. Zo'n leven wenste ze niemand toe.

Clay pakte haar rechterhand tussen zijn handen, masseerde die zachtjes en keek haar in de ogen. 'We kunnen ze niet allemaal redden, dat weet je. Verdorie, we kunnen amper onszelf redden.'

Ze wist zonder ernaar te vragen dat hij op zijn aantrekkingskracht voor haar, een getrouwde vrouw, doelde. Dat hij wilde zeggen dat ze geen controle hadden over de dood, de vreemde machten die mensen bij elkaar brachten, of de liefde. Ze stond een moment lang toe dat hij haar zo bleef aankijken, een moment waarin de steun, troost en genegenheid van iemand die echt begreep hoe het zat, precies de pleister op de wonde was die ze nodig had.

Helaas kon het niet voortduren. 'Ik moet gaan,' zei ze. De rest van de verplichtingen van die dag drong zich op en herinnerde haar eraan dat haar wereld buiten dat tedere gebaar lag, dat het verkeerd was om het te verwelkomen.

Clay zei: 'Ik ook,' maar hij bleef haar hand vasthouden, en zij trok die niet los. 'Meg...'

'Clay.'

Hij zuchtte even, liet haar toen los en boog voorover om de lift weer in gang te zetten. Die begon met een rukje aan de rest van de weg naar de begane grond.

'Je bent een verdraaid goede arts,' zei hij. 'Dat zegt iedereen.'

'Jij hebt vandaag goed werk geleverd,' zei ze tegen hem.

Het belletje klonk en de deuren gleden open. Ze stapte als eerste uit de lift, een menigte vroege bezoekers tegemoet. 'Probeer wat van de rest van je weekend te genieten,' zei ze.

Hij knikte. Er was niets uit zijn ogen af te lezen. 'Jij ook.'

Ze liep weg van hem, weg van het ziekenhuis, het papierwerk, de rouwende ouders die haar al welwillend hadden vrijgesproken van onjuist handelen... voorlopig althans. Haar andere verantwoordelijkheden riepen haar: ze moest haar vader bellen om hun afspraak voor het eten af te zeggen, Savannah moest worden opgehaald van de wedstrijd die Meg was misgelopen, Brian had haar een berichtje gestuurd om te vragen of ze een fles Moët wilde kopen voor een vriend van hem die zich had verloofd. Genotzucht, zeker met Clay Williams, was een luxe die ze zich niet kon veroorloven.

12

Savannah en Rachel zaten in het bubbelbad naast het zwembad, en Meg stond aan het zwarte granieten aanrechtblad een broodje kalkoen te maken. Het werkblad glom zo dat ze zichzelf erin weerspiegeld zag, een vermoeide vrouw met een diepe rimpel tussen haar wenkbrauwen. Ze hief haar hand op naar de rimpel, wreef erover en trok toen de huid op haar voorhoofd uit elkaar om de rimpel weg te vagen. Dat was beter, al dacht ze wel dat ze het graniet misschien moest verruilen voor iets mats; dat glimmende spul was duidelijk gemaakt voor echt huiselijke types, die een vrolijk deuntje floten terwijl ze mengden en kneedden, hakten, bakten en braadden, met niets anders dan een smakelijke maaltijd in gedachten. Een aanrechtblad hoorde een vrouw niet aan haar spanningen en tekortkomingen te herinneren. Het was al erg genoeg dat ze zo'n prachtige keuken had; het feit dat die nauwelijks werd gebruikt zorgde voor een vaag, maar altijd aanwezig schuldgevoel.

Door de geopende tuindeuren kon ze de meisjes horen lachen en hun mobieltjes om de paar minuten horen rinkelen terwijl zij met haar rechterhand mayonaise over een volkorenboterham uitsmeerde. Ze doopte het mes in de pot, schepte er kleine beetjes mayonaise uit en smeerde die telkens weer probleemloos met de punt van het mes uit zonder enig teken van zwakte. 'Verdorie,' zei ze.

Toen haar eigen mobieltje begon te trillen in de zak van haar witte linnen broek, schrok ze daarvan en liet ze het mes op de grond vallen. Ze haalde de telefoon uit haar zak, zag dat het haar zus Kara was en nam het gesprek aan.

'Hoi, zus,' zei ze, ervoor zorgend dat haar stem normaal klonk, zoals toen ze de meisjes had opgehaald. Wat kon ze toch goed doen alsof.

'Heb je het gezien?' vroeg Kara.

'Wat gezien?'

'De officiële aankondiging... Carsons verloving, wat anders?'

Natuurlijk was Kara daar helemaal opgetogen over. Ze had Carsons carrière en leven gevolgd als een groupie, precies zoals ze vroeger Meg en Carson over de heuvels en velden achterna was gelopen. 'Ik heb er iets over op de webpagina van CNN zien staan,' zei Meg, en ze bukte om het mes op te rapen. 'Bedoel je dat?'

'Nee, dat niet. In de krant van Ocala staat de officiële aankondiging.'

'Hoe weet jij dat nou?' vroeg Meg terwijl ze het mes opraapte. Kara woonde op het moment in het noorden van Californië, dicht bij de luchtmachtbasis Travis waar haar man Todd, een sergeant-majoor die nog drie jaar te gaan had tot zijn pensionering, zijn tijd uitdiende.

'Ik heb het online gelezen – hoe denk je dat ik anders op de hoogte blijf van wat er thuis gaande is?' Voor Kara, die al op vier plaatsen had gewoond sinds ze Florida in 1992 had verlaten, zou alleen Ocala ooit echt thuis zijn. Ze had Meg verteld dat ze Todd probeerde over te halen om daarheen terug te gaan als zijn diensttijd erop zat; ze wilde een kwekerij beginnen. Ze had het al helemaal uitgewerkt en wist zeker dat het een hit zou worden. Van alle zusjes leek Kara het meest op hun vader.

'Ik dacht natuurlijk dat je helderziend was,' zei Meg.

'O, was het maar waar! Dan zou ik me niet zo druk hoeven te maken over wat de kinderen uithalen. God weet dat ze me niet alles vertellen! Nou, ik kan in elk geval wel het nieuws lezen... en je moet dit echt zien. Je hebt de krant toch, of niet?'

'Jawel, maar ik heb hem nog niet gelezen.'

'Je hebt hem nog niet gelezen? Jezus, het is daar bij jullie halfvijf! Wat heb je de hele dag gedaan?'

Kara's onschuldige vraag stak als een ijspriem in haar borst, maar ze dwong zichzelf kalm te blijven. 'Ik ben de hele nacht en ochtend bezig geweest met een bevalling, en vanmiddag had Savannah een softbalwedstrijd. Ik heb nu net pas de kans om een boterham klaar te maken en vijf minuten te gaan zitten.'

'Ga dan nog maar niet zitten en pak eerst de krant zodat je dit kunt bekijken.'

Terwijl Meg naar de woonkamer liep, waar Brian de krant na een snelle blik op de voorpagina en het sportkatern had laten liggen, vroeg Kara haar hoe het met hun vader was.

'Heb je hem zelf dan niet gesproken?' vroeg Meg.

'Al een week of twee niet. Hij is kwaad omdat we deze zomer niet langs kunnen komen. Hij neemt volgens mij expres de telefoon niet op. Maar ik weet dat het goed met hem gaat, anders zou jij het me wel verteld hebben.'

Natuurlijk dacht ze dat; Meg was de poortwachter als het om informatie ging; dat was altijd al zo geweest. Haar ouders hadden haar achtergelaten om op haar zusjes te passen, en nu hadden haar zusjes haar achtergelaten om op haar ouders – één ouder inmiddels – te passen en zij moest altijd iedereen op de hoogte houden. 'Hij maakt het prima. Begint gewend te raken daar. Zijn linkernier speelt wat op.'

'Eet hij wel goed? Echt, hij is zó eigenwijs! Wat is er dan met die nier?'

Meg pakte het lifestylekatern van de krant, waar elk weekend de verlovings- en huwelijksaankondigingen in stonden. 'Dat weet ik niet zeker; ik heb gezegd dat hij zijn nefroloog moet bellen.'

'Vooruit maar weer met je moeilijke woorden,' plaagde Kara. Ze was intelligent, maar had niet gestudeerd, omdat ze al op haar negentiende met Todd was getrouwd, drie jaar na hun ontmoeting tijdens Megs bruiloft, waar hij auto's parkeerde om wat geld te verdienen voordat hij aan een basisopleiding begon. Ze hadden vier kinderen gekregen – allemaal jongens. Meg hoopte dat Kara wat de verhuizing naar Florida betrof haar zin zou krijgen; ze miste haar zus, die na Carson haar beste vriendin was geweest. Ze had nu ook een hechte band met Beth, en ze kon haar zusters per vliegtuig opzoeken als ze daar tenminste de tijd voor kon vinden. De tijd verschool zich net zo goed voor haar als Savannah dat in winkels had gedaan toen ze nog klein was; de tijd weigerde koppig zich te laten vinden.

Meg liep terug naar de keuken en zei: 'Oké, ik heb de krant... het lifestylekatern, neem ik aan.'

'Sla het open op bladzijde twee.'

Meg deed dat en zag de aankondiging staan. 'Grammy-winnaar Carson McKay trouwt met juffrouw Valerie Haas uit Malibu', luidde het bijschrift bij een foto van het verloofde paar. Meg sloeg de krant dicht.

'Nou?' zei Kara. 'Is ze niet vreselijk schattig?'

'Jazeker, vreselijk schattig,' zei Meg. Ze was klaar met het beleggen van haar boterham en pakte het mes weer om hem door te snijden.

'Ik had me hem nooit voorgesteld met een professionele surfster. Heb je ooit van haar gehoord? Mijn god, hier staat dat ze tweeëntwintig is! En hoe oud is hij? Veertig?'

Een professionele surfster? Meg had zelfs nooit van een dergelijke carrière gehoord, zeker niet voor vrouwen. 'Nog niet... hij is tot november nog negenendertig.' Zelf werd ze eind juni negenendertig.

'Ik vraag me af wat ze voor zijn veertigste verjaardag gaan doen. Waarschijnlijk een heel eiland afhuren voor een feestje met hun honderd beste vrienden.'

Toen Kara dat zei, zag Meg Carson voor zich op de oude schommel; hij zat met zijn benen door de autoband heen en hield zich vast aan het dikke touw waarmee ze die aan een hoge tak van de eik hingen in de buurt van het meertje waar ze vaak zwommen. Hij leunde achterover en zette zich met zijn blote voeten af, zodat hij langzaam ronddraaide. Zij keek vanaf de schaduwrijke voet van de boom toe. 'Voor je veertigste verjaardag,' zei hij, 'neem ik je mee op safari in Afrika.'

'O, ja?' vroeg ze, maar ze had meer belangstelling voor zijn blote rug dan voor iets wat misschien over meer dan twintig jaar zou gebeuren.

'Ja, daar kun je van op aan,' zei hij.

'En met jouw veertigste verjaardag?' vroeg ze.

'Thailand,' antwoordde hij, 'voor garnalen met citroengras.' Daarna liet hij de band terugdraaien terwijl hij omhoogkeek naar de eikenbladeren alsof hun toekomst daar was uitgetekend; alsof episoden van hun toekomstige leven samen nu al op de getande bladeren te bekijken waren.

Kara lachte. 'God. Zeventien jaar.'

Heel even dacht Meg dat Kara bedoelde hoeveel tijd er sinds die dag verstreken was. Geen zeventien jaar, dacht ze. Twintig... nee, eenentwintig. Toen realiseerde ze zich dat Kara het leeftijdsverschil tussen Carson en zijn verloofde uitrekende. Geen wonder dat ze zeiden dat hij haar uit de wieg had gestolen; zijn toekomstige bruid leerde waarschijnlijk nog maar net lopen toen hij Meg die safari beloofde.

'Als dat hem gelukkig maakt,' zei Meg, die het onderwerp wilde afsluiten. 'En vertel me nu eens, hoe staat het met je plannen voor een kwekerij?'

'Hoor ik daar een poging om van onderwerp te veranderen? Kom op, zeg, Meggie, jij hebt je kans gehad en hebt die laten schieten.'

'Dat klopt,' zei Meg. Zij noch haar ouders hadden Kara, Beth of de jongste, Julianne, ooit de hele waarheid verteld over de reden dat zij en Carson uit elkaar waren gegaan.

Kara zuchtte. 'Jezus, als ik had geweten dat hij beroemd zou worden, was ik zelf achter hem aan gegaan. Niet dat ik iets tegen Todd heb.'

'Natuurlijk.'

'Ach, ik neem aan dat we het allebei hebben verpest wat Car betreft – daar zullen we mee moeten leven. Maar het leven is goed, niet dan? Ik bedoel, ik heb Todd en de jongens, jij hebt Brian en Savannah. Je zou haar nergens voor willen ruilen, zelfs niet voor een kind van Carson.'

'Nee,' stemde Meg met haar in, hoewel het natuurlijk heel goed mogelijk was dat de twee kinderen waar Kara op doelde – Savannah en een theoretisch kind van Carson – in feite één en dezelfde waren. Kara had er geen idee van dat Savannah misschien niet Brians dochter was. Ze had er geen idee van dat Meg op de ochtend van haar trouwdag naar Carson toe was geglipt en dat ze de deur lang niet zo stevig achter zich had weten te sluiten als ze verwacht had.

'Is alles goed met je? Je klinkt wat slapjes. Misschien moet je even gaan rusten. God, ik wou dat ik daar een keer tijd voor had! Je zou mijn keuken eens moeten zien – denk je dat Keiffer en Evan hun boterhambordjes voorbij de gigantische dagelijkse vaatberg en in het aanrecht kunnen krijgen? Maar goed, ik kan maar beter gaan; ik hoor Tony ergens over krijsen en Todd is in de garage bezig.'

Meg glimlachte om de vrolijke wanorde in haar zusters huis. 'Ik ben blij dat je belde.'

'Zeg tegen papa dat hij me moet bellen. Kusjes voor allemaal,' zei Kara nog en toen hing ze op.

Meg bleef daarna nog zeker een minuut met de telefoon in haar hand staan, overmand door gevoelens van melancholie en verlies. Ze miste Kara, Beth en Julianne, maar zij liepen tenminste nog rond. Zij waren nog te bereiken na een halve dag vliegen. Hun moeder, daarentegen, was hen zo plotseling ontnomen dat Meg soms nog steeds de telefoon pakte om haar te bellen en zich dan pas realiseerde dat ze haar voor altijd kwijt was. Hoe werd een meisje – nou ja, een vrouw dan – geacht het te redden zonder haar moeder? De dagboeken boden haar een venster waardoor ze haar moeder in het verleden kon zien, maar hoe zat het met het heden, nu ze een troostende arm om haar schouders nodig had?

'O, mam,' zuchtte ze. 'Is dit het nou?'

Het stille duister van de afgeschermde veranda bood Meg die nacht maar weinig vertroosting toen ze daar in een tuinstoel van een glas pure jenever zat te nippen. Brian en Savannah sliepen al uren, maar zij had nog niet eens zin om haar ogen dicht te doen. Ze was wel moe; zo moe zelfs dat ze niet eens meer kon uitrekenen hoeveel uur het geleden was dat ze had geslapen. Haar gedachten raasden door haar hoofd als een stroomversnelling in een rivier, waardoor ze onmogelijk kon slapen.

Haar moeder had, zo wist ze, bijna haar hele leven in beroering geleefd; ze was de jongste van acht kinderen van wie de vader in Normandië was gestorven. Ook in haar huwelijk had ze veel beroering gekend; Megs vader zat voortdurend vol halfhartige plannen die uiteindelijk op niets uitliepen. Het eerste was een citruskwekerij zoals die van de McKays, met duizenden jonge bomen die in het tweede jaar doodgingen door een of andere plantenziekte waarvan hij niets had geweten. Daarna kocht hij het land dat later hun stoeterij zou worden en bouwde er een reusachtige plantenkas op, voor een naar verwachting eenvoudiger plan om zeldzame orchideeën te kweken en aan verzamelaars te verkopen. Noch hij noch haar moeder, die tegen die tijd ook háár al had om voor te zorgen, had verstand van de dure, gevoelige planten, die gestaag stierven terwijl de schuld groeide.

Kort na Kara's geboorte, toen Meg vijf was, gaf hij die droom op; ze verkochten alle orchidee-toebehoren met verlies en bouwden paardenstallen met het doel niet alleen volbloeden te stallen, maar ook te fokken. Haar vader was er zeker van dat zijn overtuigingskracht welbesteed was aan de paarden of de mensen die ze wilden kopen. Hij had net vaak genoeg succes om zichzelf over te halen nog meer geld in de onderneming te stoppen, en tegen de tijd dat negen jaar na Meg Julianne werd geboren, zat het gezin stevig gekluisterd aan wat haar vaders langdurigste obsessie zou worden.

Ze herinnerde zich vele malen – in feite hele seizoenen – dat haar zussen en zij als lunch alleen brood met jam aten, of eieren van de luidruchtige, schichtige kippen die ze hielden. Ze droegen schoenen uit de tweedehandswinkel en kleren van particuliere verkoop.

Ze leerden al jong de telefoon opnemen en de schuldeisers beleefd mee te delen dat hun ouders druk aan het werk waren, maar of ze misschien een boodschap konden aannemen. Ze had haar zusjes daarin getraind, terwijl die gedrieën in een aflopend rijtje voor haar stonden en om de beurt mochten oefenen aan de telefoon. Ze was toen twaalf geweest, misschien dertien.

'Leer het ze allemaal,' had haar moeder gezegd. 'Je weet dat Julianne vaak hard naar de telefoon rent.' Julianne was met haar drie jaar het gemakkelijkst te trainen geweest; ze vond het geweldig om te imiteren, om complimentjes van Meg te oogsten, terwijl Kara en Beth vragen stelden die Meg niet kon beantwoorden en ook niet aan haar ouders wilde doorgeven.

'Waarom blijven de mensen bellen, Meggie?'

'Waarom willen papa en mama de telefoon niet opnemen?'

Alleen wanneer er een of andere grote man aan de deur kwam – altijd in een slecht passend pak – handelde haar vader de zaak zelf af. Door haar slaapkamerraam zag ze de mannen vertrekken nadat haar vader hen met een glimlach en een hand naar hun onopvallende sedan had geleid. Dubieuze beloften makend die, een paar jaar later, tot een van de hare hadden geleid.

Haar welvarende volwassen leven was nauwelijks te vergelijken met de waanzin die haar moeder zoveel jaren had moeten doormaken, maar ze vond het wel leuk dat ze hetzelfde gelijkmatige temperament hadden. Zo lang als ze zich kon herinneren had ook zij crises het hoofd geboden door erop te vertrouwen dat zich vanzelf een oplossing zou aandienen... altijd met hulp van de Heilige Maagd, natuurlijk. Dat was althans wat haar moeder haar wilde doen geloven. Meg onderging het allemaal, te druk bezig met op haar zusjes passen, de kippen voeren, of de reeks paarden te roskammen die volgens haar vader allemaal Triple Crown-winnaars in de dop waren, om iets anders te doen.

Vannacht beloofde het zachte lied van de krekels buiten de veranda geluk, iets waar ze op het moment vreselijk weinig van leek te hebben. Zodra het zelfmedelijden de kop opstak, duwde ze het ook weer weg; ze had helemaal het recht niet om zichzelf zielig te vinden. Ze bedacht dat ze, afgezien van de onweerhoudbare medische crises waarmee ze als arts soms te maken kreeg, zelf verantwoordelijk was voor alles in haar leven, het mooie en het minder mooie.

Verantwoordelijkheidsgevoel was de eigenschap die haar ertoe had gebracht haar ouders te redden van een dreigend faillissement, zodat haar zusjes op de stoeterij konden blijven wonen in plaats van in een klein, van kakkerlakken vergeven appartement. Het was de eigenschap die haar ervan weerhield definitief antwoord te zoeken op de vraag wie Savannahs vader was. Die eigenschap maakte haar tot een populaire, gerespecteerde arts – en temperde haar schuldgevoel wanneer dingen zelfs nog misgingen terwijl zij alles goed had gedaan. Ze was altijd voorzichtig en verantwoordelijk, ook wanneer ze dat niet wilde zijn. Bijna altijd.

Maar zoals haar moeder er ondanks dappere pogingen niet in was geslaagd de familie te redden van de ondergang die zeker was geweest totdat Meg met Brian trouwde, zo waren Megs inspanningen niet voldoende geweest om de baby van de Langs te redden. Evenmin hadden ze haar het bevredigende leven bezorgd dat ze na haar huwelijk te zijner tijd had verwacht te zullen krijgen. Je kon hard werken en je aan alle regels houden en dan toch falen.

Ze begon zich dan ook af te vragen waarom ze nog zo verdraaid hard haar best deed.

De zoete, zwoele geur van oude kamperfoeliebloesem dreef Meg op de warme nachtelijke bries tegemoet. Ze sloot haar ogen, ademde diep in en zette de zwaarmoedige gedachten van zich af, haar zorgen om haar arm, het schuldgevoel om het verlies van de baby van de Langs, en het vreemde gebrek aan schuldgevoel omdat ze Clays attenties had aangemoedigd... dat alles zette ze van zich af terwijl ze zich volzoog met het sensuele parfum van de natuur. Een warme voorjaarsnacht. Zoet geurende bloemen. Vochtige aarde. De geur van wilde munt en pas gemaaid gras.

Het gras bracht haar voor even weer op iets wat Brian die avond had gezegd. Ze had hem over de doodgeboren baby verteld en hij reageerde natuurlijk vol medeleven. 'Jezus, Meg, wat vreselijk voor hen,' zei hij. Maar toen voegde hij eraan toe: 'Ik wil niet ongevoelig lijken, maar denk je dat Lang nog steeds ons gazon zal willen doen?'

Altijd praktisch.

Aan de oostkant van hun 1,2 hectare grote perceel in een wijk vol soortgelijke percelen begon een spotvogel te zingen, die kennelijk in de war was wat de tijd betrof. Meg draaide haar hoofd in de richting van het geluid, alsof ze om drie uur 's nachts een spotvogel zou kunnen zien zitten. Ze zag wel de silhouetten van hoge dennen, eiken en magnolia's en vroeg zich af of de spotvogel misschien ook een slechte dag van zich af probeerde te zetten: een belediging van zijn partner, of een verwonding door een te geestdriftige vlucht. Misschien moest zij ook gaan zingen, ondanks het tijdstip; bij Savannah werkte het. En ze nam aan dat het bij Carson ook werkte.

Ze trok haar blote benen op en sloeg haar armen eromheen – beide armen deden natuurlijk precies wat ze hoorden te doen. Ze legde haar kin op haar knieën en liet zich meevoeren door gedachten aan Carson en het nieuws dat hij op het punt stond te gaan trouwen.

Ze kon waarschijnlijk maar beter gewoon haar nieuwsgierigheid bevredigen en de details gaan lezen... en hen misschien zelfs een huwelijkscadeautje sturen. Wie Valerie Haas ook was, ze moest wel heel indrukwekkend zijn, als je bedacht hoe lang Carson vrijgezel was gebleven en hoe begerenswaardig hij was.

Ze kon waarschijnlijk maar beter uitzoeken hoe het precies zat met het huwelijk en de bruid, zodat ze er niet meer door werd afgeleid, zodat ze dat hoofdstuk van haar leven kon afsluiten... had ze dat niet al veel eerder moeten doen?

Carson getrouwd. Verliefd; een goede zaak, ook al veroorzaakte de gedachte pijnlijke bezitterige gevoelens bij haar. En ook al leidde de gedachte dat hij voorgoed met iemand anders verbonden zou zijn tot een scherpe steek van pijn in haar hart.

13

Meg nam op maandag een van de notitieboek-dagboeken mee naar haar werk en las het in haar kantoor tijdens de lunchpauze.

5 december 1987
Carolyn en ik hadden het vandaag in de winkel over de kinderen. Carson denkt erover voor de kerst een ring voor Meggie te kopen. Hij heeft het Meggie nog niet verteld. Niets is zo natuurlijk als dat die twee zullen gaan trouwen. Caro denkt dat hij van plan is in april te trouwen, omdat Meggie zo van het voorjaar houdt. Heel eerlijk gezegd had Carson het tijdstip niet beter kunnen uitkienen, want als het zo doorgaat als nu zijn we de stoeterij in mei kwijt.

Maar natuurlijk was het niet zo gegaan. Brian was degene die haar twee weken voor kerst – in zekere zin – een aanzoek had gedaan, in een periode waarin ze de romantiek van zijn gebaar niet over het hoofd kon zien.

Hij was al enkele maanden niet meer haar supervisor, maar ze zag hem vaak. Vroeg in de herfst vertelde hij tegen haar dat hij van de kasafdeling was overgestapt naar de afdeling investeringen omdat hij hoopte met haar te kunnen uitgaan. Hij drong niet erg sterk aan en verzekerde haar dat haar carrière absoluut niet zou lijden onder haar besliste weigeringen om meer te doen dan af en toe op vriendschappelijke voet met hem gaan lunchen. Ze liet hem nooit voor haar betalen.

Deze lunch was anders dan alle voorgaande.

Ze gingen naar Margot's, een restaurantje dat zij zich zelf niet kon veroorloven, als 'kerstcadeautje... op mijn kosten', had hij gezegd. De zaak was voor de feestdagen versierd met verse hulst, twinkelende witte lampjes en donkerrode fluwelen linten boven de deuropeningen. Brian ging tegenover haar zitten aan een intiem tafeltje met een wit tafelkleed erop en zei tegen haar dat hij een buitensporig voorstel had. Of ze het wilde aanhoren en beloven erover na te denken?

'Meg,' zei hij, 'ik heb een poosje geleden, toen jij op een vrijdag niet in de Trough was, iets indrukwekkends gehoord. Ik luister gewoonlijk niet naar roddels, maar... nou ja, dit is wat ik hoorde: Vicky vertelde Mark dat jij je hele salaris aan je ouders geeft om ze te helpen de rekeningen te betalen, en dat je dat al doet sinds je bij ons begonnen bent.'

Haar wangen brandden; Vicky hoorde daar helemaal niet over te praten, en zeker niet wanneer iemand als Brian kon meeluisteren. Ze schaamde zich voor de problemen van haar familie en had het gevoel dat die haar ook een slechte naam bezorgden. Ze zei: 'Ja, nou, ze hebben inderdaad wat geldproblemen gehad. Een van de hengsten heeft een been gebroken en...'

'O, begrijp me niet verkeerd... ik vind het geweldig wat je doet. Het is vreselijk gul en loyaal. Welk kind offert tegenwoordig nog zijn eigen plannen op om zijn ouders te helpen?'

Meg haalde haar schouders op. 'Ik moet helpen als ik dat kan.' Voor haar was de keus simpel en net zo'n automatisme als ademhalen.

74

'En je bent ook loyaal aan de bank; je werkt hier nu al – wat? – meer dan twee jaar? En dan is er nog die trouw aan je vriendje – daar ben ik minder blij mee.' Hij lachte.

Ze haalde weer haar schouders op, verlegen maar toch ook gevleid, wat, zo vreesde ze, ontrouw was. Haar gezicht werd nog roder.

Hij nam haar hand in zijn eigen koele, gladde kantoorhanden. 'Ik heb bewondering voor je en je weet dat ik je heel graag mag, Meg. Je werkt hard, je zorgt voor je familie, en jezus, je bent zó knap. We kennen elkaar al een poos, nietwaar? We werkten prettig samen, we kunnen goed met elkaar overweg, en... ik weet dat het idioot klinkt, maar ik... ik wil je helpen. Je moet me een kans geven, Meg; je bent het aan jezelf verschuldigd om te proberen of we zo goed bij elkaar passen als ik denk. En als je dat vindt, wil ik graag dat je overweegt om met me te trouwen.'

Ze wist zeker dat ze hem verkeerd had verstaan. 'Wát wil je?'

'Als je ermee instemt met me te trouwen, nou, dan zouden pa en ik in de positie zijn om je ouders te helpen met hun hypotheek.' Hij stak een hand op om haar protest te weren. 'Ik weet dat het klinkt alsof ik je probeer om te kopen, maar zie het maar als een premie. Een bonus.'

'Hoezo weet jij van hun hypotheek?' Zelfs zij wist weinig concreets over de financiën van haar ouders.

'Wij verstrekken die,' zei Brian. 'Ze hebben hem een paar jaar geleden bij ons ondergebracht. Ik heb pa gevraagd de executieprocedure tegen te houden tot ik vandaag met jou had gesproken.' Hij boog dichter naar haar toe en keek haar in de ogen. 'Luister, Meg, ik ben niet gek; ik ben gewoon een man die weet wat hij wil. We zouden het echt goed kunnen hebben samen, dat weet ik zeker. Je denkt misschien dat je van Carson houdt, en misschien doe je dat ook wel, op een bepaalde manier. Maar wat is dat? Kalverliefde, die houdt nooit stand. Door hem kon je ontsnappen aan een krankzinnig leven vol stress, maar je zult dat niet meer nodig hebben – je zult hem niet meer nodig hebben – omdat je de problemen van je familie kunt oplossen. Je kunt een heldin voor hen zijn.'

Toen kuste hij haar, en ze was te verbaasd om tegen te stribbelen. 'Zeg dat je erover na zult denken.'

Ze wilde dat helemaal niet, maar wat voor keus had ze?

Ze mocht Carson er niet over vertellen, zei Brian; niemand mocht het weten, in verband met het 'creatief financieren' dat zou plaatsvinden als alles goed ging. Ze wilde Carson er trouwens toch niet over vertellen; het hele gedoe leek vreselijk extreem en ongepast... en toch kon het een groot keerpunt betekenen voor haar familie. Misschien was het zelfs haar lot.

Ze moest haar familie redden als ze kon. Het was de enige juiste keus. De morele keus. Door voor Brian te kiezen kon ze haar zusjes een familiereputatie besparen die nog slechter was dan de huidige. Ze kon hen naar een hoger sociaal plan tillen, waar ze de kans zouden krijgen populair te worden op school en hun vrije tijd niet zouden hoeven opofferen om brood voor het gezin op de plank te brengen. Zonder de overweldigende schuld zouden hun ouders geld hebben voor extraatjes: Kara wilde met de Spaanse Club van school naar Mexico Stad; Beth wilde piano leren spelen; Julianne wilde rijlaarzen, een springzadel en officiële hindernissen om mee te oefenen voor wedstrijden. De meisjes zouden betere kleren kunnen dragen.

Bovenal wilde Meg dat haar moeder 's nachts zou kunnen slapen in plaats van als een rusteloze geest door het huis te dwalen. Dus hoe kon zij zelfzuchtig vasthouden aan Carson terwijl ze de rest van het gezin zag verdwijnen in een neerwaartse spiraal van ellende, zonder het land dat hen in elk geval de ruimte had geboden voor een eigen stukje van de lucht, een oude eik, een voetpad naar een ondiepe vijver waar 's ochtends de prachtige paarden kwamen drinken?

Dus had ze ermee ingestemd Brian een eerlijke kans te bieden. Theoretisch school er waarheid in wat hij over kalverliefde zei, daar kon ze zelfs nu niets tegen inbrengen. In haar niet-theoretische leven werd het antwoord dat ten tijde van Brians aanzoek zo duidelijk en voor de hand liggend had geleken, met het verstrijken van de tijd steeds duisterder. Ze mocht Brian wel, en was blij met de nieuwe werktijden die het haar mogelijk maakten drie dagen per week naar Gainesville te gaan voor haar studie, en genoot van de plaatsen waar ze met hem heen mocht: New York, Puerto Rico, Washington DC. Maar ze miste Carson zoals ze haar rechterhand zou missen wanneer ze die bij het ontwaken plotseling kwijt zou blijken te zijn. Hoewel ze niet echt een andere keus had dan met Brian te trouwen, voelde ze zich zo schuldig over haar beslissing dat het letterlijk pijn deed, alsof haar hart verzwakt was, maar gedwongen werd te blijven kloppen. Ze begreep maar niet dat iets wat geacht werd juist te zijn, zo verkeerd aanvoelde.

Nu begreep ze dat beter.

Ze liet haar boterham onaangeroerd liggen en las wat haar moeder had geschreven op de dag dat zij met Brian was getrouwd.

20 augustus 1989

Ik ben uitgeput, maar wat was het een prachtige dag voor een bruiloft! Goddank raakte de airconditioning van de countryclub niet overbelast, anders hadden we het geen van allen tot na middernacht volgehouden zoals nu. Spencer was in zijn element met al die paardeneigenaren...

Overal waren roomwitte orchideeën, rode rozen en witte satijnen linten te zien, maar Meggie was het mooist. Vierduizend dollar alleen al voor haar jurk! Hemeltje, hij was prachtig, zo'n strapless jurk die je in alle bladen ziet, het lijfje van gladde satijn, en de rok overdekt met zaadpareltjes en diamantjes. En de sleep! Ik kan er niet over uit. Het was een cadeau van Nancy Hamilton, Brians grootmoeder, dus hoe konden we dat weigeren? Ze behandelen onze dochter alsof ze een prinses is. Spencer stond erop dat we zelf betaalden voor de jurken van de meisjes, en ook zij zagen eruit als prinsesjes. Beth en Julianne sliepen al toen we na afloop nog maar vijf minuten in de auto zaten en ik wed dat Kara ook niet lang meer wakker zal blijven. Ze is al sinds we een half uur geleden thuiskwamen aan het bellen met een jongen die ze tijdens het feest heeft ontmoet. Ik ben nog te opgetogen om rustig in bed te kunnen gaan liggen, maar als ik zover ben, nou... dan ben ik van plan tot acht uur door te slapen! De paarden zullen er niets van krijgen als hun ontbijt een keer wat later komt.

Ze zag er gelukkig uit. Wel een beetje verdwaasd, maar voor welke bruid geldt dat niet? We hebben haar goed opgevoed, moet ik zeggen. Ze is heel onverstoorbaar. Ik zou er niet tegen kunnen om zo in het middelpunt van de belangstelling te staan, dat weet ik wel.

Mijn grootste angst, dat geef ik toe, was dat de mensen naar ons zouden kijken en zouden weten hoe weinig wij te maken hebben gehad met de organisatie van de bruiloft. Als de beroemde trainer van Preakness vorige week niet Spencers lieveling Earned Luck had gekocht, zouden we bij lange na niet succesvol genoeg geleken hebben om zo'n feest te betalen. Het maakte het gemakkelijk om te doen alsof het geluk ons eindelijk toelacht.

En dat is toch ook zo, of niet dan? Ze heeft het uiteindelijk toch doorgezet. Bruce nam Spencer net voor de receptie terzijde en vertelde hem dat het maan-

dag allemaal geregeld zou zijn. Dat scheelt ons bijna drieduizend dollar per maand. Drieduizend! Ik snap nog nauwelijks dat ik hier nu blije gedachten kan zitten schrijven, terwijl ik gewoonlijk alleen maar probeer te bedenken hoe ik het ene gat met het andere moet vullen. Wat heeft Meggie een geluk gehad. Ik herinner me nog dat ze bij Spencer en mij kwam om naar de hypotheek te vragen. Was het waar, wilde ze weten, dat we zeven of acht maanden achter waren met de aflossing? Was het waar dat we van de bank te horen hadden gekregen dat ze de executieprocedure in gang hadden gezet? Dat we de zaak en ook het huis binnen een paar maanden kwijt konden zijn? Ik schaamde me vreselijk. Spencer draaide eromheen, omdat hij haar niet met die zorgen wilde belasten, maar toen vertelde ze ons waarom ze dat vroeg. Ze vertelde ons dat Brian ons uit de brand wilde helpen... onder voorwaarde. Ik was er eerst op tegen, maar Spencer niet. Hij vaagde met zijn enthousiasme voor het idee meteen de twijfels weg uit Meggies blik en de mijne. Het was natuurlijk haar beslissing, maar nu ze het vroeg, tja, nu moesten we wel zeggen dat het een grote gelukstreffer was dat Brian een oogje op haar had laten vallen. Een verbazingwekkende kans voor haar, als ze die wilde grijpen.

Ze zag er echt gelukkig uit, vandaag. Hoe meer ik erover nadenk, hoe zekerder ik het weet. En ik ben ervan overtuigd dat ze Carsons auto niet tegenover de kerk heeft zien staan. Hij zal wel snel iemand anders vinden nu hij heeft gezien dat ze echt niet bij hem terugkomt. Ik voelde erg met hem mee, maar hij is nog jong, het komt wel goed met hem. Ze zijn allemaal nog zo jong. Ze kunnen van hun levens maken wat ze willen. Zo werkt het toch?

'Natuurlijk. Wat we maar willen,' fluisterde Meg.

Haar verpleegster Laurie klopte aan en opende de deur. 'Je afspraak van een uur is er.'

'Dank je. Geef me nog drie minuten.'

Ze sloeg het notitieboek dicht en stopte het terug in haar tas, ervan overtuigd dat deze speurtocht naar het verleden haar geen goed deed. Ze zat nu al gevaarlijk dicht op het randje.

14

Op dinsdag, hun laatste dag op het eiland, werd Carson als eerste wakker en hij keek naar de ventilator die boven zijn hoofd langzaam ronddraaide. Hij had een kater van de vorige avond en probeerde wijs te worden uit wat hij zich nog van een droom herinnerde. Iets over Spencer die hem op een van de merries op pad stuurde – om te controleren of ze goed was beslagen? Zoiets krankzinnigs, en toen hij wegreed zag hij Meg in Brians armen staan. Hij probeerde het paard te keren, maar het bleef draven en toen hij achteromkeek kon hij Meg niet eens meer zien.

Een idiote droom; zij was trouwens degene die ervandoor was gegaan.

Val lag rustig naast hem te slapen, een kussen over haar hoofd, haar gladde, bruine armen uitgestrekt naar het hoofdeinde van het bed, alsof ze in haar slaap aan het surfen was. Hij tilde het kussen op en keek naar haar. Hij bedacht weer hoe jong ze was; ze zag er vooral jong uit als ze sliep, met haar lange blonde wimpers tegen haar gebruinde gezicht, geen rimpeltjes rond haar ogen, haar lippen gesprongen door zon en zout, precies zoals ze er waarschijnlijk als tiener had uitgezien. Hij maakte zich niet echt druk om haar leeftijd – of het verschil in leeftijd – maar vroeg zich wel af hoelang het zou duren voor zij klaar was om het iets rustiger aan te doen, om een gezin te stichten. Hij wilde uiteindelijk wel kinderen en zou ze al gehad hebben als Meg zich niet had bedacht.

Het was niet zo dat hij graag over Meg nadacht, maar nu zijn huwelijk met Val snel naderde, begreep hij wel waardoor al die herinneringen bovenkwamen. Helaas kon je het verleden niet zomaar weggooien om plaats te maken voor de toekomst... al leek Meg daar wel in geslaagd te zijn.

Carson liet Val slapen, trok zijn korte broek aan en verliet de villa. Hij haalde buiten bij het ontbijtbuffet koffie en een paar chocoladecroissants en slenterde naar het strand, waar hij zich verwonderde over de diverse schakeringen van het heldere, blauwe water en de heerlijke ochtendzon, waar hij thuis in Seattle te weinig van zag. Hij wou maar dat hij zich net zo vredig voelde als het tafereel voor hem eruitzag. Als hij hier de hele dag op een strandstoel kon blijven liggen, zou hij misschien het gevoel krijgen dat hij echt vakantie had. Dat zat echter niet in de planning.

Val wilde voor hun vlucht vroeg in de middag nog in Philipsburg naar trouwringen gaan kijken. Het Nederlandse deel van Sint Maarten stond erom bekend dat je er prachtige juwelen kon kopen voor relatief weinig geld. Ze waren al in een paar winkels geweest en Val had voor al haar bruidsmeisjes platina tennisarmbanden met diamanten gekocht. Hij had weinig zin om er nog een activiteit tussen te proppen voordat ze weer naar Florida vlogen voor meer trouwplannen met zijn ouders, maar hij wilde dat Val gelukkig was.

Als het ging om mensen waar hij om gaf, was hij echt een goedzak. De laatste keer dat hij zo ver was gekomen – oké, bijna zo ver als nu met Val – had hij zijn vingers behoorlijk geschroeid. Nee, verbrand; waarom zou hij het bagatelliseren?

Hij keek naar het kalme water van de baai, maar zag het verleden.

Het was 1987 en bijna Kerstmis. Hij had voor een vriend van zijn vader gewerkt, in de fruitopslag, om wat extra geld te verdienen zodat hij een verlovingsring voor Meg kon kopen. Op de dag dat hij naar de stad was geweest om de ring te kopen – een eenvoudig steentje, nog geen derde van een karaat, gezet in goud – belde ze hem en vroeg hem naar hun boom te komen.

'Kom maar gewoon hierheen,' zei hij. Hij woonde toen al twee jaar in de schuur en ze brachten bijna al hun vrije tijd daar door.

'Nee, ik... ik wil liever naar buiten, oké?'

'Tuurlijk.' In zijn opgetogenheid over de ring ontging hem de spanning in haar stem. In plaats daarvan bedacht hij dat hij haar de ring ook daar onder de boom kon geven; dat was een beter plan dan dat van het uitgebreide etentje waarbij hij haar op één knie ten huwelijk vroeg. Buiten, op hun plekje... een veel beter plan.

De zon stond laag en ook de temperatuur daalde. Hij trok zijn spijkerjack aan en stopte het doosje met de ring in zijn zak. Terwijl hij zich door de boomgaarden en langs het meer haastte, oefende hij in gedachten zijn aanzoek. Toen hij met zijn handen in zijn zakken, het vierkante doosje in zijn rechterhand, bij de boom aankwam en Megs gezichtsuitdrukking zag, haalde hij zijn handen leeg tevoorschijn.

'Wat is er aan de hand?'

Ze zat aan de voet van hun eik, haar armen om haar opgetrokken knieën geslagen. 'Ik heb nagedacht,' zei ze.

'Zonde van je tijd,' gekscheerde hij, nerveus zonder te weten waarom.

Ze haalde haar schouders op, beet op haar lip en keek langs hem heen.

Hij hurkte voor haar neer. 'Gooi het er maar uit.' Het kon nooit zo heel erg zijn, in elk geval niet voor hen tweeën. Het ging vast over geld en de stoeterij van de Powells – het gerucht ging dat Spencer op het punt stond failliet te gaan.

'Het is voorbij, Car,' zei ze, haar blik op haar gympen gericht. Bij de linker stak haar grote teen er bijna doorheen.

'Ik heb het gehoord. Wat zijn ze nu van plan?'

Ze keek abrupt naar hem op. 'Wie?'

'Je ouders. Vragen ze faillissement aan, of wat?'

Ze schudde haar hoofd en kwam overeind. 'Nee. Ik bedoel tussen ons. Ik... Ik ben... Heb je ooit gedacht dat we eigenlijk misschien niet goed voor elkaar zijn?'

'Wat, ben je niet goed wijs?'

Zo zag ze er inderdaad uit met haar blozende wangen en verwilderde blik. 'Nee, ik meen het. Je... je moet ervaring opdoen met andere... je weet wel, uitgaan met anderen. Wij... we zijn veel te hecht. Dat is ongezond. Ik bedoel, je hebt nooit een andere serieuze vriendin gehad.'

'Dat vind jij juist fijn,' zei hij, zijn uiterste best doend om te begrijpen wat ze zei. 'Wat bedoel je, te hecht? We zijn precies goed samen, volmaakt zelfs.' Het doosje in zijn zak was het bewijs dat hij echt geloofde wat hij zei. Waarom geloofde zij het niet? Waarom nu opeens?

'Nee, we zijn... we zijn nog maar kinderen. We moeten afstand scheppen tussen ons beiden en... en... en kijken wat er nog meer is op aarde. Wié nog meer,' voegde ze er met hese stem aan toe.

'We zijn geen kinderen meer. Ik ben net twintig geworden en jij bent negentien – we zijn volgens de wet volwassen.' Hij wist dat het een zwakke respons was. De kracht van haar volharding omringde haar als een magnetisch veld. Hij wist nu al dat het zinloos was om tegen haar in te gaan.

Ze keek om zich heen, alsof er misschien vijanden in de bosjes op de loer lagen. 'Ik kan je niet meer zien,' zei ze. 'Het is voor ons beider bestwil.'

Hij pakte haar bij haar pols, maar ze was al in beweging, ze rende al bij hem vandaan voordat ze zelfs maar een stap had gezet. 'Ik hou van je, maar ik moet weg.'

Ze rukte zich los en hij keek haar na toen ze wegrende, de koperkleurige haren waar hij zo dol op was, wapperden achter haar aan als de manen van een wilde merrie. Hij liet haar gaan; ze zou niet ver lopen, dat wist hij zeker.

Carson kon geen van de trouwringen kiezen die bij de juwelier in Philipsburg tentoongesteld werden. Hij vond elke platina of goud-met-diamanten ring wel mooi, maar zag zichzelf geen van alle echt dragen. Te gewoon, te fijntjes, te opzichtig, te breed, te smal; Val en de verkoper, die ongeveer even goed Engels sprak als Carsons Nederlands, keken hem fronsend aan.

Hij duwde het donkerblauwe fluwelen plateau weg. 'Weet je, onze vlucht vertrekt over negentig minuten... Er is een leuke winkel in Ocala; waarom kijken we daar niet zodra we er zijn? Ik geloof dat ik hier nu niet zo voor in de stemming ben.'

'Maar de prijzen zijn hier veel gunstiger,' zei Val.

Carson grijnsde. 'Je kunt je het verschil in prijs wel veroorloven. Kom.' Hij stond op.

'Oké, prima.' Maar ze zag er niet prima uit. Ze zag er teleurgesteld uit. 'Als je zeker weet dat er niets bij is.'

Ze had vast een bepaalde ring op het oog, een waaraan hij ook geacht werd de voorkeur te geven. Wellicht had ze geprobeerd hem daarover een seintje te geven en had hij dat niet opgepikt. Nou, hij was nog steeds moe en had nog steeds een kater; het was hier elke avond feest en zijn bijna veertigjarige lichaam ondervond de gevolgen daarvan.

Overal waar Val ging, maakte ze nieuwe vrienden en vriendinnen. Jonge, energieke mensen, van wie de meesten surften. Hij kon behoorlijk goed zwemmen, dankzij de jaren waarin hij met Meg om het hardst het meer over zwom, maar was een belabberde surfer, dus tijdens die feestjes zat hij voornamelijk toe te kijken en te drinken. O, de mensen waren natuurlijk wel door hem geïntrigeerd, maar zodra ze hem hun liefde voor zijn muziek en hun bewondering voor hem als schepper daarvan hadden verklaard, hadden ze hem verder weinig te zeggen. De gesprekken, als die al voortduurden, gingen gewoonlijk al snel over Val en haar carrière, een onderwerp van gemeenschappelijke interesse.

Val. Niemand was zo charismatisch als zij. Hij gekscheerde vaak dat ze een extra dosis persoonlijkheid had gekregen, misschien de dosis die zijn basgitarist Ron leek te ontberen. Ze was goed voor iedereen om haar heen en hij vond het vreselijk dat hij het seintje had gemist dat ze hem probeerde te geven over de trouwringen. Dus ging hij weer zitten en keek nog eens.

Hij veronderstelde dat ze wilde dat hij iets in platina koos, wat bij haar verlovingsring paste en haar eigen trouwring. Ze waren het erover eens dat zijn ring niet precies dezelfde hoefde te zijn als de hare – dat het belangrijker was dat die bij hem persoonlijk paste, zoals de hare zo volmaakt bij haar paste. De waarheid was dat hij alleen maar zo'n 'volmaakte' keus had gemaakt omdat de verkoopster bij Tiffany aan wie hij Val had beschreven, had verkondigd dat hij de Schlumberger-ring moest hebben – een heel grote, ronde diamant omringd door kleinere diamanten en een paar uitzonderlijke aquamarijnen, gezet in platina – en hij daarmee had ingestemd.

Hij keek naar Vals ring en wees toen naar een exemplaar dat daar het best bij leek aan te sluiten, een brede, glimmende ring met een reeks van negen diamantjes. 'Wat vind je van deze?'

Ze knikte gretig. 'Pas hem eens.'

Hij deed dat en ze grinnikte. Toen hij de goedkeuring gaf waarop ze had gehoopt, zette ze hem de winkel uit zodat zij de ring kon kopen, omdat het volgens haar ongeluk bracht als hij wist hoeveel die kostte.

Hij wachtte buiten op het trottoir, blij dat ze nu tevreden was. Dat was immers het belangrijkste. Hij kon de ring best dragen, ook al was die opzichtig. Hij zou er wel aan wennen. Een man kon overal aan wennen als hij dat maar wilde. Hij was eraan gewend geraakt om kwaad te zijn op Meg, was eraan gewend geraakt haar te moeten missen na al die jaren dat ze samen waren opgegroeid. Hij was eraan gewend geraakt om zich onvolledig te voelen en had dat gevoel, en de bijbehorende gevoelens, zelfs omgezet in een ongelooflijk lucratieve carrière. Hij was eraan gewend geraakt lange periodes onderweg te zijn, gewend geraakt aan de scherpe geur van zweet en uitputting die na een concert in zijn tourneebus hing, eraan gewend geraakt dat Gene hem vertelde waar hij heen moest en voor hoe lang. Hij was gewend geraakt aan het idee dat hij nooit een vrouw zou vinden die het waard was om mee te trouwen.

En hoewel hij niet zo jong en romantisch was dat hij geloofde dat Val zijn zielsverwant was, de enige vrouw die bij hem hoorde, de vrouw op wie hij zijn hele leven had gewacht, enzovoort, meende hij wel dat ze een aardig goed stel waren. Ze wist hem af te leiden en te vermaken. Ze was lief en teder, en leuk in bed. Ze was heel mooi, op een kwajongensachtige manier. En ze hield van hem. Dat was genoeg; dat moest genoeg zijn.

Die avond liepen Carson en zijn vader James langs de omheining van de citruskwekerij van de McKays, en controleerden die op rottende palen. James was een stevig gebouwde man van vijfenzestig met een rechte rug en nog steeds donker haar. Hij was op de gestage, conservatieve manier waarop hij alles deed bezig de oude houten palen geleidelijk te vervangen door stalen. De kwekerij van de McKays was dankzij toegewijde verzorging van de boomgaarden en de twee kleine meren op hun grondgebied een van de gelukkige in de omgeving van Ocala geweest die maar een paar bomen hadden verloren tijdens de vorst van '89 waardoor zo veel kwekers bankroet waren gegaan. Als het anders was gelopen – als de boomgaarden verloren waren gegaan en opnieuw aangeplant hadden moeten worden, zoals vele – zou Carson nooit zijn weggegaan om een carrière in de muziek na te streven. Dan zou hij zijn gebleven om mee aan te planten en het bedrijf weer op te bouwen. Grappig dat het zo gelopen was, dat je niet kon voorspellen waar of wanneer je geluk of pech zou hebben.

Het controleren van de palen was maar een excuus van zijn vader om met hem alleen te kunnen zijn. Als enig kind had hij een sterke, hechte band met allebei zijn ouders ontwikkeld, die hem had geholpen om datgene door te komen wat ze allemaal 'die jaren' noemden, en die hem nu vertelde dat zijn vader aan iets heel anders dacht dan omheiningspalen. Hij wist dat hij niets moest overhaasten, dus kuierde hij naast zijn vader door het kuithoge gras en genoot hij van de rust overal om hem heen: de rode lucht, het zachte briesje dat de bladeren van de citroenbomen beroerde, de drie paarden die aan de andere kant van het pad capriolen maakten, op de weidegrond die tot voor kort eigendom was geweest van Spencer en Anna Powell.

'Ik zie dat de nieuwe mensen het daar weer aardig op poten hebben gekregen,' zei hij, naar de paarden wijzend.

Zijn vader hield zijn pas in en keek ook. 'Dat klopt. Het is wel vreemd om te zien dat de zaak na zo lange tijd weer draait.'

'Hoe lang is het geleden?'

'Wat? Dat ze daar volbloeden hadden lopen?'

'Ja.' Carson knikte. Hij kon het zich niet herinneren, omdat hij al meer dan vijftien jaar ergens anders woonde.

'O, misschien tien jaar, misschien meer. Rond de tijd dat Julianne met die Canadese kerel trouwde en naar Quebec verhuisde.'

Carson herinnerde zich dat hij daarover had gehoord. Megs jongste zusje, destijds nog maar zeventien, was nog voor haar eindexamenjaar zwanger geraakt en met de vader getrouwd, een student uit Quebec die die zomer bij familie logeerde. Hij had het nieuwtje via de telefoon gehoord toen hij met zijn eerste band op tournee was, en had zich afgevraagd hoe anders het voor hem allemaal gelopen zou zijn als hij Meg per ongeluk zwanger had gemaakt. Dan had ze wel bij hem moeten blijven en moeten proberen een leven met hem op te bouwen, en zou ze gezien hebben dat er niets mis mee was om zo vreselijk verliefd te zijn – als dat al de ware reden was waarom ze met hem had gebroken.

Hij had dat nooit echt geloofd. Hij nam aan dat ze voor Hamilton was gevallen, dat ze was bezweken voor zijn geld, maar het gewoon niet wilde toegeven. En de ochtend van haar trouwdag had ze hem alleen maar gewild vanwege vroeger. Nog één keer rollebollen met de knul die ze zo'n goede minnaar had gevonden, maar met wie ze niet had willen trouwen; hij had immers geen geld, en leek toen nog geen leven vol luxe voor zich te hebben. Hij was maar een boer geweest, de zoon van een kweker die van plan was zelf ook kweker te worden. Hij kon niet tegen Brian Hamilton op, kon haar niet het leven geven waar ze kennelijk naar verlangde.

'Carson?'

'O, sorry, ik was even in gedachten verzonken.' Ach, dacht hij, dat is toch allemaal voorbij.

Zijn vader vervolgde: 'Nadat de jongste was vertrokken, verkocht Spencer de laatste van zijn eigen dieren en richtte hij zich alleen nog op het stallen van paarden. Ik heb nooit geweten waarom.'

'Misschien had hij gewoon genoeg van zijn mislukkingen. God weet dat hij geen geld verdiende met fokken.'

'Dat is waar,' zei zijn vader. 'En ik heb me wel eens afgevraagd wat er dan wel goed ging, want er is een tijd geweest dat iedereen het erover eens was dat hij op een faillissement afstevende en alles kwijt zou raken... hij had overal zware schulden.'

'Dat weet ik nog,' zei Carson.

'Maar iets is er toch veranderd, en ik hoorde vorige week in de winkel toevallig wat dat was,' zei zijn vader, die zich omdraaide om door te lopen. 'Dave Zimmerman trekt me opzij en zegt: "Hé, wat weet jij van Spencer Powell?" En ik zeg: "Nou, we zijn meer dan dertig jaar buren geweest, tot een paar weken geleden." En Dave zegt: "Dan weet je waarschijnlijk alles van die kwestie met dat geld".'

'Wat voor kwestie?' vroeg Carson, meer uit beleefdheid dan omdat het hem iets kon schelen.

'Ja, dat zei ik dus ook, omdat ik nergens van had gehoord, maar... nou ja, ik hoor ook niet altijd alles; Spencer had het nooit echt over die dingen en ik heb wel wat beters te doen dan in de winkel te gaan staan roddelen met die gepensioneerde kerels. Dus zegt Dave tegen me: "Dit is in strikt vertrouwen. Ik vertrouw erop dat jij me niet in de problemen brengt, Jim", en hij begint me over de verkoop van de stoeterij te vertellen. Het schijnt dat Daves vrouw – je kent Linda wel, hè, ze is makelaar – een behoorlijk bedrag heeft overgemaakt toen ze met het papierwerk bezig was; 387.000 dollar, iets meer dan een derde van wat Spencer voor de hele handel had gekregen.'

'Dan zal hij wel ergens geld hebben geleend met de stoeterij als onderpand, en heeft hij zo zijn problemen opgelost.'

'Dat zou je denken, maar dat is juist zo vreemd. Hij had helemaal geen hypotheek, sinds 1989 al niet meer, volgens de akte.'

'Oké... dan was hij iemand ergens anders geld voor schuldig,' zei Carson, die zijn best deed zijn geduld te bewaren.

'Nee. Er zijn nergens gegevens bekend over zo'n grote schuld op zijn naam... dat zegt Dave tenminste. Maar let op: het bedrag is overgemaakt aan Bruce Hamilton persoonlijk.'

Dus daar draaide hun wandelingetje om, dacht Carson. Er was iets gaande tussen Megs vader en schoonvader, en zijn pa had dat niet ter sprake willen brengen waar Val bij was, omdat hij dacht dat alles wat met Meg te maken had misschien nog steeds een gevoelig onderwerp was. Het gaf een beetje een dwaas gevoel dat zijn vader nog steeds zijn gevoelens ontzag met betrekking tot de problemen van destijds; hij had het achter zich gelaten en ging verder. Om dat te bewijzen zou hij openlijk over Meg praten, laten merken dat ze niet meer op eieren hoefden te lopen als het om dat onderwerp ging.

'Dat gedoe met dat geld is niet zo moeilijk uit te vogelen... vind je wel?' zei hij. 'Nadat Meg met Brian was getrouwd, zullen ze Spencer het geld wel hebben geleend om de hypotheek af te betalen, niet dan? Gewoon een lening onder bevriende schoonfamilies.'

Zijn vader knikte, één wenkbrauw lichtjes opgetrokken in wat Carson zag als een zwijgende erkenning van de verschuiving in de manier waarop ze over Meg spraken.

'Natuurlijk, misschien, maar het is moeilijk om je een dergelijke gulheid voor te stellen – Hamilton die de hypotheekakte op de grond zomaar overdraagt zonder garanties dat Spencer hem ooit terug zou betalen. Ik bedoel, we hebben het hier wel over Spencer Powell.'

Carson haalde zijn hand door zijn haar. Waarom moesten ze hier eigenlijk over doorgaan? Niet dat hij het na zijn vertoon van moed zou toegeven, maar al dit gepraat zette zijn stekels overeind zonder dat hij dat goed kon verklaren. Hij zei: 'Ik wed dat het gewoon om een twijfelachtige vorm van boekhouden van Hamiltons kant draait – dat zou me helemaal niet verbazen.'

Zijn vader knikte. 'Dat zou kunnen, maar als het zo is, vraag ik me toch af waarom Spencer het op deze manier heeft terugbetaald, met een overboeking aan Hamilton persoonlijk. Dat is een hoop inkomen in één keer. Hamilton zal een fikse belastingaanslag krijgen en het zou wel eens tot een boekenonderzoek van de fiscus kunnen leiden.'

'Misschien heeft Spencer daar niet bij stilgestaan, of gedacht dat dat zijn probleem niet was,' zei Carson.

'Misschien. Maar ik vraag me toch af waarom Spencer het heeft terugbetaald, als hij dat niet hoefde.' Zijn vader krabde aan zijn wang en keek naar de paarden, nog steeds verbaasd over het gedrag van een man die ooit een goede vriend was geweest.

Carson probeerde het idee te negeren dat er meer met die geldkwestie aan de hand was dan zijn vader en hij konden bedenken. Hij was er klaar voor om het onderwerp voorgoed achter zich te laten.

Hij zei: 'Weet je, ik heb altijd gedacht dat Meg met Hamilton getrouwd was om zijn geld, en nu is wel duidelijk dat Spencer daar ook flink van heeft geprofiteerd. Ik weet niet wat daar allemaal achter steekt, maar dat doet er eigenlijk ook niet toe, wel? Ik bedoel, het zijn allang onze zaken niet meer wat die lui doen of niet doen. En we hebben wel wat beters om over na te denken, vind je niet?' Hij legde zijn handen op zijn vaders schouders en glimlachte. 'Zoals een smoking uitzoeken voor jou.'

15

'Goed gedaan,' zei mevrouw Henry op woensdag toen ze Savannah haar nagekeken toets over de wereldgeschiedenis teruggaf. Haar cijfer stond in paarse inkt in de rechterbovenhoek – een 10-, net geen volwaardige 10.

Savannah keek naar Rachels toets. 'Een 8+,' zei Rachel, en ze hield het vel papier omhoog. 'Jouw schuld, omdat ik niet bij jou mocht komen studeren.'

'Jóúw schuld, omdat je zelf niet hard genoeg hebt gestudeerd.'

Rachel, vandaag gekleed in een strak geel shirt dat haar wat mollig maakte – wat ze trouwens ook wel was – schoof haar stoel dichter naar het pad, boog naar Savannah over en fluisterde: 'Wanneer ga je me vertellen wie je gisteravond zo bezighield dat ik je zelfs niet kon overhalen met pindaroomijs?'

Het was een verleidelijk aanbod geweest; Savannah trok gewoonlijk graag met Rachel op en ze was dol op die smaak ijs, een van de vele voedingsmiddelen die ze zelf thuis nooit hadden, omdat haar vader behalve voor honden ook zwaar allergisch was voor pinda's. Ze had iets belangrijkers te doen: haar plannen voor Miami verder uitwerken. 'Het was niet alleen een "wie",' fluisterde ze terug, 'maar ook een "wat". En ik kan het je nog niet vertellen, maar dat komt nog wel... dat beloof ik je.' Op het allerlaatste moment, zodat er geen kans bestond dat Rachel het plan zou verklappen en alles zou verpesten. Hoe goed Rachel het ook bedoelde, ze had een te hechte band met haar zus, Angela. Hoewel die meestal wel te vertrouwen was met kleinere geheimen, zou zoiets als dit wel eens de deugdzame oudere zus in haar naar boven kunnen brengen. Dat kon Savannah niet riskeren.

'Oké, prima,' zei Rachel, en ze ging weer recht zitten. 'Wat jij wilt.'

Caitlin Janecke, het meest verwende meisje dat Savannah kende, zei vanachter haar tafeltje links van Savannah: 'Wat mankeert haar? Is ze kwaad over haar cijfer?'

Savannah keek naar Caitlins roze shirt van een kasjmiermengsel, haar kaki Hollister-short met ceintuur en het bijpassende roze lint in haar perfecte blonde haren; Caitlin zag er volmaakt uit, tot aan haar slanke, gebruinde benen en kalfsleren laarsjes. *Nee*, dacht Savannah, *ze wilde niet geloven dat jij het afgelopen weekend drie verschillende kerels hebt gepijpt.* Dat verhaal kwam uit een betrouwbare bron: Caitlins zus Riley, een eerstejaars die samen met Savannah gym had. Riley was naar hetzelfde feestje geweest, en had maar één jongen gepijpt, zei ze, en 'O, mijn god, ik heb nog nooit zoiets smerigs en bizars gedaan!' Hoe sletterig de daden van de zusjes ook leken, Savannah wou dat Riley iets verder had uitgeweid.

Dit was niet het moment om het daarover te hebben, dus ze knikte maar en zei: 'Ze had niet geleerd.'

'En jij?'

Savannah haalde haar schouders op. 'Niet echt.'

'Van mijn ouders moet ik élke avond leren, en ik heb maar een 9. Het moet fijn zijn om zo intelligent te zijn.' Het compliment verbaasde Savannah, ook al was het schoorvoetend gegeven.

'Zal wel,' zei ze, plotseling geïrriteerd. Misschien was Caitlin toch niet zo erg... en het deed haar genoegen dat iemand die zo populair was haar hardop benijdde. Intelligent was oké, intelligent was goed – beter dan het gebruikelijke etiketje van 'hippie', dat ze meestal kreeg opgeplakt met een sneer, alsof ze ongewassen was en stonk. Deze school vol meisjes met ouders die te veel geld hadden, was gemaakt voor Caitlin-klonen. Hoe geweldig de school op onderwijskundig gebied ook was, originaliteit werd er niet bepaald verwelkomd, behalve als het ging om de hogere kunsten zoals schilderen of het componeren van klassieke muziek.

En ze had nog twee jaar voor de boeg. Als het iets werd met Kyle – ze zou uiteindelijk haar ware leeftijd wel moeten opbiechten en hopen dat hij haar niet liet vallen – zou die tijd beslist veel aangenamer worden.

Ze dacht graag dat ze behalve intelligent ook vastberaden was en goed in organiseren. Als ze bij een wegversperring kwam, draaide ze niet om, maar zocht een weg eromheen. Dat was al zo geweest toen ze nog een peuter was. Een van de verhalen die oma Shelly graag aan haar rijke vriendinnen vertelde, ging erover dat Savannah ooit uit haar salon was ontsnapt, die met een hekje was afgescheiden van de andere kamers, terwijl zij, Shelly, even naar de badkamer was.

'Ik kwam terug – nog geen twee minuten later, geloof me – en Savannah was weg. Gewoon uit de kamer verdwenen! Ik keek onder het meubilair, erachter, overal in huis, omdat ik dacht dat ze misschien over een van de hekjes was geklommen. Maar nee, hoor! Het kind had er een hor uitgeduwd en was door het raam naar buiten gekropen! Ik vond haar uiteindelijk op het terras, waar ze een stoel bij de fontein had geschoven om bij het water te kunnen... ze was drijfnat en had de grootste lol!' Haar oma gebruikte dat verhaal om aan te tonen hoezeer Savannah op haar vader leek, en misschien leek ze inderdaad op hem: resultaatgericht, vastberaden. Zij zou haar krachten ten goede gebruiken, niet ten kwade... zo zag zij het.

Ze pakte haar geschiedenisboek en haar map en vroeg zich af wat haar oma en de rest van de familie ervan zouden denken als ze wisten hoe ze haar reisje naar Miami ging regelen. Haar moeder zou haar creditcards beter moeten verstoppen. Tegen de tijd dat de rekening kwam, zou zij allang een goede smoes klaar hebben voor het geval ze betrapt werd. Maar belangrijker nog... zelfs als ze betrapt werd, zou ze al met Kyle naar Miami zijn geweest.

Na de les liepen Rachel en zij samen naar de kleedkamer om zich te verkleden voor softbal. Voor ze waren omgekleed, liep Rachel alweer volop te kletsen over een jongen die Hunter heette, zijn broer was een paar keer uit geweest met Rachels zus en een van Hunters vrienden.

'Hij is een stuk – dat zijn ze allebei. Ik geloof dat Hunter me leuk vindt, en misschien kun jij met R.J. uitgaan. Hij is vorig jaar geslaagd, maar gaat nu naar State. Denk je dat een eerstejaars student te oud is?'

'Echt niet,' zei Savannah. 'Maar,' voegde ze eraan toe terwijl ze haar veters vastmaakte, bedenkend dat ze Rachel wel een beetje over Kyle kon vertellen, 'ik heb iemand ontmoet... van ongeveer die leeftijd, en ik wil kijken hoe het met hem gaat lopen voordat ik iets met andere jongens probeer.'

'Heb jij iemand ontmoet? Wie? Waar? God, je zou toch denken dat je dat aan je beste vriendin zou vertellen!'

'Ik vertel het je toch.'

Ze verlieten de kleedkamer en liepen naar het oefenveld. De noppen onder hun schoenen tikten op de tegelvloer. Onder het lopen vertelde Savannah Rachel in zeer algemene, en niet geheel eerlijke bewoordingen over Kyle; maar zelfs dat voelde goed, alsof

Kyle echter leek te worden doordat ze haar beste vriendin over hem vertelde. Er waren de afgelopen week momenten geweest dat ze, als ze zijn stem niet had gehoord, als ze niet tot drie uur zondagochtend was opgebleven om met hem te praten over mogelijkheden om in de toekomst samen te zijn, helemaal niet in hem geloofd zou hebben.

Ze dacht weer aan zijn stem, die haar helemaal leek te doordringen terwijl ze met de telefoon aan haar oor in het donker lag

Wat ben je van plan te gaan doen als je je bachelors hebt gehaald?

Ik denk erover iets met natuurbescherming te doen. Mijn vader wil dat ik iets zakelijks ga doen, maar dat gaat dus niet gebeuren.

Hé, wat zeg je hiervan: jij en ik kopen een stuk grond en beginnen ons eigen natuurreservaat. Wat jij? Vragen we je pa het geld voor te schieten – dat zal hij toch wel doen, niet? Ik bedoel, dat is immers ook iets zakelijks. Ik zou het de mijne wel vragen, maar we praten niet echt meer met elkaar, weet je.

Ja, hoe zit dat eigenlijk?

Nou, weet je, daar wil ik het liever niet over hebben. Dat is verleden tijd. Maar jij en ik... wij zijn de toekomst. Ik bedoel, dat zou kunnen. Het lijkt me fantastisch, jij en ik in de vrije natuur...

Ze vond het heerlijk dat hij bereid was met haar mee te dromen over een gezamenlijke toekomst.

'Hij klinkt fantastisch en ik wed dat hij in het echt nog leuker is,' zei Rachel. 'Negentien is niet echt oud.'

'Dat dacht ik ook,' stemde Savannah met haar in, terwijl ze in gedachten haar excuus aanbood voor haar leugentje over zijn leeftijd. Ze hield zich voor dat ze Rachel binnenkort de hele waarheid zou vertellen, en zelfs al moest ze honderd leugens vertellen voor haar weekend met Kyle achter de rug was, dan nog zouden de ervaring en het avontuur het schuldgevoel ruimschoots waard zijn.

Ze liepen naar buiten en daalden de brede betonnen trap af en het grasveld vol klaver op dat zich tussen het hoofdgebouw en de softbalvelden uitstrekte. Er zoemden een paar bijen rond hun enkels, kwaad dat ze gestoord werden bij hun belangrijke werk.

Savannah gooide onder het lopen telkens een bal op en ving die dan weer. 'Kyle en ik hebben plannen om elkaar op de Dag van de Arbeid te ontmoeten,' zei ze, natuurlijk zonder erbij te vertellen dat hun eerste ontmoeting in Miami zou plaatsvinden.

'Serieus? Hoe ga je het voor elkaar krijgen dat je moeder je op een maandag laat uitgaan?'

'Maandag?' Savannah bleef staan en liet de bal op de klavers vallen.

'Eh, ja,' zei Rachel lachend. 'Slimmerd, de Dag van de Arbeid is aanstaande maandag. Wanneer dacht jij dan dat het was?'

'Volgende week vrijdag – vijf mei. Cinco de Mayo – o, jee,' zei ze toen ze haar vergissing besefte. 'Dat is niet de Dag van de Arbeid, hè?'

Rachel lachte nu nog harder. 'O, mijn god, wat is dit grappig! Dacht je echt...? Iedereen weet dat...'

Savannah stompte tegen haar arm. 'Hou op! Ik heb het gewoon door elkaar gehaald.'

'Ja, nou en of,' zei Rachel. 'Maar, ach. Dan zie je hem toch gewoon die vrijdag.'

'Misschien,' mompelde Savannah.

'Ach, kom op, doe niet zo triest. Iedereen doet wel eens iets stoms. Hij zal het je heus niet kwalijk nemen... hij snakt er waarschijnlijk naar je in levenden lijve te zien. Ik bedoel, welke jongen zou dat niet?'

Ze hoopte vurig dat Rachel gelijk had. Het was misschien stom, maar ze was al erg aan Kyle gehecht geraakt. Hij schonk haar een soort aandacht en geruststelling die ze van niemand anders kreeg. Hij had in zekere zin de plaats van haar oma ingenomen.

'Dank je,' zei ze tegen Rachel.

'Al goed. En hé, misschien kun je me aan een van zijn vrienden voorstellen.'

16

Meg rondde net een gesprek met de derde artsenbezoekster van die ochtend af, een streng uitziende, ambitieuze jonge blondine die helemaal in het zwart gekleed ging, toen Manisha op de deur van haar kantoor klopte.

'O, mooi,' zei Meg, 'ik hoopte al dat je klaar zou zijn voor juffrouw Trumbull wegging; ik wil dat je even naar de spiraaltjes kijkt die ze ons wil aansmeren. De gegevens zien er allemaal goed uit, maar ik wil niet beslissen voordat jij ze bekeken hebt.'

Manisha, zo klein en donker als Meg lang en bleek was, kwam het kantoor binnen en zei: 'Natuurlijk. En ik kom je eraan herinneren dat je de orthopeed moet bellen.'

'Jezus, ja,' zei Meg en ze sprong op. Ze was al de hele week van plan geweest te bellen en had het uitgesteld, vergeten, er weer aan gedacht en het weer uitgesteld. 'Ik gebruik jouw telefoon wel even en kom dan meteen terug.'

De orthopeed, Cameron Lowenstein, was ook een golfkennis van Brian. Geen vriend, te oordelen naar Brians opmerkingen over het 'bizarre gedrag' van de man.

'Hij doet iets met zen tijdens het golfen... niet mijn type,' had Brian eens gezegd. 'Maar hij is wel goed. Ik ken een hoop kerels die naar hem toe gaan. Hij krijgt elke keer weer de kramp uit mijn schouder.' Golfgerelateerde kramp, die elke week werd behandeld zodat hij kon blijven golfen.

Lowenstein nam meteen op toen ze belde, wat haar verbaasde, en was bereid haar aan het einde van zijn spreekuur, over ongeveer een uur, te ontvangen.

'Ik weet zeker dat het iets simpels is,' zei ze nadat ze hem haar symptomen had beschreven. 'Ik hoop dat het niet te veel van uw tijd in beslag zal nemen.'

'Ik ben blij u te kunnen helpen,' verzekerde dokter Lowenstein haar. 'Uw man is een van mijn favoriete patiënten.'

Toen Meg had opgehangen en terugging naar haar kantoor, zat Manisha daar op de rand van het bureau met een been te zwaaien en over haar nieuwe shar-pei puppy te praten. 'Je hebt nog nooit zo veel rimpels gezien, erger dan mijn overgrootmoeder... hoewel hun gezichten wel op elkaar lijken. De pup is veel knapper, maar ze hoeven zich geen van beiden druk te maken over afspraakjes, wel? Dus alles is in orde.'

Meg glimlachte. 'En de spiraaltjes? Zijn die ook in orde?'

'In feite,' zei Manisha, 'is Laurie hier niet geheel overtuigd van de goede werking, omdat haar zus zwanger is geraakt terwijl ze er een gebruikte. Maar volgens mij is dat gewoon het lot. Ik denk wel dat we ze kunnen proberen.'

Het verbaasde haar helemaal niet dat Manisha erin was geslaagd om wat voor Meg een doortastend verkooppraatje was, om te zetten in een ondeugend gesprek tussen vriendinnen. Manisha was de warmste en hartelijkste persoon die ze kende. En Meg had er bewondering voor dat haar vriendin zo vast geloofde in het lot. Manisha's levensmotto was in feite *Erken, Accepteer, Waardeer*. Als Meg zou kunnen leren dat motto te volgen, dan zou ze misschien net als Manisha in staat zijn de losse banden in haar gezinsleven als iets vanzelfsprekends te accepteren. Misschien zou ze dan beter slapen, besluitvaardiger optreden, de problemen des levens over zich heen laten komen als een rustig stroompje over een kiezelsteen.

'Zo,' zei Manisha toen Laurie Trumbull weg was, 'dus je gaat naar de dokter?'

'Over een uur ongeveer.'

'Ah, mooi zo. En hoe is het vandaag met je arm?'

'Vandaag gaat het wel, alleen een beetje moe,' zei Meg. 'Eigenlijk valt het de hele week al mee. Waarschijnlijk is dat bezoek tijdverspilling.' Ze had weinig tijd over. Het feit dat het onderzoek vanmiddag plaatsvond betekende al dat ze Brian zou moeten vragen om Savannah op te halen van softbal en haar bij Horizon te ontmoeten voor het etentje met haar vader; en hij zou geen van beide met plezier doen. De twee mannen hadden in al die jaren nooit een gemeenschappelijke basis kunnen vinden waarop ze prettig met elkaar konden omgaan, dus Brian meed het contact met haar vader zo veel mogelijk. En het irriteerde hem altijd als hij vroeg moest stoppen met werken om een andere reden dan zijn eigen plannen.

Manisha sloeg haar armen over elkaar en schonk Meg wat die haar 'moederblik' noemde. 'Misschien is het inderdaad tijdverspilling, maar ga toch maar. Oké? Je wilt niet weer zoiets meemaken als zondag.'

'Ik weet het,' zei Meg, die het beeld van de verloren baby nog duidelijk voor ogen zag. Het was misschien niet haar schuld, maar toch... 'Daarom ga ik ook; daarom heb ik hem gebeld.'

'Nadat ik je eraan herinnerd had,' mopperde Manisha.

'Ik beken schuld.'

'En ik denk dat jij nodig eens op vakantie moet... een weekje op een rustig eiland, geen pieper, geen mobiele telefoon, geen bevallende vrouwen. Hou je nog steeds van zwemmen?'

Meg knikte. 'Ik doe het alleen zelden. Volgens mij ligt ons zwembad er vooral voor de show. Heb ik je ooit verteld dat ik op de middelbare school het record op de honderd meter vrije slag heb verbeterd?'

'Dat herinner ik me, ja. Dus ik schrijf een badpak en zonne-brandcrème voor, samen met een dagelijkse zeiltocht, gedurende zeven dagen.'

'Dank u, dokter.' Meg glimlachte. 'Ik ben genezen!'

Manisha liep naar de deur. 'Ik zie je al zes jaar lang hard werken, proberen het iedereen naar de zin te maken, en dat bewonder ik. Maar bedenk wel dat je ook voor jezelf moet zorgen; uit een lege kan kun je niets schenken.'

Meg zat in het kantoor van dokter Cameron Lowenstein naar zijn beoordeling te luisteren: haar röntgenfoto's waren in orde, geen teken van beknelling in haar wervelkolom of gewrichten, alles zat op z'n plaats. 'Ik kan niets ontdekken waar aan gewerkt zou moeten worden,' zei hij met een schouderophalen.

'Niets,' zei Meg.

'Nee. Bouwkundig bent u in orde. Wat betekent dat de boosdoener onzichtbaar is, althans voor röntgentechnologie. Mijn voornaamste aanbeveling op dit moment is dat u afwacht of u weer problemen krijgt en dat u, als dat zo is, dit eens probeert...' Hij gaf haar een visitekaartje met een onuitspreekbare naam en de vermelding 'acupuncturist en medium' erop.

Ze keek naar hem op, waarbij ze probeerde zijn violet-met-bruine stropdas te negeren, die eruitzag alsof een kind het dessin erop had gespuugd. Wat een vreemde smaak had hij, in kleding en in verwijzingen. Ze begreep nog wel dat hij acupunctuur voorstelde, maar een medium?

'U denkt dus niet dat een neuroloog mijn volgende stap moet zijn?' vroeg ze, haar blik van de stropdas afgewend en op zijn donkere ogen onder de ruige zwarte wenkbrauwen gericht.

'Het zou u verbazen wat er met acupunctuur te bereiken valt. Ik kijk ervan op dat u het niet steunt,' zei hij met afkeurend opgetrokken wenkbrauwen. Hij deed haar aan Groucho Marx denken. 'Maar,' voegde hij eraan toe, 'hoe node ik het ook ter sprake breng...'

'Ja?' zei ze zonder enig idee wat zijn volgende woorden zouden zijn, al zou ze daar later veel meer over nadenken dan ze wilde.

'De symptomen die u hebt ervaren: herhaalde aanvallen van zwakte in arm en hand, mogelijk ook in het been, het struikelen...'

'Dat was maar één keer. Misschien twee.' En misschien wel drie, besefte ze toen ze zich herinnerde dat ze de vorige avond met haar tenen achter de rand van een traptrede was blijven haken.

'Die symptomen, zonder de aanwezigheid van pijn, malaise of zenuwbeknelling en mentale problemen, kúnnen op ALS duiden.'

De betekenis van de drie letters ontging haar in eerste instantie, als een visje dat in de branding door je handen zwemt. *Als*, dacht ze, en toen *A-L-S*? En toen eindelijk tot haar doordrong op welke ziekte – nee, mogelijke ziekte – hij doelde, bleef ze heel stil zitten en knipperde een paar keer snel met haar ogen.

Amyotrofe laterale sclerose, de motorneuronenziekte. 'De ziekte van Lou Gehrig,' zei ze.

'Een heel kleine kans.'

'Tuurlijk.'

'Er zijn wel honderd meer plausibele scenario's,' voegde hij eraan toe.

Waarom brengt hij het dan ter sprake? dacht Meg.

Hij vervolgde: 'Als uw symptomen aanhouden, moet u zeker met een neuroloog gaan praten, maar probeer ook de acupunctuur. Dat kan beslist geen kwaad... het prikt alleen een beetje. Dat was een grapje... vat u het? Haha, acupunctuur prikt alleen een beetje?'

Ze glimlachte flauwtjes en boog voorover om haar tas op te rapen. 'Misschien doe ik dat wel.' Ze stond op. 'Hartelijk dank dat u me zo snel wilde ontvangen.'

Hij wuifde haar dankbaarheid weg. 'Geen dank. Ik ben blij dat ik een collega-arts kan helpen.'

'Mocht u ooit zwanger raken...' zei ze, de nachtmerrie van de mogelijke diagnose uit haar gedachten verdringend door haar heil te zoeken in humor. 'Of snel even een uitstrijkje nodig hebben...'

'Dan bel ik u,' zei hij, en hij stak haar zijn hand toe. 'Het beste.'

Buiten zijn kantoor was de lucht warm en klam na een regenbui die net geëindigd was. Meg stak het warme asfalt van de parkeerplaats over en haar gevoel voor humor verdampte als het regenwater in de terugkerende warmte van de zon. Nu ze er goed over nadacht werd elke onhandige beweging, elke misstap en elk gevallen voorwerp van de afgelopen tijd verdacht. Ze kon goed al maanden symptomen hebben, maar er geen aandacht aan hebben besteed. Als om Lowensteins ongelijk te bewijzen liep ze met afgemeten, regelmatige passen, haar sleutels losjes in de ene hand, haar tas in de andere.

Ze wist genoeg over ALS om te weten dat de kans dat ze het had heel klein was; ze wist ook dat haar symptomen wel degelijk overeenkwamen met die van de zeldzame ziekte. Bij haar auto bleef ze staan en probeerde zich de andere mogelijkheden te herinneren... maar ze kon er geen bedenken. Ze werd te zeer in beslag genomen door het besef van wat ALS-patiënten doormaakten: de gestage achteruitgang van de beweeglijkheid van armen en benen, hoofd, lippen en longen. De overgang van wandelstok naar looprek, naar rolstoel, naar bed. Naar gevoed worden door een overwerkte verpleegster of een plichtsgetrouw familielid, en daarna via een sonde. Het leven verlengen door het gebruik van beademingsapparatuur, als het slachtoffer die moeite wilde nemen; want er was geen omkeer, geen genezing en zelfs – daar was ze vrij zeker van – niet echt medicatie om de progressie van de ziekte te vertragen.

Ze stond bij haar auto en keek omhoog naar de palmbomen langs de weg – een aanblik die net zo normaal en vertrouwd was als haar eigen gezicht – en toen voorbij de boomstammen, naar de passerende automobilisten, die er allemaal normaal uitzagen, tevreden met hun plekje op de wereld. Zij was vast en zeker net zo normaal, net zo tevreden; ze was net als zij, niet getroffen door ALS – of een andere meedogenloze en onzalige aandoening. Ze had met alle opofferingen die ze zich door de jaren heen had getroost voor haar ouders en zussen, voor het geluk van Savannah en Brian, voor haar patiënten, toch zeker wel een beter karma verdiend dan de wildegok-diagnose van Cameron Lowenstein.

Niet dan?

De bange vrouw in haar wilde geloven dat ze wel wat geluk verdiend had, maar ze kon de intelligente arts in haar niet tot zwijgen brengen, het deel van haar dat over uitgebreide kennis beschikte van – en ervaring met – de onvermijdelijke waarheden des levens: elke minuut van de dag werden goede mensen geconfronteerd met akelige dingen, net zo zeker als de zon altijd weer opkwam en onderging, ergens.

17

Savannah was verbaasd toen ze na de training haar vaders nieuwe auto het parkeerterrein bij het softbalveld op zag rijden. Ze kon zich niet herinneren wanneer ze hem voor het laatst doordeweeks vóór een uur of zeven 's avonds had gezien. Ze keek toe terwijl hij zijn nieuwe zwarte BMW heel langzaam over het gravel reed, zodat er geen stof op zou komen.

Toen hij stilstond liep ze naar zijn raampje toe; daarbij weerstond ze de neiging om met haar voeten te sloffen. 'Waar is mam?'

'Ze kon hier niet op tijd zijn. Kom, stap in... je moet je nog douchen en omkleden voor het eten bij Spencer.'

Ze had geen tijd om in het bejaardentehuis te gaan eten; ze moest zo snel mogelijk met Kyle overleggen over Miami. 'Is dat vandaag?'

'Schijnbaar wel.'

'Waarom is mam me niet komen halen? Is er iemand aan het bevallen? Ze komt toch nog wel, of niet?' Ze kon zich niet voorstellen dat ze alleen met haar vader en opa Spencer zou moeten eten. Die twee waren als magneten die elkaar afstootten.

'Ja, ze komt wel. Stap nou maar in,' spoorde hij haar aan. 'Ze had een afspraak.'

Savannah liep om de auto heen en sleepte haar aluminium knuppel door het gravel. Kyle zou vast woedend zijn... Ze had de hele twee uur van de training een manier proberen te bedenken om maandag naar Miami te kunnen, maar niets van wat ze had bedacht was haalbaar.

De splinternieuwe 740 die haar vader speciaal had besteld bij een van zijn klanten rook naar soepel leer, nieuw tapijt en schone was; dat laatste uit de luchtverfrisser die discreet onder het dashboard was aangebracht. Ze maakte haar gordel vast en wreef met haar handen over de handgemaakte stoelbekleding. Haar eigen nieuwe auto kreeg ook leren bekleding, maar niet zoals deze. Haar tweedeurs Honda Accord zou zijn uitgerust met wat haar vader praktische accessoires noemde – waaronder gewoon leer, omdat het zo gemakkelijk schoon te vegen was, en een gps-systeem voor als ze op reis ging – en het was de bedoeling dat ze erin bleef rijden tot ze afgestudeerd was. Als ze geslaagd was voor haar studie, zei hij, mocht ze als beloning zelf een auto uitkiezen, een les die haar moest leren wat de voordelen waren van werken voor langetermijndoelen.

Het kon haar weinig schelen in wat voor auto ze reed, nu of later. Als er maar wielen onder zaten, als ze maar haar eigen gang kon gaan, een dag vrij kon nemen van school om naar Kyle in Naples te rijden als ze wilde, dan was ze allang tevreden. Haar vriendinnen kwebbelden over mooiere auto's: Caitlin had voor haar zestiende verjaardag een op bestelling roze gelakte Mini gekregen; Holly Showalter, uit de eindexamenklas, zou als ze slaagde een Saab convertible krijgen; Lydia Patel, de dochter van dokter Manisha, verheugde zich erop haar vaders drie jaar oude Mercedes te 'erven' wanneer ze in augustus zestien werd. Ze waren bevoorrecht, een feit dat opa Spencer nooit kon nalaten haar te vertellen. Zelfs zij, met een splinternieuwe Honda in het verschiet, was veel beter af dan het gemiddelde kind. Ze zou inderdaad gelukkig moeten zijn. Ze zou dankbaar moeten zijn. Haar moeder was vroeger beslist niet bevoorrecht geweest – ze had hard gewerkt om te komen waar ze nu was, iets wat oma Anna haar vaak had verteld. Meestal voelde ze zich echter... verstikt. Ze wilde niets liever dan uit haar luxe leventje stappen en met haar eigen leven beginnen, wat dat ook mocht zijn. Een interessant, zinvol bestaan samen met mensen die net als zij dingen schiepen, ontdekten en onderzochten. Luxe was saai, netjes en overgewaardeerd.

'Hoe ging de training?' onderbrak haar vader haar overpeinzingen.

'Prima.'

'In welke positie speel je nu?'

'Dezelfde als altijd.'

'En dat is...?'

Ze keek naar hem, verrast dat hij het zich niet herinnerde, hoewel dat haar eigenlijk niet zou moeten verbazen als je bedacht dat hij haar niet meer had zien spelen sinds ze in de zesde zat. 'Meen je dat nou?'

'Wat?'

'Ik weet wel dat je het veel te druk hebt om naar een wedstrijd te komen kijken, maar weet je niet eens in welke positie ik speel?'

Hij zuchtte. 'Ik heb veel aan mijn hoofd, Savannah.'

'Ik ben rechtsvelder,' loog ze, kiezend voor wat iedereen kende als de slechtste positie. Rechtsvelders kregen de minste actie en waren gewoonlijk de slechtste spelers van het team, iets wat haar vader goed wist. Behalve van golf was hij een groot liefhebber van baseball, dat hij ook had gespeeld op de middelbare school en de universiteit. Was er iets wat hij niet goed kon?

Hij zei: 'O. Oké, juist...' en ze genoot ervan dat hij zo verbluft was, alsof hij meende dat hij zich dát toch zeker herinnerd zou hebben en zich schaamde dat dat niet zo was. Toen zei hij: 'Ik bedacht dat we je naar een clinic zouden moeten sturen, zodat je je techniek kunt oefenen... wat is je slaggemiddelde tot dusver?'

'.145,' loog ze weer, gewoon om hem op te jutten. Hij was net zo voorspelbaar als haar moeder, alleen op een andere manier. Haar moeder kon het niet schelen of ze de beste leerling, softbalspeelster, zangeres of componiste was. Haar moeder zat er niet mee als ze een 6 haalde voor meetkunde of zong als een krolse kat — wat nooit gebeurde, maar Savannah wist dat zij zich er niet druk over zou maken als het wel gebeurde. Ze wist niet eens zeker of haar moeder het zou merken, zo druk had ze het altijd. Haar vader, daarentegen, vond het belangrijk wat voor indruk er werd gewekt, ook al kwam die niet overeen met de werkelijkheid. Als zijn dochter maar rechtsvelder was en niet meer dan .145 sloeg, plaatste dat hém ook in een negatief daglicht en voelde hij zich gedwongen er iets aan te doen, te laten zien dat hij een goede vader was. Zo bezorgd. Zo betrokken. Als ze zelf al niet gemotiveerd was, zou de druk van zijn verwachtingen, zijn 'hulp', als een molensteen om haar nek hangen.

'Je moet je slaggemiddelde snel verbeteren,' zei hij. 'Hé, ik ken een van de coaches van de Florida Marlings... Zal ik hem eens bellen en wat lessen voor je regelen op zaterdag?'

'Waarom is dat nou zo belangrijk?' beet ze hem toe. 'Waarom vind je me nou nooit goed genoeg zoals ik ben?'

Ze merkte dat haar felheid hem verbaasde. Nou, jammer dan. Hij accepteerde haar gewoon niet zoals ze was, en dat was ze beu.

Hij zei: 'Ik wil je gewoon aanmoedigen het beste eruit te halen wat erin zit.'

'En als er nou niet meer in zit dan .145?'

'Dat is niet zo. Kijk, het is hetzelfde als wat ik tegen je heb gezegd over je beroepskeuze: je moet het beste maken van de mogelijkheden waarmee je bent geboren. Je bent een begaafd kind...'

'Ik ben geen kind.'

'Je bent een begaafde jonge vrouw,' zei hij, 'en minder doen met je gaven – bijvoorbeeld kiezen voor biologie – betekent jezelf tekortdoen. Maar wat je slaggemiddelde betreft...'

'Waarom?' onderbrak ze hem. 'Doe ik mezelf tekort alleen omdat ik wil voorkomen dat lamantijnen uitsterven? Wat is daar mis mee, behalve dat het niet zo goed betaalt als jij vindt dat ik zou moeten verdienen?'

'Je kunt ook mensen helpen... én goed verdienen. Ik kan je voor de zomer wel een baantje bij mij op de zaak bezorgen; je zult zien hoe bevredigend het is om mensen te helpen hun geld te behouden in plaats van het allemaal aan de regering te moeten afdragen.'

Savannah keek hem boos aan. Hij had geen flauw idee.

Ze zwegen de rest van de rit naar huis.

Zodra ze op haar kamer was, probeerde ze Kyles mobiele nummer, maar ze kreeg zijn voicemail. Hoewel het haar veel moeite kostte haar boze bui af te schudden, sprak ze een kort opgewekt bericht in waarin ze hem vertelde dat het haar vreselijk speet, maar dat ze maandag toch niet naar Miami kon komen, en hem vroeg haar ofwel terug te bellen of om negen uur die avond met haar te chatten. 'Misschien kunnen we iets afspreken voor het weekend erna,' zei ze, met opzet suggestief. *Alstublieft, God, dacht ze, laat hem niet tot de conclusie komen dat ik zijn tijd niet waard ben.*

Savannah, haar ouders en haar opa Spencer zaten aan een tafel voor vier in de eetzaal van Horizon, die haar deed denken aan de eetzaal van een cruiseschip waar ze op gezeten hadden toen zij nog klein was. Iedereen op het schip had oud geleken, net als iedereen hier, en beide eetzalen waren ingericht in een stijl die haar opa 'tijdloze seniliteit' noemde: licht pastelkleurig behang, tafelkleden en vloertegels. 'Niets waarover we opgewonden kunnen raken,' zei hij, 'wat op een plek als deze een verstandige keus is.'

Hij was een van de jongere bewoners – pas voor in de zeventig – en leek zich prima te vermaken met grapjes maken over zijn oudere buren. Savannah merkte dat haar moeder niet echt oplette en het aan hen overliet om het gesprek zo goed mogelijk gaande te houden. Haar vader had nauwelijks zijn mond opengedaan, behalve tegen de mensen die hem op zijn mobieltje bleven bellen; hij liep drie keer bij hen vandaan om een gesprek aan te nemen voor ze zelfs maar klaar waren met de rondleiding door de appartementenvleugel van Horizon. Wat inhield dat het vooral op haar aankwam; tot dusver had ze het over softbal en over school gehad, en over hoe je muziek kon downloaden naar een iPod, een systeem dat haar opa fascinerend vond. 'Verdorie, ik wou dat ik verstand had van al dat computergedoe. Die jongens van Apple krijgen Bill Gates nog wel!' zei hij.

Hij zat nu een trio mannen te beschrijven dat de verpleegsters en de oudere vrouwen stalkte door ze in hun rolstoelen door de gangen achterna te rijden en daarbij tegen elkaar te fluisteren. 'Weet wel, Vannah, dat geen van de ouwe sokken waarover ik het heb bij mij in de vleugel zit. Die worden daarginds gehuisvest.' Hij wees naar de andere kant van de eetzaal. 'In de woon-zorgvleugel. Ik ga daar wel eens heen voor de lol. En aan de overkant van het parkeerterrein is het verpleeghuis, voor degenen die zo goed als dood zijn.'

'Opa!'

Hij wuifde haar bezwaar weg en zei: 'Hou op met je "opa". Als je zo oud bent als ik, zie je zelf wel hoe het zit. Het leven is voor de levenden; de rest is verspilling van geld en zuurstof die iemand anders beter kan gebruiken. Vind je ook niet, Meggie?'

Toen haar moeder geen antwoord gaf, porde Savannah haar zachtjes met haar voet.

'Mmm?'

'Opa praat tegen je,' zei ze.

'Wat was er, pap? Het spijt me, ik zat ergens anders aan te denken.'

'Alsof wij dat niet in de gaten hadden. Ik zei dat het geen zin heeft dat mensen nog rond blijven hangen als hun leven niks meer voorstelt, zoals de meesten in het verpleeghuis. Dat is een jammerlijke zaak. Vind je niet?'

'Wat ik vind is dat we maar eens een toetje moesten nemen.'

Hoewel Savannah op haar gewicht wilde letten zodat ze als Kyle haar zag – wanneer dat dan ook mocht zijn – zo slank mogelijk was, sprong ze op bij de gelegenheid wat meer leven in de brouwerij te brengen. 'O ja, ijs als toetje. Waar stond die zelfbedieningsmachine nou, opa?'

'Daar, bij de deur naar de keuken... zie je hem?'

Twee kromgebogen oude mannen stonden elkaar opzij te duwen om er als eerste gebruik van te kunnen maken. Savannah zei: 'Ja. Kom, mam, dan gaan we hem uitproberen.'

'Als jij eens wat voor me meebracht? Ik heb een lange dag gehad.'

'Ik heb ook een lange dag gehad,' zei ze terwijl ze opstond. 'Daar hoor je mij ook niet over klagen.'

'Het meisje heeft wel gelijk,' zei haar opa.

'Echt, pap, ik blijf liever zitten.' Savannah schrok van haar moeders scherpe toon. Waardoor was ze zo prikkelbaar?

Op dat moment begon haar vaders mobiele telefoon weer te rinkelen. Hij keek op het display en wilde opstaan om het gesprek buiten de eetzaal te voeren.

'In godsnaam, Brian!' zei haar moeder. 'Waarom zet je dat ding nou niet uit?'

Iedereen verstarde. Savannah keek van haar moeders boze gezicht naar haar vaders geschokte gelaat toen hij het telefoongesprek weigerde en ging zitten. Hij trok zijn wenkbrauwen naar elkaar toe en zei heel zacht: 'Laten we ons als beschaafde mensen gedragen, oké?'

'Beschaafde mensen nemen hun telefoon niet op tijdens een etentje met hun familie, wat jij zou weten als je ook eens samen met je familie at.'

'Zo is het genoeg, Meg.'

'Hoe weet jij wanneer het "genoeg" is? Voor zover ik weet is het voor jou nooit genoeg.'

Savannah kon niet geloven dat haar moeder een scène maakte. Haar ouders maakten nooit ruzie.

Haar vader stond op en zei: 'Ik weet niet wat jou vanavond mankeert, maar hier heb ik geen zin in. We kunnen er later over praten, als jij je weer als een volwassene kunt gedragen.'

'Natuurlijk, loop maar weg, dát is pas volwassen,' zei haar moeder, hoewel haar vader nog steeds bij de tafel stond. Hij keek onzeker, een blik die Savannah nooit eerder op zijn gezicht had gezien.

Haar grootvader legde zijn hand op die van haar moeder. 'Laat hem gaan, Meggie... ik heb Bruce niet voor niets al dat geld gegeven. Je hoeft je niets meer van deze dure meneer te laten welgevallen.'

'Waar heb je het over?'

'Het geld. Je weet wel.' Hij hield zijn hoofd schuin in Savannahs richting, die begon te fronsen. Wat voor geld, en wat had dat met haar te maken?

103

Haar moeder keek ook verward, maar toen maakte de verwarring plaats voor begrip en zei ze: 'Wanneer heb je Bruce geld gegeven?'

'Ik weet zeker dat ik je dat verteld heb...'

'Nee, pap, dat zou ik me nog wel herinneren... Brian?'

'Ik ga het hier niet over hebben waar Savannah bij is.' Hij keek even naar haar, draaide zich toen om en liep weg.

'Godverdomme,' zei haar moeder. Toen wreef ze door haar gezicht en zei: 'Het spijt me, jullie twee. Ik ben vanavond in een vreselijke bui... we hadden het beter kunnen verzetten.'

Savannah haalde haar schouders op. Ze wilde weten waar ze het over hadden, en waarom haar moeder eigenlijk in zo'n slechte bui was, maar ze had weinig zin om het te vragen en zelf de volle laag te krijgen. Ze kon het nu niet gebruiken om huisarrest te krijgen en zonder computer of telefoon te komen zitten... zonder Kyle, in feite.

Haar moeder zei: 'Weet je, pap, ik denk dat we het maar voor gezien moeten houden voor vanavond. Ik kom morgen nog even bij je langs, oké? Hier, Savannah.' Ze gaf haar de sleutels. 'Waarom rij jij ons niet naar huis?'

Ze zeiden gedag en gingen weg zonder de ijsmachine te hebben geprobeerd, een feit dat Savannah vreemd verdrietig maakte, ook al had ze er aanvankelijk eigenlijk weinig belangstelling voor gehad.

Kyle was niet online toen ze om negen uur inlogde, en ook niet om vijf over, om tien over of kwart over negen, en dat zat haar meer dwars dan het gedoe tussen haar ouders. Ze zat op haar bed, negeerde de berichtjes van Rachel en vroeg zich af of Kyle haar bericht op zijn voicemail had gehoord en zich daarom had bedacht. Iemand van zijn leeftijd en met zijn uiterlijk had vast keus genoeg aan gewillige vrouwen. Hij hoefde geen genoegen te nemen met iemand die niet eens meer wist wanneer de Dag van de Arbeid was.

Ze deed haar oordopjes in en riep de nummers op die ze van haar moeders oude cd van Carson McKay had gekopieerd. Soms raakten de oude ballades – de zijne en die van andere bands – haar echt. De melodieuze songs, met teksten die vaak haar zorgen en smart deelden, hielpen haar zich beter te voelen op momenten dat ze het gevoel had dat het nooit goed zou komen met haar leven. Ze leunde achterover in de stomme paarse kussens, sloot haar ogen en luisterde naar Carson, die zong over een man die verdwaald was in een sneeuwstorm en bang was dat hij zou doodvriezen en de vrouw van wie hij hield nooit meer zou zien. Het nummer heette 'Buried Alive'; ze herinnerde zich dat ze het had gehoord in hun oude huis in Gainesville, waar ze hadden gewoond tot haar moeder klaar was met de klinische fase van haar opleiding, haar coassistentschappen. De herinnering was maar een flits: ze was misschien vier jaar en zat op haar moeders heup terwijl ze door de huiskamer dansten. De zeldzame herinnering aan een samen doorgebrachte middag deed haar plezier; die waren er zo weinig geweest.

Ze had destijds niet geweten dat haar moeder en Carson als kinderen buren waren geweest en op dezelfde scholen hadden gezeten. Ze herinnerde zich dat ze daar een paar jaar nadat ze terug waren verhuisd naar Ocala achter was gekomen; ze was toen misschien twaalf geweest. Het kwam door iets wat oma Anna zei toen Savannah en haar moeder op de stoeterij op bezoek waren, over dat de McKays naast hen een stuk aan hun huis bouwden met geld dat Carson had verdiend. 'Bedoel je Carson McKay, de rockster?' vroeg ze haar oma.

Die bevestigde dat en toen zei ze: 'Sorry, Meggie... ik dacht dat ze het wel wist.'

Savannah wist niet waarom haar oma zich verontschuldigde en het kon haar ook niet veel schelen; ze was opgetogen over de mogelijkheid de beroemde Carson McKay een keer te ontmoeten en zei: 'De volgende keer als hij een concert geeft, moeten we erheen! Misschien laat hij ons wel backstage!' Zelfs op die leeftijd had ze zijn muziek al bewonderd, de manier waarop hij piano kon spelen net als een andere favoriet van haar moeder, Freddie Mercury.

Ze voelde haar mobiele telefoon trillen in haar broekzak, haalde hem er snel uit, trok haar oordopjes uit en klapte haar telefoon open voor die zou stoppen.

Ze keek naar het nummer van de beller, maar herkende het niet. 'Hallo?'

'Hé, schatje.' Kyle.

'Hé! Waar bel je vandaan?'

'Een vriend van me, want mijn telefoon is leeg... en ik moest gewoon mijn favoriete meisje even bellen.'

Zijn favoriete meisje! Hij was dus niet kwaad omdat ze de plannen had veranderd. Of... hij had haar berichtje niet gehoord. 'Ik ben heel blij dat je belt!'

'Ik ben blij dat jij blij bent. Denk je dat je misschien ook blij zou zijn als we elkaar dit weekend konden zien, bijvoorbeeld vrijdagavond?'

'Dit weekend, echt waar?'

'Ik wil niet wachten tot maandag voor ik je lieve gezichtje echt kan zien. Dus dacht ik, misschien kan ik een stuk gaan rijden, mijn favoriete meisje opzoeken. Mijn auto is waardeloos, maar we kunnen met de jouwe naar Miami rijden, en je ticket bewaren voor een andere keer.'

Shit. Hij had haar berichtje dus echt niet gehoord.

Ze hoorde gelach op de achtergrond. 'Het klinkt alsof je op een feestje bent.'

'O, ja... gewoon een paar vrienden bij elkaar die wat plezier maken. Je weet wel.'

'Ben je dronken?'

'Ik? Nee. Nee, nee, ik ben niet dronken. Drank is niet mijn ding.' Nog meer gelach.

Met het weekend vlak voor de deur moest ze snel plannen maken. 'Ik word eigenlijk dit weekend thuis verwacht. Laat me even kijken of ik er een mouw aan kan passen, oké? Dan bel ik je wel terug op dit nummer.'

'Ja, oké, ik wacht op je telefoontje.'

Ze hing op en keek met bonkend hart haar kamer rond. Hoe ging ze dit doen? Hoe kon ze hem ontmoeten zonder dat iemand het wist? Kon ze haar ouders wijsmaken dat ze bij Rachel zat... en dan misschien met hem in een hotel overnachten? Ze kon wel zeggen dat haar auto naar de garage was.

'Verman jezelf, meid,' zei ze hardop, hoewel ze bijna zat te springen van blijdschap. Ze ademde diep in en dwong zichzelf een zinnig plan te bedenken. Daarna drukte ze op de sneltoets om Rachel te bellen.

18

Na terugkeer van het etentje bij haar vader viel Meg in de studeer-kamer in een onrustige slaap. Ze droomde over Bride, de merrie die ze hadden gehad toen zij jong was. Ze sloot de hoogdrachtige Bride op in haar speciale box, de avond viel, het was zo donker in de stal dat ze haar eigen voeten niet kon zien... Toen had ze plotseling de roskam in haar hand en stond ze, geruststellend mompelend, op een houten kistje om Brides voorlok te kammen. Bride schokte en strom-pelde opzij, duwde daarbij Meg van het kistje en klemde haar tegen de wand, viel toen in het stro neer en trok Meg mee omlaag. Megs benen sloegen dubbel en haar rug schuurde langs het hout. Ze voel-de geen pijn in de droom; haar onderbewuste bespaarde haar nu dat deel van wat ze als tienjarige had meegemaakt. Maar de duisternis, de paniek van gevangen zitten, het zinloze roepen tot ze schor was – dat was allemaal in de droom aanwezig.

Bride kreunde en hijgde; luide en dreigende geluiden in de duis-ternis. Terwijl de minuten verstreken als wanhopige uren wist Meg zeker dat ze hier allebei dood zouden gaan. Ze kon de zeshonderd kilo zware merrie niet van zich af duwen, kon haar niet helpen met het veulen – dat later dood geboren zou worden. Dat wist ze in haar droom, maar het besef dat ze de vreselijke uren overleefd moest heb-ben om dat te kunnen weten, bracht haar geen troost; in de droom kon ze niet ademen. Bride drukte haar helemaal plat tot ze onzicht-baar was, gedoemd.

Ze hoorde de garagedeur dichtgaan. Nat van het zweet keek ze op de klok: kwart over twee. Haar pols werd langzamer terwijl ze wachtte tot Brian naar binnen zou komen en haar zou uitleggen hoe het zat. Hij liep door, met zijn schoenen in zijn hand en zijn hemd uit zijn broek, zonder zelfs de kamer in te kijken. Opgelucht dat ze weer aan Bride was ontsnapt ging ze overeind zitten en oriënteerde zich weer op het leven dat ze nu leidde, op deze nacht. Op het feit dat Brian uit Horizon was weggelopen en kennelijk aan het drinken was geslagen in plaats van naar huis te komen en het met haar te hebben over het onderwerp dat tijdens het eten ter sprake was gekomen.

Ze hoorde een bonk en een klap en Brian die 'Shit!' zei.

Een toegewijdere echtgenote, dacht ze, zou opstaan om te kijken of hij zich gestoten had. Een toegewijdere echtgenote zou antwoord eisen op de vraag waar hij de afgelopen zes uur was geweest. In een bar? Bij een vriend? Een vrouw? Een toegewijdere echtgenote zou op dit tijdstip midden in de nacht niet de telefoon pakken om haar schoonvader wakker te maken om het antwoord te krijgen op een andere vraag, de vraag die Brian eerder die avond niet had willen beantwoorden en die hij kennelijk ook nu niet van plan was te beantwoorden.

De telefoon ging vijf keer over voordat Bruce opnam. 'Hallo?'

'Met Meg. Sorry dat ik zo laat bel.'

'Is er iets met Brian?' Hij klonk paniekerig. 'Wat is er aan de hand?'

Natuurlijk maakte hij zich druk om hun oudste kind, zijn erfgenaam. Shelly gaf zelf toe dat ze Brian erg hadden beschermd – te veel misschien – sinds de dag van zijn eerste allergiecrisis. Een boterham met pindakaas, toen hij twee was. Hij was bijna doodgegaan omdat de huishoudster van destijds, Esmeralda, dacht dat hij zich verslikt had en hem probeerde te helpen door op zijn rug te slaan. Gelukkig kwam Shelly op tijd terug van haar schildercursus om een ambulance te bellen; een hoge dosis epinefrine had zijn leven gered. Sindsdien verkeerden zijn ouders voortdurend in angst dat hij per ongeluk pinda's, pindameel of pindaolie binnen zou krijgen; dat spul zat overal in. Shelly was een hele week bezig Meg te onderrichten toen ze pas met Brian uitging, met onder andere uitstapjes naar de markt en een cursus 'allergievrij koken' van drie avonden.

Meg zei: 'Brian mankeert niets... dat denk ik tenminste. Hij kwam net dronken binnenvallen.'

'Heb jij gedronken?' vroeg Bruce, zijn stem niet langer angstig, maar behoedzaam.

'Nee, ik lag te slapen. Maar dat doet er nu niet toe. Ik zal het kort houden: heeft mijn vader je onlangs geld gegeven?'

Bruce kuchte. 'Dat is iets tussen Spencer en mij.'

Ze hoorde Shelly vragen wie er aan de telefoon was, en Bruce antwoordde: 'Meg... er is niets aan de hand.'

'Luister eens, Bruce, ik ben geen eenentwintig meer. Het is laat, ik ben sikkeneurig en mijn vader zei iets wat ik bevestigd wil hebben. Heeft hij je terugbetaald?'

'Ik heb gezegd dat hij het niet moest doen. Die verdomd koppige man wilde niet luisteren.'

Het was dus waar. 'Het hele bedrag?' vroeg ze.

'Dat klopt.'

'En jij hebt het aangenomen.'

'Hij eiste dat ik het aannam. Luister eens, ik stop het in een fonds voor ons meisje, oké? En als Spencer nog eens in moeilijkheden mocht raken – wat ik niet verwacht als jij een oogje op zijn uitgaven houdt – maar mocht het wel gebeuren, nou ja, dan weet ik zeker dat we hem wel kunnen helpen.'

'Dat stel ik op prijs, maar ik regel het zelf wel als het zich voordoet. Wist Brian van die betaling?'

'Dat is iets waar jullie het samen over moeten hebben.'

Ja, dus. 'Dat zullen we ook zeker doen,' zei ze.

Bruce klonk moe toen hij vroeg: 'Is Brian daar?'

'Nee, ik neem aan dat hij bewusteloos op bed ligt. Bel hem morgenvroeg maar, oké. Sorry dat ik jullie wakker heb gemaakt.'

Nu paste alles in elkaar. Ze begreep nu haar vaders woorden tijdens het eten – *Ik heb Bruce niet voor niets al dat geld gegeven. Je hoeft je niets meer van deze dure meneer te laten welgevallen.*

Maar niet Brians gedrag van vanavond. Waarom had hij het haar niet verteld?

Ze liep de gang door en de weer lege en stille keuken in. Ze ging bij de tuindeuren staan en keek naar het dansende, rimpelende schijnsel van de zwembadverlichting. De lampen hoorden op dit tijdstip eigenlijk uit te zijn; dat werd geregeld door een automatisch systeem dat ook de sproeiers op gezette tijden inschakelde en zorgde dat er een lichte spanning op de stroomdraad aan de achterkant van de tuin stond, om alligators en herten te weren. Het licht was etherisch en prachtig, een onverwacht nachtelijk geschenk, maar er klopte kennelijk iets niet met de besturing – zoals ze vreesde dat er iets niet klopte in haar hersenen.

Er klopte in elk geval iets niet met haar leven, dacht ze terwijl ze naar het dansende lichtschijnsel tegen het plafond van de galerij en op de uit Spanje geïmporteerde brede terrazzotegels keek. En aan dat probleem moest zo snel mogelijk iets worden gedaan. Mogelijk kon de persoon die Cameron Lowenstein had aanbevolen, de acupuncturist en medium, weer levens op orde brengen. Was het mogelijk dat een stel lange, ultrascherpe naalden en enige voorkennis haar leven weer op de rails konden zetten?

Meg had geen zin om bij Brian in bed te gaan liggen en ging aan de keukentafel zitten met het laatste van haar moeders dagboeken, om een stuk te lezen waar ze eerder alleen snel overheen had gekeken:

10 augustus 2005
Minimum 21°; maximum 31°, lekkere bui vanmiddag.
Ik heb bijna de hele avond met Julianne aan de telefoon gezeten en geprobeerd haar te kalmeren. Allan heeft zijn pols gebroken en moet worden geopereerd. Ze is hopeloos in een crisis, altijd al geweest, waarschijnlijk omdat ze te veel zussen had die haar vroeger in bescherming namen.
Over crisis gesproken, Spencer heeft de hele dag last gehad van zijn nieren, maar weigert er iets aan te doen. Mannen kunnen daar zo eigenwijs in zijn. Ik heb geprobeerd Meggie te pakken te krijgen om haar ernaar te vragen, maar ze is druk bezig met een vroeggeboorte. Ik hoop maar dat dit niet weer resulteert in zo'n teer kindje van maar een pond of zo – ik heb daar vorige week een programma over gezien. Zo klein dat ze in één hand passen, niets dan transparante huid over botjes die zo breekbaar zijn als die van een vogeltje. Arme wezentjes! Ik ben ervoor om moeder natuur te laten beslissen wie er blijft leven. Een baby die wordt geboren voor hij kan ademhalen, is een baby die wordt teruggeroepen door de Heilige Moeder en het is wreed dat wij die hier houden. Zo denk ik erover. En ik kan erover meepraten; ik heb een jaar nadat Meggie werd geboren mijn kleine jongen verloren. Ik weet hoe het voelt.
Jeetje, wat een deprimerend gepraat vanavond. Genoeg. Ik kijk nooit veel achterom. Dat is waarschijnlijk ook de reden dat ik het al die tijd met Spencer heb volgehouden! Natuurlijk zou ik willen dat ik Julianne langer thuis had kunnen houden, en dat Beth langer dan drie weken bij dezelfde man bleef. Ze zei pas nog dat de voorbeelden die ze van het huwelijk had gezien haar er niet toe konden brengen ook te willen trouwen. Ik zei: 'Kijk dan naar Kara en Jules en Meggie. Kijk naar papa en mij!' Toen legde ze me even precies uit hoe ze erover dacht: Kara en Julie zijn niet meer dan babyfabrieken (!!), Meg is gedeprimeerd en eenzaam, en hun vader is zijn hele leven al ronduit een financiële ramp – zij zou nooit met zo'n man willen leven. Toen zei ze: 'Ik wil je niet beledigen, mam', en dat weet ik natuurlijk. Spencer is iemand die je moet leren waarderen, maar ik hou nu eenmaal van hem. Hoe kun je de kracht van ware liefde uitleggen? Ik heb tegen haar gezegd dat de liefde niet alles van alle kanten bekijkt, maar volgens haar eigen grillen toeslaat en dat we ons daar geen van allen tegen kunnen verdedigen . Ik zei: 'Het is jou gewoon nog niet overkomen. Maar dat komt nog wel.'

Beth heeft wel gelijk wat Meggie betreft, en ik heb een paar minuten geleden nog tegen Spencer gezegd dat ik wou dat we haar nooit iets met Brian hadden laten beginnen. 'Ze was volwassen,' zei hij. 'We hadden haar niet bepaald kunnen tegenhouden.' 'O, jawel. Dat hadden we wel,' zei ik, en ik vertelde hem dat als ik nu naar de vlooienmarkt zou kunnen en een betoverde lamp met een geest erin zou vinden, ik alleen maar zou wensen dat we het geld hadden om Bruce terug te betalen. Wat moet die schuld een zware last voor haar zijn. Waarom hebben we dat nooit gezien?

Maar ik weet het antwoord op die vraag.

Meg sloot het notitieboek en liet haar hand als in een liefkozing over de kaft glijden.

Haar vader meende dat hij haar al over het geld had verteld, maar dat kon echt niet. Of toch wel? Kon hij het haar verteld hebben in alle commotie toen zij zijn huis leeg ruimde en schoonmaakte, zijn afspraken met de makelaar, de taxateurs en de notaris regelde, de afsluiting van gas, water, licht en telefoon, en de verhuizing doorgaf aan postkantoor, familie, vrienden, dokters... was het mogelijk dat hij haar in al die drukte had verteld dat hij een van de laatste wensen van haar moeder wilde vervullen en het geld overmaken aan Bruce, en dat zij dat was vergeten? Het leek mogelijk, maar ze wist zeker dat ze zoiets belangrijks onthouden zou hebben. Ze zou hetzelfde hebben gereageerd als nu: met toenemende verontwaardiging.

Want hoewel het heel fatsoenlijk was dat hij Bruce zijn geld terug had gegeven, had haar vader in bijna zeventien jaar nooit zelfs maar zijdelings gezinspeeld op de opoffering die zíj zich voor hém had getroost, afgezien van zijn uitspraak tijdens haar bruiloft – een groots spektakel in maar liefst vier tenten waar hij eigenlijk voor had moeten betalen – dat haar huwelijk voor hen allemaal fantastisch zou zijn. Als hij haar ooit zelfs maar bedankt had, zou ze nu misschien niet zo kwaad zijn.

Ze schonk melk in, pakte een paar Oreo's en liep naar buiten om bij het zwembad te gaan zitten. Toen ze langs de pilaren van de galerij liep, werd ze begroet door het scherpe gekwaak van een boomkikker. Ze ging op de rand van het bad zitten, met haar voeten in het water. Ze huiverde even, maar ontspande zich toen ze gewend raakte aan de temperatuur, die constant op 27° was ingesteld. Toen doopte ze een koekje tot halverwege in de melk, wachtte tot het was verzadigd en beet er toen snel de natte helft af, zoals ze vroeger thuis altijd had gedaan tijdens de zeldzame keren dat ze Oreo's hadden.

Iemand – misschien in een talkshow, of wellicht had ze het ergens gelezen – zei dat volwassen Amerikanen obsessief bezig waren met onopgeloste kwesties uit hun jeugd. Meg veronderstelde dat dat verklaarde waarom er altijd Oreo's op haar boodschappenlijstje stonden. Verder stonden daar altijd de pindavrije, zoete ontbijtgranen op waar Savannah zin in had op het moment dat het lijstje werd gemaakt, en ijs en echte kaas en sinaasappellimonade. Alles waar Meg als kind dol op was geweest lag nu in haar koelkast en keukenkastjes. Alles wat ze toen niet had gehad, gaf ze nu aan haar dochter. Dingen als een grote vrolijke slaapkamer-suite – een suite, terwijl zij en Kara een kamer hadden gedeeld die zo smal was dat ze elkaars hand konden vasthouden als ze ieder in hun eigen bed lagen. Als Carson bleef slapen zetten ze een oude legerbrits tegen de voeteneinden van hun bedden, en dan bleef er misschien nog vijftien centimeter ruimte over tussen de brits en hun kast. Jules en Beth deelden zelfs een bed in hun piepkleine slaapkamer. Het huis had één badkamer voor hen alle zes.

Savannah had haar eigen badkamer, met een bad op klauwvoeten en een dubbele wastafel, zodat logeetjes de hare niet hoefden te delen. Ze volgde gitaar- en muziektheorielessen, en ging naar zomerkampen die de beste vakanties van veel mensen naar de kroon staken, kreeg altijd alle knuffels, poppen, kleren, schoenen en sieraden die ze wilde hebben. Recenter had Savannah een mobiele telefoon, computer en iPod gekregen en binnenkort zou ze een splinternieuwe auto hebben. Nu Meg al die dingen op een rijtje zette en daarna aan hun levensstijl dacht – dit zwembad, de villa van pakweg een miljoen dollar in Franse stijl die hun huis was, de reizen die ze al gemaakt hadden, hun lidmaatschap van een exclusieve countryclub, om de meest voor de hand liggende dingen maar te noemen – zag ze het totaalplaatje van wat ze Savannah had kunnen geven door met Brian te trouwen, door verloskundige te worden, door voor de materialistische weg te kiezen alsof de dingen die deze bood belangrijk waren, voor zich in een wazig schijnsel van overdaad.

'Ik ben waardeloos,' zei Meg terwijl ze de rest van het koekje in de melk doopte. Haar vingers hielden het koekje zonder probleem in de koude melk, wat deed vermoeden dat er toch niets met haar aan de hand was, althans niet meer dan wat ze aanvankelijk al had aangenomen: een overbelaste, misschien beknelde zenuw, die genezen was in de week sinds het probleem zich voor het eerst had voorgedaan. De opluchting die deze gedachte met zich meebracht, bezorgde haar net zo veel plezier als de koude, natte chocolade in haar mond; ze pakte nog een koekje van haar schoot en doopte het net zo gemakkelijk als het vorige.

Konden een week en een handvol koekjes de rest ook maar in orde maken.

Het water lonkte, de glinstering een visueel sirenengezang dat ze niet eens probeerde te weerstaan. Ze trok haar blouse en broek uit, bleef even in haar slipje en beha op de rand van het bad staan en dook er toen in. Zoals ze als kind in het grootste, heldere meer van de McKays had gedaan, liet ze zich met open ogen naar de bodem zakken en keek naar de zachte wervelingen van licht boven haar. Ze was een waternimf, gewichtloos, leeftijdloos; ze was één met de waterstof- en zuurstofmoleculen, niet meer dan zij, en niet minder.

Toen haar longen pijn begonnen te doen, en daarmee de dwaasheid van haar fantasie aantoonden, zette ze zich met haar voeten af tegen de bodem van het bad. Eenmaal boven vulde ze haar longen met lucht en begon te zwemmen. Ze trok zichzelf met de vrije slag door het water met dezelfde zekere beweging waarmee ze lang geleden zo veel wedstrijden had gewonnen. Een paar heerlijke slagen lang was ze weer vijftien en zwom ze tegen Carson en Kara. Toen haperde haar ritme en bleef de zwakke arm iets achter bij de andere; ze peddelde naar het trapje en klom uit het bad. Ze moest er gewoon weer een beetje inkomen, dat was alles. 'Je had het moeten bijhouden, meid,' zei ze met een zucht. Ze pakte een grote badhanddoek uit een teakhouten kist en sloeg die om haar schouders. Lowenstein zat er helemaal naast.

Ze raapte haar kleren op en liep naar binnen. Haar voeten lieten vochtige afdrukken op de vloer achter. Ze sloot alles af, deed de lampen uit en liep toen naar de slaapkamer die Brian en zij al acht jaar deelden, sinds ze dit huis hadden laten bouwen.

Brian lag op het dekbed te slapen met zijn shirt halfopen, zijn broek uit, maar zijn lichtbruine sokken nog aan. In het zwakke licht van het bedlampje leken de sokken huidkleurig en was het of de donkere beharing van zijn benen een decimeter boven zijn enkels plotseling ophield. Hij zag er belachelijk uit, erger nog, hij lag te snurken met zijn mond halfopen, zoals altijd wanneer hij op zijn rug lag. *Die dure meneer*, had haar vader hem genoemd. Juist.

Terwijl ze zich in de badkamer stond af te drogen vroeg ze zich af wat haar vader ook weer had gezegd toen ze een week geleden zijn appartement verliet. Iets van waarom ze niet verder ging met haar leven? Ook een verwijzing naar het feit dat hij Bruce had terugbetaald... Hij had haar die dag, en vandaag weer, proberen duidelijk te maken dat ze haar schuld had ingelost, dat ze vrij was. En de dagboeken... zouden die net als de aflossing zijn cadeau aan haar zijn, een gebaar dat in de richting ging van een verontschuldiging die hij niet kon uitspreken? Hij wilde dat ze wist dat ze bevrijd was van de kluisters die ze omwille van hem omgedaan had gekregen. Dat moest het zijn.

Nu begreep ze het. Hij geloofde dat hij de eigendomsakte over haar leven had teruggekocht – iets wat veel waardevoller was dan wat hij Bruce had gegeven. Wat zij daarmee zou doen, was niet zo'n simpele vraag als haar vader misschien dacht.

Ze trok haar nachthemd aan, kroop onder het dekbed naast haar snurkende man en keek even naar hem voor ze het licht uitdeed. Zijn kaak en kin waren bedekt met zwarte en grijze stoppels, die sinds de vroege ochtend waren aangegroeid. Hij had best een plezierig gezicht; knap op de lichtelijk verwijfde manier van veel zuidelijke jongens uit families die plantages of luxehotels hadden gerund... of banken. Het was alsof hun trekken zachter waren geworden door al te veel generaties in bevoorrechte posities.

Brian was een man die verwachtte te zullen slagen; hij had verwacht haar te zullen veroveren, en het was veeleer dat zelfvertrouwen geweest dan zijn uiterlijk wat haar had aangesproken. Hij was vriendelijk, zelfverzekerd, amusant geweest – toen ze hem eenmaal echt had leren kennen, had ze hem leuk gevonden. Maar hij had nooit haar hoofd op hol gebracht, absoluut niet. Ze was verliefd geweest op Carson tot aan – en voorbij – de dag dat Brian met zijn verrassingsaanzoek was gekomen.

Het bewijs dat liefde niet alles overwon.

Al haar spieren werden overspoeld door vermoeidheid nu ze hier lag. Ze strekte haar linkerarm om het licht uit te doen. Brian draaide zich in zijn slaap naar haar om, een zure dranklucht in zijn adem.

Ze wendde zich van hem af, naar de ramen, waar het zilveren lichtschijnsel van het zwembad tegen de dunne gordijnen rimpelde. Ze keek ernaar en haar oogleden werden zwaar onder de hypnotiserende dans van het licht.

Ze wou dat ze kon zeggen dat haar leven met Brian verschrikkelijk was, dat ze graag het advies van haar vader zou opvolgen en dat leven achter zich laten, de kluisters van haar enkels laten vallen als een bevrijde slavin. Hoewel hun relatie was begonnen vanuit het verlangen van een verwende jongeman om een meisje weg te kapen van een in zijn eigen ogen mindere man, kon ze niet zeggen dat haar beslissing om hem te laten winnen haar tot een martelares had gemaakt. Ze kon niet zeggen dat ze had geleden, niet op een tastbare manier. Zoals ze elke keer weer concludeerde als ze erover dacht bij hem weg te gaan, was Brian een ondersteunende echtgenoot en een redelijk goede vader. Ze waren een gezin, al was het dan geen ideaal gezin. 'Zo eenvoudig is het niet, pap,' fluisterde ze.

Haar enkels mochten dan niet meer gekluisterd zijn, ze kon niet zomaar weglopen.

DEEL TWEE

Er zit een scheur, overal zit een scheur in.
Daar komt het licht door naar binnen.

– Leonard Cohen

19

'Ga je het me nou nog laten zien?' vroeg Val aan Carson op donderdagochtend tijdens het ontbijt in de keuken van zijn ouders. James en Carolyn waren al de deur uit om met hun vaste ploeg seizoenarbeiders de citroenbomen te snoeien.

'Je bent onverzadigbaar, hè,' zei Carson terwijl hij Val de kan met sinaasappelsap aangaf. 'Ik heb het je gisteravond nog laten zien.'

Ze grinnikte. 'Dat bedoel ik niet. Het huisje dat je samen met je vader hebt gebouwd.'

'O, de schuur!'

'De schuur, juist. Je had gezegd dat ik die vandaag mocht zien.'

Hij herinnerde zich vaag dat hij zoiets had gezegd, maar had daar nu spijt van. De rum-en-cola's hadden zijn tong behoorlijk losgemaakt toen ze de vorige avond allemaal buiten rond het vuur zaten en zijn ouders en hij herinneringen op zaten te halen, waarschijnlijk geïnspireerd door zijn op handen zijnde huwelijk. De verbouwing van de schuur was ter sprake gekomen – maar Megs naam niet – en Val had uiteraard haar belangstelling daarvoor te kennen gegeven. Ze was gefascineerd door alles over zijn jonge jaren; zijn geschiedenis was zo anders dan die van haar, dat ze evengoed op verschillende planeten grootgebracht konden zijn.

'Je krijgt een rondleiding als we daar tijd voor hebben,' zei hij. 'We hebben van alles te doen – we moeten nog naar de bloemist, en om halfeen moeten we bij de kleermaker zijn.'

Val meesmuilde. 'Het is gewoon daar.' Ze wees naar de schuur, die zichtbaar was door een van de grote openslaande ramen die de afgelopen jaren waren geplaatst; een van de vele verbeteringen die zijn ouders dankzij zijn succes hadden kunnen doorvoeren. 'Volgens mij kunnen we het wel in onze planning inpassen. Het is niet te geloven dat je daar niet meer bent geweest sinds je bent verhuisd.'

'Weet je, ik ben steeds van plan er op te gaan ruimen... ik verblijf altijd hier in huis als ik terug ben, omdat het eerlijk gezegd veel comfortabeler is. Centrale verwarming, een gevulde koelkast. Ik hou van de geneugten des levens.' Dat klonk aannemelijk.

'Je mam zei dat ze er een atelier van wilde maken, klopt dat? Dan wil ik het zien voor ze het verandert.'

Hij wilde haar weer afwimpelen, maar kon geen smoesjes meer bedenken. En hij wilde ook niet dat ze argwaan kreeg; dat zou alleen maar vragen oproepen die hij niet wilde beantwoorden. In de zeven maanden sinds ze elkaar hadden ontmoet, was hij er zo goed in geslaagd zijn relatie met Meg te verdoezelen, dat Val geen verschil zou vermoeden met de hordes andere vrouwen in zijn verleden. Het bagatelliseren van die relatie – de enige die ertoe had gedaan vóór Val – was een soort zonde door verzuim. Hij was wel van plan haar er ooit meer over te vertellen, maar nu nog niet. Om de een of andere reden wilde hij zijn geschiedenis met Meg beschermen. Of misschien vond hij het gewoon vreselijk dat hij zwak zou lijken omdat hij zo lang liefdesverdriet had gehad. Wat het ook was, hij vond het geen prettige gedachte om Val de schuur te laten zien. Die was zo doordrongen van Meg dat hij vreesde dat zelfs Val haar daar nog zou kunnen zien en ruiken, zoals dat bij hem beslist nog het geval zou zijn.

Zijn telefoon ging. Hij keek op het display. 'Het is Gene, dus ik kan maar beter opnemen.' Hij beantwoordde het gesprek. 'Hé, Gene, hoe gaat het?'

'Zoals gewoonlijk; ik werk me te pletter terwijl jij ergens met Surfer Girl aan het spelen bent.'

'Neem dan vakantie.'

'Ben je niet goed wijs? Je carrière zou instorten als een prostituee op zondagochtend. Nee, luister, wat doe je morgenavond? Geen plannen? Mooi zo, want ik wil dat je een oude vriend van me een plezier doet.'

Carson zei: 'Ho even, ik heb wel plannen. We gaan met mijn ouders naar een toneelstuk.'

'Nee, dat toneelstuk, daar is niks aan. Stuur Surfer Girl er maar heen als je wilt, maar jij, mijn vriend, hebt een afspraakje met een piano, twee gitaren, een drumstel en mijn beste oude vriend, Johnny Simmons.'

'Ze heet Val,' zei Carson geduldig, 'en je weet niet of dat toneelstuk niks is, want ik heb niet gezegd welk stuk het is.'

'Ja, ja, en trouwens, Johnny heeft een fantastische club in Orlando en de band die morgenavond zou optreden heeft afgezegd. Hij zei dat toevallig tegen mij en ik wist toevallig dat jij, mijn grote ster, daar maar een uurtje vandaan zit en wel zou kunnen inspringen, zodat Johnny voor de rest van zijn leven bij me in de schuld staat.'

'Met andere woorden,' zei Carson lachend, 'het draait allemaal om jou.'

'Wanneer is dat niet zo? Dus je doet het? Geweldig! Hij betaalt je hetzelfde als die band zou krijgen, en daar hoef ik zelfs geen percentage van.' Gene gaf hem de details en toen ze de verbinding hadden verbroken, bedacht Carson dat een optreden als dit, waar geen reclame voor was gemaakt, in een kleine club waar een goed publiek praktisch was gegarandeerd, een waar genoegen zou zijn na zo veel grote shows in stadions voor duizenden gezichtsloze fans. Het zou net zoiets zijn als toen hij pas begon, alleen zou nu niemand meer vragen hoe hij ook alweer heette en zou hij zich niet druk hoeven te maken over de vraag of hij het volgende weekend weer ergens kon spelen.

'Ik ga morgenavond in een club spelen,' zei hij tegen Val terwijl hij de ontbijtbordjes opstapelde en naar het aanrecht droeg. Shep, zijn moeders gevlekte hond van gemengd ras, trippelde over de tegels en duwde tegen zijn been, dus Carson zette de borden met de restjes roerei op de grond. Hij klopte Shep op zijn rug en voegde eraan toe: 'Ik hoop dat je het niet erg vindt. Gene vroeg me hem een gunst te bewijzen.'

'Zal je moeder niet kwaad worden? Ze wil dat toneelstuk echt graag zien.'

'Ze gaat er toch wel heen. Jij zou ook moeten gaan.'

'Meen je dat nou? Ze vreet me levend op als je me met haar en je vader alleen laat.'

'Mam? Die is dol op je. Waar heb je het over?'

Val schudde haar hoofd. 'Nee, ze is dol op jou... en ze had verwacht dat je... iemand anders zou kiezen. Ze tolereert me, meer niet.'

Val had gelijk, maar het verbaasde hem dat ze dat had opgepikt; zijn moeder deed erg haar best zijn beslissing om te trouwen te steunen, ook al was het precies zoals Val zei: ze had verwacht dat hij om te beginnen iemand zou kiezen die ouder was, en iemand die meer op hem leek – of beter gezegd, op haar. Een vrouw met haar wortels in het land in plaats van in de golven. Een vrouw die kinderen wilde grootbrengen in plaats van zich als een kind te gedragen. Niet dat Val kinderlijk was, maar ze was wel erg jeugdig. Bij zijn ouders hield ze zich in, maar haar energie was onstuitbaar.

'Pa en ma vinden je fantastisch... maar als je morgen liever mee-gaat naar Orlando, is dat prima. Dan hoef ik tenminste geen grou-pies op te pikken om de tijd mee door te brengen.'

'O, ik heb niks tegen groupies,' zei Val, met een net zo uitgestre-ken gezicht als hij. 'Laten we er een paar uitkiezen. Hoe meer hoe liever.'

'Je moet me niet van alles beloven, meisje.'

'Alsof jij meer aan zou kunnen dan mij alleen.' Ze sloeg haar armen om zijn nek, sprong toen op en klemde haar blote benen om zijn middel. Hij legde zijn armen om haar heupen en trok haar tegen zich aan.

Het zou ongepast zijn om nu te bekennen dat hij uit eigen erva-ring wist hoeveel hij precies aankon. Cocaïne was een krachtig afro-disiacum voor een nieuwe gebruiker, en hij was niet bepaald trots op de verhalen die hij kon vertellen over zijn verleden als 'rockster'. Ze had daar wel wat over gehoord, en niet alleen van hem; er stonden bewijzen van zijn oude reputatie op talloze webpagina's en in heel wat fotoalbums. Maar nu Val en hij een serieuze relatie hadden en van plan waren over drie weken te trouwen, was een diplomatiek antwoord de juiste reactie op haar uitdaging. Dus zei hij: 'Alsof ik meer zou willen dan jou alleen.'

Ze drukte haar neus en voorhoofd tegen de zijne. 'Juist geant-woord,' zei ze, en toen kuste ze hem. 'Zullen we naar de schuur gaan?' vroeg ze met zwoele stem.

Aha, de schuur. Hij was niet van plan haar daarvoor mee daar-heen te nemen.

'Nee,' zei hij, en hij liet zijn armen zakken tot zij weer op de vloer stond. 'We moeten wat extra vaart achter ons schema zetten als ik morgenavond moet spelen. Ik moet een playlist opstellen, naar de andere muzikanten sturen en vanmiddag nog wat oefenen, dus we kunnen nu maar beter aan de slag gaan.'

Val keek hem overdreven pruilend aan, dus voegde hij eraan toe: 'Tja, we kunnen die grootse bruiloft natuurlijk ook vergeten en stie-kem trouwen.'

'God, nee, mijn moeder zou me vermoorden! Ze is al woest dat we bloemisten van hier uitkiezen.' Vals moeder was ook kwaad dat het huwelijk zou plaatsvinden op Sint Maarten in plaats van in Ma-libu, en de manager van het vakantieoord was kwaad dat ze geen plaatselijke bloemist inschakelden omdat Carolyn erop stond dat ze de kwekers in de omgeving van Ocala steunden... en als Carson verder nadacht, wist hij nog veel meer namen toe te voegen aan de lijst van mensen met ideeën over hoe en waar hun huwelijksfeest 'behoorde' te zijn, waaraan ze niet helemaal tegemoetkwamen. Een bruiloft bracht eigenlijk veel te veel ergernis met zich mee.

'Goed dan.' Hij gaf Val een speels duwtje. 'Pak je spullen, dan gaan we.'

20

Ze waren naar huis terug gegaan om te lunchen en daarna reed Carson met Val en zijn vader de stad in, waar de mannen een smoking aangemeten zouden krijgen. De andere bij het huwelijk betrokken mannen hadden hun maten naar de kleermaker van Carsons keuze gefaxt, een Thaise immigrant die Pinguïn Pete werd genoemd. Carson was dol op Pete; ondanks het ongemak dat Pete hier in Ocala woonde, ging hij voor al zijn pakken naar hem toe – de paar die hij bezat. Carson was gewoon geen man voor een pak. 'Opgedoft' betekende gewoonlijk een spijkerbroek zonder gaten en een shirt met een kraag.

De naam van Pete was een van de weinige dingen die hij zich nog had kunnen herinneren na zijn eerste bezoek aan Thailand – een concert in Bangkok in 2000. Zolang hij daar was geweest, had hij zijn best gedaan om te vergeten dat hij zijn eerste reis naar dat land ter gelegenheid van zijn veertigste verjaardag had willen maken, samen met Meg. Hij had tegen die herinnering gevochten met behulp van cocaïne die was geleverd door de plaatselijke concertorganisator, een snel sprekende Chinees die Jinn heette. Dat werkte fantastisch. Niet alleen piekerde Carson niet over zijn toekomst-zonder-Meg, maar hij hield zich tijdens de twee avonden dat hij niet optrad en na het ene optreden dat hij wel had gedaan, ook nog eens bezig met een reeks lieflijke maar onderling vervangbare vrouwen met donkere haren – de vrouwen die hij eerder die dag had verkozen niet te noemen tegenover Val.

Pete, die via wat ingewikkelde huwelijksrelaties familie was van

Jinn, had al eerder een smoking voor hem gemaakt, die hij twee jaar geleden tijdens de Oscar-uitreiking had gedragen. De bewuste smoking, van mosgroen fluweel met zwarte revers, was een grote hit geweest en er hadden foto's van hem in alle mogelijke roddelbladen gestaan. Pete had er zelfs een paar uit Thaise bladen geknipt en de knipsels langs de rand van een van de grote spiegels in zijn winkel geplakt.

De winkel zelf trotseerde elke verwachting van beroemdheid; het voorste vertrek was op z'n hoogst vierenhalf bij vierenhalf en zag eruit alsof Pete het zo uit een achterstraatje in Bangkok had meegenomen, compleet met intrigerende kruidige geuren en een glans van ouderdom, stof en vochtigheid waardoor Pete zich er waarschijnlijk heel goed thuis voelde. En wat de klant betreft, tja, over uitmuntende kleermakerskwaliteit viel immers niet te twisten?

'Kijk hier, juffrouw,' zei Pete tegen Val, terwijl hij naar de foto's op de spiegel linksachter in de winkel wees. 'Hij krijgt rode loper met mijn pak.'

'Iedereen krijgt de rode loper,' legde Carson uit, en hij voegde eraan toe: 'Maar er is niets mis met het pak.'

Pete, die meer dan een hoofd kleiner was dan Carson en iets droeg wat eruitzag als de outfit van een stierenvechter, keek fronsend naar hem op. 'Nee, nee, met dat pak aan, jij ziet eruit als beroemdheid. Anders zij je niet herkennen, jou achter het hek laten staan als stervelingen.'

'Als jij het zegt. Hoe dan ook, het is een geweldige smoking. Maar niet wat juffrouw Val hier in gedachten heeft voor onze trouwdag. Vertel hem maar eens wat we zoeken, Val.'

'Ja, ja, kom maar; wij drinken thee, jij vertelt me jouw ideeën, en Doreen, zij meet jouw mannen,' zei Pete, en hij wenkte Val de achterkamer in, die van de winkel gescheiden werd door een houten kralengordijn.

Val keek achterom naar Carson alsof ze op redding hoopte, maar hij glimlachte slechts en liep naar de kleine verhoging in de hoek, waar de Cubaanse vrouw van Pete, Doreen, al stond te wachten met haar meetlint en een heel klein opschrijfboekje. Doreen, een opzichtige vrouw van ongeveer vijftig met forse welvingen, droeg een laag uitgesneden turkoise blouse met ruches en aan elke pols minstens tien zilveren armbanden. Carson keek naar zijn vader, die ongerust naar Doreens decolleté keek.

'Ga jij maar eerst, pa,' zei hij.

'Goed dan,' antwoordde zijn vader. Het was voor hem de eerste keer dat hij de winkel zag, en Carson merkte dat hij een beetje van zijn stuk gebracht was door zowel de winkel als de eigenaren. Zijn vader was geen man van de wereld; het had heel wat moeite gekost om hem vier maanden geleden mee te krijgen naar Seattle. Hij liet zijn boomgaarden niet graag in de steek en beweerde dat de bomen hem zouden missen en de vruchten het volgende seizoen te zuur zouden zijn.

'Jij gaat hier op staan,' zei Doreen met een zwaar Cubaans accent en rinkelende armbanden. 'Niet krom staan, niet bewegen, oké?' voegde ze eraan toe met een strenge frons op haar bolle gezicht. 'Wij nemen één keer de maat, meteen goed, en je pak past.'

'Doe maar wat ze zegt,' waarschuwde Carson. 'Ze heeft les gehad van een stel nonnen.'

Doreen hield het meetlint bij zijn vaders schouders, en daarna langs zijn gebruinde armen en zei: 'En, Muziek-Man, wie wordt jouw getuige?'

'Pa hier.'

'O, jij bent lief. Hij is een goede zoon,' verkondigde ze terwijl ze het meetlint in zijn vaders kruis duwde.

'Dat is hij zeker,' zei zijn vader, die maar een klein beetje verstrakte. 'Ik heb geen klagen.'

Hij glimlachte naar Carson, een welgemeende glimlach, die duidelijk maakte dat hij zijn zoon diens afvalligheid niet langer kwalijk nam. In het begin van Carsons muzikale carrière was de glimlach niet zo oprecht geweest; ze waren heel wat zondagmiddagen en doordeweekse avonden behoorlijk tegen elkaar tekeergegaan aan de telefoon. Carson verdedigde dan zijn afwezigheid en zijn keuzes, en zijn vader betoogde dat werken als zanger en tekstschrijver neerkwam op vragen om ellende en armoede. En zelfs als er succes voor hem in de sterren stond, moest Carson weten hoe hepatitis eruitzag, en herpes, drugsverslaving en aids. 'Al die dingen waar jij niet aan wilt denken... neem maar van mij aan, dat kom je daar allemaal tegen.'

Waar Carson niet aan wilde denken was een ander soort ziekte, een die voorkwam in de grapefruit- en citroenboomgaarden van zijn familie, waar hij elke dag zou moeten doorbrengen als hij niet van stad naar stad en van club naar club trok. Waar hij bijna zijn hele leven had doorgebracht, met Meg aan zijn zijde, vuurvliegjes vangend en puberdromen najagend tijdens zwoele zomeravonden. Als hij daar woonde zou hij veel vatbaarder zijn voor die aandoening – dat had hij althans gedacht. In feite had hij zijn liefdesverdriet meegenomen naar Jacksonville, naar Durham, naar Pittsburgh en naar Cleveland; het stak de Mississippi over toen hij dat deed, in Minneapolis; het volgde hem naar Denver, Vegas en San Diego. Het werd wel kleiner, en verschool zich in een hoekje van zijn hart waar het licht van zijn dagelijkse routine zelden kwam. Hij vroeg zich nu af of hij het niet juist had beschermd door weg te gaan en of, als hij op de kwekerij was gebleven, de overmatige blootstelling de pijn van zijn liefdesverdriet niet helemaal zou hebben weggevaagd.

Doreen was klaar met zijn vader en duwde hem zachtjes van de verhoging af. 'Nou jij,' beval ze Carson.

'Ik ga maar even kijken hoe het bij Val gaat,' zei zijn vader.

'Goed idee. Neem wat thee... Pete zet heerlijke thee.' Carson ging op het houten platform staan en stak zijn armen zijwaarts uit terwijl zijn vader door het kralengordijn naar de achterkamer liep, waar de hoge stem van Val werd afgewisseld door de lagere klanken van Pete in wat tot dusver een plezierig gesprek leek.

Tegen Doreen zei hij: 'Ik verwacht niet dat ik veel ben veranderd. Val leert me surfen... of probeert het me te leren, moet ik misschien zeggen.'

'O, surfen, whoe!' zei Doreen. 'Ik heb die film gezien, jij weet wel, met de mooie Swayze-Man. O, Dios!' Ze wuifde zichzelf in gespeelde verliefdheid koelte toe. 'En die andere sexy man... Matrix-Man!'

'Keanu Reeves,' zei Carson. 'Ja, die film heb ik ook gezien. Val doet mee in de wereldklasse... ze is een professional.'

'Nee!' zei Doreen en ze ging op haar hielen zitten. 'Dat kleine meisje? De golven zullen haar verslinden. Hou me niet voor de gek, Muziek-Man.'

'Ik zou niet durven,' zei hij. 'Vraag het haar zelf maar. Ze moet volgende week naar Bali voor een wedstrijd.'

'Bali, o, zwaar leven,' zei Doreen terwijl ze zijn binnen- en buitenbeenlengte opnam. 'Joe gaat zeker mee?'

'Nee, ik kan er niet bij zijn. Ik heb volgende week woensdag een benefietconcert in New Orleans.

Doreen schudde haar hoofd. 'Zo druk. Hoe gaat zij voor jou koken als jullie niet eens in hetzelfde land zijn, hè? Ik wil weten wat jou bezielt om een vrouw te trouwen die er niet altijd is. Huh!' zei ze.

Hij gaf geen antwoord; de vorige keer was ze tekeergegaan over het feit dat hij naar de Oscar-uitreiking ging met een actrice die een personage had gespeeld aan wie Doreen een hekel had. Ze had toen minstens vijf 'betere' actrices genoemd – vrouwen van wie hij zeker wist dat ze ook niet elke avond thuis waren om het eten klaar te maken. Ze was wispelturig, maar vriendelijk en eerlijk, en werkte heel gedetailleerd. Hij mocht haar graag.

Hij stond met zijn rug naar de deur toen hij de bel die erboven hing hoorde rinkelen. Hij zag de klant die binnenkwam in de spiegel voordat haar ogen zich hadden aangepast van het felle licht van de middagzon aan het veel donkerder interieur van de winkel.

'Hola, mevrouw Hamilton!' riep Doreen. 'Ik kom zo bij u,' zei ze. Haar woorden klonken als 'sobajoe' in Carsons oren, die net zo verbaasd waren als zijn ogen.

Hij kon zich nergens verbergen. Zijn longen leken plotseling niet meer in staat lucht op te nemen, zijn verstand niet in staat een samenhangende begroeting te formuleren. Moest hij zijn identiteit kenbaar maken of wachten tot ze hem zag?

'Neem de tijd,' zei Meg, zich nog niet van zijn identiteit bewust. Hij was op dit moment een anonieme, lange man in een donkere korte broek en een T-shirt, die met zijn rug naar haar toe stond. Hij zag haar naar de toonbank lopen en haar zonnebril, die ze losjes in haar linkerhand hield, boven op haar hoofd zetten.

'Klaar,' zei Doreen, en ze gaf hem een duwtje. Hij stapte aan de linkerkant van de verhoging, vlak bij de hoek, en zag toen zijn ontsnappingsmogelijkheid: hij kon nu snel naar het kralengordijn stappen, gewoon voor de spiegels langs schuiven nu zij naar de visitekaartjes op de toonbank stond te kijken. Zijn hart bonkte van besluiteloosheid.

Doreen had haar eigen plannen en voor hij iets kon doen, pakte ze hem bij de arm en zei tegen Meg: 'De pakken van uw man zijn net klaar, en maar goed ook! We krijgen het heel druk met het maken van trouwsmokings voor Ocala's grote ster...' Ze trok hem mee naar Meg alsof ze een kostbare hengst wilde showen, en hij zag dat Meg zich naar hem omdraaide. Doreen besloot: 'U weet wel, Carson McKay!'

Meg keek om, haar lippen gingen vaneen alsof ze iets wilde zeggen, maar het duurde even voor er geluid uit kwam; haar ogen bleven tijdens die ene seconde op de zijne gericht en gleden toen bij hem vandaan, naar Doreen.

'Dat was dan goede timing,' zei ze. Ze keek weer naar hem en voegde eraan toe: 'Gefeliciteerd.' Haar blik leek oprecht.

Hij wilde iets zeggen, maar moest eerst zijn keel schrapen en zei toen: 'Bedankt, Meg.'

'O, jullie kennen elkaar?'

Ze reageerden geen van beiden meteen en wachtten allebei tot de ander antwoord zou geven. Toen lachte Meg een beetje nerveus en ze zei: 'Nou, het is wel lang geleden.'

Doreen, die zich kennelijk niet bewust was van de spanning die naar zijn idee zo tastbaar was als een wolkbreuk, keek stralend naar hem op. 'Zijn bruid is een professionele surfkampioene.' Ze zei het langzaam, met nadruk op elke lettergreep.

'Dat heb ik gehoord,' zei Meg beleefd.

'Een minuutje. Ik pak de pakken van meneer, oké?' Toen verdween Doreen door het kralengordijn en was hij voor het eerst sinds hij had gezegd dat hij haar terug zou zien in de hel alleen met Meg.

Het was natuurlijk onvermijdelijk geweest dat ze elkaar vroeg of laat tegen zouden komen. Hij kwam niet zo vaak terug naar huis, maar elke keer had hij toch het idee ergens in zijn achterhoofd dat ze weer in een winkel of een restaurant kon opduiken, of naast hem voor het stoplicht, of met haar ouders in de supermarkt – tot ze haar moeder had verloren en Spencer de stoeterij had verkocht. Hij had nooit een plan bedacht voor wat hij zou doen als ze elkaar ontmoeten, en zelfs als dat wel zo was geweest, wist hij nu zeker dat hij het verknald zou hebben.

De woorden die hij de ochtend van haar huwelijk met zulke hartstochtelijke zekerheid had gesproken, zaten hem de laatste jaren behoorlijk dwars. Waarom had hij zo lelijk tegen haar gedaan? Waarom had hij haar afwijzing niet kunnen accepteren als een man? Ze hield dus niet genoeg van hem om voor hem te kiezen; ze was dus alleen maar gekomen voor een snelle wip, hoe bot het ook mocht klinken; dan nog had hij haar met de beste wensen voor de toekomst naar Hamilton terug moeten sturen. Maar ja... hij was jong en koppig en voelde zich gekwetst, en hij had echt gedacht dat het een hel zou zijn om haar weer te zien.

Het was niet zo. Jezus, zijn vingers tintelden en zijn hart bonkte nu hij haar weer zag.

Ze zag er moe uit, maar nog altijd stralend, alsof het koper in haar haren en haar lichtroze huid werden verlicht door iets in haar binnenste, een of andere energie die zelfs door een stressvolle dag niet helemaal werd getemperd. Hij wist dat ze verloskundige was, dat ze een praktijk in de stad had; zijn moeder had hem door de jaren heen dat soort dingen verteld, alsof ze zo nu en dan de stemming wilde peilen. Hij wist dat ze een tienerdochter had en dat die de naam had gekregen waarvan hij wist dat Meg die zou kiezen als ze ooit een meisje kreeg. En hij wist dat ze geen tijd had verspild om zwanger te worden, alsof ze de band met de Hamiltons zo snel mogelijk wilde verstevigen – waarschijnlijk om zich te verzekeren van een erfenis, voor het geval Brian iets mocht overkomen. Hij had nooit gemeend dat ze een sluwe vrouw was, maar hij had ook nooit gedacht dat ze met iemand anders zou trouwen, en daarin had hij het ook helemaal mis gehad. Nou, wat ze ook was, hij vond haar nog steeds heel mooi. Dat ze hier voor hem stond, op drie meter afstand, was een puur, onverwacht plezier.

21

Meg had niet verbaasder kunnen zijn dat ze Carson bij de kleermaker trof. Hij was wel het laatste waar ze die middag aan dacht toen ze nog snel een boodschap deed voor Brian voordat ze naar haar afspraak om kwart over een met een oude medestudente, neurologe Brianna Davidson ging. Manisha had erop gestaan dat ze Brianna belde en vroeg of ze meteen kon komen. 'Antwoorden zijn altijd beter dan vragen,' had ze gezegd.

De dag was vol spanning begonnen; Brian was wakker geworden met een kater en had niet willen praten over het geld en zijn dronken thuiskomst. Maar hij had wel om kwart over tien gebeld om te vragen of ze zijn pakken wilde ophalen bij de kleermaker en het grijze op kantoor wilde afgeven, omdat hij rechtstreeks vanuit zijn werk naar Boston vertrok.

Ze hoorde Doreen in de achterkamer tegen Pete zeggen: 'Ik zoek de pakken van meneer Hamilton; waar heb je ze gehangen?'

en hoopte dat ze snel gevonden zouden zijn. Ze wist dat ze iets tegen Carson zou moeten zeggen, maar wat? Waar moest ze beginnen?

'Hoe wist je van deze zaak?' vroeg Carson, en ze was reuze opgelucht dat hij in staat was een terloopse opmerking te maken, want zij zelf stond met haar mond vol tanden. Ze had zich nog nooit zo ongemakkelijk gevoeld in zijn aanwezigheid.

'O. Hij – Brian – had er van iemand over gehoord. God mag weten wie. Pete is erg goed.'

'Ja, ik kom al heel lang bij hem.'

'O, fantastisch.'

'Ja.'

Hij zag er vreselijk goed uit. Ze zag zijn gezicht natuurlijk wel op cd-hoesjes en omslagen van tijdschriften en, dankzij Kara, in de krant, en hij zag er altijd appetijtelijk uit... maar dat was immers de taak van die fotografen en stylisten, of niet? Maar in eigen persoon was het alsof hij werd omringd door een krachtige, resonerende energie. Zijn haar was vrij lang en zat wat in de war, net als toen ze tieners waren, en er groeiden lichtbruine bakkebaarden langs zijn kaak omlaag, nog niets voller dan toen hij twintig was. Hij wreef erover.

'En...' zei ze op haar beurt, 'is alles goed met je moeder?'

'Fantastisch! Ja. Ze, eh, blijft bezig...'

De kralen bewogen. Meg keek die kant op in de verwachting Doreen te zullen zien, maar het was James McKay. Wat moesten Carson en zij een vreemde indruk op hem maken zoals ze daar stonden, zij met haar tasje als een reddingsvest tegen zich aan geklemd, Carson met een hand aan zijn kin en de andere in zijn broekzak, spelend met kleingeld. Verlegen kinderen, zoekend naar woorden.

James kwam naar haar toe. 'Hoe is het met jou, Meg?' vroeg hij, en hij boog voorover om haar op de wang te kussen.

'Goed, naar omstandigheden. Pap begint te wennen aan zijn pensioen daar in Horizon.' Het was veel gemakkelijker om met James te praten!

'Mooi, mooi,' zei James. 'Doe hem de groeten van ons.'

'Dat zal ik doen, dank je. Je ziet er goed uit.' Ze had hem diverse keren gezien sinds haar breuk met Carson, de laatste keer tijdens haar moeders begrafenis. Hij en Carolyn waren allebei gekomen. James was hartelijk en meelevend geweest, Carolyn meelevend maar afstandelijk, zoals altijd wanneer hun wegen elkaar kruisten. Meg had dat nooit persoonlijk opgevat; ze begreep Carolyns beschermingsdrang wel, begreep wat ze moest denken van een vrouw die zomaar even het hart van haar zoon uit zijn borst rukte en erop stampte, zoals Meg leek te hebben gedaan.

Ze had gehoord dat Carson haar vader een kaart had gestuurd.

James liep naar Carson en sloeg een arm om zijn schouder. 'Ik sjouw mee,' zei hij, 'om te zorgen dat Carson op schema blijft met zijn trouwplannen.'

Ze zag de zijdelingse blik van Carson op zijn vader, die nu zelf de beschermende ouder uithing. Zag James haar als een bedreiging? Sommige instincten verdwenen kennelijk niet zomaar – de hare incluis, want ze had haar eerste reactie op Carson niet kunnen bedwingen; het plotseling gespannen gevoel in haar borst, de aandrang om zich onmiddellijk tegen hem aan te drukken, zich door hem te laten omhelzen en haar schouders onder zijn oksels te nestelen. Hij had haar zo vaak vastgehouden, om haar te troosten, om haar te steunen, om haar te beschermen, uit verlangen... ze had in zijn armen geleefd, ze was erin opgegroeid.

Ze dwong zichzelf tot een glimlach, haar professionele, geruststellende glimlach die zei dat alles onder controle was. 'Wanneer is de grote dag?' vroeg ze.

Carson zei: 'Volgende maand... het weekend van Moederdag, op Sint Maarten. Het klinkt vreemd, ik weet het, maar haar moeder – Vals moeder – vond het wel een leuk idee om beide gelegenheden te combineren.'

'Natuurlijk,' zei Meg, die zich maar al te goed herinnerde dat haar eigen schoonmoeder zo veel van háár trouwplannen had bepaald, en het heft in handen had genomen alsof het feit dat de Hamiltons de bruiloft betaalden Shelly het recht gaf om alles te regelen. Haar moeder accepteerde die rolwisseling beleefd; dankbaar zelfs, wat Meg destijds irriteerde. Ze wilde zeggen dat ze haar trots moest tonen; zij, Meg, bewees hen immers ook een dienst door Brian met het meisje te laten trouwen dat hij per se wilde hebben. Het geld waarmee de Hamiltons smeten, hun rijkdom, was een instrument, geen scepter, en ze wilde dat haar moeder dat inzag. Met haar eigen beperkte vermogen om het grotere geheel te zien, had ze destijds de dynamiek van de hele situatie niet begrepen. In feite verkochten haar ouders haar – zoals ook gezinnen in andere culturen hun dochters verkochten – om hun eigen positie te verbeteren. De verkoper mocht dan een hoge prijs krijgen vanwege een bepaalde begerenswaardige eigenschap van de dochter, maar de verkoper, die zich die prijs kon veroorloven, was degene die de macht in handen hield.

In het geval van Carson en zijn aanstaande bruid was de situatie rondom de bruiloft natuurlijk heel anders, veel gewoner. Valerie Haas was misschien niet zo rijk als Carson, maar er was geen sprake van een 'verkoop'. Meg voelde afgunst toen ze bedacht hoe het voor Valerie moest zijn om puur en alleen maar met een man te trouwen omdat je van hem hield.

Ze was wel op Brian gesteld geweest toen ze trouwden; ze had zichzelf voorgehouden dat ze anders nooit met hem getrouwd was, want dat zou dwaas zijn geweest. Ze vergaf hem zijn voornaamste zonde: dat hij Carson niet was. Maar ze had niet van hem gehouden. De liefde zou mettertijd wel komen, had ze tegen haar moeder gezegd... net als bij gearrangeerde huwelijken. 'Natuurlijk,' had haar moeder met haar ingestemd. 'Waarom ook niet?'

Doreen kwam terug met Brians vermaakte pakken en gaf die aan haar.

'Op de rekening zetten?' vroeg Doreen.

'Ja, graag,' zei Meg, en ze knikte. Ze wilde net tegen de mannen zeggen dat ze weg moest toen de kralen weer uiteen weken en een slanke, witblonde jonge vrouw tevoorschijn kwam.

'Volgens mij zijn we eruit!'

Carson draaide zich om als een kind dat betrapt is op het pakken van een koekje net voor het eten. 'O, mooi zo,' zei hij. Hij keek naar de vrouw, Valerie, kennelijk, want niet alleen leek ze op de aanstaande bruid uit de huwelijksadvertentie, ze had ook nog eens het lijf van een atlete in haar gloriedagen: gladde, lange beenspieren onder het soort korte broek waar Savannah in sliep, sterke bicepsen onder hetzelfde soort korte mouwtjes als van Savannahs strakke T-shirts. Carson keek naar Valerie alsof hij niet goed wist wat hij nu moest doen.

James redde hem. 'Val, dit is Meg Hamilton, een oude vriendin. Haar ouders waren eigenaars van de stoeterij naast ons.'

'Hé,' zei Val en stak even haar hand op. Haar vriendelijke blik vertelde Meg dat Carson haar de details over hun jeugd had bespaard – of althans een bepaald detail daarvan.

'Leuk je te ontmoeten,' zei Meg met zo veel warmte als ze kon opbrengen... en dat was lauwwarm. Niet slecht.

Val, kennelijk afgeleid door datgene waar ze 'uit waren', merkte het toch niet. Ze wendde zich tot Carson. 'Pete en ik zijn het eens over het ontwerp van de smoking. Jullie zien er straks echt gaaf uit.' Ze stak beide handen op met de duimen omhoog om haar woorden extra kracht bij te zetten..

Gaaf, dacht Meg, terwijl Val haar arm om Carsons middel sloeg. De aanstaande bruid leek kleiner nu ze naast hem stond, amper een meter zestig lang en twee derde van zijn breedte; ze zag er zelf gaaf uit met haar glanzende haren en goudbruine huid. Hoe kon het ook anders?

Meg herinnerde zich plotseling dat ze op de tijd moest letten en zag dat ze zich echt moest haasten om op tijd te zijn voor haar afspraak met Brianna. 'Sorry, maar ik moet gaan. Ik heb lunchpauze.'

'Natuurlijk,' zei Carson.

Maak er snel een eind aan. 'Het was fijn om jullie te zien... en nogmaals gefeliciteerd.' Ze bracht de pakken over van haar rechterarm – die erg moe aanvoelde – naar haar linkerarm en draaide zich om naar de deur. James haastte zich om de deur voor haar open te houden.

'Dank je,' zei ze toen ze het warme zonlicht tegemoet stapte. Ze probeerde haar hand omhoog te brengen naar haar zonnebril, maar haar arm was weer loodzwaar.

James merkte er niets van. 'Het beste,' zei hij, en hij deed de deur achter haar dicht.

Meg kneep haar ogen tot spleetjes, liep naar de stoeprand en wachtte tot ze kon oversteken naar haar auto aan de andere kant van de straat. Er schoot haar iets te binnen: Carson had gezegd dat het huwelijk zou plaatsvinden in het weekend van Moederdag – dus niet op Moederdag zelf, maar de dag ervoor, Savannahs verjaardag. Dat was een toevalstreffer waar ze niet over wilde nadenken.

Ze probeerde haar rechterhand tot een vuist te ballen, en dat lukte, maar slechts met grote moeite. 'Verdomme,' zei ze zacht.

Toen de weg vrij was, stak ze met zorgvuldige, doelbewuste passen de weg over; dat gedoe met haar arm maakte haar nerveus, gaf haar het gevoel dat ze extra voorzichtig moest zijn om niet te struikelen of haar evenwicht te verliezen op haar lage hakjes. Ze bereikte zonder incidenten de auto en legde eerst de in plastic hoezen verpakte pakken op de motorkap en vervolgens haar tas, die ze van haar linkerschouder liet glijden. Met haar linkerhand zocht ze naar de autosleutels en toen ze die had gevonden, drukte ze het knopje van de centrale deurvergrendeling in. Toen pakte ze de tas en de pakken en probeerde ze over haar rechterarm te draperen, zodat ze met haar linkerhand het portier kon openen. Zelfs die simpele taak was nog te veel voor de arm, die onder het gewicht bezweek. Alles viel op het asfalt voor haar voeten.

'Verdomme!' Het was allemaal te veel, gewoon te veel ineens. Die stomme pakken – waarom kon Brian zijn eigen kleren niet gaan ophalen? En Carson met zijn kwieke kleine verloofde en hun trouwplannen, en de warmte, en die stomme, angstaanjagend zwakke arm... Met haar gezicht naar het autoportier gekeerd begon ze te huilen.

'Hé, Meg...' klonk Carsons stem achter haar rug. Ze wist niet hoe lang hij daar al stond en hurkte snel neer om de troep op te rapen.

'Ik zal je daar wel even mee helpen,' zei hij, en hij bukte. Ze voelde dat hij naar haar keek en wist dat hij zou vragen wat er aan de hand was – en dat deed hij inderdaad. Wat kon ze tegen hem zeggen?

Ze stapte opzij, zodat hij het achterportier kon openen en de pakken op kon hangen, en liet in haar besluiteloosheid de stilte voortduren. Ze kon hem niet de waarheid vertellen; ze wist zelf nog niet precies hoe de waarheid luidde. Hoe kon ze de zwakte van haar arm en de emoties die haar over het randje hadden geduwd verklaren? Wat voor excuus zou hem ontslaan van zijn ridderlijke, op z'n best gebruikelijke bezorgdheid?

'Meg?' zei Carson.

'Ik...' begon ze. 'Niets. Het gaat wel. Gewoon een beetje duizelig... door de hitte, begrijp je?' De leugen klonk zelfs in haar eigen oren ongeloofwaardig.

'Duizelig? Kom nou; je huilt.'

'Niet vanwege jou,' zei ze, om dat vermoeden meteen uit de wereld te helpen.

Hij zei: 'Nee, natuurlijk niet... ik dacht niet...' Hij zweeg en ademde hoorbaar in. Toen zei hij: 'Van daarbinnen zag het eruit alsof je problemen had met je arm.'

'Dat klopt; ik had kramp. Dat is me al een paar keer eerder overkomen; het komt wel goed. Het gaat vanzelf over.' Ze had nu echt haast om weg te komen, niet alleen om haar afspraak te halen – waarvan ze even geleden nog had gedacht dat die medisch gezien zinloos was en slechts een goed excuus om een oude vriendin terug te zien – maar ook omdat ze het niet kon verdragen dat hij zo dicht bij haar was terwijl hij zich zozeer gedroeg als vroeger dat ze bang werd van het plezier van zijn aanwezigheid, en het gevoel dat de tussenliggende tijd was weggevaagd.

22

Eén voordeel van het dokter-zijn waren de connecties met andere dokters die graag een vriendin of collega in hun toch al overvolle agenda wilden tussenvoegen. Brianna Davidson had op de korte termijn die Meg haar had genoemd geen tijd voor nieuwe patiënten, en toch ontving ze haar. Het bezoek van vandaag werd geacht een consult te zijn – in feite een praatje over wat er aan de hand zou kunnen zijn en om te bepalen welke onderzoeken er eventueel nodig waren.

Meg had haar röntgenfoto's van de orthopeed bij zich in een enorme bruine envelop, die ze onder haar linkerarm geklemd hield toen ze voor de ontvangstbalie stond van Central Florida Neurological Associates.

'Dokter Meghan Powell,' zei ze tegen de receptioniste.

De vrouw vond haar naam op de computermonitor en keek toen omlaag naar een briefje. 'Ogenblikje, dan zal ik haar zeggen dat u er bent.'

In de sobere maar rustgevend grijs en blauw geschilderde wachtkamer zaten nog drie andere patiënten, die elkaar en haar angstvallig negeerden. Wat een verschil met haar kliniek, waar de vergelijkingen en het medeleven over zwangerschappen en bevallingen altijd onderbroken moesten worden wanneer een patiënt werd binnengeroepen. Deze drie personen – twee vrouwen met grijs haar en een man van misschien vijfenveertig – zagen eruit alsof praten over de reden dat ze hier waren wel het laatste was wat ze zouden doen. Bij verloskunde draaide het meestal om hoop en vernieuwing, terwijl neurologie deed denken aan verdwaalde schepen die voort puften over duistere, koude zeeën.

'Oké, dokter Hamilton, komt u maar mee.' Een in het blauw geklede verpleegster hield de deur naar de onderzoeksvleugel open. Ze wachtte tot Meg de deur door was en zei toen: 'Dokter Davidson zit daar.'

Meg volgde haar de gang door en een kamer aan haar rechterhand in. Brianna, een magere, ernstig kijkende vrouw met donker haar die tijdens hun medische studie alle examens met glans had doorstaan, zat op haar te wachten achter een glanzend kersenhouten bureau dat zo leeg was dat het leek of de praktijk pas die ochtend geopend was. Megs eigen bureau was een rommelige verzameling van dossiers, specimens, Post-It-briefjes en voornamelijk foto's van Savannah, hoewel ze er ook een had van Brian en Savannah samen, uit 1994 ongeveer.

Brianna stond op en stak Meg een hand met lange vingers toe. 'Meg, je ziet er fantastisch uit.'

Meg stak haar rechterhand uit en schudde die van Brianna. 'Dank je, jij ook. Je zou het niet zeggen, maar tien minuten geleden had ik die verdraaide arm er wel willen afhakken.' *Op z'n minst.*

'Pijn?' vroeg Brianna toen Meg tegenover haar plaatsnam.

'Nee, geen pijn; gewoon hetzelfde als wat ik je aan de telefoon beschreef: algehele zwakte. Het komt en gaat.'

Ze praatten even over hun beider praktijken en hun drukke levens. Brianna had een tweeling van negen maanden oud, jongetjes, zat in twee onderzoekscommissies en leidde zelf een onderzoekstrial, én haar man was zojuist ontslagen bij een constructiebedrijf en was op zoek naar een nieuwe baan. 'Het spreekuur hier is het rustigste deel van mijn dag,' zei ze.

'Ik weet hoe je je voelt. Nogmaals bedankt dat je me zo snel wilt ontvangen; dit mysterie moet echt worden opgelost. Ik heb geen tijd om thuis te blijven!'

Brianna zette een leesbril op. 'Heb jij ook al zo'n ding nodig? Ik heb het gevoel dat ik elk jaar meer op mijn moeder ga lijken.'

Meg voelde de pijn van het verlies. Hoelang zou het duren voor dat minder werd? Hoelang zou het duren voor haar eerste reactie liefdevolle herinnering was in plaats van verdriet?

'Nee,' zei ze, 'mijn gezichtsvermogen is nog goed.'

'Geluksvogel. Met al het lezen dat we moeten doen... Laat me eens naar het verslag van de orthopeed kijken.'

Meg gaf haar de grote envelop. 'Hij adviseerde een medium,' zei ze, wachtte toen en pulkte aan een stroopnagel terwijl Brianna doorlas wat Brian Lowenstein had opgeschreven.

Brianna pakte de röntgenfoto's en stak ze tegen de lichtbak rechts van Meg. 'Een medium? Vreemd, zijn verslag is heel professioneel.'

'Hij is excentriek, maar ik geloof wel dat hij goed is in zijn vak.'

'Hmm.' Brianna bestudeerde de foto's zorgvuldig, schakelde toen de verlichting uit en ging weer op haar stoel zitten. 'Het is mogelijk dat een medium ons wat meer zou kunnen vertellen, want ik zie niets op de foto's.'

'Nee,' stemde Meg met haar in, 'ik ook niet.'

'Zijn officiële conclusie luidt "onduidelijk", maar je zegt dat hij over ALS begon.'

'Inderdaad. En dus heb ik de literatuur er eens op nagelezen,' zei Meg, die haar best deed haar stem rustig en professioneel te laten klinken, hoewel wat ze had gelezen alleen maar had bevestigd wat ze zich over de ziekte herinnerde, 'en tot vlak voordat ik hierheen kwam, was er verder niets meer gebeurd. Ik was er redelijk zeker van dat het een schot in het donker was.'

'ALS is inderdaad moeilijk aan te tonen – er zijn een hoop dingen die erop lijken.'

Meg hoorde een aarzeling in haar stem. 'Dus?' zei ze.

'Dus... hier staan geen symptomen in genoemd die ALS uitsluiten... Er staan een hoop "geens" in,' peinsde ze. 'Geen pijn, met name, maar ook geen verdoofd gevoel, geen zwelling, geen beknelling in de wervelkolom of gewrichten, geen extreme vermoeidheid of fysieke malaise. Hoe lang zou je zeggen dat je al last hebt van die spierzwakte?'

'Dat weet ik eigenlijk niet. Ik bedoel, ik ben wel erg moe; niet slaperig, maar zo'n gevoel dat je alleen maar ergens wilt gaan zitten en niks doen. Ik ben fulltime op de been en gebruik mijn handen en armen de hele dag.'

Brianna knikte vol medeleven.

Meg zei: 'Maar als ik zou moeten gokken? Een paar maanden. Misschien sinds afgelopen najaar, toen mijn moeder overleed en ik de zorg voor mijn vader erbij kreeg.'

'Begrijpelijk,' zei Brianna. 'Nou... ik stel voor dat we je een onderzoekshemd aantrekken en de reflextests herhalen om te zien of Lowenstein weet waar hij over praat.' Ze klonk bijna opgewekt, als een detective die op zoek wil naar aanwijzingen. Dat was een van de eigenschappen waardoor ze verschillende medische wegen in waren geslagen, dacht Meg: Brianna was dol op de jacht, het onderzoek, terwijl zij, Meg, er de voorkeur aan gaf te helpen iets te scheppen. Een verloskundige was vaak een toeschouwer; een coach of gids bij een van de meest basale processen des levens. Een grote zus die wijsheid doorgaf en toezicht hield op de gevolgen, zoals ze haar hele leven had gedaan.

In de onderzoekskamer deed Brianna met een klein zwaar hamertje dezelfde reeks arm- en beenreflextests bij haar als Lowenstein had gedaan. Toen moest Meg haar tanden op elkaar klemmen terwijl Brianna met haar vingers langs haar kaak en hals voelde.

'Ontspan je vingers,' zei Brianna vervolgens, en ze pakte haar rechterhand vast. Ze hield Megs middelvinger tussen haar eigen duim en wijsvinger geklemd, drukte op de nagel en liet haar duim er overheen glijden tot die er aan het eind af schoot. Toen dat gebeurde trokken de andere vingers van Meg samen.

'Hé, dat is leuk,' zei Meg. Brianna antwoordde niet, maar herhaalde de test nog twee keer en deed toen hetzelfde bij haar linkerhand. Links was de respons minder duidelijk dan rechts.

Meg zei: 'Ik herinner me die test niet.' Het was jaren geleden sinds ze zelf bij iemand een reflextest had gedaan... tijdens haar opleiding, dacht ze.

'Ik controleer op wat de Hoffman-respons wordt genoemd. Dat is normaal neurologisch protocol, maar je hebt het in de algemene medische opleiding waarschijnlijk niet geleerd. Ik herinner me eerlijk gezegd niet wanneer ik wat heb geleerd. Mijn medische studie is in mijn herinnering één groot cafeïnewaas, weet je? Leg nu je benen hierop,' zei ze. Meg ging op de onderzoeksbank liggen. Brianna pakte haar rechtervoet beet, boog die naar achteren en hield hem even vast. Ze herhaalde het en deed toen hetzelfde bij de linkervoet.

'Nu ga ik met een sleutel midden over je voetzool van de hiel naar de bal van je voet – de Babinski-test.' Ze haalde de sleutel uit de zak van haar witte doktersjas. 'Is het niet fascinerend dat die dingen worden genoemd naar degene die pienter genoeg was om het belang ervan in te zien? Joseph Jules François Félix Babinski – zijn ouders konden waarschijnlijk moeilijk kiezen. Ontspan nu je been.'

Meg bleef zo ontspannen en stil mogelijk liggen en probeerde er niet naar te raden wat Brianna al dan niet opmerkte terwijl ze met het scherpe metaal over haar voetzolen streek. Het was op z'n zachtst gezegd verwarrend om de patiënt te zijn in plaats van de arts.

'Oké, de laatste: blijf liggen en ontspan al je spieren.' Ze opende de voorkant van Megs onderzoekshemd. 'Ik ga nu een paar keer met de sleutel over je buik.'

Daarna vroeg Brianna Meg te gaan zitten en maakte uitgebreide aantekeningen terwijl Meg zwijgend wachtte. Ten slotte zei Brianna: 'Oké, ga je maar aankleden en kom dan terug naar mijn spreekkamer.'

'Als je eens gewoon meteen vertelde wat je denkt? Ik weet wat er gezegd wordt over slecht nieuws meedelen aan een patiënt die niet is aangekleed.'

Brianna keek haar met opeengeklemde lippen aan. 'Goed dan. Mijn onderzoek is nog niet overtuigend,' zei ze. 'Maar oké. Ja, ik begrijp de vermoedens van Lowenstein. Hij merkte in zijn algemene onderzoek spasticiteit op... en zelf vind ik met name de Hoffman-respons zorgwekkend – je vingers hadden helemaal niet moeten kromtrekken. Als dat op zichzelf stond zou ik denken aan een cervicale laesie, maar samen met de klonische reflex van je linkerkuit en de zwakke reflexrespons op je buik...'

Ze zei nog wat meer, maar Meg concentreerde zich niet meer op de woorden of zelfs de toon van haar vroegere studiegenote. Haar gedachten sprongen vooruit naar wat ze had gelezen; dat geen van die onregelmatigheden afzonderlijk op ALS duidde, maar dat de combinatie van tekenen en symptomen in buik, voeten en handen neerkwam op wat de diagnose 'klinisch waarschijnlijk' zou opleveren.

'...een EMG-onderzoek en ook een MRI,' zei Brianna, 'om andere mogelijkheden uit te sluiten. Waarom ga je niet meteen even naar het lab voor bloed- en urineonderzoek, dan laat ik Heidi even afspraken maken voor de rest.'

'Oké,' zei Meg verdoofd.

'En zelfs als er niets boven water komt wat een optimistischer beeld geeft, moeten we de komende maanden je symptomen goed in de gaten blijven houden voordat we een definitieve diagnose kunnen stellen.'

Brianna's stem klonk neutraal, alsof ze de informatie meedeelde tijdens een lezing of een paneldiscussie. Meg begreep het wel; het kwam maar zelden voor dat een arts een arm om zijn patiënt heen kon slaan en hem of haar met warme, bezorgde stem kon vertellen dat er een vreselijk, kwellend afglijden naar een zekere dood in het verschiet lag.

'Hoeveel heb je er al gehad?' vroeg Meg, Brianna onderbrekend terwijl die voorstelde dat ze een bezoek zou brengen aan een ALS-specialist die ze kende in Orlando.

'Hoeveel wat? ALS-patiënten?'

'Ja. Hoeveel heb je er gediagnosticeerd sinds je bent begonnen?'

'Drie in... hoeveel? Tien jaar? Het is bijna altijd iets anders.'

Meg knikte. 'En als de patiënt zoals in mijn geval vrij duidelijke symptomen heeft, wat is dan naar jouw mening de kans dat het geen,' ze keek Brianna recht aan, 'dat het geen ALS is?'

'Meg, luister, er is altijd hoop...'

'Ja, en acupunctuur en mediums en kruidengeneeskunde, en de kans dat ik een heilige genezer in een jurk op sandalen door de straten van Ocala zal zien lopen. Wees eerlijk tegen me, oké?'

Brianna keek omlaag, alsof haar schoenen plotseling heel fascinerend waren geworden. 'Er zijn diverse andere, minder ernstige aandoeningen waarmee we rekening moeten houden. Maar als het echt ALS is... Dan is de standaardprognose toenemende, slopende fysieke – maar niet mentale – achteruitgang, resulterend in volledige respiratoire verlamming en de dood,' zei ze. Toen keek ze op, haar ogen vol sympathie. 'Maar ik kan niet voldoende benadrukken dat het ook een ander neuromusculair probleem zou kunnen zijn.'

'O, heerlijk.'

'Laat die onderzoeken doen, dan zal ik kijken of André Bolin morgen tijd voor je vrij kan maken.'

'Natuurlijk,' zei Meg. 'Dat lijkt me... jeetje, dat lijkt me geweldig.'

23

Carson liep bijna plechtig naar de deur van de schuur, blij dat Val en Wade bezig waren met een duurloop van twee uur als training. Hij wilde hier wat tijd voor zichzelf hebben voordat hij het aan Val liet zien... en daar zou hij niet onderuit komen. Ze stonden op het punt te gaan trouwen, wat inhield dat hij haar in ieder deel van zijn leven moest toelaten, zo dacht hij althans over het huwelijk. Het viel nog te bezien of hij haar deelgenoot kon maken van de duistere, minder concrete dingen. De vreemde, onbehaaglijke ontmoeting met Meg eerder die middag had hem eraan herinnerd hoeveel er feitelijk was dat Val niet van hem wist. Ze wist niets over Meg, of hoe lang het had geduurd voor hij verder had kunnen gaan.

Twee jaar. Hij kende geen andere man die, nadat hij zijn maagdelijkheid was kwijtgeraakt, zo lang celibatair was gebleven. Maar hij had er gewoon geen zin in gehad. Zelfs de eerste keer na Meg, met Lisa Kline, een voormalige klasgenote van hen, was hij daar niet op uit geweest.

Ze had hem op een zaterdagavond op een biertje getrakteerd na een optreden van de nog maar pas samengestelde band in een obscure bar in Jacksonville.

'Ik dacht al dat jij het was!' zei Lisa. Haar haren waren blonder en haar borsten groter, maar verder zag ze er nog hetzelfde uit als toen ze samen wiskunde kregen van Lou Davis.

'Ik ben het inderdaad,' zei hij. Hij had een paar whisky-cola's op en was niet erg spraakzaam.

Ze glimlachte die brede, vriendelijke ik-neuk-de-band-glimlach waarmee hij de maanden en jaren die volgden maar al te vertrouwd zou raken. 'Jullie zijn zó geweldig. Ik bedoel, veel beter dan wat ik hier gewoonlijk zie.' Ze nam zelf een slok uit haar flesje en veegde haar mond af. 'Wat doe je hierna?'

Hij dacht dat hij met George terug zou gaan naar hun motel, maar in plaats daarvan ging hij met Lisa naar achteren. Ze kusten elkaar een poosje, dronken en met glazige ogen, en toen trok Lisa haar jeansrok omhoog, boog voorover en zette haar handen op de rand van de houten leuning.

Hij stond daar maar, naar haar gebruinde billen met de smalle bleke streep van een stringbikini te kijken.

'Kom op nou, schat; je weet best wat je moet doen,' zei ze.

En dat wist hij. Hij ging recht achter haar staan en liet zijn broek zakken.

Zodra ze weg was, zakte hij op de trap in elkaar en viel flauw. Dat was het begin van zijn liefdesleven-na-Meg, de eerste van veel schandalige daden in een roes van drank en drugs. Godzijdank had hij dat alles achter zich gelaten.

Boven hem strekten zich de brede takken van een cipres uit. Ze filterden het licht van de late middagzon dat het ruige pad onder zijn blote voeten spikkelde... dat ook zijn voeten, armen en schouders spikkelde. Hij bleef even staan om naar het spel van schaduw en licht op zijn onderarmen te kijken, een beweging die een nieuwe melodie opriep in zijn hoofd, vaag en zwak nog, maar de moeite waard om aandacht aan te besteden. Er kwamen op alle mogelijke manieren songs bij hem op; ooit was hij in vervoering geraakt over het lage ge-dreun van de motor van een schroefturbine, wat zich had vertaald in een song die één criticus had beschreven als 'hypnotiserend en ero-tisch'. Een andere keer kwam de kiem van een melodie voort uit het geluid van de regen die op het canvasscherm boven de patio van zijn flat in Seattle kletterde, die hij deze week voorgoed zou verlaten.

De melodieën konden hem dagen, weken of zelfs maanden toe-fluisteren, zichzelf uitbouwen, steeds voller en dynamischer worden, en dan kwamen de teksten, als een respons op datgene wat de muziek in hem had losgemaakt. Hij schreef al lang genoeg muziek om het proces te herkennen, om in te zien dat zijn songs afspiegelingen van zijn psyche waren; een musicus die beweerde dat hij muziek zo uit zijn mouw kon schudden, liep ofwel de boel te belazeren, of maakte zielloze popmuziek die je net zo gemakkelijk weggooide als papieren zakdoekjes.

Neuriënd legde hij zijn hand op de klink van de schuurdeur, drukte hem omlaag en duwde. Het hout was uitgezet door vocht en de deur klemde aanvankelijk behoorlijk, maar gaf toen toch mee en de schemerige, bedompt ruikende voorste kamer werd zichtbaar. Carson keek eerst alleen maar vanaf de drempel naar binnen. Hij kon niet zeggen of hier iemand binnen was geweest sinds 1990. De kamer zag er nog precies zo uit als hij die had achtergelaten, alsof hij even weg was gegaan om in de boomgaard te werken, of een piz-za te halen. Meg en hij hadden vaak pizza gehaald. In zijn Ranger pick-up met doorgeroeste portieren haalden ze een extra grote pepperoni-champignonpizza bij een klein pizzatentje met de onlogische naam Vladimir's bij de kruising met de grote weg.

God, wat was ze mooi op haar achttiende... ze had een hekel aan haar sproeten, en wilde dat ze krulhaar en grotere borsten had – vrouwen waren nooit tevreden met hun uiterlijk – maar hij zou geen vlekje of haarsprietje aan haar veranderd hebben. Voor hem mocht ze precies zo blijven als ze was. Ze namen altijd de pizza mee naar boven en voerden elkaar, en als hij dan met zijn duim langs haar onderlip streek, of zij de saus uit haar mondhoeken likte, raakte hij daardoor afgeleid. Dan lachte ze naar hem, en plaagde hem dat hij een seksmaniak was – en op zijn negentiende was hij dat natuurlijk ook. Maar elke cel in zijn lichaam had geloofd dat zijn verlangen naar en liefde voor haar onlosmakelijk verbonden waren, en voortkwamen uit de volmaaktheid waarmee ze fysiek, mentaal en emotioneel bij elkaar pasten.

Carson sloot de deur achter zich, bleef op het veelkleurige lappenkleedje staan en liet de herinneringen over zich heen komen: Meg die, slechts gekleed in zijn T-shirt, aan tafel roereieren zat te eten die hij had gebakken, en hem alles vertelde over haar eerste dag op junior college... vóór Brian, voordat ze was overgestapt naar de Universiteit van Florida; Meg op een ladder met een hamer in haar hand en spijkers in haar mond, bezig raamlijsten vast te zetten; Meg in slaap op zijn bed, haar studieboek voor boekhouden – het toppunt van verveling, zei ze – ondersteboven op haar borst; Meg die de ochtend van haar huwelijk naar boven kwam, hem nieuwe hoop gaf en die toen weer stuksloeg. Hij had aanvankelijk gedacht dat hij haar die ochtend naar zich toe geroepen had, een geestverschijning opgeroepen door zijn verlangen, frustratie en boosheid. En misschien was dat ook wel zo. Nu dacht hij dat ze, als hij zich meteen over haar heen had gezet en niet al die achttien maanden hopeloos verliefd op haar was gebleven, misschien die ochtend, of daarna geen macht over hem gehad zou hebben.

Deze lawine van herinneringen, deze waterval van gemaakte plannen, van een toekomst die ze zich hadden voorgesteld en die toen aan diggelen was gegooid, was precies wat hij had gevreesd te zullen ervaren wanneer hij de schuur binnen ging – en was ook de reden dat hij deze plek bij al zijn voorgaande bezoeken had gemeden. Hij wist dat zijn moeder wachtte tot hij de schuur zou leegruimen als hij daar klaar voor was, maar hij was daar nog niet klaar voor geweest. Vandaag was deze duik in het verleden gezond en noodzakelijk. Het werd tijd dat hij zich volledig aan Val gaf.

Als hij dat kon.

Hij liep door de voorkamer de keuken in, raakte dingen aan, herinnerde zich die uit de vier jaar dat hij hier had gewoond voordat hij voorgoed vertrok. De keukentafel, gemaakt van een oude deur van een of andere boerderij, door Meg geschuurd en geschilderd, die later getuige was geweest van vele lange avonden met koffie en whisky en zijn meelijwekkende eerste pogingen tot het schrijven van de songs die zich in zijn ziel waren gaan huisvesten. Hij was begonnen op de gitaar, waar hij al een paar jaar niet al te best op speelde. Toen hij zijn eigen potentieel begon in te zien, kocht hij een piano van een weduwe verderop in de straat, nog voorbij de Powells.

Die piano was het enige wat hij hiervandaan had meegenomen. Hij had hem naar zijn appartementje in Los Angeles laten verhuizen, daarna naar zijn huis in San José, en tot slot naar zijn appartement in Seattle – waar die weldra zou worden ingepakt en overgebracht naar het huis in Malibu dat Val en hij aan het kopen waren. Hij bedacht dat hij door Florida te ontvluchten zo ver was weggegaan als hij kon zonder te hoeven stoppen met muziek maken. Alsof vierenhalfduizend kilometer genoeg was om hem te beschermen tegen het besef van Megs bestaan, van haar belofte om van een andere man te houden tot de dood hen scheidde.

Hij opende alle zes de keukenkastjes, die in de blauwe kleur van roodborstjeseitjes waren geschilderd, wat volgens haar mooi contrasteerde met de honingkleurige planken van de vloer en wanden. Hoewel de kastjes grotendeels leeg waren, stonden er nog wel enkele overblijfselen uit zijn vrijgezellentijd: een pak cornflakes, drie potjes witte bonen in tomatensaus, busjes kerrie, Spaanse peper en saffraan. Zijn keuken in Seattle, die voorzien was van allerlei luxe kookgerei en ingrediënten, zou smalend lachen om het schamele assortiment voedingsmiddelen en de drie aluminium pannen die destijds aan alle culinaire behoeften hadden voldaan.

Hij zou zijn appartement missen, de wat donkere maar rustgevende lichtkwaliteit van de vochtige middagen, grijsblauw met een oranje waas wanneer de zon naar de Puget Sound zakte. Het zonnige huis in Malibu, dat prachtig was in zijn rechtlijnigheid, met de grote glaspartijen die uitkeken over de oceaan, was zo open, activerend. Het paste volmaakt bij Val.

Ze was dol op zulke landschappen-op-de-rand-van-het-land. Die zaten in haar bloed, maakten deel uit van haar karakter. Ze hield van de kinetische energie, de gedurfdheid van een huis boven op de klippen – net zoals zijzelf op het topje van een hoge golf balanceerde. Val was een vrouw die altijd klaar was voor het avontuur, en dat bewonderde hij nog het meest in haar. Hij gaf toe dat hij zich levendiger voelde in haar gezelschap; hij had het een hele ervaring gevonden om met haar en haar vriendenkring op te trekken, in het begin. Dat was voor hem niet vol te houden, en dat had hij ook tegen haar gezegd. 'Dan kom je er toch gewoon bij als je daarvoor in de stemming bent,' had ze onverstoorbaar gezegd. Dat was ook iets wat hij aan haar bewonderde: haar onafhankelijkheid. Ze klampte zich niet aan hem vast, en dat was prettig, maar zo nu en dan een beetje klampen zou toch wel leuk zijn, gewoon om hem het gevoel te geven dat hij... belangrijk voor haar was.

Carson betrapte zich erop dat hij naar de kastjes stond te staren, keek op zijn horloge en merkte tot zijn schrik dat hij hier al bijna een halfuur stond te peinzen. Hij deed de deurtjes dicht, liep naar de trap en keek naar boven. Hij kon maar beter door de zure appel heen bijten.

De vijfde en tiende tree kraakten nog steeds. Boven aan de trap bleef hij even staan. Hij keek naar het bed, het dressoir, het tweezitsbankje, de grote kleerkast, beschadigde en versleten, maar heel vertrouwde meubels. Eigenlijk veel vertrouwder dan het veel duurdere, stijlvollere meubilair in zijn appartement, dat hij toch al twee keer zo lang had als het huisraad waar hij nu naar keek.

Hoewel hij zich onvermijdelijk Meg in zijn bed herinnerde, maakte hij zich nu vooral zorgen over het doosje op het lage dressoir. Het was gemaakt van laagjes zwaar papier en in een sierlijk patroon van zwart, rood, blauw en geel geschilderd door een onbekende Aziatische kunstenaar, een kerstcadeautje van Meg. Hij liep erheen, streek met zijn vingers over het deksel en keek toen op, uit het raam, waar hij alleen de groene boomtoppen van zijn erfgoed zag.

Hij ademde diep in – veeleer van berusting dan afgrijzen – en maakte het doosje open. Er lag maar één voorwerp in, een klein stukje van zijn verleden, hun verleden, wat hij tot vandaag had beschouwd als een in hinderlaag wachtende ratelslang: haar gouden kettinkje. Hij haalde het eruit en zou het liefst naar buiten willen rennen, in de Land Rover springen, Meg opzoeken en het haar teruggeven. *Hier, ik heb het niet meer nodig*, zou hij kunnen zeggen. Of: *ik vind dat jij dit nu maar moet nemen.* Of: *ik wilde je dit geven als souvenir van ons verleden, even goede vrienden.* Hij wist zeker dat zij niets uit die tijd had bewaard.

Haar eerdere schichtigheid had wel duidelijk gemaakt dat een nieuwe ontmoeting niet op prijs gesteld zou worden – en zijn gebaar waarschijnlijk ook niet. Ze had een gouden sieraad verruild voor een ander, kleiner sieraad, dat ze nog steeds om haar vinger droeg. Voor haar was het verleden voorbij... en dat moest het voor hem ook zijn. Misschien zou hij haar het kettinkje toesturen, zodat ze zelf kon beslissen wat ze ermee wilde doen. Nu sloot hij het in zijn hand en liet het toen in zijn broekzak glijden, zodat als Val straks binnenkwam voor haar rondleiding, alles veilig was voor haar nieuwsgierige, trouwe en liefdevolle ogen.

24

Meg stond donderdagavond vroeg in de zusterspost van de kraamafdeling een patiëntenstatus te verwisselen toen Clay naar de balie kwam. 'Een drieling,' zei hij.

'Wat?'

'John Bachman en ik hebben net een drieling verlost, twee jongens en een meisje. Je zou ze moeten zien.' Hij straalde.

Melanie Harmon, de briljante, zeer georganiseerde, uit Haïti afkomstige hoofdverpleegster zei: 'Dat is de tweede al deze maand. Zit er soms iets in het water?'

Meg vroeg zich hetzelfde af, alleen niet in relatie tot de toename in meerlinggeboortes; ze wist dat die meer te maken had met vruchtbaarheidsbehandelingen. Maar de ziekte die zich mogelijk in haar spiervezels openbaarde... waar kwam die vandaan? En waarom was er geen manier om er weer vanaf te komen?

Clay stak zijn hand in zijn zak en haalde er zijn receptenboekje uit. Hij ging aan het uiteinde van de balie staan schrijven, terwijl zij haar aandacht weer richtte op een van haar patiëntes die net was binnengekomen. Ze zei tegen Melanie: 'Ze is al vroeg gekomen, maar ze heeft er zin in, en haar hele familie is hier, echt waar. Haar broer probeerde me net te interviewen op video.'

'Eerste baby?' vroeg Melanie.

'Hoe raad je het? De eerste voor haar, het eerste kleinkind, enzovoort.' Ze wou dat ze kon delen in hun opwinding, maar slaagde er niet in haar afgrijzen te doorbreken. Ze kon de woorden van Brianna niet van zich afzetten; al twee uur lang hoorde ze telkens wanneer ze met haar aandacht niet bij een bepaalde taak was steeds hetzelfde refrein, *respiratoire verlamming en de dood.*

'Dus je blijft?' vroeg Clay, die naast haar kwam staan.

Misschien niet. 'Ja... maar ik hoop wel dat ze snel vordert.' Of het nu een snelle of een langzame bevalling zou worden, ze zou in elk geval weer een softbalwedstrijd van Savannah mislopen en had al met Rachels moeder geregeld dat Savannah na afloop met hen mee naar huis kon rijden.

Ze voelde Clays arm naast de hare strijken en voelde vervolgens dat hij iets in de linkerzak van haar doktersjas stopte.

'Ik zit hier ook vast,' zei hij. 'Ik zit in het comité ter voorbereiding op orkanen. We komen om zeven uur bij elkaar.'

Tenzij, dacht Meg, *we in de operatiekamer terechtkomen.* Ze deed een schietgebedje, dat de bevalling van haar patiënte medisch oninteressant zou verlopen, en dacht aan het kleine meisje dat zich weldra glibberig, roze en verontwaardigd bij hen zou voegen. De vader, die op de afdeling spoedeisende hulp werkte, zou haar opvangen – dat was al lang geleden afgesproken en Meg was daar nu blij mee. Als alles goed ging, zou ze weinig meer hoeven doen dan alles in de gaten houden.

Melanie zei tegen Clay: 'Zorg ervoor dat er voldoende chocolade is.'

'Doe ik,' lachte Clay. 'Ik zet het op het lijstje, direct onder morfine en flessenwater.' Hij legde zijn hand op Megs schouder. 'Tot straks, dames.'

'Tot straks,' zei ze toen hij bij hen vandaan liep. Ze voelde in haar zak en vond een opgevouwen velletje papier. Dus nu gaf hij haar briefjes. Op elke andere dag zou ze zich op z'n minst gevleid hebben gevoeld, en misschien zelfs blij zijn geweest. Brian was geen schrijver, tenzij e-mailtjes en sms-berichtjes om haar eraan te herinneren dat ze iets moest doen, kopen of zoeken ook meetelden. Ze hield het papiertje tussen haar vingertoppen en vroeg zich af hoe lang het zou duren voor haar linkerhand dezelfde verschijnselen zou gaan vertonen als de rechter.

'Mmm,' zei Melanie terwijl ze Clay nakeek. 'Dat is nog 'ns een mooie man.'

Meg keek ook. Het was waar; hij zag er eerder uit als een tennisspeler dan als een chirurg, met zijn vrij lange zandkleurige haren en zijn sterke onderarmen die onder opgerolde mouwen uit staken. Ook zijn vaardigheden als chirurg waren bewonderenswaardig; hij zou een groot succes worden, met zijn knappe uiterlijk, sociale karakter en oprechte bezorgdheid jegens de patiënt. Het was jammer dat zij er niet bij kon zijn om hem tot volle bloei te zien komen, noch om hem – mocht ze dat ooit willen – te volgen over het pad dat hij zich door het donkere woud van haar gevoelens wilde banen. Als wat Brianna en Lowenstein vermoedden – en wat zijzelf inmiddels ook vermoedde – waar was, zou het niet lang meer duren of ze zou niet meer in staat zijn de hand van onverschillig welke man vast te houden, of een man op de mond te kussen... of haar hand uit te steken om Savannahs haren uit haar gezicht te duwen. Bij die laatste gedachte balde haar maag samen door paniek en wist ze nog net een protest – *Nee!* – binnen te houden door haar tanden op elkaar te klemmen.

Meg hunkerde naar een normaal moment, alsof dat haar zou kunnen redden, en zei: 'Melanie, moet ik je eraan herinneren dat je al getrouwd bent... met een dokter?'

De verpleegster zei: 'Natuurlijk, vandaag wel. Maar wie weet wat er morgen kan gebeuren?'

Meg wilde het niet weten. 'Ik ga naar de artsenkamer. Roep me maar op als mijn diensten nodig zijn.'

Onderweg daarheen stopte ze even bij de verpleegsterspost van de intensive care voor prematuren. De drieling was klein maar zag er gezond en sterk uit. Maar al te vaak begonnen zulke kleintjes hun leven aan beademingsapparatuur en waren er een of twee duidelijk in het nadeel omdat ze zelfs voor de geboorte al met elkaar geconcurreerd hadden om de voedselbronnen van de moeder. Deze drie zagen eruit alsof ze een goede kans maakten om het te redden. Het meisje met haar roze gebreide mutsje zwaaide met haar vuist en klemde haar lippen op elkaar alsof ze nu al verzorging eiste. *Goed zo, meid,* dacht Meg. De jongens – waarschijnlijk een eeneiige tweeling – keken alert om zich heen met de nog wazige blik van pasgeborenen. Ze raakte het vuistje van het meisje aan en dacht aan haar eigen dochter en de baby's die ze daarna nog had kunnen krijgen als ze bij Carson was gebleven. Brian had niet zeker geweten of hij zelfs maar één kind wilde; na Savannah had hij gezegd dat ze klaar waren... en Meg had er geen behoefte aan gehad hem op andere gedachten te brengen.

Ze herinnerde zich hoe Carson en zij vaak loom op hun rug in het meer dreven met de lichtblauwe hemel boven hen en erover praatten hoe ze hun kinderen zouden noemen. Zij vond Savannah een mooie naam voor een meisje, en Austin voor een jongen.

Carson had haar geplaagd: 'Natuurlijk, en daarna krijgen we Denver, Cheyenne en Sacramento.' Toen had ze hem onder water geduwd tot hij haar badpak begon los te knopen. Hij kwam lachend naar boven terwijl zij zich haastte om het weer vast te maken en zei: 'Wat? Ik dacht dat je meteen wilde beginnen.'

De herinnering leek nog zo vers alsof die van gisteren was en toch net zo onbereikbaar als de sterren.

Toen ze alleen in het kleine vertrek was dat dienst deed als artsenkamer, stak ze haar hand in haar zak en haalde er het dichtgevouwen papiertje uit dat Clay erin had gestopt. De tekst die hij op een velletje van zijn receptenboekje had geschreven luidde: 'Westelijk binnenplein, 17.30? Sterke koffie en tonijnsalade; ik trakteer.'

Hij was een lieve man... maar wat had hij aan die interesse voor haar, een oudere, getrouwde vrouw? Niet dat het ertoe deed; wat hij ook meende dat zij te bieden had, ze zou het niet lang meer hebben. 'Andere keer,' zei ze, en ze vouwde het briefje weer dicht en stak het in haar zak. Ze legde net haar voeten omhoog toen haar pieper afging. 'Die baby is er toch niet nu al,' kreunde ze, maar het was Savannah. Ze pakte de telefoon van het tafeltje en belde Savannahs mobiele nummer.

'Dag lieverd, wat is er? Waarom heb je me opgepiept?'

'We moeten morgen naar Orlando... ik heb net een mailtje gekregen van de fanclub waarin staat dat Carson McKay daar alleen morgenavond optreedt in een club!'

'Lieverd, ik heb een vreselijk zware week gehad...'

'Mam! Je hebt gezegd dat we zouden gaan zodra hij weer ergens in de buurt optrad. Je hebt het beloofd!'

Daar, de klassieke aanval op het schuldgevoel die ieder kind al vanaf de geboorte wist uit te voeren. Ze had het inderdaad beloofd, maar ze had toen gedacht dat ze een van zijn concerten zou kunnen bijwonen van veilige afstand, als twee anonieme fans te midden van duizenden. 'Dat weet ik, maar...'

'Toe nou, denk je eens in hoe geweldig het zal zijn. Een club, niet zo'n gigantisch stadion; we kunnen misschien wel vooraan zitten. Misschien herkent hij je wel... misschien mogen we wel backstage, omdat je hem kent.'

'Hem heb gekend,' zei Meg.

'Maakt niet uit. We hoeven niet per se met hem te praten, maar het zou fantastisch zijn als we erheen konden. Alsjeblieft? Alsjeblieft, alsjeblieft, alsjeblieft, alsjeblieft? Als ik mijn auto al had zou ik er zelf wel heen gaan...'

'O nee, niet naar Orlando.'

'Oké, dan moet jij dus mee. Toe nou, dit is vast erg leuk.'

Meg bedacht hoe weinig ze samen deden, hoe weinig ze in de afgelopen snel verstreken zestien jaar samen hadden gedaan. Ze leken zo veel tijd te hebben gehad toen Savannah nog klein was. Ze had gedacht dat ze haar school en later haar carrière wel zou kunnen combineren met haar taken als moeder en echtgenote, ze had geloofd in de mythe dat je alles kon hebben, de mythe die werd gepropageerd in tijdschriften en televisieprogramma's. Het geld, dat van haar en van Brian, maakte het mogelijk om problemen op te lossen. Een goede oppas, schoonmaakster en tuinmannen, reparateurs, privéscholen; al die dingen waren geacht haar de tijd te geven om zich na haar werk op het gezinsleven te concentreren.

Grappig dat de dingen nooit zo simpel waren als ze leken.

Ze was niet van plan geweest voor verloskunde te kiezen, omdat ze wist dat het een specialisatie was die in hoge mate inbreuk deed op het gezinsleven, maar toen ze eenmaal op alle afdelingen had meegedraaid, had ze gemerkt dat deze discipline haar het meest boeide. Ze dacht dat het haar wel zou lukken, maar het kostte veel meer tijd en inspanning om alle huishoudelijke hulp te coördineren dan ze had verwacht.

Dan waren er nog de professionele verplichtingen – vergaderingen, congressen – en de familieverplichtingen... vooral van de kant van de Hamiltons, die niet tevreden waren als ze niet vaak kwamen dineren. En ze moest de feestjes en bezoekjes inpassen waarvoor Brian per se de uitnodigingen wilde accepteren. Savannah was altijd haar hoogste prioriteit, maar hoe vaak liet ze dat niet blijken door ervoor te zorgen dat iemand anders voor haar dochter zorgde? Als de neuronen die ervoor zorgden dat ze kon lopen, eten en ademhalen nu inderdaad werden vernietigd door ALS, hoelang zou het dan nog duren voor ze helemaal niets meer samen met Savannah kon doen?

'Oké, oké. We gaan wel.' *En blijven helemaal achterin, op het donkerste plekje dat er te vinden is.*

'Echt waar? Meen je het?'

'Ik meen het echt. Kun jij de kaartjes kopen? Mijn tas zit in mijn kluisje, maar in het bureau in de werkkamer, in de middelste la aan de linkerkant zit een mapje met mijn andere creditcards... gebruik er daar maar een van.'

'Je bent de beste moeder van de hele wereld!'

'Dat zal ik onthouden. O, gaat Rachel ook mee?'

'Nee, ze heeft etiquettecursus en mag van haar moeder geen les overslaan.'

'Maar je bent wel nog steeds van plan om daar zaterdag te blijven slapen, of niet?'

'Ja... Maar dat wilde ik je nog vertellen: haar ouders zijn pas na elf uur of zo thuis. Ze moeten naar een of ander feestje voor snobs. Mag het dan nog steeds?'

'Is Angela wel thuis?'

'Volgens mij wel. Ze heeft het net uitgemaakt met haar vriendje, dus ze is op het moment vreselijk ongezellig.'

'Goed dan,' zei Meg. 'Ik neem aan dat jullie oud genoeg zijn om een paar uur alleen te kunnen blijven.'

'Dat probeer ik je nu al zó lang duidelijk te maken.'

'Ik weet het; het enige wat ik kan zeggen is: wacht maar af tot je zelf een tienerdochter hebt, dan hebben we het er nog wel eens over.'

Wat waren die woorden er gemakkelijk uitgekomen, alsof haar toekomst als grootmoeder van een tiener – een meisje, nog wel – gegarandeerd was. Wat was praten over de toekomst toch een fantastische gewoonte, zo optimistisch, zo geruststellend... en zo onterecht, als je bedacht dat niemand vooruit kon kijken in de tijd en kon zien welke datum er op zijn of haar grafsteen zou staan. Ze kon morgenavond wel doodgaan door een blikseminslag, er werd immers zwaar weer voorspeld. Of Savannah kon volgende maand of volgend jaar in haar nieuwe Honda tegen een boom of een vrachtwagen rijden, God verhoede het. Je wist het gewoon niet. Grappig dat iedereen zo veel nadacht over de onbekende, onkenbare toekomst en zo weinig over het echte en tastbare moment van het heden.

'Hoe laat ben je thuis?' vroeg Savannah, woorden die Meg haar dochter maar al te vaak had horen spreken.

'Rond tien uur, hoop ik. Er is net een vrouw binnen die voor het eerst moet bevallen; eerste baby's doen er vaak wat lang over.'

'Hoe lang duurde het bij mij?'

Meg glimlachte. Savannah hoorde altijd graag het verhaal over haar eigen geboorte, alsof ze zich daardoor kon onderscheiden van de honderden geboortes die Meg had bijgewoond. Alsof ze bang was dat Meg die details zou kwijtraken tussen alle andere.

'O, dagen,' zei ze, en ze verdrong de plotselinge aandrang om te gaan huilen. 'Jij was de langzaamste baby aller tijden.'

'Maar toen je eenmaal in het ziekenhuis was, nadat je vliezen waren gebroken?'

'Twintig en een half uur. Ik dacht er serieus over om contact op te nemen met het postkantoor om mijn adres te laten veranderen.' Ondanks het grapje drupte er een traan uit haar oog.

'Mam! Oké, nou, dan ga ik de kaartjes maar bestellen. En we moeten een hotel hebben, toch?'

'Weet je hoe dat moet?'

'Duh. Expedia, Travelocity... Ik zoek wel een luxe, rustig hotel op, waar je ook een massage kunt krijgen of zo.'

'Dat,' zei Meg, die haar dochter bewonderde om haar doortastendheid, 'zou fantastisch zijn.'

Amper drie minuten nadat ze had opgehangen ging haar pieper weer af, dit keer met het bericht dat ze Brianna moest bellen. Stoïcijns koos ze het nummer. De assistente van Brianna vertelde haar met kordate stem dat Meg op vrijdag voor een aantal onderzoeken terechtkon bij André Bolin, de specialist in Orlando.

'Morgen, in Orlando?' onderbrak Meg haar.

'Ja, dokter Davidson heeft haar invloed voor u aangewend.

Het heeft gewoon zo moeten zijn, dacht Meg. 'Prima, ik moet daar morgen toch heen.'

Er zouden om negen uur 's ochtends een hele batterij onderzoeken beginnen, waarna ze bij dokter Bolin zelf moest komen, die nog wat reflextests zou doen en de resultaten zou bekijken van de onderzoeken die op dat moment binnen waren. 'U hebt maar geluk,' zei de verpleegster. 'Mensen zonder uw connecties moeten maanden wachten voor ze een afspraak kunnen maken.' Meg schreef de plaatsen en tijden op en zei met een stem die droop van het sarcasme: 'Ja, wat ben ik een geluksvogel, hè?' Ze wist dat de verpleegster het goed bedoelde – en ze had gelijk, in de beperkte context van haar opmerking. Toch was ze deze keer niet in staat haar zelfmedelijden in te slikken; hoezeer ze ook haar best deed, deze keer lukte het niet.

Voordat Meg om kwart voor tien het ziekenhuis verliet, belde ze Savannah. 'Heb je een kamer voor ons?'

'Ja, alles is geregeld.'

'Kijk eens of ze vanavond al plaats hebben... ik blijk morgenvroeg in Orlando te moeten zijn.'

'Cool... dan mis ik mijn wiskundeproefwerk. O, mam... ben je al op weg naar huis?'

Meg bevestigde dat.

'Heeft pap je al gebeld?'

'Nee. Waarom?'

'Niks. Parkeer je auto maar op de oprit in plaats van in de garage, oké?'

'Oké.'

Een kwartier later begreep ze waarom. Op het moment dat ze uit haar auto stapte, ging de meest linkse van hun drie garagedeuren open. Brian stond in de deuropening. Hij keek als een kat die net een kanarie had verschalkt; achter hem stond een blinkende champagnekleurige SUV. Een Lexus, achteruit ingeparkeerd, zodat de koplampen en verchroomde grille haar tegemoet fonkelden.

Haar eerste impuls was om uit te roepen: 'Ik dacht dat jij in Boston zat.'

'Ik heb een omweg gemaakt voor een vroeg verjaardagscadeau,' zei hij toen Savannah bij hen kwam staan.

Eerder een verlate verontschuldiging, dacht Meg. Het was nogal overdreven en bepaald niet iets wat haar interesseerde, vooral nu niet. Ze probeerde blij te kijken en slaagde erin een zogenaamd hartelijk 'wauw' uit te brengen.

Savannah streek met haar hand over de motorkap. 'Normaal hou ik niet zo van benzineslurpers... maar ik neem aan dat ze ook wel praktisch kunnen zijn; hier kan mijn halve team in meerijden, zodat iemand anders niet hoeft te rijden.'

'Ze kunnen er zelfs film in kijken,' zei Brian. Hij pakte Meg bij de hand. 'En? Vind je hem mooi?'

'Natuurlijk.' Wat kon ze anders zeggen? 'Maar heus, mijn auto is nog prima.'

'Hij is zes jaar oud. Ik heb een nieuwe auto, Savannah krijgt snel een auto... ik wilde niet dat jij je buitengesloten voelde.' Team Hamilton. 'Bovendien,' voegde hij eraan toe, 'biedt dit ons praktische mogelijkheden die we eerder niet hadden. Ik kan hem bijvoorbeeld lenen als ik met een grote groep klanten weg moet.'

Savannah opende het portier aan de bestuurderskant. 'Kunnen we deze vanavond meenemen? Alsjeblieft? Hij is zo lekker ruim; en ik was toch al van plan vanavond een dvd te kijken voor ik moet inpakken. Dat kan ik nu dan toch gewoon doen.'

Brian legde de sleutels in Megs hand en zei: 'Trouwens, de kleur? Die heet "Savannah Metallic". Perfect, vind je niet?'

Perfect.

25

Savannah draaide zich op haar buik en maakte de rode bandjes van haar bikinitopje los, zich ervan bewust dat een stelletje kalende mannen met fikse beharing boven hun zwembroek maar naar haar bleven kijken. Enerzijds voelde ze zich ongemakkelijk onder hun starende blikken, anderzijds deed het haar ook plezier, mannen keken graag naar haar, wat haar tegelijk verraste en vleide. Ze keek de mannen niet recht aan, ze gaf er de voorkeur aan elke man die niet Kyle was op veilige afstand te houden. Kyle, die ze over vierentwintig uur zou zien. Haar verwachting groeide met elke wenteling van de grote wijzer op haar WWF-horloge, en ze was te gespannen om te eten. Dat was prima, want dan kon ze misschien nog iets afvallen voor morgenavond wanneer de ogen van Kyle haar zouden verslinden.

Er kwamen nu, rond vier uur, steeds meer hotelgasten naar het zwembad. Ze zag groepjes te warm geklede oude dames met grote hoeden, lange broeken en lange mouwen; jonge moeders met peuters in zwemluiers; lawaaierige, praatzieke schoolkinderen die in het ondiepe gedeelte van het zwembad 'Marco!' 'Polo!' 'Marco!' 'Polo!' stonden te schreeuwen.

Haar moeder had een uur geleden gebeld om te zeggen dat ze rond zes uur terug zou zijn. Haar stem klonk vermoeider dan Savannah ooit had meegemaakt, dus na het telefoongesprek had ze meteen een afspraak voor een massage gemaakt om halfzeven. Hopelijk zou ze daarvan opknappen, en zou ze de stress kwijtraken van ongeacht wat haar zo'n zware dag had bezorgd. En zelfs als het door de massage niet lukte, dan door het concert toch zeker wel.

Terwijl ze haar ogen sloot, kleurde de laagstaande middagzon haar blikveld fel oranje, de kleur van zinnia's, goudsbloemen, sinaasappels – natuurlijk sinaasappels. Ze dacht eraan dat de ouders van Carson McKay sinaasappels, grapefruits en citroenen kweekten, en dat haar moeder en tantes vroeger zomaar naar de boomgaarden hadden gekund wanneer ze dat wilden, en gewoon fruit van de bomen plukken en ter plekke opeten. De laatste keer dat ze naar het huis van haar grootouders was geweest, net nadat haar oma was gestorven, was ze over het weiland naar de omheining gelopen, waar ze de lage fruitbomen in rijen op het land kon zien staan, als dappere soldaten die bereid waren elke verkoudheid en scheurbuik te bestrijden... kwam scheurbuik eigenlijk nog voor, tegenwoordig? Ze had zich tussen die rijen willen verstoppen, met het dichte groene bladerdak als een deken die haar beschermde tegen de wereld, tegen haar verlies. Ze geloofde half en half dat haar oma daar misschien met een begripvolle glimlach en een troostende omhelzing op haar zou wachten. Het was vreemd dat haar oma altijd tijd voor haar leek te hebben... dat ze niet alleen tijd vond, maar tijd maakte; haar best deed om haar te bellen of naar haar toe te komen al was het maar om even met haar naar het park of naar het winkelcentrum te lopen. Hoe vreselijk het ook mocht klinken, ze wilde dat haar opa was gestorven, als er dan toch iemand moest doodgaan. De dood was vreselijk oneerlijk.

De nieuwe song die ze bezig was te componeren was opgedragen aan haar oma Anna, en ze probeerde een evenwicht te vinden tussen scherpe melancholie en dankbaarheid. Dat kwam er nog niet goed uit omdat haar boosheid over haar verlies nog steeds groter was dan haar dankbaarheid voor wat ze had gehad; dat had haar muziekleraar afgelopen dinsdag tijdens de les gezegd. Nu speelde ze de muziek weer af in haar hoofd, en probeerde ze te bedenken hoe ze de boosheid daaruit kon verdrijven. Minder wisseling van akkoorden, of misschien meer ruimte daartussen? Als ze er nu eens een vrolijker melodie onder legde, zoiets als Sheryl Crow deed? Ze sloot het lawaai van de gillende, spelende kinderen buiten en nam in gedachten een aantal mogelijkheden door. Ze wou maar dat ze eraan had gedacht haar gitaar mee te nemen. Dan had ze niet alleen wat van haar ideeën kunnen uitproberen, maar de gitaar vanavond ook mee kunnen nemen om hem te laten signeren.

Ze werd afgeleid door een ander deuntje, en pas bij de derde keer realiseerde ze zich dat het haar telefoon was, die in haar groene canvas tas zat. Ze vergat dat ze haar topje had losgemaakt, steunde op haar ellebogen en strekte zich uit naar haar tas. Ze realiseerde zich dat ze halfnaakt was, toen een klein jongetje riep: 'Tietjes!'

Ze liet zich vernederd op haar handdoek vallen en haalde haar telefoon tevoorschijn.

'Hallo?'

'Schatje?'

'Kyle, hoi!' zei ze, en het afgrijzen van haar vergissing werd verlicht door het geluid van zijn stem. 'Heb je twee seconden?' Ze legde de telefoon neer, knoopte haar topje stevig vast en sloeg haar handdoek om. Vandaag geen gratis shows meer, dacht ze, niet dapper genoeg om zelfs maar even in de richting van haar bewonderaars te kijken.

Met de telefoon aan haar oor zei ze: 'Sorry, ik eh... ik lig bij het zwembad en ik moest mijn bikini weer aandoen. Waarom zou ze de waarheid niet gebruiken om zijn belangstelling op peil te houden. Natuurlijk wilde ze dat hij haar aardig vond om belangrijker redenen dan haar uiterlijk, dan seks, maar vormden haar lichaam en haar seksualiteit niet een belangrijk deel van wie ze was? Hij zou van het geheel moeten houden.

Kyle floot. 'Ik vind het vreselijk jammer dat ik hier in dit moeras vastzit, man, dat kan ik je wel vertellen!'

'Ja... nou, morgen duurt toch niet zo lang meer, wel dan?'

'Vijf minuten is al te lang als je het mij vraagt.'

Zijn pruilende stem gaf haar een warm gevoel in haar onderbuik. Ze ging een beetje verzitten en besloot dat ze het gesprek beter in een veiliger richting kon sturen, in elk geval zolang zij omringd was door mensen. Ze vroeg opgewekt: 'En, hoe gaat het?'

'Nou, ik was vanmiddag vrij, dus ik heb een tukje gedaan, oké? En ik heb over jou gedroomd.'

'O ja? Wat dan?'

'Wil je dat ik het je vertel?' vroeg hij. 'Want het is nogal... persoonlijk, als je begrijpt wat ik bedoel. Nogal sexy, snap je?'

Dit bleek helemaal niet veiliger te zijn, maar ze vond het wel leuk. 'Dat, eh, dat is wel cool.'

'O, nee, nee, niet cool. Heet, het was echt heet.'

Savannah keek verlegen naar haar teennagels, die donkerpaars waren gelakt zodat ze bij het shirt pasten dat ze naar het concert zou aantrekken. De suggestieve antwoorden van Kyle gaven haar hetzelfde gevoel als de starende blikken van de te zware mannen – onbehaaglijk en geïntrigeerd tegelijk. Ze wou dat ze meer ervaring had met dit soort dingen. Als hij, wanneer ze elkaar echt ontmoetten, nou kon merken dat ze verre van ervaren was op seksueel gebied... laat staan twintig jaar oud? Als hij nou kwaad werd, of haar rijbewijs wilde zien als bewijs. Ze moest zich gewoon vrijpostiger voordoen, hem geen reden geven om aan haar verhaal te twijfelen; nu niet en morgen niet.

'Ja, oké,' zei ze, snel om zich heen kijkend om te zien of er niemand luisterde. 'Vertel maar.'

'Nou, we waren ergens aan het strand, aan de Golf denk ik... Tampa of zo. En jij droeg die kleine gebloemde bikini van je webpagina.'

Ze zag het al voor zich, Kyle met blote borst, het kalme water dat over het zand kabbelde. 'Oké. Ga door.'

'Heb je die bikini nu ook aan?'

'Nee, deze is rood met witte sterretjes erop.'

'Nou, ik wed dat die ook prachtig is. Maar goed, je vertelde me over een lamantijn die je... ik weet het niet, Melanie had genoemd of zo, en oké, ik probeerde wel te luisteren, maar wat moet ik ervan zeggen? Ik ben een man.' Hij lachte. 'Ik had meer aandacht voor je lichaam, dus ik was, nou ja, hard, snap je? Dus ik trok je tegen me aan en zei: "Ik kan geen minuut meer wachten. Ik wil je nu!"'

Savannah slikte, haar ogen opengesperd. Er renden twee meisjes van een jaar of zes voorbij, hun blote voeten kletsten op het natte beton. Ze werden achternagezeten door een nog jonger jongetje met een waterpistool dat bijna net zo groot was als hij zelf.

'Ben je er nog?' vroeg Kyle.

'Ja. Wauw. Dat was... een mooie droom.'

'Er is nog meer. Wil je het horen?'

Ze wist het niet zeker. Dit was voor haar zulk onbekend terrein dat ze geen idee had waar de scheidslijn lag – en of die er wel was. Zou een twintigjarige hem aanmoedigen de details prijs te geven? Ze dacht aan de advertenties die ze had gezien voor die video over wilde meiden tijdens de voorjaarsvakantie. Die meisjes zouden wel naar de details vragen... en er waarschijnlijk zelf ook een heleboel geven.

Kyle wachtte haar antwoord niet af, maar zei: 'Laat ik je in elk geval dit vertellen: het was... fantastisch. Heel romantisch.'

Savannah zuchtte, betoverd en opgelucht tegelijk.

'O, daar ben je.' Haar moeder kwam achter haar vandaan. 'Geen wonder dat ik je niet te pakken kon krijgen.' Ze ging op het uiteinde van de ligstoel zitten.

'Mam, hoi!' zei ze, haar best doend er onschuldig uit te zien. 'Je bent vroeg terug.' In de telefoon zei ze: 'Ik moet nu gaan, oké? Het spijt me... ik bel je nog wel terug.' Ze klapte de telefoon snel dicht.

'Het was niet mijn bedoeling je pret te verstoren.'

Savannah had het gevoel of haar gezicht elk moment in brand kon vliegen. Haar pret? Zou haar moeder op een of andere manier doorhebben waar ze het over hadden gehad? 'O, nee, dat geeft niets. Ik was met, eh, Rachel aan de telefoon. Ze zei... dat we vanavond een T-shirt voor haar moesten kopen als souvenir.'

'Oké,' zei haar moeder zonder een spoor van argwaan. 'Maar ik zou er niet op rekenen dat er shirts van de band te krijgen zijn, omdat dit optreden op het laatste moment geregeld is.'

Savannah knikte, pakte haar zonnebrandcrème, boek en telefoon bij elkaar en stopte ze in haar tas. 'Nou ja, misschien heeft de club zelf leuke shirts.'

'Misschien. Wat denk je ervan om te gaan eten?' vroeg haar moeder, en Savannah merkte op dat haar stem net iets te opgewekt klonk, wat geforceerd en gespannen, en anders dan normaal na een lange dag.

'Ik heb nog geen honger. Gaat het goed met je?'

'O, natuurlijk, ik ben alleen moe. Er leek maar geen eind te komen aan die besprekingen vandaag. Dat heb je wel eens met vergaderingen.' Ze stond op en Savannah ook. 'En weet je wat, ik heb ook nog geen honger.'

'Oké, nou, ik heb een afspraak voor je gemaakt met de masseuse, om halfzeven. Is dat goed?'

Haar moeders wenkbrauwen kwamen boven haar zonnebril uit. 'Meen je dat? Wat attent van je. Maar ik weet niet zeker...'

'Je hoeft niet per se. Ik bedoel, ik dacht gewoon dat je misschien... na zo'n drukke dag...'

'Dank je, lieverd.' Ze kuste Savannah, een snel zoentje vlak bij haar oor. 'Nee, ik wil graag... maar wat doe jij dan? Had je zelf ook gewild, of...'

'Ik ben al naar de pedicure geweest,' zei Savannah en ze stak haar voet naar voren, waar ze nu weer haar henneprood geverfde teenslippers aan droeg. 'Ik neem gewoon een douche en ga dan tv kijken tot jij terug bent.'

Ze volgde haar moeder het hotel in, en merkte nu pas op dat haar moeders haren wat slordig zaten – haastig opgestoken en vastgezet met een schuinstaande gouden klem. En liep ze nou een beetje mank? Een heel klein beetje maar? Savannah vergrootte de afstand tussen hen iets terwijl ze door de gang van het zwembad naar de liften liepen en keek nog eens goed. Het was iets in haar moeders scheef opgetrokken linkerschouder, dat werd geaccentueerd door de beweging van haar crèmekleurige linnen jasje bij de schouders, en lager, in haar heup.

'Heb je vandaag je been gestoten of zo?' vroeg ze toen ze bij de liften stonden.

'Wat? O, nee. Althans... dat wil zeggen, ik heb een blaar. Nieuwe schoenen.'

Het klonk plausibel, maar Savannah voelde dat er meer aan de hand was. Dat slordige haar was zo abnormaal dat ze zich plotseling afvroeg of haar moeder de dag soms in bed had doorgebracht met een andere man. Maar nee, dat was belachelijk, het kwam gewoon door wat Kyle net had gezegd. Ze kon zich helemaal niet voorstellen dat haar moeder met iemand seks had, zelfs niet met haar vader. Wat ze zich wel kon voorstellen – niet over haar moeder – was wat Kyle haar had beschreven net voor haar moeder opdook. Hij verlangde naar haar, droomde over haar – wat was er opwindender dan die wetenschap?

Toen haar moeder weg was voor de massage, belde Savannah Kyle om zich te verontschuldigen.

'Mijn moeder dook plotseling op... het spijt me dat ik de verbinding zo plotseling verbrak.'

Hij lachte. 'Dus je houdt me geheim, hè?'

'Nee! Ik bedoel, waarom zou ik? Ik heb alleen de kans nog niet gehad over je te praten, dat is alles. Mijn moeder is moe en gestrest, dus...'

'Maak je niet druk, schatje. Daar is allemaal nog tijd genoeg voor, tijd genoeg. Maar luister nu even, zorg ervoor dat je vanavond tijdens dat optreden niet, je weet wel, iemand anders aan de haak slaat, oké. Ik wil dat je jezelf voor mij bewaart.'

Ze had zichzelf inderdaad voor hem bewaard. Voor zover zij het had gehoord waren tienerjongens helemaal niet zo goed in seks. Iemand van Kyles leeftijd, daarentegen, wist vast wel wat hij deed. Ze wilde geen proefkonijn zijn. Zei haar vader niet altijd: 'Als je de moeite neemt om iets te doen, doe het dan goed'?

'De enige man met wie ik vanavond wil praten is Carson Mc-Kay,' zei Savannah.

'Die je meteen zou bespringen, naar wat ik gehoord heb... die kerel trouwt met een griet die nauwelijks ouder is dan jij!'

'Alsjeblieft, zeg! Hij is net zo oud als mijn moeder... en trouwens, ze kennen elkaar van vroeger, weet je nog? Dat heb ik je gisteren verteld.'

'Ja, maar toch.'

'Hoe dan ook, ze heeft hem lang niet gezien, maar misschien mogen we wel backstage als zij vertelt dat ze oude vrienden zijn.'

'Echt gaaf. Je moet vragen of je ook bij de band mag. Je bent echt goed.'

Savannah grinnikte. Ze had via de telefoon voor hem gespeeld en hij leek echt onder de indruk. 'Hij heeft al een vaste gitarist, maar toch bedankt. Luister eens, ik moet me gaan klaarmaken voor vanavond. Ik bel je morgen, oké?'

'Ik zal aan je denken,' zei hij op suggestieve toon.

'Ik ook aan jou.' Dit keer ging het flirten haar gemakkelijker af... het was gewoon een kwestie van oefenen, net als met alles.

Ze verbrak de verbinding en drukte de telefoon tegen haar borst. Eindelijk was haar leven begonnen! Ze kon het niet verklaren, maar ze had sterk het gevoel dat ze de top van een heuvel had bereikt, en dat binnen de kortste keren haar hele leven compleet zou veranderen.

26

De nachtclub van Johnny Simmons besloeg bijna een heel blok onroerend goed op een toplocatie in Orlando, niet ver van een van de grootste attracties van het gebied. De club kon bogen op drie dansvloeren, elk in een eigen geluiddichte ruimte, en met in elk van die ruimtes een andere soort muziek. Het middelpunt van alles was het hoofdpodium, waar vijf avonden per week live werd opgetreden. Johnny deed zijn uiterste best om opkomende zangers te boeken en had een aardige reputatie opgebouwd voor het kiezen van kwaliteitsartiesten die vervolgens doorstootten naar de hoofdklasse in de entertainmentwereld. Carson luisterde naar Johnny, een indrukwekkende, joviale man uit New Jersey met zuiver zilver haar en de bouw van een professionele worstelaar, die zijn zaak ophemelde terwijl hij hem vrijdagochtend vroeg rondleidde. Hij was ervan overtuigd dat de man zelfs ijs aan de Eskimo's kon verkopen, zand aan de woestijnnomaden, water aan de walvissen – waarschijnlijk allemaal tijdens dezelfde cocktailparty. Het was goed te begrijpen waarom Johnny en Gene vrienden waren.

'We hebben bij elke ingang en uitgang uitsmijters staan, zie je, en vanavond komt er niemand binnen zonder kaartje. Het zal je niet verbazen als ik je vertel dat ze gisteravond binnen drie uur uitverkocht waren. Ik ben zelf wel onder de indruk! Heilige Moeder Maria in een badkuip, we zijn nog nooit zo snel door onze kaartjes heen geweest!' Johnny sloeg zijn arm om Carsons schouders. 'Ik ga een berg geld aan je verdienen, weet je dat? En ik voel me daar niet helemaal prettig bij, omdat ik jou bijna niets te bieden heb. Ik bedoel, wat is geld voor een man die erin kan zwemmen, niet dan? Dus dacht ik, jij bent nog niet in het huwelijksbootje gestapt en ik heb een dochter van negenentwintig, die je grootste fan is... wat zeg je ervan, hè?'

'Je biedt me je dochter aan in ruil, is dat het?' Carson lachte. 'Het is maar goed dat mijn verloofde is gaan winkelen!'

Johnny nam Carsons hals speels in de houdgreep. 'Nee, praatjesmaker, ik bedoel alleen dat ze een mooie meid en leuk gezelschap is en dat je het als een eer mag beschouwen om met mijn zegen van dat gezelschap te genieten, als je soms nog een beetje rond wilt kijken. En als ik zeg "genieten", dan bedoel ik niet "geníéten", begrepen?'

'Dat is aardig van je, man. Dat waardeer ik.' Hij bevrijdde zich uit de houdgreep en liep de drie treden op naar het podium. 'Maar ik zal toch genoegen moeten nemen met het gewone honorarium.' Hij deed het toch niet voor het geld – dat was nooit zo geweest – en ook niet voor de gemakkelijke toegang tot vrouwen (of de toegang tot gemakkelijke vrouwen). Hij schreef songs en speelde muziek omdat het hem hielp zijn demonen op afstand te houden, en omdat hij het heerlijk vond om iets te scheppen wat voor andere mensen iets kon betekenen. Hij zou eigenlijk willen dat zijn carrière juist niet de stratosfeer van bekende labels en hoge verwachtingen in geschoten was. Hij wou dat hij beter had kunnen vasthouden aan zijn integriteit, maar wat was het destijds moeilijk geweest om zich op zoiets vluchtigs te concentreren toen ze met kruiwagens vol geld, opwekkende middelen en ongeremde vrouwen naar hem toe kwamen...

Hij liep het podium op, dat mat zwart was geschilderd om schittering te voorkomen, en keek de club in. Het vertrek was nu helder verlicht en een kleine groep personeelsleden was druk bezig tafels en stoelen neer te zetten, het olieniveau in de lampjes op de tafels te controleren; sommigen keken even naar hem op toen hij naar de piano liep en het bankje naar achteren trok. Hij had om een vleugelpiano gevraagd, en een basgitarist, een rhythmgitarist en een drummer. Hij had niet eens geprobeerd zijn eigen bandleden hierheen te halen, want die waren allemaal lekker thuis in Seattle of brachten hun vrije dagen door in zonniger oorden, net als hij. Voor het optreden van vanavond nam hij genoegen met enkele goede lokale musici, die over een paar minuten hierheen zouden komen om even te oefenen.

Nadat hij Meg gisteren had gezien, werd hij geplaagd door het feit dat ze zo gefrustreerd en van streek had geleken, en zijn eerste concept voor de songlist van vandaag had vol gestaan met vroege nummers die hij had geschreven met haar in gedachten. Toen was Val teruggekomen van haar training, krachteloos door de inspanning en de vochtigheid – meelijwekkend, eigenlijk, in vergelijking met de gewoonlijk zo energieke Val – en had hij zijn aandacht verlegd naar waar die hoorde te liggen. De gewijzigde songlist was leuker voor het publiek, en minder doordrongen van het verre verleden. Hij voegde zijn Grammy-winnaars en zijn hit uit 2003, 'Redheads', toe, een categorie waar Meg natuurlijk ook onder viel, maar dat was toeval. Hij geloofde niet dat hij nou zo veel aan haar had gedacht toen hij het schreef... Maar als je aandrong, zou hij misschien toegeven dat zij wel de oorspronkelijke bron van inspiratie was geweest.

'Wat zeg je van een voorproefje?' riep Johnny vanachter de bar.

Carson duwde de klep van de toetsen en ging met zijn vingers langs de toonschalen omhoog om zijn spieren op te warmen.

'Oké, eens kijken of je deze kent.' Hij begon met de lage eerste noten van Beethovens *Vijfde*, stapte toen over op zijn eerste hit 'Facedown', een nummer waarvan tieners vaak dachten dat het om de seksuele positie van een vrouw ging, maar dat in feite sloeg op zijn onsmakelijke gewoonte in die eerste jaren om zich te zwaar te buiten te gaan en wakker te worden met zijn gezicht op vloeren, gazons... een keer zelfs de motorkap van iemands blauwe Camaro uit '69.

Zonder de microfoon droeg zijn stem maar tot de eerste paar rijen tafels; het personeel liep langzaam daarheen en liet het werk liggen.

Hij had altijd van dit gedeelte van het optreden gehouden, de keren dat het alleen maar draaide om hem, de piano en een klein, bewonderend publiek. Muziek maken was therapie voor hem, maar die met anderen te kunnen delen was als een geschenk dat mensen blij maakte, verkwikte, inspireerde of troostte; hij voelde zich daar nederig door, en nuttig.

Om het plezier nog even te verlengen ging hij na dat nummer meteen door met een ander, 'Buried Alive', een favoriete ballade die hij buiten het programma had gelaten omdat het zozeer op Meg gericht was, en omdat zijn wonden weer zouden gaan bloeden als hij het zong. Maar nu, met dit veilige, anonieme publiek had hij het gevoel dat dit het juiste moment was om het nummer te zingen en hopelijk weer een demon uit te bannen.

De piano weergalmde van de zoete, treurige akkoorden van het intro en hij liet de noten even door het nu volkomen stille vertrek zweven. Hij voelde zijn maag verkrampen toen hij het eerste couplet begon te zingen, voelde de weerstand van zijn hart dat hem tegen probeerde te houden. Net als de ingesneeuwde lifter in het nummer wilde het de hoop vasthouden terwijl die hoop onbereikbaar was. Hij sloot zijn ogen en liet de song naar boven komen, wilde dat die hem bevrijdde van zijn zinloze verlangen naar een verleden dat nooit was geweest en een toekomst die nooit zou komen.

De tekst kwam gemakkelijk over zijn lippen, alsof het nummer voortdurend ergens in zijn binnenste speelde, zacht maar vastberaden, wachtend... waarop? Tot hij het zou opmerken en actie ondernemen? Als een wild dier moest het ofwel getroost of vrijgelaten worden. Toen hij het laatste refrein zong wist hij dat hij daar niet in geslaagd was. Zijn liefde voor Meg, die zo lang geleden was begonnen dat hij zich nauwelijks een tijd kon herinneren dat hij niet van haar hield, liet zich niet uitbannen. Niet door drank, niet door drugs, niet door vrije seks, niet door wilskracht en zelfs niet door zijn oprechte, zij het kwalitatief andere liefde voor een andere vrouw. Hij zat eraan vast. Hij boog zijn hoofd achterover toen de laatste noten van de piano werden beantwoord door het geluid van enthousiast applaus.

Johnny kwam bij hem staan aan de piano. 'Jezus, man! Je maakt me aan het janken!' hij wreef over zijn ogen en Carson zag dat die inderdaad vochtig waren. 'Als je het vanavond ook zo doet, zullen we verdorie aan alle tafels tissues moeten uitdelen!'

27

Meg had een van haar moeders dagboeken meegenomen om vrijdag tussen de afspraken door te lezen, omdat ze ondanks zichzelf en ondanks de steen die iedere keer als ze erin las op haar maag leek te liggen, toch meer wilde ontdekken over de gedachten van haar moeder. Bij ieder woord miste ze haar moeder nog meer en bij elke ontdekking of herinnering aan het verleden nam haar spijt alleen maar toe in plaats van af. Toch was het lezen zoiets als het nemen van een dosis van een vies medicijn; ze was ervan overtuigd dat ze zich er uiteindelijk beter door zou gaan voelen.

30 november 2001
Minimum 13°, maximum 28°. Het record geëvenaard! Geen regen.
Ik las in de krant dat Carson tegenwoordig een van de populairste zangers op de radio is. Ze hadden hem via de telefoon geïnterviewd; hij woont helemaal aan de westkust. Wat moet dat moeilijk zijn voor James en Carolyn.
Maar ze zullen ook wel trots op hem zijn – weer een platina album! En een nummer van hem op die 11 september-cd, om geld in te zamelen voor de families van de slachtoffers. Genadige Moeder, de wereld is bijna niet meer te begrijpen...
Hij is nog steeds ongetrouwd en leidt het leven van een ruige rockster, volgens het artikel. Dat is natuurlijk niets om trots op te zijn! Maar ze zullen wel overdrijven om meer kranten te kunnen verkopen. Ik vertelde Meggie over het artikel toen ze na het avondeten belde, maar ze wilde er niet over praten. 'Dat zijn zijn zaken,' zei ze en begon toen te vertellen over een patiënte van haar die eierstokkanker heeft. Die arme vrouw, het is zo vergevorderd dat ze Meggie heeft gevraagd haar te helpen zichzelf te doden als de pijn te erg wordt. Waarom mogen onze dokters mensen niet op die manier helpen? Wat een idioot systeem hebben we toch in dit land! Juist de mensen die tegen genadige euthanasie zijn, hebben er geen probleem mee om gezonde onschuldige voorbijgangers gedood te zien worden in naam van een oorlog.
Jeetje, ik spring vanavond van de hak op de tak. Ik moet er nog aan toevoegen dat Beth gebeld heeft om te zeggen dat ze weer iemand ontmoet heeft, een man die redacteur is bij een tijdschrift waar ik nog nooit van heb gehoord. Ze ontmoet tegenwoordig allerlei van dit soort mensen die vreemde banen hebben en over dingen praten zoals de wereldpolitiek en filosofie. Ik heb wel een filosofie voor haar: zoek een goede man en sticht een gezin! Ze is zesentwintig, wordt er niet jonger op, maar ze wil per se eerst die doctorsgraad in Aziatische geschiedenis halen. Ik vraag me soms af wiens kind ze is, want ik kan de namen van de plaatsen die ze heeft bestudeerd niet eens uitspreken!
Meggie zegt dat ik Beth maar moet laten begaan; dat ze net als wij allemaal haar plekje in het leven wel zal vinden. Kan ik het helpen dat ik al mijn meisjes gelukkig wil zien? Of in elk geval gesetteld. Meggie is tegenwoordig zo ernstig en maakt zo vreselijk veel uren. Ze is goed in wat ze doet, maar heus, het lijkt wel of haar glimlach helemaal verdwenen is.
Het zal er wel geen goed aan hebben gedaan dat ik over Carson begon; ik

weet niet of ze zichzelf ooit wel heeft vergeven dat ze zijn hart heeft gebroken. Schuldgevoel is gemeen, ik weet er alles van... ik ben immers degene die heeft toegestaan dat ze hem de rug toekeerde... terwijl hij zo vreselijk veel van haar hield! Het was de meest onfeilbare liefde die ze ooit zal vinden en ik probeerde haar wijs te maken dat het kalverliefde was. Ik stond toe dat ze zichzelf aanpraatte dat ze met Brian moest uitgaan, omdat ik oprecht wilde geloven dat hij beter voor haar was. Er zou zo veel goeds uit voortkomen, zeiden we allemaal! Maar de Heilige Maagd hierboven weet net zo goed als ik dat Spencer al het geld dat hij in handen krijgt weer uitgeeft; we zijn eigenlijk nog steeds niet beter af dan we in '89 waren.

Dus waar is al dat goede nu? Carson zwerft de hele wereld over, gaat van vrouw naar vrouw, drinkt en gebruikt andere troep; Meggie zit achttien uur per dag opgesloten in een kantoorgebouw of een ziekenhuis. Nou ja, het goede dat we eraan hebben overgehouden is Savannah, neem ik aan... als je goed kijkt kun je altijd wel de zon achter de wolken zien schijnen!

Ik zal Carson vanavond opnemen in mijn gebeden, en James en Carolyn ook. En ik zal een speciaal gebed opzeggen voor Meggie, dat ze haar spijtgevoelens achter zich mag laten en de weg mag vinden naar geluk.

Geliefde Moeder, help haar – en ons allemaal – de weg naar het licht te vinden.

28

Op vrijdagavond liet Meg zich door Savannah de nachtclub binnen trekken en naar de tweede rij vierkante tafeltjes leiden waar kleine kaartjes op stonden met vip en een nummer erop. Achter de twee rijen was een gedeelte waar smalle klapstoeltjes stonden en daar weer achter een open ruimte voor staanplaatsen. Het vertrek rook naar oude sigaretten en verse verwachting, de zweterige opwinding van gretige fans. De tafel waar ze bij stilhielden, vip 12, was zo dicht bij het podium en de piano dat Meg vermoedde dat ze de stoppels op Carsons kin zouden kunnen tellen als hij zich sinds gisteren niet geschoren had.

'Dit is de onze,' zei Savannah. 'O, super! Dit wordt echt geweldig.' Ze stond daar naar het podium te staren, verrukt over de microfoons, amplifiers en gitaren, de glanzende zwarte vleugel.

Meg nam plaats op de stoel die naar haar idee het verst uit Carsons gezichtsveld stond en ze hoopte flauwtjes dat de voetlichten en spots ervoor zouden zorgen dat hij niemand van het publiek kon herkennen, zelfs niet degenen die bijna pal voor hem zaten. Na een dag als vandaag kon ze niet meer opbrengen dan flauwe hoop op een oplossing voor een relatief onbelangrijk probleem.

Te beginnen met de MRI om kwart over acht, was ze de hele dag gescand, geport en betast door een reeks overdreven aardige deskundigen die haar zo respectvol behandelden dat ze hen wel had willen wurgen. Er was niemand zo vriendelijk of aardig tegen haar geweest toen ze jaren geleden prenatale onderzoeken had ondergaan, of toen ze afgelopen zomer zeven uur lang had gewacht op de Eerste Hulp nadat ze haar enkel had verstuikt toen ze van haar paard stapte. Alleen wie ten dode opgeschreven was kreeg het soort behandeling dat zij vandaag had gehad. Ze was zelf meer dan eens die overdreven aardige persoon geweest, het meest recent twee weken geleden toen ze een patiënte van vierendertig jaar had moeten vertellen dat haar dikke buik niets te maken had met een zwangerschap maar met een kwaadaardige tumor in het baarmoederslijmvlies die in een dermate ver stadium verkeerde dat de overlevingskansen voor de vrouw ongeveer even groot waren als de kans op sneeuw in augustus in Florida. Maar die vrouw kon het althans nog redden. Ze zou het misschien redden als het regime van uiterst agressieve chemotherapie, bestraling en operatieve verwijdering dat haar te wachten stond, succes zou hebben. De moderne geneeskunde kon die vrouw een piepklein lichtpuntje hoop bieden. Meg wachtte niets anders dan het pikzwarte duister van levend begraven te zijn.

Ze keek naar Savannah in het paarse topje en de laag op de heupen hangende verbleekte spijkerbroek met kleurige steentjes op de bovenbenen. De steentjes vingen het licht terwijl Savannah met haar haren los op haar schouders naar het tafereel van haar eerste officiële rockconcert stond te kijken. Meg zag haar stralende ogen, haar volwassen gezicht met de zorgvuldig aangebrachte groene eyeliner en donkerder en langer gemaakte wimpers. Ze was een erg knap meisje, uniek in haar schoonheid en bovendien heel intelligent. Wat zou ze over tien jaar met haar leven doen? Over twintig jaar? Wat zou zij er op Megs leeftijd, op haar achtendertigste, van vinden om moederloos te zijn? Want moederloos zou ze beslist zijn... dokter André Bolin, de ALS-expert, had er niets anders over kunnen zeggen.

Hij was de onderzoekskamer binnen gekomen waar zij zat te wachten in een katoenen hemd en met sokken aan, omdat ze ijskoude voeten had. Hoe lang had ze daar gezeten, haar benen naast het bed bungelend? Vijf minuten? Vijftig? Ze had geen idee meer gehad van de tijd, omdat haar afspraak met Bolin aan het eind was gekomen van een lange dag van wachten, in de laatste fase van een lange reeks.

De laatste fase. Zo zag ze het al toen ze daar op hem zat te wachten. Er was geen expert voor nodig om haar te helpen de omlaag wijzende mondhoeken van de EMG-technicus te interpreteren, of de schichtige blik van de verpleegster die haar de onderzoekskamer binnen had gebracht. Ze had een script kunnen schrijven voor de woorden van Bolin... al wilde ze uit alle macht dat ze het mis had. Hij nam haar een uitgebreid onderzoek af, testte alle grote spieren, testte haar nek, gezicht, handen... hij had haar gevraagd te praten, te slikken en te lachen (het was een beklagenswaardig lachje geworden), te kuchen en te knikken. Daarna had ze zich aangekleed en was naast hem in zijn ruime spreekkamer gaan zitten, waar de boekenplanken vol stonden met medische titels maar ook romans; waar waren die voor? Hij kon overdag onmogelijk tijd hebben om te lezen. Waren ze bedoeld om uit te lenen aan patiënten die net als zij al snel niet meer in staat zouden zijn een boek vast te houden, laat staan de bladzijden om te slaan? Om hen de kostbare tijd te besparen van een afzonderlijk tochtje naar de bibliotheek of boekhandel? Ze was weggegaan zonder dat haar nieuwsgierigheid daaromtrent was beantwoord. Wat ze wel had gekregen was Bolins 'onfortuinlijke instemming' met de bevindingen van Brianna, plus twee informatieve boekjes (*Na de diagnose* en *Leven met ALS*, geweldig), en een notitie op Bolins briefpapier met de namen van ALS-patiënten met wie ze contact kon opnemen.

Haar enige vraag aan Bolin ging over de status van medicijnenonderzoek. Hij zei: 'Er is niets belangrijks gaande op dat gebied, niets wat indruk op jou zal maken. Het enige medicijn dat wat effect heeft is Riluzol... als je dat nu meteen gaat gebruiken kan het misschien je leven verlengen.'

'Hoelang?' vroeg ze.

Hij zuchtte en zei toen: 'Studies hebben aangetoond dat sommige patiënten er wel zestig dagen mee winnen.'

Ze lachte toen hij dat zei, ze lachte echt. 'Zestig dagen langer volledige verlamming, met een voedingssonde, misschien beademingsapparatuur... wauw. Schrijf snel een recept voor me uit, dokter!'

Bolin had haar laten razen, had toegestaan dat ze het recept weigerde, en nu... nu moest ze, hoe geschokt ze zich ook voelde, moeder zijn; ze moest zich nu normaal gedragen zodat haar dochter niets zou merken, niet gealarmeerd zou raken. Ze zou het Savannah niet vertellen, niet nu al, niet nu de dodelijke wond nog zo rauw was. Natuurlijk moest ze het haar uiteindelijk wel vertellen, maar ze had geen idee wanneer 'uiteindelijk' zou zijn. Hoe kon je ooit tegen je kind zeggen dat je doodging? Hoe kon je nalaten het te zeggen?

'Dit zijn echt fantastische plaatsen,' zei Savannah, die rechts van Meg ging zitten. 'Ik hoop dat je het niet erg vindt dat ik vipkaartjes heb genomen.'

'Ik ben blij dat je dat hebt gedaan,' loog Meg. Als het aan haar had gelegen zouden ze ergens anders hebben gezeten dan negen meter van de plek waar Carson nummers zou zingen waarvan hij er veel had geschreven met haar misdaden in gedachten.

Als koper van zijn muziek, als fan, had ze Carson op veilige afstand kunnen houden. Ze had in zijn teksten hun geschiedenis verhaald horen worden, geromantiseerd, en ze had zich bijzonder gevoeld in de wetenschap dat sommige van die nummers op haar geïnspireerd waren. De afstand tussen hun verleden en Carsons stem op een zilverkleurig schijfje was groot en vergevensgezind; die gaf haar de kans de bitterzoete smaak van dat verleden te proeven zonder zich al te schuldig te voelen. Die gaf haar een deel van Carson waar Brian geen bezwaar tegen kon maken... en hij luisterde trouwens toch niet naar die muziek. Ten eerste draaide ze die niet als hij in de buurt was. Ten tweede bestond Brians cd-bibliotheek volledig uit audioboeken over investeren, management, wereldeconomie en golf.

Toen Meg eenmaal van hem was, was Brian opgehouden jaloers op Carson te zijn; waarom ook niet? Hij was een man die in resultaten geloofde. Ze had hem gekozen, ze was hem trouw gebleven... Carsons succes en bekendheid waren niet meer dan een amusante anekdote voor een feestje. Toen Carson er, onder een of andere

ouderwetse Noord-Californische wet, in 1998 van werd beschuldigd
een seksuele relatie te hebben gehad met de vrouw van een ander,
genoot Brian ervan dat aan zijn vrienden te vertellen en erbij te zeggen dat Meg toch wel van geluk mocht spreken dat hij haar van een
eerloos leven had gered. Alsof Carson dat leven zou hebben geleid
als zij bij hem was gebleven. Dat zei ze nooit; ze glimlachte alleen
en haalde haar schouders op... deelde in de van spot doordrongen
humor, zoals het een trouwe echtgenote betaamde. Als ze Carson
verdedigde zou dat alleen maar argwaan wekken en de aandacht
vestigen op haar eigenwijze, bedrieglijke hart... en het zou gênant
zijn voor Brian. Nee, ze wist heel goed dat ze niet moest afdwalen
buiten de veiligheid van de wagens die ze in een kring rond haar
leven had gezet.

De tafeltjes in de nachtclub vulden zich met gelukkige fans; Meg
hoorde een paar vrouwen van in de twintig achter hen gegevens vergelijken met een trio jongemannen vlakbij: wie de aankondiging op
de webpagina had gezien, wie het mailtje had gekregen, hoe snel ze
hadden gereageerd om de kaartjes te bemachtigen... Savannah, die
ook zat te luisteren, draaide zich om en mengde zich in het gesprek.

'Het is geweldig dat ik met kerst een BlackBerry heb gekregen
van mijn vader, anders had ik het nooit op tijd geweten! Ik krijg een
seintje wanneer ik een mailtje binnenkrijg, dus ik keek meteen en
had echt iets van: die kaartjes moet ik zien te krijgen! Mijn moeder
kent hem,' voegde ze eraan toe.

'Ga weg!' zei een van de vrouwen, met roodgeverfde haren en
een shirtje aan met Carsons gezicht erop dat strak om haar behaloze
cup A-borsten spande.

De andere vrouw, met een bijpassend shirtje dat diverse vetrollen
bedekte, zei: 'Dan zouden jullie backstagepasjes moeten hebben!'

Savannah knikte. 'Ja, ik weet het, maar ze wilde geen misbruik
maken van hun vroegere vriendschap, weet je. Maar we zien hem
waarschijnlijk nog wel na het concert. Ja toch, mam?'

Meg keek vol belangstelling naar deze nieuwe, geanimeerde versie van Savannah, maar sprak haar niet tegen.

Er kwam een ober langs om zoutjes te brengen en hun drankbe-
stelling op te nemen, nog meer extraatjes van het viparrangement.
'Gin met ijs en een beetje citroen,' zei Meg. Savannah bestelde een
cola light.

'Ik heb alle cd's meegebracht,' zei Savannah tegen Meg. Ze klopte daarbij op de tas die ze aan de rugleuning van haar stoel had gehangen. 'Zodat Carson ze allemaal kan signeren. En zorg dat ik niet vergeet een T-shirt te kopen voor Rachel. Die hebben ze ginds vooraan, heb je dat gezien? Zou de ober er een voor ons willen halen? Misschien koop ik er voor mezelf ook een – dan kan Carson die ook signeren, denk je niet?'

'Ik weet het niet, lieverd...'

Savannah fronste haar voorhoofd. 'We kunnen het toch wel proberen?'

Meg opende haar mond om een echte moederopmerking te maken zoals, *we moeten andermans privacy respecteren of het is niet beleefd om je op te dringen voor je eigen gewin*, maar ze zei niets. Hoe vaak zou ze nog de kans krijgen Savannahs heldin te zijn? Ze wilde zich niet aan Carson opdringen... ze wilde hem wel zien optreden, dat zeker, maar verder wilde ze hem ontwijken. Voor haar dochter kon ze zich deze moeite wel getroosten.

En eerlijk gezegd meende een deel van haar, het deel dat nog steeds vasthield aan een dwaze wens waaraan ze op de ochtend van haar trouwdag had toegegeven, dat het heel interessant zou zijn om Carson en Savannah samen te zien, naast elkaar. Savannah leek zo veel op haar dat ze nooit definitief had kunnen beslissen wie van de twee mannen met wie ze die dag de liefde had bedreven het meest waarschijnlijk de vader was. Als ze Carson en Savannah bij elkaar zag, zou ze misschien iets meer gelijkenis zien.

Ze speelde dat vergelijkingsspel al heel lang, al sinds ze tijdens het boodschappen doen bij de Gainesville Target toevallig Carsons eerste cd had zien liggen. Savannah, destijds vier, zat in het winkelwagentje en was druk bezig met Teigetje in haar ene hand en Knorretje in haar andere. De poppen 'praatten' met elkaar met hoge en lage zangerige stemmen. Ze waren volop in discussie over de vraag of ze die avond macaroni met kaas of kaastosti's moesten klaarmaken. Het was een week waarin Savannah alleen maar dingen met kaas wilde eten. De volgende fase waren blauwe voedingsmiddelen; ze zou die week heel veel frambozenijslolly's eten. Meg gaf veel aan haar toe, die laatste zomer voordat ze haar coassistentschappen zou beginnen; dat verlichtte het schuldgevoel.

De cd-hoes was een close-up van Carsons gezicht, enigszins betrokken en sjofel, maar met een mysterieuze glimlach. Zijn ogen waren donkergroen en een beetje triest. Hij had een zilveren oorringetje in zijn linkeroor en ze vroeg zich af hoe zijn vader daarop gereageerd had. Meg voelde zich als een kind dat stiekem in een naaktblad kijkt toen ze de cd van de plank pakte en hem in het rode wagentje legde – 'Dit karretje is niet de kleur van kaas!' had Savannah gemopperd – onder een pak papieren handdoekjes en nieuwe zomerkleren voor Savannah, die overal uitgroeide. Meg keek rond om te zien of iemand had gezien dat ze de cd pakte, alsof ze dan ook haar onbetrouwbare hart zouden kunnen zien. Ze werd niet geacht aan Carson te denken en had niet zo gebiologeerd moeten zijn door de gelijkenis tussen Savannahs oren en de zijne.

Als ze naar haar schoonmoeder en haar man had geluisterd, zou ze niet eens hier zijn geweest. Brian en Shelly deden er altijd moeilijk over dat ze bij Target ging winkelen; ze konden zich wel iets beters veroorloven en wilde ze dat soms niet laten merken? Ze kon er niet aan wennen dat ze al dat geld te besteden had. Het tegoed op hun rekening was intimiderend, zelfs nadat de rekeningen voor haar opleiding geneeskunde waren betaald. Ze kon zich de duurste warenhuizen veroorloven, en er werd van haar verwacht dat ze daarheen ging, maar ze voelde zich er een indringer. Target was veiliger. Meestal. Voordat ze cd's van Carson McKay begonnen te verkopen.

Ze had hem in de cd-speler van haar nieuwe Volvo gedaan zodra ze was ingestapt. Haar maag voelde verkrampt en keihard aan terwijl ze daar voor het eerst in bijna vijf jaar naar Carsons stem zat te luisteren. Ze wist voor het eind van het refrein dat het nummer over haar ging. Ze liet de muziek over zich heen komen, liet zijn stem de ruimte vullen, liet zich omringen door zijn melancholie. Pas toen Teigetje over haar hoofd heen op het dashboard vloog, zette ze de cd-speler uit.

'Mammie, Teigetje heeft honger. Kunnen we nu alsjeblieft naar huis? Hij wil Cheeto's en een schaaltje geraspte kaas, pronto!'

Voordat Meg gehoor gaf aan Teigetjes verzoek, pakte ze de cd en gooide hem in de vuilnisbak voor de winkel.

Aan het eind van de blauwe-voedselweek ging ze terug naar Target en kocht ze de cd opnieuw.

Als ze Carson en haar dochter vanavond bij elkaar zag, zou ze misschien nieuwe bewijzen voor zijn vaderschap ontdekken. Of misschien niet. En zo niet, dan bewees dat nog niets, evenmin als het feit dat Savannah Brians neus en gezichtsvorm had bewees dat ze Brians dochter was... want hoe vielen Savannahs muzikale vaardigheden dan te verklaren? Waren haar ogen, zo groen als vers geplukte limoenen, haar kleine oorlellen, de slag in haar haren, allemaal maar toeval? Niets dan zich uitende genen uit de uitgestrekte genenpoelen van de Powells en de Hamiltons?

'Ik probeer ons wel backstage te krijgen,' zei Meg.

Savannah boog zich naar haar toe en drukte een kus op haar wang. 'Dankjewel, mammie!' Ze grinnikte, haar glimlach een kopie van die van Meg... hoewel Savannahs ene scheve hoektand door een beugel was rechtgezet.

Ze was blij dat Savannah vooral op haar leek. Stel je voor dat ze het evenbeeld van Carson geweest zou zijn. Aan die mogelijkheid had Meg niet gedacht voordat ze naar hem toe ging, wat maar bewees hoe idioot ze destijds was geweest. Geregeerd door haar emoties... een gevaarlijke toestand die ze sindsdien had proberen te vermijden.

Als Carson inderdaad Savannahs vader was, dan had ze erg weinig bereikt door met Brian te trouwen. Omdat, zoals uit het dagboek van haar moeder bleek, haar vader zich gewoon niet uit de put liet halen die hij zelf gegraven had... Of gewoon weer een nieuwe put groef. Ja, dankzij haar huwelijk hadden zij hun zaak en hun grond kunnen behouden en dat was geen kleinigheid. Maar wat hadden haar moeder en haar zusjes daar uiteindelijk aan gehad?

Nou ja, het had geen zin om nu overal aan te gaan twijfelen; dat kostte te veel energie en het zou toch niets veranderen. Zoals Manisha altijd zei: jouw lot vindt je altijd, waar je je ook verstopt.

Het licht werd gedimd en daarmee verstomde ook de kakofonie van gretige stemmen. Net toen de ober terugkwam met hun drankjes verlichtte een spotlight het midden van het podium, daarop gericht vanaf een smalle richel hoog aan de muren. Even later werd de lege schijf van licht gevuld door een forse man met zilverkleurig haar en een grote snor.

'Gegroet!' zei hij in de microfoon.

De menigte juichte en floot.

'Ik ben Johnny Simmons' – nog meer gefluit – 'en er staat jullie iets heel bijzonders te wachten!'

173

Het publiek barstte uit in gejuich, Savannah incluis. Meg merkte tot haar verwarring en afgrijzen dat ze plotseling moest vechten tegen tranen.

'Welnu, sommigen van jullie weten dat we vanavond eigenlijk een nieuwe band zouden hebben, een kleine onafhankelijke groep met de naam Frito Bandito... en ze zijn fantastisch, dat kan ik jullie wel vertellen! Meneer Bandito is vanavond verhinderd door iets heel gemeens – en dan bedoel ik geen vrouw of alligator, maar een fikse voorhoofdsholteontsteking. Dus dankzij de mij door God gegeven overtuigingskracht, of misschien simpelweg het stomme geluk dat hij in de stad was om zijn trouwdag te plannen' – overal klonk boegeroep – 'met de wereldklasse surfer Valerie Haas, die...' – Johnny hield zijn hand boven zijn ogen en keek naar een tafel in de eerste rij, nog geen vijf meter van Savannah en Meg vandaan – 'hier vooraan zit om naar haar man te komen kijken' – vanaf de rechterkant zwaaide een spot naar Val, die haar ogen dichtkneep tegen het felle licht en zwaaide – 'mag ik met grote trots en blijdschap, hier bij Johnny Simmons' Orlando Music Club, de heer Carson McKay op het podium roepen!'

De spots zwaaiden naar rechts en Carson jogde het podium op, maakte een korte buiging en liep naar de piano. Achterin werd het podium blauw verlicht waardoor ook de andere musici zichtbaar werden.

Hij zette de microfoon goed. 'Dank je, Johnny, en jullie allemaal bedankt dat jullie de moeite nemen om op zo korte termijn naar ons te komen kijken.'

Er klonk weer gefluit en applaus. Wat fascinerend, dacht Meg, om hem op het podium te zien. Hij droeg een zwarte spijkerbroek en een sjiek wit overhemd, waarvan de mouwen opgerold waren zodat er op zijn linkeronderarm een kronkelende tatoeage zichtbaar was; het overhemd hing open aan de hals en de kraag had lange punten, wat haar herinnerde aan een shirt dat hij eens had gedragen tijdens een feestje in het eerste jaar van haar studie. Daar was hij, plotseling levensgroot. Zag Val hem altijd zo? Meg keek naar Val, die met haar rug naar haar toe zat, en vroeg zich af hoe het was om deze Carson te kennen.

Hij speelde een beetje met de toetsen en het gejuich stierf weer weg. 'Bedankt. Heel erg bedankt. Voor we beginnen wil ik ook graag de band bedanken en aan jullie voorstellen. Deze prima musici hebben mij de hele dag moeten verdragen, hebben songs moeten repeteren waar ze weinig ervaring mee hadden, zich afgevraagd waarom ze in godsnaam hebben toegezegd om de gekken te vervangen waarmee ik normaal op tournee ben... en die, dat moet ik erbij zeggen, vergeleken met deze jongens maar een stelletje luilakken zijn.'

Carson stelde hen voor, prees elke muzikant en liet hem iets over zichzelf vertellen – of haar in het geval van de gitariste, een slanke vrouw met kniehoge laarzen aan. Savannah stootte haar moeder aan en zei: 'Dat zou ik kunnen zijn!'

Meg keek naar Carson: zijn vlotte podiumpersonage, de vrijgevigheid van geest waarmee hij de schijnwerpers deelde. Val Haas was een gelukkige vrouw.

'Oké, we openen vanavond met een nummer dat ik pakweg vijf jaar geleden heb geschreven toen ik terugkwam uit Bangkok, met een jetlag en enigszins... laten we zeggen versleten. Jullie hebben het misschien al eens gehoord; het heet "Altitude".'

Hij gaf de band een teken en het nummer begon. Meg voelde zich onmiddellijk meegesleurd in de energie van de menigte en de dromerige, verleidelijke klanken van de muziek, genoeg om althans voor even de merkbare zwakte in haar hand te negeren toen ze haar glas oppakte en naar haar mond bracht. Voor even was ze gewoon een van de vele fans van Carson.

29

Vince, de oudste van Johnny's drie zoons, kwam een paar minuten na het einde van de tweede toegift achter de coulissen naar Carson toe. Carson zat met zijn arm om Vals schouders geslagen met Alex, de drummer, te praten.

'Meneer McKay, sorry dat ik stoor, maar er staat hier iemand die zegt dat ze een oude vriendin van u is en hoopt dat ze even met u kan praten.'

Niet weer een groupie, dacht Carson. Ze probeerden het altijd, alsof hij dat van de 'oude vriendin' niet al tienduizend keer had gehoord.

'Wat is haar cupmaat?' vroeg Alex. 'Misschien is ze ook een "oude vriendin" van mij!'

Vince grinnikte en schudde zijn hoofd. 'Nee, zoiets is het niet. Hier, ze heeft haar naam opgeschreven.' Hij gaf Carson een kauwgumpapiertje. 'Ik neem aan dat ze niets anders had.'

Meg en Savannah Hamilton, las Carson met verbazing. Val las het ook. Ze herinnerde zich duidelijk niet meer de naam van de vrouw die ze gisteren heel even had ontmoet, want ze zei: 'Dus het is in orde?'

Hij dacht erover te zeggen dat hij nooit van hen gehoord had en gewoon de avond te vervolgen. Hij had gehoopt Florida te kunnen verlaten zonder Meg weer te hoeven zien. Wat deed ze hier? Waarom had ze haar dochter meegebracht? Het was eerder niet eens in hem opgekomen dat Meg – of zij beiden – fans konden zijn. Hij kon hen afwimpelen en over een dag of twee ongedeerd in zijn vliegtuig naar New Orleans zitten. Natuurlijk, en dan zou hij er tot in de eeuwigheid een rotgevoel over houden... al was het alleen maar omdat hij dat meisje had teleurgesteld.

'Ga ze maar halen,' zei hij tegen Vince. 'Het is oké.' Tegen Val zei hij: 'Je weet toch wel, je hebt Meg gisteren ontmoet bij Pinguïn Pete.'

'O? God, wat een helder licht ben ik toch. Ik had helemaal niet op haar naam gelet.'

Nee, dacht hij, *waarom zou je ook?*

Alex zei dat hij op zoek ging naar 'wat meer actie', en toen kwam Vince terug, gevolgd door een erg gretig kijkend, erg aantrekkelijk tienermeisje, dat werd gevolgd door een minder gretig kijkende vrouw. En toch was het een verbetering ten opzichte van de ellendig uitziende Meg van gisteren.

Toen ze hem bereikten hield Savannah in, plotseling verlegen? Meg kwam iets naar voren en stak hem haar hand toe. 'Carson, wat leuk om je weer te zien... God, het is jaren geleden. Je optreden was fantastisch!'

Jaren? Zo snel als de vraag kwam, kwam ook het antwoord: ze wilde niet dat Savannah van de ontmoeting van gisteren wist. Hij schudde Megs hand; een lichte, wat klamme greep... ze was nerveus. Hij keek naar Val en zei: 'Ja, jaren. En bedankt. Hé, dit is mijn verloofde.' De titel die ooit bijna aan Meg had toebehoord, bleef haast steken in zijn keel.

Val had, te oordelen naar haar zwijgen, de aanwijzing begrepen en speelde het spel mee.

Carson zei: 'Val Haas, Meg Hamilton en haar dochter... Savannah, nietwaar?'

Savannah knikte en kwam toen iets naar voren, zodat ze schouder aan schouder met Meg stond.

'Jullie zouden zusjes kunnen zijn,' zei hij, niet om hen te vleien, maar omdat het waar was. Savannah zag er ouder uit dan de zestien jaar die ze moest tellen, of bijna, en Meg vertoonde in een spijkerbroek en T-shirt nauwelijks tekenen van haar eigen leeftijd, afgezien van de donkere kringen onder haar ogen, doorschijnende halvemanen van stress.

Val schudde hen allebei de hand en zei: 'Net zusjes, wat je zegt.'

'O, dank voor het compliment,' zei Meg. 'Ik hoop dat je me vergeeft dat we jullie storen, maar Savannah hoopte...'

'Ik zou me vreselijk vereerd voelen als u deze T-shirts zou willen signeren.' Ze haalde er twee uit de kromming van haar arm waar die overheen gedrapeerd waren en hield ze hem voor. Hij pakte ze aan. 'En deze ook,' voegde ze eraan toe terwijl ze in een canvas tas dook – Val had er zo een in het geel – en er een stapeltje cd's uit haalde die ze ook aan hem gaf. 'En ik heb deze,' zei ze terwijl ze een markeerstift als een uitroepteken omhoog stak.

'Nou, als je het zo stelt,' zei hij met een lachende blik naar Meg. Ze glimlachte die scheve, verlegen glimlach die hem zo vertrouwd was. De glimlach die hij, als hij het zich goed herinnerde, voor het eerst had gezien nadat hij de eerste keer haar blote tepels had gekust. Ze moest toen... jezus, ongeveer zo oud zijn geweest als Savannah nu.

Hij legde alles boven op een versterker en pakte de markeerstift aan. 'Hoe schrijf je je naam precies?'

Savannah deed dat. 'Alleen op het rode shirt, oké? Het roze is voor mijn beste vriendin Rachel, dus, zou u daar haar naam op kunnen zetten?'

'Is ze ook hier?'

'O, nee, nee, ze kon niet. Haar moeder is een vreselijk mens en wilde niet dat ze een les van de etiquettecursus miste.'

'Etiquettecursus?' Hij keek naar Meg.

Ze glimlachte verdedigend en zei: 'Ze leren er walsen, het juiste bestek gebruiken bij formele etentjes, bedankbriefjes schrijven...'

'Het is zó saai, allemachtig,' zei Savannah. 'Ik heb het vorig jaar gedaan.'

Hij glimlachte naar Meg toen hij aan de cd's begon. 'Verbazing-wekkend dat wij zover gekomen zijn zonder de juiste scholing.'

Val zei: 'Ik zou mijn kind zoiets nooit aandoen. Sorry, Meg, maar het is zó ontzettend ouderwets.'

Carson signeerde de laatste van de cd's en gaf ze terug aan Savannah, maar hij keek naar Meg. 'Ik wed dat je schoonfamilie er ook wel blij mee was,' zei hij, niet in staat de sarcastische opmerking voor zich te houden. In zijn herinnering vonden de Hamiltons de juiste sociale etiquette erg belangrijk; ze zorgden ervoor dat ze altijd hun beste beentje voorzetten, om het zo uit te drukken. Hun zoons gingen naar privéscholen, speelden golf bij een exclusieve club – het was een wonder dat ze Brian met iemand als Meg hadden laten trouwen. Anderzijds, als Brians reputatie klopte, kreeg hij altijd wat hij hebben wilde. En zijn broer Jeffrey ook. Meg was trouwens geen slechte keus; ze was geen del van een serveerster of een al te gebruinde aerobicsinstructrice op zoek naar een suikeroompje. Ze was een intelligente, hardwerkende jonge vrouw die toevallig uit een gezin van lage status kwam. Hij wist zeker dat ze Brians familie gemakkelijk voor zich had weten te winnen. En gezien het feit dat Jeffrey was getrouwd met Deirdre Smith-Harvey – haar vader was net tot rechter van de hogere staatsrechtbank benoemd – zouden de Hamiltons wel tevreden zijn met hoe alles gelopen was. En hoe het nog steeds liep.

Meg keek hem aandachtig aan toen hij de T-shirts tekende en ook die teruggaf. Ze zei: 'Nou ja, bedankt dat we even naar achteren mochten komen. Dit is echt een feest.'

Zulke goede manieren. Misschien was ze zelf ook wel naar de etiquettecursus geweest, zo Hamilton-achtig was ze kennelijk geworden. Natuurlijk zou ze nooit hun vroegere band ter sprake brengen waar Val en Savannah bij waren... Wat een klootzak was hij toch; hij had dat nooit mogen zeggen.

Vals mobiele telefoon ging. Ze keek op het display. 'Mijn moeder. Ik kom zo terug... leuk jullie te hebben ontmoet, mocht ik jullie straks niet meer zien,' zei ze tegen Meg en Savannah toen ze wegliep om iets verderop het telefoontje aan te nemen.

'Ze is... erg levendig,' zei Meg terwijl ze Val nakeek.

'Ze houdt me jong,' zei hij met een knikje. 'En ze is ongelooflijk op een surfplank.'

Savannah had de cd's weer in haar tas gestopt. 'Wat een fantastische sport, surfen. Komt ze op tv?'

'Soms. De volgende wedstrijd is op Bali, en begint maandag. Kijk maar eens naar de lijst.'

'Rachel zal vreselijk jaloers zijn dat ik u én Val heb ontmoet!'

'Ik vond het erg leuk om jou te ontmoeten,' zei hij, en hij meende het ook. 'En het was geweldig om je moeder weer te zien.' Ook dat meende hij, min of meer. 'Echt een verrassing! Ik had geen idee dat ze jou je geld liet verspillen aan mijn cd's.'

'O jee, nee, het is geen verspilling!' zei Savannah. 'Het eerste echte nummer dat ik ooit op de gitaar heb gespeeld was er een van u... en trouwens, ze zijn van haar.'

'Wat is van haar?'

'De cd's. Al die cd's zijn van haar, ik download ze alleen...'

'Nou, we draaien ze allebei,' zei Meg.

'Dus je speelt gitaar?' onderbrak hij, verbijsterd door de onthulling dat Meg al zijn muziek had gekocht. Net als Meg wilde hij van onderwerp veranderen.

Savannah knikte. 'Mmm. Maar ik speel echt klote.'

'Savannah!'

'Sorry... ik ben nog niet erg bedreven,' zei ze lijzig.

Hij lachte. 'Ik ben ook op de gitaar begonnen. Welk nummer was het?' Ze was een charmante meid. Zo moeder, zo dochter; afgezien van haar haren had ze Meg kunnen zijn toen die zestien was.

'Wat? Het eerste nummer dat ik speelde, bedoelt u?'

Hij knikte.

'Dat was "Tunnel Vision". Ik vind de openingsmelodie erg mooi... en die is niet zo moeilijk als sommige van de andere.'

Ook een van de Meg-nummers. Hij dwong zichzelf niet naar haar te kijken. Als ze de cd's had, als ze de nummers kende, dan had ze daar beslist zichzelf in herkend, had ze zijn verscheurde ziel gezien. Nou ja, dat was het risico, nietwaar? Elke keer als hij in de opnamestudio's zat, had hij geweten dat ze ooit zijn songs zou kunnen horen. Maar hij was er zeker van geweest dat ze ze nooit zou bezitten... dat ze nooit stukjes van hem om zich heen wilde hebben, dat ze een song niet vaak genoeg zou horen om de tekst ervan te leren, en een andere zender zou kiezen als er iets van hem op de radio kwam. Hij wist zeker dat ze geen belangstelling meer had voor iets wat met Carson McKay te maken had. Was dat immers niet wat haar huwelijk met Brian onmiskenbaar duidelijk maakte?

Misschien niet. Kennelijk niet.

Waarover had hij nog meer verkeerd geoordeeld?

Er kwamen verschillende mogelijkheden bij hem op, maar hij kon daar geen aandacht aan besteden nu Meg zo demonstratief op haar horloge keek en zei: 'O jee, wat wordt het al laat... We moeten echt gaan.'

'O, wacht,' zei Savannah terwijl ze weer in haar tas dook en er een fototoestel uit haalde. 'Kunnen we een foto maken?'

Meg nam de camera aan. 'Prima... ga daar maar staan.' Toen ze eenmaal goed stonden, keek ze eerst lange tijd naar het schermpje van de camera en nam toen de foto.

'Nu een van ons,' zei Carson, zichzelf en Meg verbazend. 'Savannah, zou jij zo vriendelijk willen zijn?' Voordat Meg de kans kreeg de weigering uit te spreken die hij in haar ogen las, was hij al naast haar gaan staan en had Savannah de camera in haar hand.

'Glimlachen,' zei Savannah.

Toen ze klaar was zei Carson: 'Je stuurt me toch wel afdrukken?'

'Dat doen we zeker,' zei Savannah, en ze stak haar hand naar hem uit. 'Heel hartelijk bedankt voor de handtekening... eh, handtekeningen. Iedereen gaat vast vreselijk uit zijn dak als ik dat T-shirt maandag naar school aantrek!'

Carson pakte haar hand beet en trok haar toen impulsief tegen zich aan voor een snelle omhelzing. 'Als er nog meer is wat je gesigneerd wilt hebben, stuur je het maar naar het adres op de webpagina, oké? Ben je al op de webpagina geweest?'

'Tuurlijk,' zei ze grinnikend.

'Er staat een fanclubadres op... Dat kun je het beste gebruiken. Je weet immers maar nooit waar ik zit!'

Meg hield haar tas met beide handen vast. Van haar was geen omhelzing of zelfs een hand te verwachten. Hij keek haar in de ogen, diep en geheimzinnig. Alles was niet precies wat het leek, dat wist hij zeker. 'Het beste, oké?'

Ze beet op haar lip, knikte en wendde toen snel haar blik af. 'Jij ook.'

En toen was ze weg.

30

'Rachel en Angela zijn hier... ik moet gaan,' zei Savannah de volgende middag tegen Meg toen ze op weg naar buiten door de keuken liep. Ze waren misschien twee uur terug uit Orlando. Meg stond naar de inhoud van de koelkast te staren alsof ze daar een geneesmiddel voor ALS zou kunnen ontdekken, een recept op de achterkant van de ketchupfles of in de vorm van een schimmel op de uienbroodjes.

'O. Goed.' Ze draaide zich om met de koelkastdeur nog open en toen ging de telefoon.

Savannah keek naar het nummer op het display en gaf haar de telefoon. 'Het is voor jou.'

'Wie is het?'

'Dat weet ik niet. Tot morgen!' Savannah liep door zodra Meg de telefoon van haar overnam.

'Hallo?'

'Hoi, Meg? Met Clay Williams.'

Waarom belde hij haar thuis op zaterdag? 'Nou, dat is een verrassing.' Ze duwde met haar voet de koelkastdeur dicht.

'Ik hoop dat je het niet vervelend vindt dat ik bel; ik hoorde dat je de hele week al ziek thuis was en wilde graag even weten hoe het met je gaat.'

Hoopte hij misschien dat haar 'ziekte' haar huwelijk was? 'Wat attent van je,' zei ze, en ze opende de terrasdeuren. De bries droeg de scherpe, zoete geur van magnolia's naar binnen. 'Ik neem aan dat ik je een excuus schuldig ben omdat ik laatst niet naar de binnenplaats ben gekomen.'

'Maar de bevalling is goed gegaan, heb ik begrepen.'

'Volgens het boekje,' zei ze. Het meisje was zonder problemen geboren en zo in haar vaders wachtende handen gegleden. Meg had met de jonge ouders mee gehuild, overstelpt door verwondering en vreugde toen de baby haar eerste geschrokken hap lucht nam en begon te schreeuwen. De moeilijkst te doorgronden momenten van het leven waren, heel paradoxaal, ook de gewoonste: de eerste ademhaling, en de laatste.

'Dus je voelt je wel goed?' vroeg Clay. 'Je klinkt in elk geval goed.'

'Is dat zo? Ik heb nog steeds wat problemen met mijn hand en arm, en ik kan het je maar net zo goed vertellen: ik neem een poos verlof.' Dat was voorlopig voldoende.

'O, verdorie, wat vreselijk voor je,' zei hij. 'Wanneer kom je terug?'

Die vraag sneed door het waas van bescherming, en ze kromp ineen. 'Dat weet ik nog niet. Ik verwijs al mijn patiënten door.'

'Wat is het probleem... als je het niet erg vindt dat ik het vraag. Ik... ik maak me zorgen om je, weet je?'

Ze bedacht hoe prettig het was geweest om zijn hand vast te houden, om te worden omhuld door zijn warme, hartelijke blik. Om zich begrepen te voelen. Hoe lang was het niet geleden dat ze dat had gehad?

'Ik weet het. Dank je. Het is een of andere zenuwbeschadiging,' zei ze.

'Ben je naar een neuroloog geweest?'

'Ja.' Alsof dat iets uitmaakte.

Hij zei: 'Luister, je vindt het waarschijnlijk een beetje... nou ja... ik bedoel, ik weet dat je getrouwd bent, maar toch... O, verdorie. Wat doe je vandaag voor de lunch?'

'Wat zijn mijn mogelijkheden?' vroeg ze tot haar eigen verbazing. De bries leek iets in haar oor te fluisteren... *Waarom niet?*

'Ik maak een fantastische groenteomelet, én ik kan je een tafeltje op mijn achterveranda aanbieden.'

'Je veranda...' Ze rekte het woord uit. 'Dat klinkt geweldig.'

'Het is een heerlijk plekje om aan alles te ontsnappen... ik ben er al een maand of wat samen met mijn tuinarchitect aan bezig en ik wil het je graag laten zien. Het is opgehouden met regenen, en het is niet zo idioot heet...'

Ontsnappen, zei hij. Het idee om te ontsnappen stond haar wel aan, een uurtje of twee afleiding van haar leven, waarin een vreemde, onplezierige energie vibreerde, alsof de MRI- en EMG-apparaten haar hele bestaan hadden geïnfecteerd. Brian, die als altijd naar de golfbaan was, zou niet eens merken dat ze weg was geweest.

'Goed dan, ik kom wel. Wat is je adres?'

Hij gaf het haar. 'Ik ben vandaag niet oproepbaar, dus kom maar zodra je wilt. Het schijnt dat mijn etsen het bekijken waard zijn.'

'Dat wil ik wel geloven,' zei ze.

Ze voelde zich nog steeds in zekere zin buiten zichzelf toen ze zich omkleedde – een korte broek in plaats van de lange, een babyblauw linnen shirt in plaats van de roze polo die ze nu droeg, simpele platte sandalen – en na een paar pogingen ook van oorbellen wisselde en daarna het huis verliet. Ze had moeite om de sleutel in het contact te krijgen en de auto te starten, maar ze weigerde zich daardoor te laten frustreren en riep haar gedachten een halt toe voordat ze vooruit konden galopperen naar de dag waarop zelfs koppige inspanning haar niet meer in staat zou stellen te ontsnappen.

Veertig minuten nadat hij haar had gebeld, parkeerde ze achter Clays oude Jaguar cabriolet, een opgeknapte klassieker. Hij kwam naar buiten om haar te begroeten en opende de deur met een glimlach waardoor ze zich erg welkom voelde. In zijn sportieve witte korte broek en kleurige madrasshirt zag hij er nog aantrekkelijker uit dan gewoonlijk. Ze rook zijn bodylotion, een milde, kruidige geur die haar om een of andere reden deed denken aan een hotel in Caracas waar ze eens had gelogeerd.

'Ik hou wel van een vrouw die geen tijd verspilt,' zei hij toen ze uit de auto stapte.

'Ik hou wel van een man die geen schoenen draagt,' zei zij toen ze zijn blote voeten opmerkte.

Hij sloot haar portier en kuste haar op de wang. 'Zodra we binnen zijn gooi ik al mijn schoenen weg.'

Hij leidde haar rond door het verbouwde plattelandshuis, veel groter dan dat waarin zij was opgegroeid, en veel mooier natuurlijk. Het was een fris huis en, zo zei hij, veel groter dan een vrijgezel nodig had, maar hij was blij met de ruimte en wat moest hij anders met zijn geld doen? Op zijn drieëndertigste was hij het kroegleven ontgroeid en verlangde hij naar meer vastigheid, zei hij. 'Het enige wat ik nog nodig heb is de juiste vrouw.'

'Wat houdt je dan nog tegen?' vroeg Meg toen ze de keuken binnen liepen.

Clay opende de koelkast en haalde er schaaltjes gehakte uien, paprika, champignons, tomaten en broccoli uit. 'De beste zijn al getrouwd.'

'Dat kan ik maar moeilijk geloven.'

Hij stopte met eten uit de koelkast pakken en kwam heel dicht voor haar staan. Ze zag de donkergrijze ringen rond het blauw van zijn ogen, die zijn gevoelens leken te benadrukken. Hij zei: 'De beste ís al getrouwd.'

Elke andere dag in haar leven zou ze een stap terug hebben gedaan en een luchtige reactie op zijn opmerking hebben gegeven, omdat ze dit soort belangstelling niet wilde aanmoedigen. Wat leverde een verhouding je nou eigenlijk op, behalve dat die voor een van beiden – zo niet voor allebei – waarschijnlijk een vreugdeloze last zou worden? Vandaag wilde ze zich levend voelen, wilde ze een vrouw zijn die alleen was met een aantrekkelijke man die naar haar verlangde. Wat was daar zo erg aan? Of zo verkeerd?

'Niet erg gelukkig getrouwd,' zei ze met een licht schouderophalen.

Clay kwam nu nog dichterbij, legde zijn handen om haar middel en kuste haar aarzelend, een test. Zijn lippen waren warm en zacht, maar zo onbekend dat ze haar alleen maar herinnerden aan degene die ze niet kuste. En ze wist op dat moment dat hij slechts een stand-in was voor de man met wie ze samen wílde, maar niet kón zijn.

Hij kuste haar opnieuw en drukte zijn lichaam tegen het hare. Ze hield zich voor dat ze erin mee moest gaan, om dat gevoel van dubbelhartigheid opzij te zetten. Wat maakte het uit of ze meer aan Carson dan aan Clay dacht... en helemaal niet aan Brian? Geen van hen zou het ooit weten. Ze kon Clay de liefde met haar laten bedrijven en zich verbeelden dat ze allebei iemand anders waren: hij zou Carson zijn en zij zou zichzelf zijn voordat haar lichaam haar in de steek was gaan laten.

Clay neeg iets naar achteren en begon de knoopjes van haar shirt te openen, voorzichtige chirurgenvingers die wat voor haar nu een beproeving was, heel gemakkelijk deden schijnen. Ze keek naar zijn handen en toen naar zijn gezicht, met die grijs omrande blauwe ogen.

'Clay.'

'Ga ik te snel? Het spijt me.' Hij begon de knoopjes weer te sluiten. 'Al te gretig.'

'Wat dacht je van de slaapkamer,' zei ze.

Hij leidde haar daarheen en ze sloot haar ogen toen hij haar knoopjes verder opende, haar het shirt uittrok, haar beha losmaakte en met zijn handen over haar blote huid ging. Ze deed alsof zijn gemompelde complimenten, zijn kussen, zijn lippen in haar hals die van Carson waren. Hoe onjuist het allemaal ook was – dat zij hier was, dat hij haar aanraakte – het was beter dan de waarheid.

'Zeg het maar als ik te ver ga,' zei hij terwijl hij zijn eigen shirt uittrok. 'We hoeven niet...'

'Het is goed,' zei ze, haar hoofd schuddend. 'Ik wil het.'

Hij trok haar neer op het bed en glimlachte toen hij zich over haar heen boog en haar buik streelde. 'Ik zal niet zeggen dat ik hier niet al een paar honderd keer aan heb gedacht. Maar maak je geen zorgen; ik weet wel dat dit niet voor altijd is.'

Als een dier dat gevangen wordt in het schijnsel van koplampen, zo verstarde Meg. Iets in zijn zacht uitgesproken 'voor altijd' veroorzaakte paniek bij haar. Haar hart ging tekeer, en niet van hartstocht.

'Ik moet gaan,' zei ze, zich onder hem vandaan wringend en zoekend naar haar beha, haar shirt.

'Wat? Wacht... wat is er aan de hand?'

Ze vond haar kleren en trok ze op weg naar de deur aan. 'Het ligt niet aan jou,' zei ze zonder om te kijken. 'Het ligt aan mij... het spijt me. Het ligt aan mij. Ik wilde echt...' Ze bleef in de deuropening staan, sloot haar ogen, opende ze toen weer en draaide zich naar hem om. 'Ik ben heel erg op je gesteld, maar ik kan niet blijven.'

Hij stond verbijsterd op. 'Ga niet weg; ik was echt van plan je te eten te geven, niet je te verleiden. Alsjeblieft, blijf. Wil je buiten zitten?'

'Het spijt me,' zei ze weer.

Hij keek vanuit de voordeur toe terwijl ze achteruit de oprit af reed. Misschien dacht hij dat hun tijd nog wel zou komen. Ze reed weg zonder in de achteruitkijkspiegel te kijken, en nam het hem niet kwalijk als hij hoopte dat hij wel een tweede kans, of een derde kans zou krijgen. Dat zou ze zelf ook wel willen. Maar voor haar zou die wens niet worden vervuld, noch een van haar andere, eenvoudiger wensen, wensen waar ze eigenlijk recht op zou moeten hebben, net als iedereen. Het meemaken dat haar dochter een carrière vond, trouwde, een gezin stichtte... wat Savannah ook maar wilde. Er gewoon zíjn.

En omdat ze die toekomst zonder wensen niet onder ogen kon zien, probeerde ze die te ontlopen.

31

Voor haar eerste live-ontmoeting met Kyle droeg Savannah haar originele 'Carson @ Johnny's' T-shirt, zoals Carson op de voorkant van de linkerschouder had geschreven. Daarna had hij, groot en duidelijk, zijn handtekening gezet op de linkermouw. Rachel, die met haar en Angela meereed naar het hotel waar Angela Savannah zou afzetten, droeg haar shirt ook.

'Ik vind het prachtig, prachtig, prachtig,' zei Rachel vanaf de voorstoel, 'maar ben je niet bang dat Kyle, zeg maar, bezitterig of jaloers zal worden?'

'Zo iemand is hij niet,' zei Savannah, ondertussen aan een afgebroken nagel pulkend. 'Hij is geen jaloers type.' Alsof ze dat zo zeker wist. Ze maakte zich er in elk geval geen zorgen over; ze wilde eigenlijk vooral dat Rachel haar mond hield.

'Heb je hem al over maandag verteld?'

'Ik heb hem er een berichtje over gestuurd, maar dat heeft hij nooit ontvangen.'

'Als hij, zeg maar, echt kwaad wordt, dan bel je ons gewoon, oké? Dat meen ik. Dan komen we je halen, ja toch... Angela?'

Angela haalde haar schouders op. 'Tuurlijk, ik vind het best.'

'Hij wordt niet kwaad,' zei Savannah. 'Hij is heel lief en, je weet wel, begripvol.' Voor zover zij wist. Wat nou als dat niet zo was? Wat wist ze nou echt van hem? Als ze daar kwam en hij niet was wie hij geacht werd te zijn – als hij bijvoorbeeld veertig en dik was, of nog erger – dan zou ze niet eens de moeite nemen Rachel te bellen. Ze zou gewoon meteen omdraaien en een taxi bellen of zo.

Angela reed de halfronde oprit van het hotel op. 'Veel plezier,' zei ze. 'En doe niets wat ik ook niet zou doen.'

'Dan blijft er zo ongeveer niets over,' zei Rachel, die zich naar achteren omdraaide. Savannah stak haar hand uit naar de portierkruk, maar Rachel pakte haar arm beet. 'Wil je dat ik met je mee naar binnen ga om te wachten?'

'Nee... ik red me wel.'

'Wees voorzichtig, oké? Ik bedoel, zorg voor bescherming en zo. God! Ik kan niet geloven dat jij dit allemaal eerder gaat doen dan ik! Dat had ik nooit gedacht.'

'Het zal het lot wel zijn,' zei Savannah, die dapperder klonk dan ze zich voelde toen ze het portier opende. 'Maak je geen zorgen, jij zult ook wel snel de juiste vinden.'

Ze stapte uit en sloot het portier. Rachel leunde uit het raampje. 'Bel me morgen, ja, zweer je het?'

'Dat zal ik doen. En denk erom: als mijn moeder om de een of andere reden jouw moeder belt, zeg je maar dat ik net te voet op weg naar huis ben... en daarna bel je mij onmiddellijk op, maakt niet uit hoe laat het is.'

Rachel knikte plichtsgetrouw. 'Je kunt op me rekenen. Op ons.'

'Maar anders bel je me niet. Oké... tot ziens. Bedankt, Angela.' Nu ze haar hadden geholpen haar ouders voor de gek te houden, zouden ze haar ook beschermen... anders zaten ze zelf ook in de problemen.

Ze draaide zich om en liep met geveinsd zelfvertrouwen naar binnen en gedroeg zich zo goed ze kon als een twintigjarige, voor het geval Kyle er al was en naar haar uit stond te kijken. Dat was niet nodig geweest; zodra de schuifdeuren achter haar dichtgingen wist ze dat hij degene was die aan de balie stond. Hij stond met zijn rug naar haar toe, maar ze wist het gewoon. Iets aan zijn kleren – een gekreukt T-shirt, karamelkleurige baggy short en zwarte teenslippers – en de canvas tas die naast zijn voeten lag, in combinatie met zijn bos krullende zwarte haren, overtuigden haar ervan dat dit de kerel was die ze de afgelopen weken had leren kennen... en misschien zelfs liefhebben?

Ze bleef staan om hem te bekijken. Hij was beslist geen veertig en dik. Zijn huid had de kleur van koffie met melk, zijn kuiten waren gespierd en behaard, maar niet te behaard, en hij had brede schouders en smalle heupen. Hij leek iets kleiner dan ze verwacht had, maar zag er nog steeds heel goed uit... van achteren althans. En als zijn rug overeenkwam met zijn foto en beschrijving, zou dat voor zijn voorkant ook wel gelden; dat kon bijna niet anders. Ze dacht weer aan die foto van hem, aan zijn platte buik, de haargroei daar... haar handen gingen ervan jeuken.

Hij pakte zijn tas op, draaide zich om en zag haar. Ze liep naar hem toe, met hetzelfde loopje waarmee ze was binnengekomen en dat ze de afgelopen week heimelijk had geoefend.

'Wauw,' zei hij. 'Ik ben hier echt wel op de goede plek!'

Ze voelde een overweldigende drang zich om te draaien en er-vandoor te gaan – niet omdat ze bang was, al was ze dat ook wel een beetje, maar omdat ze zich een bedriegster voelde. Kyle leek niet alleen op zijn foto; hij leek zelfs meer dan dat. Meer... oprecht, man-nelijk, volwassen. Ze had zich gewoon niet gerealiseerd hoe drie-entwintig eruitzag. Ze kende immers niemand van die leeftijd. Het getal was niet zo ver verwijderd van haar fictieve twintig, maar ze had niet echt een idee gehad van hoe een man van die leeftijd eruit zou zien. Hij leek haar precies zoals hij hoorde te zijn, terwijl zij zich op dit moment eerder twaalf dan twintig voelde en zeker wist dat hij dat kon zien.

Ze was hier, en hij was hier en... en dus moest ze het maar pro-beren, in elk geval.

'Hoi,' zei ze. 'Ja... als jij Kyle bent, ben je op de juiste plek.'

'En ik zal vanaf nu door elke andere man worden benijd.'

'Eh, dank je,' zei ze. Haar gezicht voelde warm aan en ze wist zeker dat het rood was. Ze probeerde zichzelf een houding te geven en zei: 'Erg lief van je om dat te zeggen.' De etiquettecursus was dus toch niet helemaal voor niets geweest.

Hij kwam naar haar toe en ze bleven daar midden in de lobby staan, zo dicht bij elkaar dat ze zijn licht zoute geur kon ruiken, ver-mengd met een muskusachtige geur waarvan ze aannam dat het zijn deodorant was. Zou zijn hart net zo snel kloppen als het hare? Hij leek heel kalm.

'Ik heb al ingecheckt.'

'O... oké.'

'Ze vroegen of ik het op de creditcard van juffrouw Hamilton wilde zetten.'

O, shit. 'Ja, eh...'

'Geen probleem,' zei hij, en hij stak zijn hand uit en trok zachtjes aan haar haar. 'Ik wist al dat je achternaam niet "Rae" was. Ik wist alleen niet hoe je wel heette. Maar het is oké. Ik neem het je niet kwalijk dat je dat voor je hebt gehouden, oké?'

'Het spijt me... ik vond het vreselijk om te liegen. Maar, inder-daad, ik wilde niet dat iedereen dat zomaar kon zien.'

'Dat is begrijpelijk... ik hou wel van slimme vrouwen.'

Slim, ja hoor. Niet slim genoeg om te weten dat ze hem naar de creditcard zouden vragen.

Hij zei: 'Mijn volgende vraag is – en word alsjeblieft niet kwaad – zit je echt op de universiteit?'

O hemel, ze had het echt verprutst. Waardoor kwam hij op het idee dat ze niet studeerde? Ze voelde zich gevangen door zijn vraag, door zijn nabijheid, zo dichtbij dat ze een ader aan de zijkant van zijn hals kon zien kloppen. Om tijd te winnen en ruimte te scheppen vroeg ze: 'Kunnen we misschien gaan zitten?'

'Ja, natuurlijk!'

Ze was opgelucht dat hij niet meteen naar hun kamer wilde gaan; ze was er nog niet klaar voor om met hem alleen te zijn. Ze liepen naar een aantal bankjes waar zij bleef staan, niet zeker waar ze moest gaan zitten, niet zeker wat ze hem zou vertellen, niet zeker of ze dit allemaal wel aankon. Ze had gedacht dat het gemakkelijk zou zijn, net zo gemakkelijk als online chatten, net zo gemakkelijk als aan de telefoon met hem praten. Tot ze hem zag had ze het idee gehad dat ze hem kende; nu voelde ze zich onbehaaglijk en stom.

Kyle pakte haar hand vast, ging zitten en trok haar mee omlaag. 'Nou?' zei hij, en hij liet haar hand los.

Ze zette haar groene canvas tas, die behalve de gebruikelijke spullen nu ook haar bikini, een slipje, een topje en een klein flesje verdund citroensap bevatte, op de zitting naast haar. Ze hield het hengsel vast alsof het een reddingslijn was en bereidde zich voor om haar bekentenis te doen. Als hij haar vanwege de leugens zou afwijzen, kon ze dat maar het beste nu meteen weten.

Ze haalde haar schouders op. 'Nou... oké. Ik studeer nog niet.'

Hij knikte gemoedelijk. 'Ja, dat dacht ik al. Ik heb hun adressenbestand gecontroleerd voor het geval Savannah Rae wel je echte naam was. Maar die naam stond er niet in. Dus heb ik rond gevraagd en je foto gemaild naar een paar kerels die ik daar ken – niemand wist wie jij was. Dat hoefde natuurlijk ook niet, wel dan? Niet per se. Maar ik dacht, zo'n stuk als jij valt beslist op. Dus besloot ik het je maar gewoon te vragen.'

Hij klonk helemaal niet boos. 'Je vindt me vast vreselijk, maar dat ben ik echt niet! Je weet hoe het is met internet... meisjes moeten echt vreselijk voorzichtig zijn. Ik was van plan het je vandaag te vertellen; je was me alleen voor.'

'Ik begrijp het helemaal,' zei hij en ze zag in zijn donkerbruine ogen dat hij het inderdaad begreep. Hij glimlachte en er verscheen

een kuiltje in zijn linkerwang. 'Maar je voornaam, die is toch wel Savannah, of niet?'

Ze knikte beslist. 'Ja! Savannah Hamilton. En... eerlijk gezegd woon ik hier, in Ocala.'

'Ik waardeer je eerlijkheid,' zei hij, en hij pakte haar hand weer vast. 'Kijk, het werkt twee kanten op, nietwaar? Iedereen moet voorzichtig zijn. Nu moet ik jou wat vertellen: ik studeer ook niet meer.'

'Niet?'

'Nee... eerlijk gezegd hebben mijn ouders de kraan al dichtgedraaid voor ik zelfs klaar was met mijn bacheloropleiding... vanwege een of andere stomme leugen die de decaan hen had verteld; dus ik kwam een paar studiepunten te kort. Ik wilde alleen niet dat je dacht dat ik, je weet wel, een loser ben. Ik heb echt belangstelling voor mariene biologie en ik zou heel graag teruggaan naar school.'

Savannah gaapte hem aan. 'Oké, nou... woon je echt in Naples?'

Hij schudde zijn hoofd. 'Ik huur samen met een vriend iets in de buurt van Summerfield.'

'Nou zeg, wat een stelletje leugenaars zijn we toch,' zei ze lachend. 'Nu voel ik me niet zo slecht meer!'

Hij streek met zijn wijsvinger over haar lippen en joeg daarmee een elektrisch stroompje rechtstreeks naar haar onderlichaam. Hij boog naar haar over en zei: 'Je ziet er ook helemaal niet slecht uit. Dus wat zeg je ervan als we onze kamer eens opzoeken, nu we de feiten op een rijtje hebben gezet?'

De feiten stonden nog niet op een rijtje; hij dacht nog steeds dat ze maandag met hem naar Miami zou gaan, en hij dacht nog steeds dat ze twintig was. Die ophelderingen konden wel wachten. Hij was kennelijk een heel gemakkelijke persoon, net zo warm en lief als ze hem zich had voorgesteld; waarschijnlijk zou hij zich ook niets aantrekken van haar andere leugentjes. Maar voor de veiligheid zou ze die pas later toegeven... of misschien morgen. Ja, morgen was een goed idee.

32

Nadat ze na het fiasco met Clay vier uur had gereden zat Meg ver in het zuiden van centraal Florida onder een brandende zon. Zover ze kon kijken werd de lichtgrijze snelweg geflankeerd door kleurloos grasland. Vele kilometers verwijderd van alles wat toeristen zou aantrekken zag het landschap er desolaat uit. Ze had al meer dan een uur geen andere auto's gezien – behalve zwaar verroeste, verlaten exemplaren. Het uitzicht en het gonzen van haar banden op de weg waren van een verlammende eenvoud. Ze was nergens, ze was niemand, ze was ingesloten, ze was veilig.

Ze was verdwaald.

De weg bereikte een T-splitsing en ze hield de auto in en stopte toen, niet in staat te beslissen welke kant ze op zou gaan. Ze had wegwijzers nodig... desnoods palen met plakkaten eraan vastgeniet, bordjes waarop pijlen stonden die de weg wezen naar 'Verlossing', 'Genezing' of 'Herkansing'. Wat ze wel zag was lang gras en kale bomen die hemelwaarts reikten. Een weggegooide fles waar ooit radiatorvloeistof in had gezeten. Het karkas van een wasmachine, een paar meter verderop. Ze zette de Lexus af en stapte uit.

Ze werd meteen omgeven door een laaiende hitte; dit deel van de staat was kennelijk zijn eigen hel, met zijn wegen die nergens heen leiden, zijn hitte en stof. Ze begon meteen te zweten en hief haar hoofd op naar de lichte hemel zodat het zweet in haar haren en oren liep. Ze snoof een kwalijke geur op, als van kleine vissen en schaaldieren die in het verborgen moeras lagen te rotten, en het enige geluid was dat van gras tegen gras, een zacht ruisen in een miniem briesje.

Ze wilde iets roepen als: 'Waarom, God?' Beloftes doen, marchanderen over een weg terug naar goede gezondheid. Ze zou zelfs de duivel welkom heten als hij degene was die haar vonnis kon omzetten. Alles, alles behalve het falen van haar lichaam en van haar pogingen om het goede te doen, goed te zijn.

'Alstublieft,' fluisterde ze.

Niets.

33

'Show de bikini eens voor me,' zei Kyle zodra ze in hun hotelkamer waren. 'Je hebt toch die gebloemde meegebracht, of niet?'

'Wat? Bedoel je nu meteen?'

'Ja, nu.' Hij sloeg zijn armen om haar schouders en duwde haar speels achteruit, met haar rug tegen de muur. Met zijn hele lichaam tegen haar aan gedrukt, kuste hij haar... eerst alleen met zijn lippen, daarna ook met zijn tong. Het voelde heerlijk; het voelde goed. Hij week terug. 'Ik wil jou er gewoon in zien; daar denk ik de hele dag al aan.' Hij duwde zijn heupen tegen haar aan en ze voelde zijn harde lid, groter, meende ze, dan dat van haar vriend Jonathan. Misschien omdat Kyle ouder was?

Ze vond het fijn wat ze deden; maar ze werd verlegen bij het idee haar bikini aan te trekken en voor hem te showen, om door hem te worden bekeken. 'Dat kun je wel zien als we naar het zwembad gaan.'

'Nee, nee,' zei hij, haar in haar hals kussend. 'In het openbaar is het niet hetzelfde. Toe nou, alsjeblieft?' Hij kuste haar weer op haar mond. 'Doe je het voor mij?'

'Ik ben verlegen,' protesteerde ze.

'O, verlegen, hè?' Hij deed een pas achteruit en keek haar in de ogen. 'Nou, je ziet er niet verlegen uit... maar goed. Oké, ik denk dat ik daar wel iets op weet.'

Hij pakte haar bij de hand en leidde haar naar het bed. 'Ga zitten,' zei hij, en hij trok zijn T-shirt uit en gooide het op het lage bureau. 'Ik weet precies wat je nodig hebt.'

Zijn huid leek donkerder in het gedempte licht van de kamer, zijn tepels waren klein en hard. Ze wilde hem strelen met haar handen, haar handpalmen wijd open, zodat elke zenuw in contact stond met zijn strakke spieren en brede schouders...

'Kijk hier eens,' zei hij, terwijl hij een zakje uit zijn broekzak haalde. 'In dit zakje zit het recept voor ontspanning.'

Het duurde even voor Savannah begreep wat er precies in zat. 'O, ik doe dat... ik bedoel, ik heb nog nooit...'

'Nee? Nou, er is voor alles een eerste keer, toch?'

Niet voor haar. Ze was niet achterlijk. Drugs verpestten je ver-

stand, en zij was nu toevallig heel tevreden met haar verstand. Maar...
eerlijk is eerlijk, hasj was niet zo erg als veel van het andere spul. Het
was schijnbaar helemaal niet verslavend... en ze herinnerde zich dat
het in Canada gelegaliseerd was. Misschien kon ze het één keer proberen, dan wist ze ook uit eigen ervaring of het iets was wat ze in de
toekomst wilde mijden.

Ze zei: 'Oké, ja... voor alles een eerste keer.' Als het haar hielp
te ontspannen, was dat immers goed. Ze zou het niet meer opnieuw
hoeven te gebruiken als ze eenmaal... vertrouwder met elkaar waren.

Kyle haalde een dunne witte joint uit het zakje, stak die aan en
ging toen naast haar zitten. 'De truc is om klein te beginnen, oké?
Hou hem zo in je mond,' liet hij haar zien, 'en neem dan een klein
trekje. Hier, probeer het maar.'

Ze voelde zich dwaas, maar ook avontuurlijk terwijl ze hem imi-
teerde.

'Adem het gewoon in en hou het zo lang mogelijk binnen,' zei
Kyle. Ze was trots op zichzelf toen ze erin slaagde te doen wat hij zei
zonder te hoesten of zo.

Ze ademde uit en lachte. 'Het is niet zo moeilijk, en ik vind de
geur wel lekker.'

'Zoete marihuana,' zei hij. 'Oké, probeer het nog eens, maar in-
haleer nu iets meer.'

Dit keer hoestte ze een beetje bij het inhaleren, maar toen ze het
opnieuw probeerde lukte het wel. Kyle liet zijn hand over haar blote
dijbeen glijden en duwde haar rok omhoog tot ze zeker wist dat haar
slipje te zien was. Ze hield de rook zo lang mogelijk binnen en blies
hem toen uit. Het stelde niets voor. 'Nog een keer,' zei Kyle, en dit keer
voelde ze zich een echte professional. De rook was heet en scherp in
haar keel, maar ook vreemd zacht. En ze voelde zich helemaal niet
anders.

'Volgens mij doet het niets,' zei ze.

'Even geduld, kleine maagd; het is goed spul, neem dat maar van
mij aan.'

Kleine maagd, had hij haar genoemd. Als dit spul zo goed werkte
als hij zei, als het haar ontspande, kon ze zich misschien wel gedragen alsof ze ervaren was; dan zou hij nooit weten dat ze ook op seksueel gebied nog maagd was.

Toen Kyle een paar trekken nam, legde ze aarzelend haar linkerhand op zijn rug en liet hem toen omhoog glijden, via zijn schouder naar zijn nek, waar ze het plekje net onder zijn rechteroor streelde. Ze had gehoord dat mannen het fijn vonden om daar te worden aangeraakt – wie had haar dat verteld? Ze kon het zich niet meer herinneren en ze wist niet zeker of Kyle het fijn vond of niet, maar daar zag het wel naar uit.

Hij pakte haar rechterhand, trok die naar zijn borst en duwde hem toen omlaag, naar zijn buik – hij had andere, betere ideeën. Ze liet zich door hem naar het spoor van haren leiden waar ze zo vaak aan had gedacht dat ze het gevoel had het al intiem te kennen.

'Jouw beurt.' Hij gaf haar de joint en leunde achterover op het bed, waardoor er ruimte ontstond tussen zijn buik en de tailleband van zijn korte broek. Savannah nam de joint aan met haar linkerhand, bracht hem naar haar mond en inhaleerde, maar bleef ondertussen gefascineerd naar haar rechterhand kijken. Ze kon het best, ze kon haar hand zo in die opening laten glijden, wanneer ze maar wilde...

'Voorzichtig nu,' zei Kyle en ze dacht eerst dat hij haar hand bedoelde, maar hij had het over de joint, die erg kort was geworden. Hij nam hem van haar over, nam nog een laatste trek en stond toen snel op om hem uit te maken. Toen hij weer ging zitten, pakte hij haar shirt vast en trok het omhoog. Ze stak als in een reflex haar armen omhoog en hij trok haar het shirt uit.

'Ga je nu omkleden,' zei hij. 'Ik wacht hier op je.'

Ze besefte nauwelijks dat ze opstond en in de badkamer haar bikini uit haar tas haalde, maar opeens was dat zo. Ze moest erom lachen. In de spiegel zag ze er hetzelfde uit als altijd, maar ze voelde zich licht en draaierig. 'Het werkt!' riep ze. De rest van haar kleren vlogen snel uit en ze trok zonder aarzeling haar bikini aan. Hij zou blij zijn met wat hij zag, besloot ze terwijl ze naar haar spiegelbeeld glimlachte. Wie had gedacht dat hasj je zo veel zelfvertrouwen gaf? Ze keek naar haar tas, naar het flesje verdund citroensap dat geacht werd zwangerschap te voorkomen als je er voor de seks mee spoelde, en besloot de moeite niet te nemen. Ze zou vragen of hij condooms had meegebracht... en had hij dat niet, dan was dat nog niet zo'n probleem. Niemand werd de eerste keer zwanger; de helft van haar moeders patiënten waren vrouwen die helemaal niet zwanger leken te kunnen worden, wat ze ook probeerden.

'Oké, schat, hier ben ik,' zei ze terwijl ze uit de badkamer de slaapkamer in liep. Ze bleef verrast stilstaan. Kyle zat nog steeds op het bed, maar nu met zijn rug tegen het hoofdeinde, naakt.

Hij zei: 'O, wauw... Blijf daar even staan.'

Savannah stond stil; voor haar gevoel kon ze niet anders.

'Maak nu het topje los... zo, ja.' Hij staarde even naar haar, richtte toen zijn blik op haar gezicht en glimlachte. 'Kijk eens naar mij,' zei hij, naar zijn kruis wijzend. 'Heb ik het niet gezegd? Dit is wat je met me doet. Steek nu je hand eens in het broekje.'

Een deel van haar voelde zich net zo opgewonden als hij kennelijk was, maar tegelijk voelde ze zich op een vreemde manier los van dit alles; alsof een deel van haar verstand zich buiten haar hoofd bevond en zich afvroeg of dit was hoe het voorspel hoorde te zijn. Ze was opgewonden en tegelijk een beetje in de war.

'Kyle, ik weet niet...'

'Kom maar hier,' zei Kyle. 'Maak ik je bang? Sorry.'

Savannah liep gretig naar hem toe, klaar voor het hartstochtelijke kussen en strelen, het contact van lichaam tegen lichaam dat haar idee van het voorspel was. Kyle trok haar naast zich neer en een minuut lang – of misschien was het langer, ze had moeite de tijd in de gaten te houden – kusten ze elkaar en streelde hij haar rug, daarna haar borsten en toen lager.

'Je vindt het lekker, nietwaar?' zei hij, zijn stem een ruwe fluistering.

Zijn aanraking was ook een beetje ruw en ze wist niet zeker of ze het fijn vond of niet, maar ze zei: 'O, ja.'

'Je bent ontzettend heet... ik wist het. Ik wist dat het zo zou zijn. En kom nu maar eens hier met dat lieve mondje.'

Hij verschoof iets, legde een hand op haar hoofd en duwde haar omlaag, zodat ze haar handen naar het bed moest uitsteken om haar evenwicht niet te verliezen. En toen zat ze naar hem te kijken, naar de erectie waar ze zo nieuwsgierig naar was geweest; nou, ze zag hem nu in vol ornaat! Ze wist niet goed hoe ze moest doen wat hij van haar wilde; ze voelde zich verward, een beetje geïntimideerd en een beetje belachelijk... maar, prima, dacht ze, hoe moeilijk kon het zijn? Ze begon te giechelen om die vraag. Ze duwde zich bij hem vandaan en ging op haar hielen zitten, met haar handen voor haar mond, niet in staat te stoppen met lachen.

Kyle ging ook op zijn knieën zitten. 'De meeste meisjes lachen hem niet uit,' zei hij, en hij gaf haar een duwtje. 'Ga liggen.'

Toen ze zich op haar rug wilde draaien, zei hij: 'Nee, op je buik.'

Ze giechelde nog steeds toen ze deed wat hij zei. Hij trok haar het bikinibroekje uit en spreidde toen haar benen. 'Wat een schitterend uitzicht is dit...' Ze voelde zijn hand weer tussen haar benen en toen lag hij plotseling languit op haar en drong zo abrupt bij haar naar binnen dat ze stopte met lachen en naar adem hapte van pijn.

'Nu valt er niets meer te lachen, is het wel?' fluisterde hij met zijn mond tegen haar oor. Ze besefte dat hij haar plaagde, dat hij dacht dat het goed voelde – het was toch de bedoeling dat het een goed gevoel gaf, daar ging het toch allemaal om, of niet? – maar dat was niet zo. Eerst voelde ze een hevige, stekende pijn en ook daarna deed het zeer elke keer als hij in haar stootte.

'Ben je aan de pil?' vroeg Kyle na een poosje; ze had geen idee hoeveel tijd er was verstreken.

'Nee,' hijgde ze, haar best doend het te verdragen. De volgende keer zou het prettiger zijn, dat wist ze zeker. Ze had hem moeten vertellen dat ze nog maagd was, dan zou hij voorzichtiger hebben gedaan.

'Stoute meid,' zei hij en hij trok plotseling uit haar terug en kreunde toen een paar keer kort. Ze voelde een warme vloeistof op haar rug – beter daar dan in haar.

Hij zakte naast haar neer. 'Man, je maakt me helemaal gek,' zei hij en ze zag het kuiltje in zijn wang groter worden toen hij grinnikte. 'Ik liet me meeslepen. Vertel me nu eens hoe oud je werkelijk bent?'

'Twintig, weet je nog?'

'Ik ben niet gek, hoor.'

Hoe wist hij het? 'Achttien, oké? Ik ben achttien.'

'Weet je het zeker?' Hij streek met zijn vinger over haar buik.

Ze begon weer te lachen... het kwam door de manier waarop hij een donkere wenkbrauw optrok en dat kuiltje weer in zijn wang verscheen. 'Oké, goed dan... ik word over een paar weken zestien.' Daar, ze had het gezegd. Nu wist hij de waarheid.

'Ben je vijftien?' zei hij. 'Vijftien? Je houdt me niet voor de gek?'

Ze schudde haar hoofd.

'O, man. *Vijftien.*' Zijn gezicht betrok en ze was plotseling bang dat ze te ver was gegaan in haar bedrog.

196

'Was dit je eerste keer?' vroeg hij. 'Voor, je weet wel, de daad?'

'Het spijt me, ik had moeten zeggen dat...'

'Nee, schat, het is goed.' Zijn glimlach keerde terug. 'Je mag het alleen tegen niemand zeggen, snap je?'

'Maar Rachel en haar zus weten het al. Ze hebben me gebracht.'

'Weten ze hoe oud ik ben?'

'Nee.'

Hij trok haar tegen zich aan zodat hun heupen tegen elkaar drukten. 'Nou,' zei hij, en hij kuste haar in haar hals, 'dan is het leven goed.'

Hoe stom het idee haar ook leek, toen Savannah zondagmiddag thuiskwam, verwachtte ze dat haar moeder het meteen zou weten als ze haar zag. Ze had zo weinig ervaring met misleiding; het schuldgevoel dat ze nu ervoer leek sterk genoeg om het te kunnen ruiken, zo niet zien. Ze wist al voor ze naar binnen ging dat ze extra tijd had om eventuele sporen te verdoezelen: de auto's van haar ouders waren allebei weg.

Zoals ze geacht werd te doen belde ze haar moeder zodra ze binnen was; ze kreeg de voicemail en sprak daarop in dat ze thuis was. Ze kon evengoed in IJsland zitten terwijl ze dat beweerde. Ze waren er zo irritant zeker van dat zij zich verantwoordelijk zou gedragen en eerlijk was... en dat was natuurlijk haar eigen schuld, omdat ze altijd zo was geweest. Toch voelde ze zich bij het feit dat ze misbruik maakte van hun vertrouwen net zo raar als bij de gedachte dat ze net een hele nacht hasj had gerookt en seks had gehad met een man. Misleiding paste evenmin bij haar als drugs en seks. Wie was ze geworden in het korte tijdsbestek van twintig uur?

Ze liet zich op het bed neervallen en staarde naar het plafond. Haar dijbeenspieren deden pijn, tussen haar benen was het verbazingwekkend geïrriteerd en haar hersenen leken traag. Haar hart voelde voller aan dan ooit tevoren. Ja, ze had haar ouders misleid, en hasj gerookt en bijna alles uitgeprobeerd op seksueel gebied wat Kyle van haar verlangde, en misschien paste dat allemaal niet bij haar... maar dat was de oude Savannah geweest. De nieuwe Savannah had een sexy, grappige, oudere vriend die haar 'bloedheet' vond en die, toen hij haar net een paar straten verderop afzette, zei dat hij bang was dat hij haar nooit meer uit zijn hoofd zou kunnen zetten. De manier waarop hij haar aankeek – alsof zij het beste en allerbelang- rijkste in zijn leven was – bezorgde haar nog vlinders in haar buik nu ze eraan terugdacht.

De nieuwe Savannah was slim genoeg om te gebruiken wat ze nodig had om te krijgen wat ze wilde, net als de oude; er stond alleen meer op het spel. Nu ze hier op haar gebloemde bedsprei lag, nam ze zich voor niet meer te liegen dan nodig was, voortaan helder van geest en drugsvrij te blijven (al was het alleen maar opdat ze zich dan de details beter zou kunnen herinneren), en de beste vriendin te zijn die Kyle ooit had gehad. Met die blije gedachte sloot ze haar ogen om een paar uurtjes broodnodige slaap in te halen.

34

Toen Meg zondagavond thuiskwam had ze het gevoel dat ze enkele dagen onder invloed van een lichte overdosis valium had rondgelo- pen. Ze kon zich hele stukken van de vorige avond niet herinneren, alleen dat ze was geëindigd op het parkeerterrein van een smerig hotel aan de I-75 nadat ze midden in de nacht bijna een frontale botsing had veroorzaakt. Ze had op de achterbank van de Lexus geslapen en was wakker geworden van het lawaai van vrachtwagens met achttien wielen die om haar heen tot leven kwamen. Ook van- daag was niet meer dan een waas van beelden en verkeersgeluid. Ze wist amper hoe ze weer thuis was gekomen.

Ze was blij dat Savannah in haar slaapkamer zat te bellen met de deur dicht toen ze binnenkwam. Ze was blij dat Brian niet meer dan vluchtige interesse toonde voor haar vage verhaal over een lange, moeilijk bevalling die haar anderhalve dag in het ziekenhuis had ge- houden. Of ze dacht dat ze blij was... nee, ze was echt blij, want ze zou geen antwoord hebben kunnen geven als hij haar scherp had aangekeken en bezorgd had gevraagd wat er aan de hand was. Ze was blij dat ze geen antwoord hoefde te bedenken, ook al had het haar enige troost kunnen bieden als hij iets aan haar had opgemerkt. Hij zag wel dat ze mank liep, maar dat deed ze af met het smoesje van een blaar. Nadat hij tegen haar had gezegd dat er nog pizza in de koelkast stond, ging Brian naar zijn kantoor om online poker te spelen. Meg dronk een groot glas water, ging toen naar hun slaapkamer en liet zich op het bed vallen.

Aanvankelijk weigerde de slaap te komen. Ze bleef maar denken hoe weinig ze kennelijk betekende voor de twee mensen die geacht werden haar nader te staan dan wie ook. Ze moest de zwaarste crisis van haar leven onder ogen zien en zij gingen gewoon door met hun leven, zoals altijd. Ze was onbelangrijk... tenzij ze haar ergens voor nodig hadden. Een meubelstuk. Een voetveeg. Wat hen betrof had ze evengoed de afgelopen nacht de hoer kunnen uithangen, of handwapens naar Key Largo kunnen vervoeren. Het zou niet moeten uitmaken dat ze niet om hun aandacht had gevraagd en niet wist hoe ze daarmee om had moeten gaan. Ze vormden een gezin, ze hadden haar angst en pijn moeten kunnen ruiken. Alles was verkeerd.

Na een poosje kreeg ze genoeg van haar zelfmedelijden en ging ze naar het gestage ruisen van de frisse lucht door het ventilatiesysteem liggen luisteren. Eindelijk viel ze in een diepe slaap die de hele nacht droomloos bleef, alsof de wetenschap dat ze aan ALS leed, haar brein had verlamd.

Ze werd op maandagochtend gedesoriënteerd wakker – en was even vergeten dat het lot haar als een sluipmoordenaar op de korrel had genomen. Het geluid van de stromende douche, het energieke gekwetter van een winterkoninkje voor het slaapkamerraam, de gouden gloed van de ochtendzon... dat alles voorspelde een normale doordeweekse dag. Het geheugenverlies duurde niet lang en de herinnering keerde terug als een klap in haar gezicht. Ze moest zich dwingen om op te staan en zich aan te kleden.

Zich zo normaal mogelijk gedragend hielp ze Savannah en Brian de deur uit en dronk daarna twee kopjes sterke zwarte koffie en werd langzaam, langzaam weer helder. De wolk dreef uiteen. Nog niet helemaal, maar wel voldoende om haar te doen inzien dat ze niet aan het slechte nieuws kon ontkomen door waarheen dan ook of naar welke man dan ook te vluchten.

Ze kon hopen op een wonder, maar verwachtte er geen. Dus als ze de rest van haar leven ook wilde léven, kon ze maar beter nu beginnen.

Ze pleegde een paar telefoontjes, ging toen naar de boekhandel en kwam terug met een blanco boek, gebonden in ruw leer. Duurzaam, want ze wilde dat het lang mee zou gaan, Duurzaam, anders dan zij zelf was.

Weer thuis nestelde ze zich in haar favoriete stoel op de afgeschermde veranda en begon te schrijven.

Maandag, 1 mei 2006
Savannah, dit is voor jou. Vanochtend belde mijn dokter me om zijn diagnose te bevestigen: ik heb iets wat ALS wordt genoemd, of de ziekte van Lou Gehrig. Ik vertel het je nog wel... ik weet nog niet goed wanneer, maar wel voordat je dit leest. Ik wil dat je dit hebt als ik er niet meer ben. We zullen voor die tijd nog veel samen praten, maar die woorden zullen je niet lang bijblijven. Je zult ze kwijtraken, omdat ze mettertijd zullen vervagen en oplossen. Dat weet ik omdat het voor mij ook zo is sinds oma Anna is gestorven. Een paar weken geleden heeft opa me een aantal notitieboeken gegeven die ze als dagboek gebruikt heeft, en die helpen me belangrijke dingen uit mijn verleden terug te vinden. Jij zult ook zoiets nodig hebben, evenzeer als, of misschien zelfs meer dan ik de behoefte heb om ze je te geven – dus ik schrijf dit dagboek voor ons allebei.
Wat is ALS? Een neurodegeneratieve spierziekte. Het is onomkeerbaar, en het is fataal. De gedachte dat ik die twee woorden tegen jou moet zeggen maakt me aan het huilen...

Ze stopte even met schrijven tot er geen tranen meer opwelden en ging toen verder.

Geen enkel kind zou zulk nieuws te horen moeten krijgen. Ik weet niet waarom ik ALS heb gekregen; het is niet besmettelijk en het is niet erfelijk (behalve in heel zeldzame gevallen, maar niet bij mij, dus je hoeft niet voor jezelf te vrezen). Het... gebeurt gewoon. Ik heb in de jaren sinds ik medicijnen ben gaan studeren geleerd dat er niet altijd een antwoord is op de vraag 'waarom?', vooral als het om onverwachte ziekte en overlijden gaat. Ik hoop dat jij je tijd niet zult verspillen aan die vraag, en hoop dat dit dagboek je zal helpen te accepteren dat het is zoals het is. Manisha kan je daar goede adviezen over geven. Ik wou dat ik door de jaren heen vaker haar adviezen had opgevolgd.
Hoe dan ook, ALS verlamt alle spieren in je lichaam, uiteindelijk zelfs de spieren van de ademhaling, maar het tast de geest niet aan. Wat er in dit dagboek komt te staan zal geschreven zijn met een helder hoofd, of althans zo helder als mijn hoofd ooit is geweest.

Ik neem aan dat ik met dit dagboek wat van mijn wijsheid aan je wil doorge-
ven... je advies wil geven over hoe je kunt opgroeien tot een zelfverzekerde vrouw
die goede beslissingen neemt en de loop van haar leven niet door iemand anders
laat bepalen. Ik heb fouten gemaakt, grote fouten. Dat weet ik nu, maar het
is te laat om er nog veel aan te veranderen. Ik wil de lessen echter delen en je
gewoon... bepaalde dingen vertellen... En ja, het geeft mij een rustiger gevoel te
weten dat jij een stukje van mij zult hebben dat je van tijd tot tijd kunt... bezoe-
ken, zou je kunnen zeggen. En misschien ooit met je eigen kinderen kunt delen.

Ze legde de pen neer; haar hand was nu al moe. Dokter Bolin had
haar verteld dat ze van geluk mocht spreken dat haar eerste symptomen geleidelijk waren opgekomen, maar nu leek ze in een periode van
'versnelde ontwikkeling' te zijn gekomen. De ziekte was net zo variabel
als de mensen die haar kregen: mannen en vrouwen, alle huidskleu-
ren, bijna elke leeftijd, al kregen heel jonge kinderen ze meestal niet.
Haar symptomen konden snel verergeren en dan weer stabiliseren, of
zelfs lange tijd constant blijven. Of niet. Omdat ALS niet één vastom-
lijnde ziekte was, maar veeleer een vrij nauw spectrum van klinische
gelijksoortige symptomen, en een heel klein aantal patiënten had ver-
sies die, zoals Bolin het stelde, de gebruikelijke prognoses trotseerden.
Hij kende enkelen die na de diagnose nog tien jaar of langer hadden
geleefd. De meesten – vijfenzeventig procent – waren binnen vijf jaar
dood, maar ook dat kon variëren: sommigen stierven heel snel binnen
enkele weken na een late diagnose en anderen sleepten zich naar de
vijf-jaar-finish. Als haar symptomen nog sneller verslechterden dan ze
nu al leken te doen, kon ze binnen enkele weken in een rolstoel zitten,
en elk moment het gebruik van haar hand verliezen.

Ze pakte de pen weer op en schreef koppig verder.

Ik ga later vandaag naar Manisha om haar mijn slechte nieuws te vertellen.
Ik zal praktisch meteen moeten stoppen met mijn werk. Het risico voor de
patiënten, voor de baby's, is te groot. Mijn rechterhand en -arm vormen op het
moment het grootste probleem en als ik het mezelf toegeef – wat ik maar net
zo goed gewoon kan doen – ook mijn rechterbeen. Nu ik weet waar het aan
ligt, kan ik geen smoesjes meer verzinnen om te verklaren waarom ik iets heb
laten vallen of met mijn teen achter een stoeprand ben blijven haken of wat dan
ook. Ik ben me nu constant bewust van die wetenschap, als van een zeurende
schoonmoeder.

Moest ze dat wel zeggen? Zeurende schoonmoeder? Savannah zou misschien denken dat ze Shelly daarmee bedoelde. Nou ja, het stond er nu en ze wilde niet opnieuw beginnen. Het beste dagboek was trouwens een eerlijk, ongecensureerd dagboek. Bijna ongecensureerd. Ze zou bijvoorbeeld niet schrijven over haar problemen met Brian, niets wat hem of Savannah in verlegenheid zou kunnen brengen. Ze mocht Shelly best wel, en zou dat ook zeker zeggen; Savannah zou wel snappen dat het om beeldspraak ging. Een dagboek schrijven was nog niet zo eenvoudig als je voor anderen schreef; toch was ze vastbesloten Savannah dit geschenk te geven, hoe onvolmaakt het ook mocht zijn. Ze had haar verder niet veel van echte waarde na te laten.

Ik weet niet hoe ik om zal gaan met het feit dat ik mijn praktijk in de steek moet laten, het werk moet laten vallen dat zozeer een deel vormt van wie ik ben – de carrière waar ik zo hard voor heb gewerkt. Als ik had geweten dat het zo abrupt zou eindigen, zou ik de moeite niet hebben genomen; dan zou ik de tijd die ik heb besteed aan lessen en huiswerk, cursussen en patiënten samen met jou hebben doorgebracht.

Alleen lijkt het dan net of ik er spijt van heb dat ik arts ben geworden, en dat is niet zo. Ik wou alleen dat ik de tijd terug kon krijgen, wetend wat ik nu weet. Ik wou dat ik het allebei had kunnen hebben: mijn carrière én meer tijd samen met jou. Nu ik toch aan het wensen ben, ik wou dat ik geen ALS had en een toekomst samen met jou voor de boeg had, zoals ik had verwacht. Het blijkt maar weer dat de toekomst niet bestaat. Het enige wat we echt hebben is het heden.

Haar vingers waren zo verzwakt door het schrijven dat ze haar pen nauwelijks meer overeind kon houden; ze legde hem weg en stopte het dagboek onder zich; onder het kussen, waar ze er altijd bij kon zonder dat iemand het in de gaten had. Alsof ze op haar zouden letten.

Ze ging naar haar kamer en zette haar haren vast met een speld die haar vermoeide hand nauwelijks kon hanteren. Ze had een lunchafspraak met Manisha en zou daarna naar Silver Springs rijden om een van de andere patiënten van Bolin op te zoeken, een vrouw die Lana Mathews heette. Lana was vijfendertig en moeder van vier kinderen, allemaal jonger dan negen. Alleen al de gedachte aan die arme vrouw brak Megs hart. Toen ze die ochtend belde om te kijken of ze elkaar een keer konden ontmoeten om haar te helpen beter met haar eigen diagnose om te gaan – een telefoontje waarvoor ze maar liefst vijf keer de hoorn had opgepakt voordat ze echt belde – wist ze alleen de naam van de vrouw. De telefoon was opgenomen door Lana's zus Penny, die de verzorging op zich had genomen; ze vertelde haar wat meer en nodigde Meg uit langs te komen. 'Kom gerust hierheen om kennis met haar te maken. Het is niet zo erg als je misschien denkt,' zei Penny.

35

'Vraag een second opinion,' zei Manisha tegen Meg toen ze aan hun Aziatische kipsalade zaten.

'Dat heb ik al gedaan... bij drie dokters inmiddels, en een van hen is een specialist in neuromusculaire aandoeningen.'

Manisha zwaaide met haar vork. 'Ga naar een andere! En laat het daar niet bij. Er zijn andere dingen – de ziekte van Lyme! Je hebt gewoon de ziekte van Lyme! Ik schrijf je die antibiotica voor, we proberen het drie maanden en daarna kijken we nog eens naar je symptomen...'

'Manisha.'

'Wat! Leg je niet bij deze diagnose neer!'

'Ten eerste heb ik geen andere symptomen van de ziekte van Lyme. Ten tweede heb ik alle onderzoeken gehad die ervoor zijn... er is geen enkele twijfel. Bolin belde me net voor ik van huis ging om te zeggen dat ze geen *Borrelia burgdorferi* in mijn bloed hebben gevonden. Ik heb geen Lyme en ik heb ook niets ander; ik heb ALS.'

Manisha prikte in de mandarijnen op haar bord en Meg wist dat ze een overtuigender argument probeerde te bedenken; zo was Manisha, net zo koppig als zij, maar op een praktische, liefdevolle manier. Tijdens hun jaren als partners had Manisha over haar gewaakt zoals Meg altijd over haar zusjes had gewaakt.

Manisha kneep haar ogen samen en zei: 'Vertel me dan eens hoe het kan dat ze het al zo snel weten? Het stellen van de diagnose kan vele maanden duren.'

Het was een goede vraag, een die Meg helaas gemakkelijk kon beantwoorden. Ze zei: 'Ik ben proefkonijn geweest voor Bolin. Afgezien van de gebruikelijke tests heeft hij een nieuw onderzoek van het ruggenmergvocht gedaan om naar enkele onlangs ontdekte ALS-biomarkers te zoeken... En die heeft hij gevonden,' voegde ze eraan toe. 'Een goede vriendin van me zou zeggen dat het mijn lotsbestemming is om het al te weten.'

'Welke vriendin? Ze weet niet waar ze over praat.'

Meg pakte haar hand vast. 'Dat weet ze wel. Ik geloof dat er een reden voor is dat mijn geval zo duidelijk is. Of misschien heb ik daar alleen maar geluk mee; minder drama, minder stress in het omgaan met "misschiens". Ik vind het vreselijk om in onzekerheid te verkeren, en dat is nu gelukkig niet zo.' Ze probeerde haar stem gelijkmatig te houden, maar dat lukte niet helemaal en Manisha merkte dat.

Manisha boog haar hoofd om haar tranen te verbergen. 'O, Meg... nee.' Ze snufte en veegde haar neus af aan haar servet. 'Wat... wat zegt Brian ervan?'

'Ik heb het hem nog niet verteld.'

'Wanneer?'

'Binnenkort... Echt, ik weet het nog niet. Ik kan het natuurlijk niet lang verborgen houden. Niet dat hij iets merkt,' voegde ze eraan toe.

Manisha beschimpte haar niet om haar kritiek op Brian, zoals ze dat normaal wel gedaan zou hebben – zoals ze dat had gedaan tijdens de paar keer dat Meg in een aanval van ergernis of irritatie haar gevoelens had geuit in plaats van ze voor zich te houden, in plaats van ze te dragen als een boetekleed dat haar aan haar bevoorrechte leven moest herinneren. 'Je had een reden om met hem te trouwen,' zou ze misschien gezegd hebben. 'Hij houdt van je op zijn eigen manier,' zou ze er waarschijnlijk aan hebben toegevoegd. Manisha's eigen huwelijk was gearrangeerd, zij was dergelijke rationaliseringen gewend. Nu zei ze alleen: 'En Savannah?'

'Ik vertel het hun binnenkort.'

Manisha ging rechter zitten en zuchtte. 'Neem je iemand aan om voor je te zorgen? Of misschien je zus Beth? Zou zij kunnen komen? Ik zal doen wat ik kan. Alsjeblieft, Meg, vertel me maar gewoon wat ik kan doen om te helpen.'

Meg had geen antwoorden. Ze wist nog niet wat ze wilde, wie ze zou willen inhuren of oproepen. Dit soort plannen ging haar nog te ver, de realiteit van wat haar diagnose inhield was nog niet te overzien. Ze was nog steeds verbijsterd, alsof ze op straat had gelopen en was geschampt door een te hard rijdende vrachtwagen. De ziekte was zo variabel, de tijdlijn zo grillig dat ze nu niets beters kon doen dan de ene voet voor de andere zetten en erop vertrouwen dat ze wel zou komen waar ze moest zijn.

'Dat zal ik doen, Manisha. Dank je. Maar nu wat anders: wie kennen we die bereid zou zijn tot de praktijk toe te treden? Ik kan mijn kantoor in een week of zo leeg hebben.'

Het huis van Lana Mathews in Silver Springs was niet wat Meg ervan had verwacht. Ze had zich een sombere ziekenkamersfeer voorgesteld waarin de volledig verlamde Lana de tijd doorbracht met televisie kijken of slapen terwijl haar jongere zus, de drieëndertigjarige Penny, voor het huishouden en de kinderen zorgde en zo nu en dan de tijd nam om een andere zender op te zetten of de ondersteek te verwisselen. Wat ze aantrof was de volledig verlamde Lana als middelpunt van het chaotische dagelijkse leven met vier jonge kinderen.

'Dit is Colleen,' zei Penny toen ze Meg voorstelde aan een mager blond meisje van een jaar of vijf dat met haar benen over elkaar op het voeteneind van het ziekenhuisbed zat dat dicht bij het raam van de woonkamer stond. Ze keek uit op kleine huizen precies zoals dat waar ze in stond: drie slaapkamers, anderhalve badkamer, gebouwd van goedkope materialen, allemaal lichtbruin, crèmekleurig, geel of wit. Vrij jonge peren- of ahornbomen probeerden zich staande te houden in de schrale grond, sommige omringd door witte kunststof hekjes, andere – zoals de ahorn van Lana – door kleurrijk kinderspeelgoed. Op Lana's smalle oprit stonden twee verbleekte kleine tweepersoonsauto's.

'Melissa en Ashleigh zijn de kleintjes die je net samen met Nicole, de oudste, hebt gezien toen je binnenkwam. En dit is natuurlijk Lana.'

Meg keek neer op de vrouw in het bed en pakte haar hand vast, blij dat ze kon terugvallen op jarenlange medische ervaring. 'Hallo, Lana. Ik ben Meg Hamilton.'

Lana's hand was koud en slap, ondanks de zon die door het raam naar binnen scheen, ondanks dat het zulk lekker weer was dat de meisjes allemaal in mouwloze hemdjes en korte broekjes rondliepen.

Lana, een blonde vrouw met helderblauwe ogen die nog niet zo lang geleden waarschijnlijk erg knap was geweest, draaide haar hoofd misschien een centimeter en schonk haar een bijna onmerkbaar knikje. Haar gezicht was een masker van slappe spieren, haar mond hing een beetje open en er droop wat kwijl uit de mondhoeken.

'Ze kan niet meer praten, maar ze luistert wel,' zei Penny. 'Colleen zat haar mama net een verhaal voor te lezen, hè?'

'*Hop on Pop*,' zei Colleen, en ze stak het boek omhoog. 'Daarna ga ik *Goodnight Moon* lezen – dat is mama's lievelingsverhaal, ze las het mij elke avond voor.'

'Colleen leest erg goed – het komt door de thuislessen, dat weet ik zeker. En ze is fantastisch gezelschap, en heel behulpzaam! Ze helpt me zelfs met de vieze karweitjes, als je begrijpt wat ik bedoel.'

'Mama moet een luier aan,' zei Colleen opgewekt, 'maar daar kan ze niets aan doen. Ze heeft die ziekte van die beroemde basketballer.'

'Waarom ga je je zusjes niet roepen voor een tussendoortje, hm?' Penny duwde Colleen zachtjes van het bed.

'Vier meisjes,' zei Meg terwijl ze Colleen nakeek die door de deuropening huppelde waarboven een zwarte plaat hing met in witte letter JEZUS IN JE HART. En vier glanzende koperen ovaaltjes, elk met het gezicht van een van de meisjes. 'Wij waren ook met vier meisjes – ik heb drie zussen.'

'Ze zijn allemaal een zegen, die meisjes,' zei Penny. Ze glimlachte en Meg kreeg daardoor een idee hoe Lana's gezicht eruit zou kunnen zien als het niet verlamd was geweest. 'Colleen blijft voortdurend in de buurt, maar Nicole doet het meest. Ze is acht en past geregeld voor me op de kleintjes... ze is echt een engel.'

'Waar is hun vader?'

Penny pakte Meg bij haar arm en leidde haar de keuken in terwijl ze tegen Lana zei: 'Ik ben zo terug, schat; even wat sap klaarzetten voor de meisjes.' In de smalle keuken, die opmerkelijk opgeruimd was, afgezien van de tekeningen op de koelkast en de kastdeurtjes, zei Penny: 'Rob is kort na de geboorte van de kleine Melissa gedood bij een ongeluk met een vrachtwagen. Je hebt vast nog nooit iemand gezien die de zaak zo goed draaiende hield, ondanks haar eigen verdriet... totdat ze afgelopen herfst hierdoor werd geveld. Ik vind het zo vreselijk erg dat ze dat kleintje niet meer vast kan houden, eerlijk waar!' Penny wreef door haar ogen. 'Maar ze zal over niet te lange tijd in de hemel genoeg baby's kunnen vasthouden. Geloof jij ook niet dat het zo is, in de hemel? Die verloren zieltjes moeten toch iemand hebben om voor ze te zorgen... en volgens mij haalt Jezus de meest bijzondere moeders daarvoor naar boven.'

Natuurlijk, dacht Meg, en dan blijven hun eigen kinderen moederloos op aarde achter. Ze vond het zelf geen erg troostrijke theorie. Ze vermoedde dat Penny zichzelf zag als de capabele vervangster... wat ze kennelijk ook was. Misschien hadden ze allemaal een missie in het leven... en in de dood, hoe onkenbaar die missie op voorhand ook mocht zijn.

'Heb jij kinderen?' vroeg Penny terwijl ze vier plastic bekers op het aanrechtblad klaarzette, allemaal een andere kleur.

'Een dochter; ze wordt over twee weken zestien.'

'God zij met je, het is vreselijk wat jullie moeten meemaken, maar kijk eens naar Lana... ze klaagt nooit. Nou ja, nu kan ze dat natuurlijk niet meer, tenminste niet met haar stem, maar je zou het merken als ze niet tevreden was. Ik heb haar een keer of twee zien huilen sinds ze zo is, maar natuurlijk nooit waar de kinderen bij zijn. Maar zelfs daarvoor dankte ze vooral de Heer voor de tijd die haar nog restte.'

'En hoe zit het met jou?' vroeg Meg. 'Hoe krijg jij het voor elkaar?'

Penny antwoordde niet meteen en hield de kan met sap stil boven de rode beker. 'Het is vermoeiend, dat zal ik niet ontkennen. Ik heb geen eigen leven. Mijn man Lee is iets begonnen met een collega omdat ik al zo lang weg ben.' Ze schonk het sap in en vervolgde: 'Maar ik vind dat ik dit gewoon moet doen voor mijn zus. Het is niet voor altijd,' zei ze langs haar neus weg. 'En ik word af en toe afgelost door dames van de thuiszorg en de kerk, en een keer door Robs moeder.'

'En jullie moeder?'

'God zegene haar, ze is weggegaan toen wij nog klein waren.'

'Is ze overleden?'

'Nee, ze is ervandoor gegaan... weggelopen met een of andere man uit Los Angeles. Lana heeft altijd voor mij gezorgd, dus nu is het mijn beurt.'

Meg keek naar Lana, die in dit kleine huisje zo dicht bij hen lag dat ze vast alles hoorde. Wat zou ze denken? Hoe triest, maar hoe begrijpelijk ook dat Penny met zo veel onverschilligheid over Lana's gevoelens sprak. Hoe gemakkelijk moest het zijn om een volledig bewegingloos persoon te gaan zien als een soort meubelstuk; Lana lag daar maar, half rechtop, haar armen en benen slap en levenloos als van een lappenpop. Er hing een rood plastic sondeslangetje uit haar roze shirt. Lana wílde misschien wel contact met hen maken, haar eigen verhaal vertellen, zeggen of ze blij was om hier te zijn met haar zus en dochtertjes, of dat ze hen allemaal de vernedering zou willen besparen om vloeistof in haar buik te moeten spuiten, om te zien hoe ze als de kleine Melissa een schone luier aan kreeg – een volwassen vrouw, een knappe, tot voor kort levendige vrouw, nu moesten haar benen worden opgetild zodat iemand anders haar billen kon schoonvegen. Ze wilde misschien wel iets toevoegen of wijzigen aan de dingen die Penny zei, maar als dat zo was, wist niemand het.

De meisjes kwamen binnen en leken Meg met plezier te vertellen wat ze allemaal leuk vonden – touwtjespringen en stoepkrijten en moedertje spelen – en dat ze tante Penny hielpen voor hun mammie te zorgen, van wie ze allemaal wisten dat ze binnenkort naar de hemel zou worden teruggeroepen 'om bij Jezus en pappie te wonen'. Meg wilde hen wel vragen of ze dachten dat ze hun moeder zouden missen, of ze zich verraden voelden door God, maar natuurlijk zouden ze daar geen antwoord op kunnen geven. En ze wilde die dingen niet zeggen met Lana een paar meter van haar vandaan. Ze stelde Penny nog een paar praktische vragen over Lana's verzorging en accepteerde een beker sap van Colleen, maar zodra het beleefdheidshalve mogelijk was ontsnapte ze uit het zonnige kleine huis met de daarin gevangen stervende vrouw.

De rit terug naar Ocala leek Meg eindeloos lang. Beeldde ze zich nou in dat het autorijden moeilijker ging? Dat ze harder op het gaspedaal moest duwen om de snelheid stabiel te houden, dat ze er veel meer bij na moest denken om de auto midden op haar weghelft te houden? Wanneer zou ze niet meer veilig achter het stuur kunnen kruipen? Ze was opgelucht toen ze haar huis zag. Het zou vreselijk ironisch zijn om nu de dood te vinden op de snelweg, bovendien had ze nog van alles te doen voor ze terugkeerde naar Jezus of wie er dan ook de leiding had.

Binnen maakte ze een glas chocolademelk voor zichzelf – wat ook meer inspanning leek te vergen dan zou moeten – en nam dat mee naar het terras, waar ze nog wat wilde schrijven. Het beeld van Lana Mathews stond haar nog helder voor de geest. Ze schreef:

Ik ben vandaag thuis op bezoek geweest bij een ALS-patiënte die jonger is dan ik, en die nu bijna volledig verlamd is. Er staat een ziekenhuisbed in de woonkamer, waar ze letterlijk al haar tijd in doorbrengt. Haar kinderen zijn erbij, en haar zus, maar dit is geen leven voor die vrouw, die daar maar ligt te wachten tot haar lichaam haar nog verder in de steek laat... haar ademhaling is zowat het enige wat haar nog rest.

Ze stopte even en herinnerde zich weer die nacht dat ze met Bride in de stal had vastgezeten... ze wist in zekere zin precies hoe Lana zich moest voelen. Wat vreselijk, en wat triest! Ze zag zichzelf in Lana's toestand, maar in een minder vrolijke omgeving – Brian zou het niet kunnen verdragen haar zo te moeten zien – en Savannah... Savannah moest haar eigen leven leiden en niet ook gevangen zitten. Wat zouden de dagen lang duren, wat zouden ze saai zijn. Zou Savannah haar voorlezen als ze op bezoek kwam? Nee, ze zou zingen. Dat zouden dan in elk geval mooie momenten zijn.

Het is verbazingwekkend dat Lana zo wil leven – en ik ga ervan uit dat ze dat wil (hoewel ze natuurlijk niet kan zeggen of dat zo is). Ik begrijp het religieuze argument tegen zelfmoord, en ik respecteer het ook voor degenen die gelovig zijn. Jezus is erg aanwezig in het huis van de Mathews, wat een hoop verklaart. Toen ik wegging zei Penny, de zus, tegen me: 'De Here Jezus waakt over je, vergeet dat nooit.'

Ze hield op met schrijven en keek over de glinstering van het zwembad uit, naar het overschaduwde dal met grove dennen. Ze had Penny wel willen vragen: 'Hoe weet je dat?', maar ze had het niet gedaan. Het was immers het geloof dat mensen ertoe bracht zoiets te zeggen – ze wisten het niet, ze geloofden het.

Nou, zij geloofde ook een aantal dingen. Ze geloofde in de mysterieuze macht van het leven en het heelal – noem het God als je wilt – ze geloofde dat er een plek was waar de ziel leefde voordat die een foetus koos, en opnieuw nadat die een lichaam had verlaten. Ze geloofde dat er een rijk van kennis en schoonheid en vrede was dat altijd en rondom iedereen bestond, maar waartoe weinig mensen konden doordringen. Ze was niet bang om te sterven.

Wat haar doodsbang maakte was te moeten leven in doelloosheid en nutteloosheid.

Dat wilde ze niet.

En dat schreef ze ook op.

36

Op dinsdag regende het en Meg voelde zich verlaten en somber in het stille huis. Terwijl de donder weerklonk voerden haar gedachten haar terug naar het verleden; misschien ging het altijd zo als je wist dat je tijd bijna om was. Ze dacht aan hoe ze was geweest op haar zestiende, vergeleek haar leven met dat van Savannah. Ze nam het dagboek mee naar een leunstoel onder het afdak aan de achterkant van het huis, ging zitten en sloot haar ogen. En daar was het verleden, dat met zulke dwingende helderheid naar haar toe kwam dat ze, hoewel het wellicht nieuwe wonden zou veroorzaken, het niet kon weerstaan.

De avond van haar zestiende verjaardag. Haar feestje was zoals gewoonlijk een simpele familieaangelegenheid geweest: een chocoladetaart met wit glazuur en met haar naam en leeftijd in chocoladesnippers erop; een kistje Orange Crush waarvan ze zoveel mocht drinken als ze wilde; groene plastic bordjes (haar lievelingskleur, vanwege Carsons ogen); zelfgemaakte cadeautjes van haar zusjes, ingepakt in oud krantenpapier, die op het aanrecht lagen zodat er genoeg plaats aan tafel was voor het hele gezin en Carson en haar vriendinnen Libby en Christine. Ze had Libby benijd om haar beugel, omdat ze zich toen erg bewust was van haar scheve hoektand. Er was natuurlijk geen geld voor een beugel voor haar, en ze had er niet eens om gevraagd. Het enige wat ze dat jaar had gewild was een album van de Police, *Synchronicity*. Carson had het voor haar gekocht; van haar ouders had ze oorbellen met cultuurparels gekregen en een boek van Jane Austen, *Overtuiging*, waarvan haar moeder had gehoord dat alle meisjes het mooi vonden.

Na de taart en de cadeautjes en nadat ze een paar keer de plaat hadden gedraaid, gingen haar vriendinnen weg en speelden Carson en zij een spelletje Scrabble. Kara zat mee te kijken en deed hen allebei suggesties aan de hand, wat het spel natuurlijk verpestte. Ze gaven het op en gingen naar buiten, de drukkende juni-avond in. Ze liepen door vochtige weilanden vol kwakende padden en het luide liefdesgezang van cicaden naar hun vaste plekje. Nu ze eraan dacht hoeveel vrijheid zij had gehad met Carson, dat haar ouders haar nooit volgden of vroegen waar ze heen gingen en wat ze deden, vroeg ze zich af hoe ze zo onbezorgd hadden kunnen zijn. Zij wist altijd precies wat Savannah deed, kon haar altijd via haar mobiele telefoon bereiken; ze kon zich niet voorstellen dat ze haar zo veel vrijheid zou geven... en nog wel met een vriendje! Haar ouders hadden heel veel vertrouwen in haar gehad... te veel, zo bleek wel, maar ze deed haar best hen dat niet kwalijk te nemen – hun bedoelingen waren net zo goed geweest als de hare.

Ze was die avond van haar verjaardag zo zeker geweest van haar leven, van haar toekomst met Carson. Hij was toen zeventien en had het lichaam van een man, gevormd door het zware werk op de kwekerij. Ze hadden alles uitgetrokken, daar in de diepe schaduwen van de beboste heuvelhelling, en elkaars lichaam verkend met de ongegeneerde vreugde van het jong, samen en vrij zijn. Ze had zijn hele lichaam geproefd, en hij het hare, en ze hadden er met zwoele zachte stem over gesproken wanneer ze echt de liefde met elkaar zouden bedrijven. Ze wilden dat het bijzonder was, geloofden dat zij bijzonder waren, dat hun liefde zeldzaam en waarachtig was. Hij had die avond gezegd dat ze ooit op precies die plek een huis zouden moeten bouwen, zodat ze altijd deel zouden uitmaken van het leven dat hun ouders leidden, altijd in de buurt zouden zijn om als het nodig was hulp te bieden.

Ze had alles verpest door met Brian te trouwen. Ze had dat destijds niet zo gezien; ze had gemeend iets heel goeds te doen, geloofd dat een dergelijke opoffering uit liefde voor je familie onmogelijk verkeerd kon zijn. Dat die, puur door de macht van morele juistheid, voor alle betrokkenen positief zou uitwerken. Dat Carson zou herstellen en uiteindelijk de vrouw zou vinden die echt voor hem was bestemd. En misschien had hij die nu gevonden. Ze vroeg zich af of hij dat dacht... natuurlijk doet hij dat, dacht ze toen. Hij was dolblij met Val; en waarom ook niet?

Toch was de uitkomst voor de mensen die geacht werden ervan te profiteren niet zo goed geweest als ze had gehoopt: de stoeterij bleef geld verliezen, Julianne raakte zwanger terwijl ze nog op school zat, Beth zag helemaal niets in een huwelijk en huishouden, en Kara... nou ja, met Kara was alles prima, Kara was gelukkig, maar dat zou ze toch wel geweest zijn. Ze had het beste gekregen van de eigenschappen van hun beider ouders; al het koren, zonder het kaf. En Meg had Brian, en dit leven vol privileges. Ze had ook Savannah... maar die zou ze misschien toch wel gekregen hebben. Dat ze haar en Carson samen had gezien, had niets opgelost.

Carson daarentegen... hij had het geluk te gaan trouwen met een jonge, gezonde, knappe vrouw die hem duidelijk aanbad. En zijn ouders hadden zich ook na zijn vertrek heel goed weten te redden. Misschien moest ze zich niet schuldig voelen; ze had hem ongewild behoed voor het lot dat Brian nu wachtte: een terminaal zieke vrouw die tot aan haar dood een afmattende en dure verzorging nodig had, als ze er tenminste geen einde aan maakte voor ze in een rolstoel terechtkwam; een echtgenote die zichzelf het leven zou benemen... al wist ze nog niet hoe ze dat zou doen. Ze wist heel goed wat ze niet wilde; bedenken wat ze wél wilde was niet zo eenvoudig.

In het dagboek schreef ze:

Het is dinsdag en het regent. Moet ik de regen zien als een teken? Geen soft-baltraining voor jou vanmiddag, en geen golf voor papa. Ik zou een lekkere gezinsmaaltijd klaar kunnen maken, jullie goed te eten geven, en jullie daarna vertellen wat er met me aan de hand is. Misschien doe ik dat wel, als we terug zijn van opa Spencer. Of misschien ook niet. Op dit moment voel ik me een vluchteling, mijn waarheid verbergend achter een schijnbaar normaal leven – ons leven, waarin we het allemaal zo druk hebben dat we geen van allen werkelijk de waarheid zien over de anderen om ons heen

Ze stopte even om over die laatste zin na te denken. Haar onderbewuste had zijn weg naar haar pen wel gevonden, zeg. Wat zou haar allemaal ontgaan over haar man en haar dochter terwijl ze zo bij zichzelf naar binnen zat te turen? Wat was haar al die tijd al ontgaan? Ze kon dat onmogelijk weten, vooral in het geval van Brian. Ze nam bij hem zelfs niet de moeite om al te scherp te kijken, omdat ze niet bereid was de vereiste reactie in zichzelf op te roepen als hij bijvoorbeeld een verhouding zou hebben.

Ze dacht ook aan de geheimen die ze zelf door de jaren heen had bewaard. Geheimen voor Brian over het vaderschap van Savannah, geheimen voor Savannah over hoe goed ze Carson kende, geheimen voor Carson en haar zusters over de reden dat ze met Brian was getrouwd – het was een verwarde spiraal van revisionisme en die stond haar niet langer aan.

Wat kon ze eraan doen? Ze had geen idee.

Ze bleef lange tijd naar de regendruppels zitten kijken, die kringetjes maakten in het water van het zwembad en van de potplanten omlaag gutsten. Ondanks de somberheid hield ze van de geur van een regenachtige dag, de geur van mist die de lucht dichter maakte. Haar moeder zei vaak dat het regende omdat de Heilige Maagd huilde van vreugde, en de aarde en al haar kinderen daarvan liet genieten. Meg had niet zo'n sterke band met haar moeders heilige idool gehad, ze had nooit veel welwillendheid gezien in het zware leven dat ze leidden. Misschien als ze naar de kerk waren gegaan zoals haar moeder als kind had gedaan – maar haar vader zei dat de kerk hen alleen maar zou verpesten. Ze vroeg zich nu af of hij in werkelijkheid wellicht niet al die veroordelende blikken had willen zien, of hij misschien niet had gewild dat men zijn meisjes kritisch zou bekijken en medelijden met ze zou hebben... Ze schreef:

Wees dapper in je leven, Savannah, maar niet dwaas. Spijt en berouw zijn onvermijdelijk en kunnen zich als stenen opstapelen tot een berg... maar pas op dat je die niet zo hoog laat worden dat je er niet meer overheen kunt kijken.

Als een song waarvan de woorden tot nu toe te zacht hadden geklonken om ze te kunnen verstaan, hoorde ze haar eigen advies nu echoën in de kletterende regen. Had ze haar steenhoop te hoog laten worden? Ze zag de slechte keuzes die ze had gemaakt als grote keien, haar goede bedoelingen begraven en naar lucht happend onder het gewicht van onvoorziene consequenties. Maar misschien was het nog niet te laat om althans sommige dingen goed te maken.

Ze liep naar binnen om de telefoon te pakken.

37

Er was zelden een dag dat Carson niet met Val, Gene of een van zijn vrienden samen was en ook op professioneel vlak niet onmiddellijk iets voor de boeg had. De organisator van zijn concert in New Orleans had op het laatste moment afgezegd, met reorganisatieproblemen als reden; ze zouden het later in de zomer opnieuw proberen. Dus was hij teruggekeerd naar Seattle en had hij Val zonder hem naar Bali laten vertrekken; hij kon wel wat tijd gebruiken om zijn appartement op te ruimen voor de verhuizers kwamen. Hij had ervaren dat ze alles zouden inpakken, zelfs het vuilnis, als je niet oplette.

Hij had net een groot glas Japans bier voor zichzelf ingeschonken toen de telefoon ging. Hij keek naar het display, maar kon zonder zijn leesbril niet zien wie er belde.

Hij nam op en zei: 'McKay.'

Een korte stilte, toen: 'Met Meg. Regent het daar ook?'

'Welke Meg?' vroeg hij, omdat hij zich niet kon voorstellen dat zíjn Meg hem zou bellen, laat staan dat ze bij die bijzondere gelegenheid zoiets banaals zou zeggen.

'Powell. Hamilton. Powell-Hamilton.'

'Meg?'

'Ja. Bel ik ongelegen?'

'Nee! Ik ben... Nee! En het regent hier inderdaad. Waarom vraag je dat?'

'Hier regent het ook,' zei ze. 'De hele dag al. Maar het is warm en eigenlijk best aangenaam.'

Ze klonk vreemd; was ze dronken? Hij keek naar de klok, een ronde antieke klok van kunstmatig verouderd hout die hoog aan de geschilderde muur hing, tussen de vier meter hoge ramen. Vijf voor halftwaalf, en bij haar in Florida was het drie uur later. Een beetje vroeg voor haar om al te drinken. Voor hem ook trouwens, maar hij was al sinds zes uur die ochtend spullen aan het uitzoeken en weggooien.

'Hier is het niet erg warm, maar ook niet slecht. Ik bedoel, ik zit binnen, dus...'

'Je moeder zei dat ik van geluk mocht spreken als ik je thuis trof. Je bent moeilijk te bereiken, zei ze.'

'Dus ma heeft je mijn nummer gegeven.'

'Ik hoop dat je het niet erg vindt. Ik heb tegen haar gezegd...' Ze zuchtte. 'Ik heb gezegd dat ik je iets heel belangrijks moest vertellen... en ze liet zich vermurwen, hoewel ik weigerde te vertellen wat het was. Is. Het is... ach, weet je, ik had er waarschijnlijk wat langer over na moeten denken voor ik je belde. Het spijt me...'

Hij ging op een barkruk zitten, verbijsterd en geïntrigeerd door de kalme en toch bijna angstaanjagende klank in haar stem. 'Dat is nergens voor nodig. Het is prima. Ik bedoel... ik, nou ja, ik ben blij wat van je te horen.' Vreemd genoeg was hij dat inderdaad.

'Ik weet het niet... ik heb het gevoel dat ik jou ermee zal belasten, terwijl ik in feite mezelf wil ontlasten. En jou ook, trouwens. Ik denk dat het iets is waarvan je blij zult zijn het te weten...'

'Gooi het er maar uit,' zei hij, en meteen herinnerde hij zich dat hij diezelfde aarzeling had gehoord op de dag dat ze het met hem uitmaakte, en dat hij toen ook had gezegd dat ze het er maar uit moest gooien. Er was weinig veranderd.

'Als dit een film was, zou er nu eerst een dramatische stilte volgen en zou ik daarna zeggen: "Carson, ik ga dood".'

'Gelukkig is het geen film,' zei hij en hij nam een slok bier.

'...Carson?'

Zijn hele lichaam werd koud door de klank van haar stem.

'Niemand weet het nog,' vervolgde ze. 'Niemand behalve de specialist naar wie ik vorige week ben geweest en mijn partner Manisha; ik moest het haar wel vertellen omdat, tja, ik kan niet meer werken. Maar verder niemand... alleen jij.'

Hij stond op en keek de kamer rond alsof hij haar zocht; hij wilde haar zien. Dit kon niet waar zijn. De enige grote liefde van je leven belde niet zomaar op om te zeggen dat ze doodging. Het was onwerkelijk; het was krankzinnig. Misschien was dat het... misschien was ze krankzinnig geworden.

'Wacht even,' zei hij, terwijl hij door het raam naar de Puget Sound keek zonder die te zien. 'Hoe bedoel je, je gaat dood?'

'Ik weet het... het spijt me. Ik bedoel, het is vreselijk om je hiermee te overvallen, maar ik moet het je vertellen opdat je zult begrijpen waarom ik je vertel wat ik nu ga vertellen.'

'Je gaat dood? Hoe... en wanneer?' Hij leek niet voorbij dat punt te kunnen komen.

'Ik weet niet zeker wanneer... of hoe; dat is een probleem waar ik nog mee worstel. Ik heb ALS. De ziekte van Lou Gehrig?'

'Nee.' Hij weigerde haar te geloven. 'Toe nou. Dat krijgt tegenwoordig niemand meer – daar hebben ze na die tv-marathon met Jerry Lewis een geneesmiddel voor gevonden.'

'Carson, dat is voor spierdystrofie... een andere ziekte, die overigens ook niet te genezen is, maar godzijdank niet altijd fataal is.'

'Oké, ho... wacht, wat bedoel je, dat je nog worstelt met het hoe?'

'Dat... laat maar zitten, oké? Dat... ik versprak mezelf. Het belangrijkste is dat ik je iets moet vertellen, je iets uit moet leggen, gewoon om... ik denk opdat ik kan sterven in de wetenschap dat jij de waarheid kent. Over wat er is gebeurd... waarom ik met Brian ben getrouwd.'

Aha. Ze wilde haar geweten ontlasten, bekennen dat het allemaal had gedraaid om wat Hamilton haar te bieden had, en hij, Carson, niet... althans niet toen. Ze zou zoiets zeggen als dat het haar speet dat ze hem had afgewezen en dat ze wel bij hem was gebleven als ze had geweten dat hij zo veel zou bereiken... of iets dergelijks. Nou, dat had hij lang geleden zelf al bedacht. 'O ja? Goed, ik luister.'

'Je klinkt boos.'

'Nou, het is niet bepaald een mysterie, wel?'

'Weet je het al? Hoe kun jij het weten? Niemand wist het... ik bedoel, ik dacht dat het stilgehouden was.'

'Het lag voor de hand, Meg. Hij had geld en ik niet.'

Ze zei even niets, en toen: 'O. Tja, oké, ik begrijp hoe je tot die conclusie bent gekomen. En als je het terugbrengt tot de kleinste gemene deler, zoals ze dat zo mooi zeggen, zou ik het misschien zelfs met je eens kunnen zijn. Maar dat is niet helemaal... dat is niet zoals ik het destijds zag.'

En dus vertelde ze hem hoe het zat. Dat niet Hamiltons rijkdom haar over de brug had gehaald, maar wat hij aanbood daarmee te doen. Ze vertelde hem hoe beroerd het er destijds voor haar familie had uitgezien.

'Weet je nog dat er eind '87 geruchten gingen dat de bank beslag zou leggen? Het leek niets uit te maken dat ik hielp de rekeningen te betalen... mijn ouders zaten heel diep in de schulden, en Brian... nou ja, die wist dat omdat de hypotheek bij Hamilton was ondergebracht en mijn ouders achter waren met de betalingen of soms, bijna elke maand, maar een gedeelte betaalden. Ik heb het je nooit verteld, maar hij zat al langer achter me aan en ik had hem altijd afgewezen. Die keer zouden ze, als ik ermee instemde hem een kans te geven, de achterstallige betalingen wegstrepen, en als ik met hem trouwde, zouden ze de hypotheek helemaal uit de boeken halen. En zo niet... tja, het was vrij zeker dat we de stoeterij kwijt zouden raken, op z'n minst. Ik kon niet zomaar... ik bedoel, ik dacht echt... O, Carson,' zei ze zuchtend. 'Ze zeiden dat het zo genereus van me zou zijn als ik er zelfs maar over wilde nadenken, dat ik een grote last van hun schouders zou nemen... ik bedoel, ze hebben nooit gezegd dat ik het moest doen, maar ik wist hoe het ervoor stond. En ik praatte mezelf aan dat we er wel overheen zouden raken, jij en ik. Jij vooral. Ik verwachtte dat je me zou haten en verder niets.'

'Ik heb je ook gehaat,' zei hij.

Hij dacht na over wat ze hem zojuist verteld had, dat Hamilton in staat was geweest een schuld van bijna vierhonderdduizend dollar van tafel te vegen. Hoe kon hij haar kwalijk nemen dat ze het had overwogen? Natuurlijk was het gemakkelijk om haar erop aan te vallen dat ze zichzelf had verkocht, haar integriteit had bezoedeld. Als hij zei dat ze zichzelf had verkocht zou dat niet helemaal onjuist zijn. Maar het zou ook niet helemaal juist zijn.

Hij zei: 'Dus even voor de duidelijkheid: Hamilton wachtte tot ze bijna beslag gingen leggen en stelde jou toen aan als redder in nood? De smerige klootzak.'

'Car...'

'Wat? Het is klote, Meg, wat hij heeft gedaan... Jezus, je hebt nooit zelfs maar een keus gehad!'

'Luister eens, ik heb je niet gebeld zodat jij woest zou worden op Brian; hij is geen crimineel... hij... hij heeft gewoon misbruik gemaakt van de situatie. Als mijn ouders niet achter waren geraakt met de aflossingen, zou hij die kans niet hebben gehad. Het is dus niet alleen maar zijn schuld.'

'Hm,' zei Carson, helemaal niet genegen Hamilton te vergeven. Hij moest wel toegeven dat haar ouders ook schuld trof. Meg droeg de minste verantwoordelijkheid. Wat een geweldige opluchting dat ze hem niet had afgewezen. Ze was niet verleid door het geld, ze was een lam geweest dat naar de slachtbank werd geleid.

'Ik heb je ongeveer tien minuten gehaat,' zei hij, 'en daarna was ik die anderhalf jaar tot je trouwde één zielig hoopje ellende. Pas nadat we, nou ja, toen jij eenmaal getrouwd was, besloot ik dat ik mijn leven opnieuw richting moest geven en verder moest gaan.'

'Ik wou dat ik het je had kunnen vertellen... Het was onmenselijk, Carson. Belachelijk. Ik kan nauwelijks geloven dat ik het heb gedaan, dat ik die keus heb gemaakt... ik had een andere oplossing moeten zoeken. Ik kan alleen maar zeggen hoezeer het me spijt dat ik je die ellende heb laten doormaken. Het... de zaak...' Ze zuchtte weer. 'Het was een slechte keus, het was verkeerd van me om die keus te maken en ik bied je mijn excuses aan, vanuit het diepst van mijn hart.' Dat laatste was niet meer dan een fluistering.

'O, Meg...'

Hij was gevangen in het verleden, druk bezig zijn oordeel te herzien over wat er al die jaren geleden was gebeurd, en waarom. Stel je voor dat ze Hamiltons aanbod had afgewezen en met hem, Carson, was getrouwd terwijl haar ouders omkwamen in de schulden en hun zaak en hun grond kwijtraakten? Het zou nooit gewerkt hebben, dat leek nu wel duidelijk.

En toen, als een boei die onder water was geduwd door een golf, kwam Megs andere nieuws weer boven water. Ze ging dóód. Of niet?

'Hé... wacht eens even. Wacht. Is het... ik bedoel, je bent toch niet van plan zelfmoord te plegen?' Misschien was ze helemaal niet ziek, maar alleen depressief en vroeg ze om hulp. Of al was het geen hulp, dan wilde ze misschien vrede sluiten voor ze zichzelf van kant maakte.

Ze zei: 'Ik heb echt ALS. Ik heb op z'n best nog een paar maanden voor ik bedlegerig word... Het is... het is niet mooi om te zien, Car... En... en... ik zie gewoon niet hoe ik Savannah dat aan kan doen...'

Ze huilde nu; zachtjes, maar hij hoorde het wel. Hij hoorde de pijn die ze voelde omwille van haar dochter, de hulpeloosheid. Hij zou wanhopig graag bij haar willen zijn, waar ze ook was. Ze had het Brian zelfs nog niet verteld; ze verwerkte het gewoon in haar eentje, zoals ze altijd alles in haar eentje had gedaan toen ze opgroeide. Spencer en Anna hadden erop vertrouwd dat hun brave, verantwoordelijke, volwassen dochter Meggie ervoor zorgde dat het eten klaar was, dat de meisjes hun huiswerk goed maakten of dat de paddocks 's avonds werden afgesloten. Ze hadden erop vertrouwd dat zij bij de bank ging werken, hun haar loon gaf en hen vervolgens redde van hun eigen incompetentie, van Spencers halsstarrige onverantwoordelijkheid.

Maar wie had er ooit voor háár gezorgd? Hij had dat gewild, had het geprobeerd... Jezus, wat waren ze jong geweest. Hij was er toen wel voor haar, maar het was niet genoeg geweest... hij was niet in staat geweest de wolven op afstand te houden. Hij had zelfs geen idee gehad hoe hij de problemen van haar ouders zou kunnen oplossen. Dat was toch hún taak? Toch had hij het gevoel dat ook hij tegenover haar had gefaald.

'Meg... hé, je gaat het je zussen toch wel vertellen, of niet? Kunnen zij je helpen, of...'

'Ik vertel het ze wel. Ik vertel het iedereen binnenkort. Ik ben alleen nog zo... Vrijdag, met je optreden? Toen had ik het net gehoord.'

Hij herinnerde zich hoe ze eruit had gezien, haar broosheid... en wat een klootzak was hij geweest, met zijn sneer over de Hamiltons en hun sociale status. Ze zou hem nu wel niet erg hoog aanslaan.

Ze vervolgde: 'Luister eens, ik weet zeker dat we nog langer over dit alles door kunnen praten, maar, eh, ik moet gaan. Ik ga Savannah van school ophalen, dus... Maar bedankt dat je naar me wilde luisteren. Ik... nou ja, ik heb het je altijd al willen vertellen, maar eerst voelde ik me gevangen; ik kon het risico niet nemen dat Bruce de schuld zou opeisen. En later, toen ik het zelf terug had kunnen betalen, dacht ik, Carson haat me, dus wat heeft het voor zin?' Ze lachte, een verlegen lachje. 'Pap heeft Bruce trouwens terugbetaald, nadat hij de stoeterij verkocht had.'

'Dus Bruce eiste de schuld op, hè?' Dat was voor hem de enig mogelijke conclusie... geen enkele andere conclusie leek zinnig.

'Nee... geloof het of niet, maar pap besloot gewoon dat het de juiste beslissing was.' Haar stem, waar nog steeds de tranen in doorklonken, werd wat zachter.

Dus Spencer had het geld uit zichzelf terugbetaald. Stel je voor. Hij had de deal ongedaan gemaakt... in een aanval van veel te laat schuldgevoel, misschien. Leuk voor Hamilton dat hij eindelijk zijn geld terugkreeg, en Spencers geweten zou wel gesust zijn, maar wat betekende het voor Meg? Ze wist zich bevrijd van ketenen die ze niet de moeite nam te verbreken omdat ze dacht dat hij, Carson, haar haatte...

Maar als dat de enige reden was, waarom ging ze dan niet bij Brian weg om op zichzelf te wonen?

Omwille van Savannah, waarschijnlijk. Wat haar redenen ook waren, hij kon het haar niet kwalijk nemen... bij Brian blijven was niet verwerpelijker dan wat hijzelf had gedaan, meer dan tien jaar erop los neuken.

Ze vervolgde: 'Ik moet me nu echt haasten. Ik ben blij dat we hebben gepraat... en ik ben blij dat ik je heb gezien... en Val heb ontmoet. Ik wens je het allerbeste, Carson. Jullie allebei.'

Hij wilde ook iets vriendelijks zeggen, iets hoopvols, iets wat haar steun kon geven, maar voor hij iets had kunnen bedenken had ze opgehangen, zonder gedag te zeggen.

38

Savannah rende dinsdag na school vanonder het afdak voor de school naar haar moeders auto, maar was evengoed drijfnat toen ze instapte. Ze schoof haar boekentas achterin en stak haar handen op om haar natte haren tot een staartje bijeen te binden.

Haar moeder zei: 'Ik moet nog even bij opa langs, oké?'

'Niet weer naar opa. Zet mij dan eerst thuis af.' Ze had Kyle beloofd dat ze hem om zes uur zou bellen.

'Dat zou ik best willen, maar weet je, ik heb geen zin om langer dan absoluut noodzakelijk in dit weer rond te rijden. We blijven niet lang, oké?'

Savannah keek naar haar moeder en zag de wallen onder haar ogen en de groeven in haar voorhoofd. 'Is alles goed met opa?'

'Voor zover ik weet wel. Waarom?'

'Je kijkt bezorgd.'

Ze reden het parkeerterrein af en voegden met de ruitenwissers op volle snelheid in het verkeer in. 'Ik ben moe,' zei haar moeder. 'Ik heb niet goed geslapen en ik moest het verslag over de baby die we vorige week zondag verloren hebben nog nakijken en definitief maken – dat is erg triest, weet je.'

'Ik snap niet hoe je dat kunt,' zei Savannah. 'Ik bedoel, baby's die sterven terwijl je ze verlost... dat moet afschuwelijk zijn.'

'Dat is het ook. Na de eerste keer dacht ik dat ik zou stoppen met verloskunde. Maar wat je leert is dat er iemand moet zijn om zwangere vrouwen te helpen... je kunt niet zomaar opgeven omdat je hebt gefaald, of omdat de natuur je tegenwerkt. Ik kan me geen bevredigender carrière voorstellen dan die ik heb gehad.'

'Die je hebt, bedoel je.'

'Dat zei ik.'

'Nee, je zei "gehad".'

'Dat is niet waar.'

'Jawel, dat is wel waar; ik heb het zelf gehoord.'

'Laat nou maar.'

Ze pakten allebei een paraplu voor de wandeling naar opa's gebouw, maar de paraplu's hielpen niet hun voeten droog te houden. Savannah liep met haar rode teenslippers gewoon dwars door de plassen heen, maar haar moeder liep langzaam op de nieuwe leren schoenen die ze vrijdag ook had aangehad en ontzag haar rechtervoet nog steeds een beetje. Savannah keek vanaf de ingang naar haar achterom.

'Als die schoenen pijn doen, waarom doe je ze dan weer aan?'

Haar moeder schudde haar paraplu uit. 'Ze doen geen... o.' Ze keek op, glimlachte en zei: 'Ik, eh, dat was ik vergeten. Stom, hè?'

Savannah trapte er niet in. 'Kom op,' zei ze.

'Wat?' vroeg haar moeder, en ze klonk onschuldig, maar zag er schuldig uit. 'Goed dan,' gaf ze toe. 'Ik heb dit zelfs nog niet tegen je vader gezegd, maar ik kan het je net zo goed nu maar vertellen; ik heb een of ander zenuwprobleem... ik heb iets overbelast tijdens een moeilijke bevalling en... nou, ik loop al bij een specialist, maar weet je, mijn arm en been... ik heb last van spasmen, zoiets. Zwakte. Het is...'

'O,' zei Savannah ingetogen. 'Jeetje, dat is balen. Ik bedoel, je hoeft toch niet te worden geopereerd of...?'

'Nee, nee. Fysiotherapie helpt misschien en ik moet een poosje verlof nemen van mijn werk.'

'Waarom heb je het pap nog niet verteld?'

'O, je weet hoe hij is. Altijd druk,' zei ze.

Veroordelend, dacht Savannah, en ze knikte. 'Oké. Nou, je moet maar zeggen als je hulp nodig hebt of zo.'

'Dank je wel, lieverd. Dat zal ik doen.'

Toen ging de deur open. 'Hallo, mijn meisjes! Ik dacht al dat ik hier stemmen hoorde. Ik kom net terug van mijn vriend de dokter, Clifford Aimes, die niets dan slecht nieuws heeft, niets dan slecht nieuws.' Hij ging hen voor naar binnen en vervolgde: 'Er staan twee van die bekers ijskoffie in de koelkast die jij zo lekker vindt, Vannah... help jezelf.'

Dat deed ze, in de verwachting dat haar moeder er iets van zou zeggen of haar tenminste zou waarschuwen dat het haar eetlust zou bederven, maar ze zei er niets over.

'Wat voor slecht nieuws?' vroeg ze aan opa.

'Nou, Meggie, je moeder zal me wel vanuit de hemel uitlachen, dat weet ik gewoon... Aimes zegt dat mijn pijn wordt veroorzaakt door twee reusachtige nierstenen; en je moeder zei steeds maar dat ik dat moest laten controleren. Natuurlijk had ik het te druk om haar advies op te volgen.' Met een zucht pakte hij een wijnglas van een plankje en een fles van het aanrecht.

Savannah bleef staan terwijl haar moeder aan de eettafel ging zitten en vroeg: 'En wat willen ze eraan doen?'

'Een kleine operatie... met een heel rare naam; ik heb het ergens opgeschreven...' Hij zocht in zijn borstzakje, en daarna in zijn broekzakken en haalde uiteindelijk een vodje papier uit zijn achterzak tevoorschijn. 'Percutane nefrolithotomie. Hoeveel letters denk je dat dat zijn?' Hij zweeg even om ze te tellen. 'Vierentwintig... bijna net zoveel als het hele alfabet! Laat het maar aan de medische beroepsgroep over om alles zo verdomd ingewikkeld te maken. Hoe dan ook, ik ben binnen twee dagen weer op de been. Natuurlijk zul je wel mijn post moeten ophalen, de planten water geven en af en toe wat van die Schotse whisky brengen die ik zo lekker vind.'

'Misschien. Pap, je moet van nu af aan uiterst waakzaam zijn wat je gezondheid betreft. Je kunt niet alles maar op z'n beloop laten tot het een kritiek punt bereikt. Je diabetes maakt alles gecompliceerder.'

'Daar heb ik jou toch voor,' zei hij en hij liep langs de eettafel naar zijn leunstoel in de woonkamer, dezelfde die hij al Savannahs hele leven gebruikte, of in elk geval zo lang als zij het zich kon herinneren. Haar oma's favoriete stoel stond er ook, aan de andere kant van de salontafel. Ze vond het niet prettig die stoel leeg te zien; het was een troosteloze aanblik.

222

Haar moeder schudde haar hoofd. 'Nee, je kunt er niet altijd op rekenen dat ik je in de gaten zal houden... je zult je ofwel volwassen moeten gedragen en je zaken zelf regelen, of het personeel hier laten helpen. Je kunt gewoon niet... ik bedoel, dat is toch jóúw taak, vind je ook niet?'

'Hemeltje, wat ben je vandaag chagrijnig! Komt dat door die man van je of ligt het aan het weer? Ze zeggen dat het tot aan het weekend zal blijven regenen. Dan komt er zeker weinig terecht van softbal, hè, Savannah?'

'Ik denk het,' zei ze, zich afvragend waarom haar moeder niet over haar zenuwprobleem vertelde. Ze ging in de stoel van haar oma zitten en trok een plukje haren los uit haar staart om ze te gaan vlechten. 'Maar ik vind het niet zo erg dat het regent. Ik vind softbal eigenlijk toch niet meer zo leuk.' Nu ze Kyle had, had ze daar geen tijd meer voor. Alles in haar oude leventje leek nu zinloos; ze wilde verder, ze wilde meer doen met haar leven dan feiten ophoesten voor examens en tijd verspillen op een speelveld met een stelletje veel te bevoorrechte tieners. Ze wilde Kyle helpen zijn leven weer op koers te brengen, misschien weer naar school te gaan.

Daarvoor had ze gistermiddag een les gemist, was ze naar de bank gegaan en had ze vijfhonderd dollar van haar spaargeld aan hem overgemaakt. Hij had haar gevraagd het hem via de bank van zijn broer in Miami te sturen, om er zeker van te zijn dat het niet kwijt zou raken terwijl hij van huis weg was. Hij had haar gebeld zodra hij het ontvangen had en hij had gezegd: 'Schat, je bent echt ongelooflijk. Dit betekent heel veel voor me. Ik zal voor altijd van je houden!'

Van haar houden! Voor altijd! 'Niet vanwege je geld,' had hij eraan toegevoegd. 'Veeleer om je vrijgevigheid van geest. Prachtig.'

Ze haalde haar gedachten terug naar het heden, en luisterde naar de details over haar opa's operatie. Die zou over twee dagen, op donderdag, plaatsvinden.

'Waarom bel je de meisjes niet om ze te laten weten dat ik even het bed moet houden?' zei hij terwijl hij een medicijnflesje van de salontafel pakte.

'Wat zit daarin?' vroeg haar moeder.

'Iets tegen de pijn.'

'Wanneer heb je de vorige ingenomen?' Ze stond op en liep naar hem toe.

'Ik heb er nog geen van gehad.'

Haar moeder pakte het flesje, las het etiket en schudde de pillen in haar hand. Ze telde ze en deed ze terug. 'Oké, je moet nu kiezen: de wijn of de pillen.'

Hij pakte de pillen. 'Ach, kom nou, je klinkt verdorie net als een dokter!'

Haar moeder pakte het wijnglas en liep ermee naar de keuken; ze liep slechter dan voorheen. 'Ik vraag me af waarom. Maar ik meen het... geen alcohol samen met de pijnstillers. En schrijf op hoe laat je ze genomen hebt zodat je dat niet vergeet.'

'Wat is er met je been?' vroeg hij.

'Laat dat maar... heb je gehoord wat ik zei?'

'Ja, ja, ik heb het gehoord. Breng me dan in godsnaam maar wat water, zodat ik dat paardenmiddel kan innemen.'

Savannah sprong op. 'Dat doe ik wel.' Ze wilde haar moeder het heen en weer lopen besparen.

'Dank je, lieverd. Oké, pap, luister. Ik bel je straks. Zorg dat je uit de problemen blijft, afgesproken? Want ik heb het wel gehad voor vandaag.'

Hij kwam overeind, met zijn hand tegen zijn linkerzij, en zei: 'Pak die doos daar op het aanrecht eens, Meggie. Er zitten foto's in van toen jullie klein waren. Het is een rommeltje; ik heb ze in de oude gangkast gevonden. Geen idee waarom ze ze daar had neergezet.'

Savannah keek toe terwijl haar moeder in de doos tuurde. 'Ze zal wel van plan zijn geweest ze ooit een keer uit te zoeken.'

'Dat denk ik ook. O, wacht even... ik heb voor jou ook nog iets.' Hij liep zijn slaapkamer in en kwam terug met een witte plastic boodschappentas die hij aan Savannah gaf.

'Wat is dit?' vroeg ze.

'Wat romans, een paar sokken.'

'O, oké, nou, bedankt.'

Hij liep met hen naar de deur toen ze weggingen en zei: 'Zeg niet dat je nooit iets van me gekregen hebt.'

Savannah glimlachte. Hij was zo slecht nog niet. Best grappig eigenlijk. Dat had ze nooit eerder zo gemerkt toen haar oma nog leefde. En het was lief van hem om het drinken te kopen dat ze lekker vond, dat haar oma ook altijd speciaal voor haar had gehaald.

Vooral die met veel cafeïne erin; ze had de afgelopen avonden nog zo laat met Kyle zitten praten dat ze de extra energie wel nodig had. Cafeïne had haar ook door de zondagavond heen geholpen, nadat haar vader haar uit haar middagdutje had gewekt en haar eraan had herinnerd dat ze nog huiswerk moest maken.

Buiten was de regen afgenomen, dus mocht zij van haar moeder naar huis rijden. Ze reden in stilte; ze nam aan dat haar moeder in gedachten bij de operatie van haar opa was en bij dat gedoe van die zenuwbeschadiging, of wat het dan ook was. Hopelijk zou dat snel genezen. Was het niet bizar trouwens dat juist nu haar moeder wat extra tijd zou hebben om misschien iets met haar te doen, zij, Savannah, alles behalve dat wilde? Nu zij Kyle had, had ze alles wat ze nodig had.

Het voelde ontzettend goed om door iemand zo volledig te worden gewaardeerd. Om te worden bemind om wie ze was, niet alleen maar vanwege bloedbanden of verplichtingen. Ze glimlachte bij zichzelf terwijl ze dacht: *hier zou ik best aan kunnen wennen.*

DEEL DRIE

*Iedereen zou er nauwlettend acht op moeten slaan
in welke richting zijn hart hem voert,
en dan uit alle macht die richting kiezen.*

– chassidisch gezegde

39

Meg was van plan geweest Brian dinsdagavond over haar diagnose te vertellen als Savannah naar muziekles was, maar bracht bijna de hele avond aan de telefoon door met haar zusters om hen alles te vertellen over hun vaders toestand.

'De stenen zijn wel groot, maar het is niet echt ernstig,' zei ze tegen Beth. 'De stenen worden eerst met de laser vergruisd en hij mag met twee dagen weer naar huis.'

Beth zuchtte. 'Wat een opluchting. Ik denk dat ik toch maar kom... dan kunnen we weer eens wat samen doen. Ik heb na het afgelopen semester wel even behoefte aan iets anders.'

Dat was precies wat Meg had gehoopt dat ze zou zeggen. Ze wilde haar zussen zien... liefst allemaal, zonder hen van tevoren over haar toestand in te lichten. Ze wilde gewoon gezellig met hen samenzijn, in elk geval een poosje, zonder de verstikkende deken van hun medelijden.

Toen Julianne hoorde dat Beth zou komen, meende ze dat zij ook moest komen. Maar zij en Chad zaten erg krap bij kas, zei ze. 'Zelfs met het verlaagde vluchttarief wegens overlijden kostte het ons een kapitaal om naar mams begrafenis te komen. Hij vindt het beslist niet goed dat ik hier geld aan uitgeef.'

'Ik betaal je ticket wel,' bood Meg aan. 'En dat van Kara en Beth ook.' Dat was wel zo eerlijk. 'Zie het maar als een minivakantie; even weg van de kinderen.'

'En van Chad!' zei Julianne. 'Met die nieuwe baan van hem is hij veel te veel thuis.'

Toen ze was uitgepraat met Julianne belde Meg Kara, die het leuk vond om te komen en hen allemaal weer te zien, en Megs aanbod om te betalen graag aannam. 'Bedankt, zus. Dat geeft Todd minder reden om erover te klagen dat ik ga! En dan kan ik daar meteen naar onroerend goed kijken,' zei ze. 'Ik heb in de zondagskrant een huis zien staan waar ik even naar wil gaan kijken... gewoon als referentie voor de toekomst.'

Daarna belde Meg Beth terug om te zeggen dat ze voor haar reis wilde betalen, aangezien ze dat voor de andere twee ook deed.

Beth zei: 'Dank je, maar weet je, je hoeft niet nog steeds alles voor ons te doen.'

Nee, dacht Meg, maar het was leuk om iets te doen wat ertoe deed, een laatste keer.

Tegen de tijd dat ze klaar was met het boeken van de tickets, het mailen van de reisbescheiden, en daarna opnieuw haar zusters bellen om alles te bevestigen, was Brian Savannah gaan halen. Dus zou ze wachten tot later, wanneer hij naar bed kwam, om dan met hem te praten. De lange dag werd haar te veel en ze viel in slaap terwijl hij zijn tanden stond te poetsen.

De volgende ochtend bleef Meg even bij de badkamerdeur staan terwijl Brian zich stond te scheren om hem te vertellen dat ze moesten praten. Als ze het nu niet deed, wist ze niet wanneer ze weer de kans zou krijgen; Beth zou om vijf uur op het vliegveld landen, Kara om zes uur en Julianne om kwart over acht.

Ze keek naar hem in de spiegel. Hij gebruikte een traditioneel scheermes en scheerschuim en haalde vol zelfvertrouwen het scheermes vanaf zijn slaap naar zijn onderkaak omlaag, zelfs terwijl hij met één oog naar de kleine plasma-tv stond te kijken die hij vorig jaar had geïnstalleerd. Het was maar goed dat zij zich niet hoefde te scheren (laat staan dan ondertussen ook nog de beurskoersen moest volgen); zoals haar hand nu was zou ze haar hele gezicht opensnijden.

Ze zei: 'Kun je nog even hier blijven als Savannah weg is?'

'Waarvoor?' vroeg Brian terwijl hij het scheermes onder zijn kin door haalde.

Ze keek naar de douche. Ze had die ochtend haar linkerhand moeten gebruiken om hem aan te zetten, wat haar eerst depressief en toen boos had gemaakt. Alles werd een opgave. 'Ik moet je iets vertellen.'

'Kun je het nu niet vertellen?' vroeg hij, zich kennelijk niet bewust van het trillen van haar stem.

'Nee,' zei ze, en liep toen de badkamer uit zodat hij niet tegen haar in kon gaan.

Savannah deed suiker en melk in een meeneembeker koffie, haar iPod nu al keihard aan, om kwart voor zeven. Hoe deed ze dat toch? Meg hield van rust en stilte 's morgens; ze reed naar het ziekenhuis met de autoradio uit, en bleef zo lang in de rustige artsenkamer als ze kon voordat ze aan haar rondes begon. Ze had nooit bezwaar tegen het gehuil van de pasgeborenen dat haar soms tegemoet kwam als ze de kraamafdeling betrad. Die kreten verwelkomden haar, maakten dat ze zich levend en nuttig voelde.

Nou, dat was voorgoed voorbij.

Ze was aangekleed alsof ze ging werken, zoals elke dag dat ze niet was gegaan. Brian had er geen idee van dat ze niet kort na hem het huis uit ging, zoals normaal. Sommigen van haar collega's deden middagrondes en ze had even overwogen de afgelopen ochtenden in haar pyjama te blijven lopen met een leugen over het ruilen van diensten, zodat ze om halfnegen in haar praktijk zou beginnen. Dat idee had ze al snel terzijde geschoven, samen met andere mogelijke leugens... over waarom ze nog steeds mank liep, bijvoorbeeld, en waarom ze de draagband nodig had die ze voor haar arm wilde kopen om de toenemende nutteloosheid van haar hand te verhullen. Er was niets van te zeggen wanneer – en zelfs of – de achteruitgang weer zou vertragen; liegen was dus zinloos. Ze was zowel Brian als Savannah de waarheid verschuldigd.

Eerst Brian. Hij had eigenlijk het recht het als allereerste te horen... zelfs voor haar lunchafspraak met Brianna. Ze had hem over haar angsten en haar plannen moeten vertellen. In plaats daarvan had ze hem overal buiten gelaten, had ze hem vrijdagochtend naar Boston laten vertrekken in de veronderstelling dat ze nog steeds geïrriteerd was over die kwestie van dat geld; ondanks de Lexus die hij haar als excuus had gegeven. Ze had hem vrijdag niet gebeld toen ze terugkwam van Bolin. Of zaterdag vanuit het diepe zuiden van Florida. Ze nam aan dat het verkeerd was dat ze de telefoon had gepakt om Carson haar nieuws te vertellen voordat haar man het wist, maar eerlijk gezegd kon ze zich daar nauwelijks druk om maken.

Buiten klonk een autoclaxon. Ze tikte Savannah op haar schouder en haalde een van de oordopjes uit haar oor. 'Angela is er. Vergeet niet dat je tantes vanavond allemaal hier zijn... spreek niets anders af.'

'Ik weet het.' Savannah graaide een bagel uit de broodtrommel, deed een deksel op haar koffiebeker, zwierde haar boekentas over haar schouder en haastte zich de voordeur uit.

Over chagrijnig gesproken... Savannah zag er vermoeider uit dan gewoonlijk. Had ze tot laat zitten studeren? Wat was er van haar biologieproject geworden? Met alle commotie in haar eigen leven had ze weinig aandacht besteed aan Savannahs dagelijkse dingen. De tentamens stonden voor de deur, en Savannahs verjaardagsfeestje... o, hemel, ze kon Savannah haar slechte nieuws niet vertellen voor haar verjaardag...

Brian kwam in zijn lichtgrijze pak, een wit overhemd en een rode zijden stropdas de keuken binnen – de tijd van Sonny Crockett was allang voorbij. Hij schonk zichzelf meer koffie in en zei: 'Het gaat zeker over Spencer, niet? Over het geld?'

Hij keek haar indringend aan en zei: 'Kijk, Meg, het punt is... ik liep na die woordenwisseling weg en ben me gaan bezatten, omdat ik dacht dat het voorbij was tussen ons. Die paar weken sinds Spencer pa had terugbetaald, zat ik er alleen maar op te wachten dat jij er achter zou komen en me zou vertellen dat je wilde scheiden.'

Had hij het haar daarom niet verteld? 'Je houdt me voor de gek,' zei ze.

Hij schudde zijn hoofd. 'Ik zweer het. Toen het erop leek dat Spencer je misschien niets zou vertellen, had ik het moet zeggen, maar...'

'Ja, dat had je zeker!'

'Het spijt me.' Hij zag er schuldbewust uit, maar ze kon niet nalaten zich af te vragen hoe diep dat zat. Ondanks al zijn oppervlakkige charme hield Brian zijn ware gevoelens verborgen, zelfs voor haar.

Hij voegde eraan toe: 'Het was gewoon... kijk jezelf nou eens: succesvol, aantrekkelijk, je bent arts én runt een huishouden zoals mijn beste manager... dus ik vroeg me steeds maar af waarom je mij nog nodig zou hebben. Spencer maakte me wel duidelijk dat hij vindt dat je bij me weg moet gaan...'

'Dat is het niet, Brian. Als het om het geld ging, had ik lang geleden al bij je weg kunnen gaan.'

'Dus je was niet van plan om echtscheiding aan te vragen?' Zijn stem haperde even en ze wist dat hij echt bang was geweest.

'Nee,' zei ze, en er welde plotseling sympathie in haar op, omdat wat hij vreesde niets was vergeleken met wat ze hem ging vertellen.

Brian draaide zich om en leunde tegen het aanrecht, meer ontspannen en zelfverzekerder, weer helemaal de machtige zakenman. Hij zag er ondoordringbaar uit. Het was goed om te weten dat hij dat niet was, maar het gaf haar ook een triest gevoel. Hij wist niet wat hij met de problemen van het echte leven moest aanvangen. Wanneer was er voor hem ooit iets misgegaan? Hij was zijn hele leven beschermd, verzorgd, gerespecteerd en vertroeteld... door zijn ouders, zijn personeel en ja, zelfs door haar.

Ze spande haar hand en zei: 'Nee, het zit zo, eh, ik heb de laatste tijd wat problemen...'

'Wat, met de praktijk?'

'Nee, dat niet. Dat gaat prima. Dat wil zeggen, het ging prima... ik weet niet of dat zo zal blijven...' Ze draaide eromheen.

'Waarom? Gaat Manisha weg?'

'Nee... ik.'

'Oké! Dat hoor ik graag. Vooruit en hogerop.' Hij draaide zich om en zette zijn koffiemok op het aanrecht neer, zoals hij altijd deed; wanneer hij hem weer nodig had, zou hij in het kastje staan, zoals altijd. Zo ging het in Brians leven. Ze vond het vreselijk dat ze dat ging verstoren... hoe berekenend hij soms ook kon zijn, de last van haar domme pech had hij niet verdiend.

Ze keek hem aan, keek naar zijn gezicht in dit laatste moment van onschuld, en zei: 'Het is niet wat je denkt. Ik lijd aan een ziekte die ALS wordt genoemd. Het is fataal.'

Hij knipperde met zijn ogen en stapte achteruit alsof iemand hem een duw had gegeven. 'Zeg dat nog eens?'

'Je kent het waarschijnlijk als de ziekte van Lou Gehrig,' zei ze.

'Meg...' zei hij, zijn handen geheven als in een smeekbede, alsof hij eigenlijk wilde zeggen: 'Hoe kon je dat nou laten gebeuren?'

'Ik weet het.' Ze haalde haar schouders op en had het gevoel of ze een belabberde actrice was die haar tekst opdreunde. Die zou misschien beter klinken als ze hem zong met een opera-achtige alt, of een sopraan; met muziek die paste bij de tragedie die zich in hun leven afspeelde.

Hij zei: 'Lou Gehrig? Ik kan me niet herinneren... Wat... wat betekent dat precies?'

Ja, wat betekende het precies? Ze wist het nog steeds niet. Ze hield zich aan het script. 'Het is een slopende neuromusculaire aandoening. De diagnose is vrijdag gesteld door een specialist in Orlando... ik moest daar niet heen voor besprekingen, maar voor onderzoeken.'

Brian wreef met beide handen over zijn gezicht en liet toen zijn armen langs zijn lichaam vallen. 'Jezus, Meg... weet je het zeker? Ik bedoel, je ziet er niet ziek uit.' Hij keek haar aan met tot spleetjes geknepen ogen, alsof hij dacht dat de tekenen er misschien wel waren, maar hij ze gewoon niet zag.

Ze voelde zichzelf schuldig omdat ze het zo goed verborgen had gehouden. Met haar artsenstem zei ze: 'Ik weet het, maar mijn rechterarm is al nauwelijks meer functioneel, de hand is zwak. Ik heb rechts ook problemen met mijn been. Het is een kwestie van tijd voor je het zult horen als ik praat. Hoeveel tijd? Dat kan ik je niet vertellen. Ik schijn momenteel in een periode van versnelde achteruitgang te zitten; het gaat... het gaat behoorlijk snel bergafwaarts. Een accurate prognose is moeilijk... elk geval is weer anders.'

Ze had al genoeg van de woorden die ze sprak, dezelfde die ze al te vaak had gehoord, gelezen en gesproken. De gedachte ze te moeten uitspreken tegen haar zussen, dan tegen haar vader en ook nog eens tegen haar dochter... God, ze werd alleen al doodmoe als ze eraan dacht dat ze deze litanie moest herhalen.

Brian keek naar de glimmende punten van zijn zwarte schoenen. Ze had medelijden met hem; hij zou voortaan altijd worden geassocieerd met haar ziektegeschiedenis. De mensen zouden het elkaar toefluisteren tijdens feestjes en picknicks: 'Dat is de man wiens vrouw, die arts, de ziekte van Lou Gehrig had.' Erger nog, hij zou moeten uitvogelen hoe hij zelf zijn leven en dat van Savannah moest bestieren... hoewel ze vermoedde dat hij dat aan zijn moeder zou overlaten, die het waarschijnlijk heerlijk zou vinden dat hij weer afhankelijk van haar was.

Hij keek op en schudde zijn hoofd. 'Ik weet niet wat ik moet zeggen.'

'We praten er nog wel over, oké? Ga nu maar werken, probeer er niet over te piekeren. Ik weet dat het onmogelijk is, maar probeer het toch maar. Ik ga het mijn zussen vertellen... voordat ze weggaan. Vanavond niet, oké? Dus breng het niet ter sprake. Maar zodra we weten dat pap goed door de operatie is gekomen, vertel ik het hun.'

'Savannah?'

'Ik heb haar verteld dat ik een zenuwprobleem heb. Ze mag niet weten dat het ongeneeslijk is. Nu nog niet. Ik wil... eerst moet haar verjaardag achter de rug zijn.'

'Is er geen behandeling? Er moet toch iets zijn.'

'Nee,' zei ze, en hij kromp even ineen.

'Moet je naar het ziekenhuis, of...?'

'Nee.' Ze schudde haar hoofd. 'De meeste mensen lossen het op met thuiszorg, en verpleging.' Ze dacht aan Lana Mathews, die nagenoeg bewegingloos lag te wachten.

'Ik weet dat je het niet exact kunt zeggen, maar... hoelang denk je..?' Hij kon haar niet aankijken.

Ze liep naar hem toe en pakte zijn kille handen in de hare. 'Geen idee,' zei ze. 'Maar waarschijnlijk niet meer dan een paar maanden.' Zijn stropdas zat een beetje scheef; ze liet het zo.

'Ik kan het niet geloven.'

'Ga werken,' zei ze, en ze liet hem los. 'Er zal vandaag echt niets gebeuren.'

Nadat Brian was weggegaan zette Meg een pot thee en nam die mee naar de huiskamer. Ze zette de ramen open om de vochtige ochtendlucht binnen te laten, en begon toen haar patiëntes te bellen om hen er persoonlijk van te verwittigen dat ze hen wegens gezondheidsproblemen doorverwees naar andere artsen. Ze liet voor de meesten een boodschap achter, praatte met enkelen zonder details prijs te geven, en had binnen een uur iedereen bereikt met een actieve status. Anderen zouden wel over de veranderingen horen wanneer ze weer eens belden om een afspraak te maken. Na het laatste telefoontje legde ze de hoorn op en zei: 'Nou, oké. Dat is achter de rug.'

Het verbaasde haar dat ze zo weinig voelde bij deze afsluiting, dat ze zomaar Allison Ramsey, Candace Banner en Jill Jabronski, bijvoorbeeld, los kon laten zonder dat het haar veel deed. Ze gaf om die zwangere vrouwen, om al haar patiëntes, en toch, als het op het vaststellen van prioriteiten aankwam, was het verbazingwekkend eenvoudig de band te verbreken.

Ze pakte haar dagboek en schreef:

3 mei 2006

Laat me je iets vertellen over doodgaan op middelbare leeftijd. Ten eerste voel ik me om één heel belangrijke reden belazerd: omdat ik jou meer verschuldigd ben dan ik je tot nu toe gegeven heb. Geen materiële dingen, maar tijd. Ik ben je meer van mijn tijd verschuldigd, en het doet me pijn als ik terugkijk en aan al de dagen denk dat ik tot laat heb doorgewerkt terwijl ik met jou thuis naar Discovery Channel had kunnen kijken of je een nieuwe song had kunnen horen repeteren. De weekends dat ik baby's verloste in plaats van je

lievelingskoekjes te bakken of met je bij oma en opa te gaan paardrijden. Ik
heb altijd gedacht dat we meer tijd samen zouden hebben wanneer jij ouder
was en klaar met school. Ik zou minder gaan werken en we zouden samen
gaan reizen. Of misschien zou jij bij het vredeskorps gaan en zou ik je komen
opzoeken op je standplaatsen, en ook wat van mijn vaardigheden aanbieden.
Jij zou ons allemaal entertainen door songs te spelen en te zingen; we zouden
de plaatselijke kinderen de teksten leren, en ze daarmee iets geven wat honger,
ziekte of verdriet kon weerstaan.
Had ik maar een song voor jou.

40

Hoewel het Meg veel moeite kostte om de tekenen van haar ziekte
te verbergen, genoot ze heel erg van die woensdagavond. Ze zat met
alle drie haar zusters samen op het terras wijn te drinken en om de
beproevingen van het moederschap te lachen. Beth kon daar niet
aan meedoen, maar had ook de nodige verhalen te vertellen; over
studenten en hun doorzichtige pogingen om zich onder een opgave
of een slecht toetscijfer uit te kletsen.

'Ze denken dat ik nooit negentien ben geweest en geen verstand
heb van internet en alle elektronische gadgets. Zie ik er dan zo oud
uit?'

'Op je dertigste?' zei Kara lachend. 'Je bent zelf nog maar een
baby! De inkt op je laatste diploma is nauwelijks droog!'

'Ik heb wel kleine lijntjes rond mijn ogen... zie je?' Ze boog voorover, maar Meg, die links van haar zat, zag alleen maar gave huid.
Geen lijntjes, en ook geen sproeten; Beth leek meer op hun moeder,
op de Jansens, zuiderlingen met een roomblanke huid; hun verre
voorouders kwamen uit Scandinavië. Ze had net zulk donker haar
als Savannah, maar dan sluik, en in een korte bob geknipt die haar
bruine ogen heel mooi deed uitkomen.

'Ik zie geen lijntjes,' zei Meg. 'Het enige wat je van je studenten
onderscheidt, zijn al die letters achter je naam... doctorandus Powell.'

'Misschien wel, doctorandus Hamilton.' Beth lachte. 'Ik wou alleen dat mijn letters betekenden dat ik er iets goeds mee kon doen,

zoals jij. Ik heb het gevoel dat ik niets anders doe dan slechte essays beoordelen en ondraaglijk lange faculteitsschermutselingen... ik bedoel vergaderingen bijwonen.'

'Kun je dat spellen?' plaagde Kara.

'Wat, vergaderingen?' vroeg Beth.

'Faculteitsschermutselingen.'

'Ik kan het nauwelijks uitspreken,' zei Julianne. 'Is dat een echt woord?'

Kara zei: 'En ik dacht dat míjn woordenschat beperkt was.' Ze gaf Julianne, die links van haar zat, een duwtje. 'Als je je school had afgemaakt kende je nu ook lange woorden.'

Julianne schudde haar lange haren, die dezelfde roodgouden kleur hadden als die van Meg, en zei: 'Ik heb mijn diploma gehaald. En trouwens, wat maakt het uit? Ik breng kinderen groot, ik corrigeer geen essays.'

Kara, de enige die het volle rood van hun vaders haar had geërfd, stak haar hand omhoog, met vier vingers uitgestrekt. 'Kun je tellen? Zoveel kinderen heb ik, maar dat gebruik ik niet als excuus voor ongeletterdheid. Waarom pak je niet af en toe eens een boek?'

'Als jij niet altijd zat te lezen, had je misschien ook maatje zesendertig, net als ik,' zei Julianne breed grijnzend. Ze had Kara, die niet het gezag van Meg als oudste zuster had en te veel in leeftijd verschilde om haar maatje te zijn, altijd gepest.

'Marilyn Monroe had mijn maat,' zei Kara, en ze stak haar tong uit.

'Meisjes, meisjes,' zei Meg, als altijd tussenbeide komend. 'Lief spelen. Jules, pak die doos daar achter je eens. Pap heeft me een stel oude foto's van ons gegeven. Ik dacht dat jullie die misschien wel wilden verdelen.'

'Heb je de foto's die jij wilt houden er al uitgehaald?' vroeg Beth en Meg realiseerde zich dat ze zichzelf bijna had verraden, bijna een aanwijzing had gegeven over haar ziekte voordat ze bereid was hun daarover te vertellen.

'Ja, inderdaad. Een paar waar ik alleen op sta.'

Julianne opende de doos en haalde er een rommelig stapeltje foto's uit; verschillende formaten, sommige op dik fotopapier, sommige met afgeronde hoeken, de meeste wazig, verbleekt of gekreukt. 'Zit hier enig systeem in?'

'Nee,' zei Meg. 'Mam heeft ze daar kennelijk gewoon in gestopt.'

De vrouwen bogen voorover en begonnen de foto's te sorteren.

Beth hield er een voor Meg omhoog. 'Wil je deze niet houden? Jij en Carson...' – ze las de datum op de achterkant – 'in 1984.'

'De dag van zijn diploma-uitreiking,' zei Meg, de foto met haar linkerhand aanpakkend. Haar rechterduim trilde en wilde niet stoppen; ze stak hem onder haar been, zodat haar zussen het niet zouden merken. 'Ze hadden die grote picknick bij hun meer.'

'Dat weet ik nog,' zei Kara, die over Megs schouder meekeek. 'Kijk je haar! Echt een kapsel van de jaren tachtig.'

Meg herinnerde zich hoeveel ze had gedaan om haar sluike haren omhoog te houden. 'Ik had alleen al voor mijn pony een hele bus haarlak nodig .'

'Ja, en toen verpestte je het door te gaan zwemmen.'

Beth zei: 'Carson ziet er vreselijk tevreden uit.'

'We hadden hem net verhuisd naar die schuur die we verbouwd hadden.' Hij glimlachte van verwachting voor de plannen die ze voor later die avond hadden: zij zou thuis wegglippen en naar zijn nieuwe stek gaan, waar ze voor het eerst de liefde zouden bedrijven. Ze glimlachte ook op de foto, zij het met minder duidelijke voorpret, omdat haar moeder de foto nam en ze niet al te gretig wilde kijken. Carson had een excuus; hij had die dag zijn diploma gekregen.

Beth leunde achterover. 'Waardoor is het eigenlijk misgegaan met jullie twee? Het leek niet stuk te kunnen tussen jullie, en toen was het opeens voorbij. Het leek wel of hij was verhuisd of doodgegaan of zoiets. Ik heb hem nooit meer gezien. Dat was zó raar.'

'Je weet wat er is gebeurd,' zei Julianne. 'Ze heeft hem gedumpt voor Brian.'

'Dat is duidelijk,' zei Beth. 'Maar ik vraag waarom. Tot dan leek Carson bij het gezin te horen. Ik kan me niet herinneren dat ik jullie ruzie heb horen maken of zo.'

Meg legde de foto neer. Ze zou hun de waarheid kunnen vertellen nu het er toch niet meer toe deed, maar waarom zou ze? Ze wilde niet dat ze zich op een of andere manier verantwoordelijk of schuldig voelden. Ze wilde niet dat ze een negatief beeld van hun ouders kregen. Altijd al de beschermende oudste dochter... dat zou niet meer veranderen.

'We hadden geen ruzie,' zei ze. 'We zijn gewoon... verschillende richtingen uit gegaan.'

'Omdat hij musicus wilde worden,' opperde Julianne, 'en jij dicht bij huis wilde blijven en dokter wilde worden. Toch?'

'Zoiets,' zei Meg, die daarvoor beloond werd met scherpe blikken van Kara en Beth. Kara wist vast nog wel dat hun beider carrièrekeuzes pas later waren gaan spelen. Beth leek gewoon een leugen te kunnen ruiken. Haar zusters spraken haar er niet op aan, en daar was ze blij om. Er was geen andere leugen die ze met meer overtuiging kon vertellen. Om Beth te sussen voegde ze eraan toe: 'Brian had veel te bieden en destijds dacht ik dat dat iets betekende.'

'Geld,' zei Beth hoofdschuddend. 'Dat kun je soms maar beter niet hebben.'

'Hoe kun je dat nou zeggen?' protesteerde Julianne. 'Kijk eens om je heen! Zou jij zo niet willen leven?' Haar huis in Quebec was een splitlevelwoning uit eind jaren zestig met maar één badkamer.

Beth haalde haar schouders op. 'Alleen als het er toevallig bij komt. Ik zou liever gelukkig zijn.'

'O, gelukkig,' zei Julianne. 'Daarom ben je nog steeds alleen. Je idealen zijn te hooggestemd. Niemand blijft echt altijd gelukkig.'

Kara zei: 'Dat is niet waar! Ik ben gelukkig... en Todd ook. Ik zou niets aan ons leven willen veranderen... behalve terug naar hier komen.'

'Jij bent getrouwd uit liefde,' zei Beth. 'Je bent de enige die het juist heeft gedaan, tot dusver.'

'Bedoel je dat ik niet van Chad hou?' sputterde Julianne tegen, grillig als altijd. Ze vond het vreselijk om geen gelijk te hebben, om terrein te verliezen op de anderen.

Beth meesmuilde. 'Je bent met hem getrouwd omdat je zwanger was. Hoe lang kende je hem? Drie maanden voor jullie trouwden?'

'Vier,' verbeterde Julianne haar.

Meg haalde een andere foto uit de doos, eentje waar ze alle vier opstonden, netjes op een rij en met nieuwe zwierige jurkjes, maillots en witte patentleren schoenen aan voor Pasen. Julianne was nauwelijks oud genoeg om zelf te kunnen staan.

'Hier,' zei Meg, en ze gaf de foto aan Beth in een poging het gespreksonderwerp te veranderen. 'Herinneren jullie je dit nog? Oma Alice leefde nog; ze was ons komen halen om die kleren te gaan kopen en dwong ons naar de kerk te gaan.'

Beth schonk haar een blik die duidelijk maakte dat ze precies wist waar Meg mee bezig was, en keek toen naar de foto. 'Nee, dat herinner ik me niet meer. Kijk ons nou, zo schoon en mooi... een alternatieve werkelijkheid. Het zou leuk zijn als dat echt was geweest, hè?'

Meg knikte. Ze begreep de aantrekkingskracht van een alternatieve werkelijkheid maar al te goed.

41

Donderdagavond, nadat ze bijna de hele dag bij hun vader in het ziekenhuis waren geweest, zaten Meg en haar zussen weer op het terras wijn te drinken en elkaar verhalen te vertellen zoals de vorige avond. Het was alsof hun gecombineerde herinneringen en de energie van hun samenzijn een tijdmachine creëerden. Het ene moment gaven ze de toen eenjarige Julianne haar eerste rijlessen op hun nukkige shetlandpony Guinevere. Een ander moment zaten ze in Disney World in de Spinning Mad Hatter te gillen toen Kara haar blauwe suikerspin uitkotste. Er hoefde maar iemand te zeggen: 'Weet je nog...' en daar gingen ze weer. Meg genoot van de kameraadschap en verwonderde zich erover dat hun herinneringen niet altijd overeenkwamen. Zo kon Beth zich bijvoorbeeld niet herinneren dat ze ooit een merrie hadden gehad die Bride heette, terwijl Kara zich niet alleen de merrie nog herinnerde, maar ook nog heel gedetailleerd kon vertellen hoe ze had gezien dat hun moeder splinters uit Megs rug haalde en de hele zere plek met jodium behandelde.

Brian kwam naar buiten om te zeggen dat hij met Savannah en Rachel ijs zou gaan halen; dat hadden ze afgesproken zodat Meg alleen kon zijn met haar zussen. Meg schonk nog eens wijn in en toen ze allemaal ontspannen waren – een beter moment was er immers niet – stuurde ze het gesprek voorzichtig in de richting van haar ziekte door hen allemaal te vragen of ze van plan waren op korte termijn terug te verhuizen naar Florida. Het dagboek dat ze voor Savannah aan het schrijven was, hielp tegen haar angst over hoe Savannah zich zou moeten redden – en gaf haar bovendien het gevoel dat ze over het geheel genomen meer controle over de zaken had – maar het zou ideaal zijn als een van haar zussen terug zou kunnen komen om te helpen met de zorg voor Savannah en hun vader.

Meg wist al dat Kara terug wilde komen, maar zoals ze dat ook altijd had gedaan toen ze nog klein waren, had ze de vraag zodanig gesteld dat ze niemand met een mogelijk heimelijke of vage wens om te verhuizen buitensloot. Dan zou niemand kunnen protesteren: 'Waarom ging je ervan uit dat alleen Kara wilde verhuizen? Ik denk daar al jaren over.' Vooral Julianne vond gelijkheid altijd erg belangrijk en wilde zich niet minder voelen dan de rest.

Kara sprak als eerste, en zei dat Todd wel wilde verhuizen, maar dat het niet kon voor hij zijn twintig jaar erop had zitten... nog drie jaar te gaan. Dat leidde tot een discussie over hoe ontwrichtend het voor Keiffer en Evan zou zijn als ze van de middelbare school af moesten waar ze nu heen gingen, en tot Kara's schoorvoetende conclusie dat ze misschien zouden moeten wachten tot alle jongens geslaagd waren. Julianne had – hoewel haar kinderen jonger waren – een soortgelijk probleem; niet dat Chad overigens belangstelling had om naar de Verenigde Staten te verhuizen. Het antwoord van Beth verbaasde haar: Beth zei dat ze toe was aan verandering na een jaar of twaalf in Californië.

'Ik heb genoeg van de mist.' Beth lachte. 'Bovendien zou een van ons Meg moeten helpen met pap. Ik kan overal wel een baan vinden... en ik mis Florida, en wie weet hoelang pap er nog zal zijn?'

Dat was de claus die Meg nodig had. Ze zei: 'Inderdaad. Het leven is vreselijk onvoorspelbaar. Zijn gezondheid – of die van een van ons – kan zonder duidelijke waarschuwing achteruitgaan. Neem mij nou bijvoorbeeld,' zei ze, en ze gooide er toen opnieuw de pijnlijke woorden uit: ALS. *Fataal. Onvoorspelbaar. Verlamming. Beademing.*

Ze waren met stomheid geslagen.

Met ingehouden adem keek ze naar de geschokte gezichten van haar zussen terwijl die probeerden te begrijpen wat ze had gezegd. Toen begon Julianne te huilen, en doorbrak daarmee de spanning op de voor haar karakteristieke, melodramatische manier.

Kara beloofde meteen terug naar Florida te verhuizen, met of zonder Todd, en Beth stond op en sloeg haar armen om Meg heen. Voor het eerst sinds Lowenstein de term ALS had laten vallen, gaf ze zich over aan verdriet. Ze legde haar hoofd tegen Beths schouder en huilde.

Nadat ze allemaal hun ogen droog hadden gedept en hun neus hadden gesnoten, vroeg Beth haar wat ze van plan was te doen met de tijd die haar nog restte; Beth was altijd zo direct.

'Mijn kantoor leegruimen,' zei Meg, 'met mijn notaris praten... mijn zaakjes regelen, denk ik.'

Kara fronste en schudde haar hoofd. 'Nee, kom nou... wat wil je gaan dóén? Zoiets als "Ik had altijd nog eens..." Je weet wel, vul het zelf maar in: de Niagara Falls willen zien. Parachutespringen. Met Antonio Banderas naar bed gaan. Zoiets.'

Meg keek naar hun verwachtingsvolle gezichten, maar wist niet hoe te antwoorden. Ze had al zo veel gedaan in haar leven, zo veel plaatsen gezien, zo veel vreugde gekend. Er was niet veel waaraan het haar nog ontbrak. Uiteindelijk zei ze: 'Ik ga met mijn dochter praten, elke dag.' Haar enige andere wens lag buiten haar bereik.

Ze herhaalde haar verhaal de volgende ochtend voor haar vader, terwijl haar zussen buiten zijn kamer stonden te wachten, klaar om naderhand ondersteuning te bieden. Hij staarde haar aan en kuchte toen in een vergeefse poging zijn tranen terug te dringen. 'Verspil geen tijd meer, Meggie,' zei hij.

Te laat. Ze beet hard op haar onderlip om het niet te zeggen.

'Dat is een goed advies, pap, bedankt,' wist ze uit te brengen.

Ze verliet zijn kamer met in gedachten een poster die ze had gezien in de espressobar vlak bij haar praktijk. Ze had het vele malen gelezen... een uitspraak van Shakespeare, en had hij niet de wijsheid in pacht? 'Ik heb tijd verspild, en nu verspilt de tijd mij.'

42

Voor het eerst sinds hij Val had ontmoet was Carson niet blij haar stem aan de telefoon te horen. Ze belde vrijdag rond lunchtijd, toen de drie verhuizers even met hem zaten uit te rusten in de keuken en de pizza aten die hij had besteld. Hij liep het brede balkon op om met haar te praten en kneep zijn ogen dicht tegen het zonlicht. De Sound was veeleer blauw dan grijs vandaag, en bespikkeld met bootjes bestuurd door mensen die genoten van het voorjaar in Seattle...

iets wat hij ook wel zou willen doen, maar zijn enthousiasme voor de lente, voor Val, voor de verhuizing naar Malibu leek net als zijn bezittingen in dozen te zijn verpakt.

'Het is allemaal voorbij,' zei Val, en Carson besefte heel even niet dat ze het over de surfwedstrijd op Bali had. 'Ik heb net van haar gewonnen! Je zou het water moeten zien... ik wist niet of ik op mijn plank zou kunnen blijven staan, maar het is me gelukt!'

Hij dwong zichzelf enthousiaster te klinken dan hij zich voelde. 'Hé, dat is geweldig, gefeliciteerd!'

'Ja, dank je. Ik wou dat je hier was... o, verdorie! Ik moet ophangen; ik heb die man van ESPN beloofd dat ik hem drie minuten zou geven voor de uitreiking en hij komt deze kant uit. Hoe gaat het inpakken? En daar komt dat grietje van ABC ook aan... sorry voor de drukte! Ik bel je later weer!'

Later. Later zou beslist beter zijn; als ze niet meer zo opgetogen was. Zou hij zelfs dan meer in de stemming zijn om met haar te praten? Alles in zijn wereld was versluierd door het slechte nieuws van Meg, en hoe langer hij eraan dacht, hoe erger het leek.

Wat moest zij wel niet doormaken? Had ze het Hamilton al verteld? Hij had op internet wat opgezocht over ALS... en hij gruwde alleen al van de gedachte. Ze had zo kalm geklonken... veel te kalm. Te aanvaardend. Waarom vocht ze er niet tegen? Hij moest weer met haar praten, haar aanmoedigen iets te doen. Ze was arts, in godsnaam... Ze zou vast wel iets meer weten dan wat hij had gevonden. Een experimenteel geneesmiddel, of anders in elk geval iets wat een vertraging teweeg kon brengen. Haar verliezen aan Hamilton was erg geweest, maar dat viel volkomen in het niet bij het zwarte gat dat hij in zijn leven zag ontstaan als hij haar hieraan zou kwijtraken. Hij moest haar zien.

Hij liep terug naar binnen. 'Luister eens, jongens,' zei hij tegen de verhuizers, 'er is iets tussengekomen. Nemen jullie de rest van de dag maar vrij.'

Ze keken elkaar aan en leken als één geheel hun schouders op te halen. Toen zei Ernesto, de ploegleider: 'U zult wel een nieuwe afspraak moeten maken met het kantoor, voor wanneer we het moeten afmaken. We zitten de hele volgende week al vol met afspraken.'

'Ja, oké,' zei Carson terwijl hij de rest van de pizza voor hen in de doos deed zodat ze het mee konden nemen. Uit zijn koelkast pakte hij de laatste vier biertjes, gaf die ook aan hen en werkte de mannen naar buiten. 'Maar niet met drank achter het stuur, oké?'

Zodra ze weg waren schoof hij een paar dozen opzij en ging op de bank zitten, hij wreef met zijn hand over zijn gezicht. Hij had geen keus... hij belde zijn makelaar en zei dat ze de overdracht moest uitstellen, zelfs als dat inhield dat de kopers hun aanbod introkken. 'Zeg maar dat ik in een familiecrisis zit.'

Dat was niet helemaal gelogen; Meg was zoiets als een verre... zus? Ja hoor, dacht hij, een zus. Ze was veel meer dan welk ver familielid dan ook, zeer zeker meer dan een zus, maar het was gemakkelijker om te zeggen wat ze niet voor hem was dan wat ze wél voor hem was. Ze was niet zijn vriendinnetje, verloofde, echtgenote. Ze was niet eens meer een vriendin. Hij dacht aan de term zielsverwant, schrok terug voor dat cliché... maar dacht er toen nog even over na: verwant met zijn ziel... Was zoiets mogelijk? Hij wist het niet zeker. Verwant met zijn hart, dat was ze zeer beslist. Wat niet wilde zeggen dat hij niet van Val hield. Die gevoelens waren volstrekt anders. Meg hield een deel van hem in pacht dat Val nooit zou zien, bereiken of zelfs kunnen bevatten. Hij had voor Meg moeten vechten, had door de pijn van zijn gekwetste trots heen moeten bijten en haar laten zien hoezeer ze het mis had... Ach, dat was achteraf makkelijk gezegd.

Hij belde zijn reisbureau. Toen hij een ticket had geregeld voor de avondvlucht, belde hij zijn ouders. Zijn moeder nam op.

'Hé, ma, weet je nog dat je toen ik wegging zei dat je wilde dat je me vaker zag? Sorry dat het zo kort dag is, maar als een van jullie vanavond wat langer zou kunnen opblijven, kom ik een slaapmutsje drinken.'

Stilte. Daarna: 'Carson, heeft dit iets te maken met Meg? Want als dat zo is, laat mij je er dan aan herinneren hoe gemakkelijk zij jou in de steek liet voor Brian Hamilton toen hij de man met het geld was.'

'Zo zit het niet, ma.'

'O nee? Belde ze dan niet om je te vertellen dat ze gaat scheiden?'

Hij sloot zijn ogen. Was het maar waar. Hij herhaalde wat Meg hem had verteld en zei toen: 'Ik weet niet wat ik voor haar kan doen en of ik iets voor haar kan doen. Ik wil... ik moet er gewoon voor haar zijn.'

Hij wachtte terwijl zijn moeder het nieuws verwerkte. Ze zei: 'Oké, dat begrijp ik. Maar hoe zit het met Val? Weet zij het?'

'Ik praat morgen wel met haar. Dit... het hoeft geen probleem te zijn. Ze is erg begripvol. Alles kan toch wel gewoon doorgaan.'

'O, lieverd,' zei ze. 'Ik vind het echt vreselijk voor Meg. Wat verschrikkelijk voor hen allemaal... Bel ons maar zodra je bent geland, dan weten we ongeveer hoe laat we je kunnen verwachten.'

'Bedankt, mam,' zei hij, opgelucht dat ze hem steunde. En toen nam hij een beslissing. 'Weet je wat, het zal wel erg laat worden... ik wil jullie je nachtrust niet onthouden. Ik slaap wel in de schuur.'

'Lieverd... ik begrijp hoe je je voelt, maar je hebt daar in tijden niet geslapen; ik weet niet eens zeker of de airconditioning het nog wel doet. Neem gewoon de logeerkamer zoals altijd. We zullen niet voor je opblijven als je je daar beter door voelt.'

'Ik... ik zal me beter voelen als ik in de schuur blijf. Als je dat goedvindt.'

'Je weet dat we gewoon blij zijn om je hier te hebben,' zei ze.

43

Op vrijdag zat Savannah in de kleine kantine van de school bij dezelfde meisjes als gewoonlijk: Rachel en Miriam, een slank, vreselijk knap meisje; haar vader had ooit baseball gespeeld voor de Minnesota Twins. Ze hadden het erover of ze later de stad in zouden gaan voor het Cinco de Mayo-festival, maar Savannah kon er met haar gedachten niet bij blijven. Ze dwaalde steeds af naar de dingen die Kyle de vorige avond tegen haar had gezegd, toen ze weer tot laat in de nacht in bed met hem had liggen bellen. Lieve, intieme beloftes van wat ze zouden gaan doen als hij vanavond weer in de stad was.

Doordat ze de hele week zo met Kyle bezig was geweest had ze maar een 7,2 gehaald voor haar meetkundetoets en een 8,1 voor haar geschiedenisproefwerk, en ze was gistermiddag in slaap gevallen tijdens de film die ze voor kunstnijverheid hadden gekeken... maar ze hield het nog wel vol. Alleen tante Beth leek te merken dat ze zich thuis geregeld uit de voeten maakte; nadat pap en zij gisteravond terug waren gekomen van de Dairy Queen, was Beth even naar haar kamer gekomen en op haar bed komen zitten. 'Je bent net een muis in een huis vol katten,' zei Beth glimlachend. 'Het is een jongen, zeker?'

Savannah was blij te kunnen toegeven dat ze iemand had. 'Maar mam weet het nog niet... ze is erg afwezig door dat gedoe met die zenuwen en alles, dus heb ik het haar nog niet verteld.' Ze zag Beths gezicht betrekken. Het was inderdaad een slappe smoes...

Beth zei: 'Ze heeft inderdaad veel aan haar hoofd, maar ik denk dat ze blij zou zijn om je nieuwtje te horen.'

'Het is niet zo belangrijk,' zei Savannah. 'Je kunt het haar wel vertellen als je wilt.'

Maar Beth zei dat ze dat aan haar over zou laten. 'Wees niet bang om dingen met je moeder te delen; jij staat boven aan haar lijstje, weet je.'

Savannah dacht daar nu weer aan. Het klonk goed, maar voor zover zij het kon zien, stond op het moment opa Spencer boven aan haar mams lijstje... en dat lag natuurlijk ook wel voor de hand. De operatie was goed verlopen, maar hij had veel pijn en dat maakte hem chagrijnig en veeleisend. Tante Jules had gezegd: 'En dan vraagt hij zich nog af waarom ik zo graag bij de eerst mogelijke gelegenheid het huis uit wilde!'

Ze begreep tante Jules helemaal. Niet dat haar ouders zo verschrikkelijk waren, maar ze waren zelden thuis, en ze merkten het nauwelijks wanneer zíj thuis was. Ze hadden zo weinig te maken met haar echte leven, en ze voelde zich echt niet centraal staan in dat van hen. Ze voelde zich daarin veeleer een belasting; ze moest telkens naar en van school, wedstrijden en lessen gereden worden... ze kon niet wachten tot ze haar eigen auto had.

Vanavond logeerde Kyle weer in wat ze nu als 'hun' hotel zag. Ze wilde met hem uit gaan eten en dan naar de film. 'Goed plan,' had hij gezegd, 'als ik tenminste lang genoeg met mijn handen van je af kan blijven.' Hij zei dat hij niet kon wachten tot hij haar weer zou proeven.

'Sa-van-nah. Waar bén je?' Rachel zwaaide een broodje tonijn voor haar gezicht heen en weer.

Ze duwde Rachels hand weg. 'Nergens. Wat?'

'Ga je nou met ons de stad in of niet?'

Een paar weken geleden zou ze overal met hen heen zijn gegaan, zonder iets te vragen... en ieder meisje dat een uitje met haar vriendinnen afsloeg vanwege een jongen kon op haar spot rekenen. Voor ze Kyle had leren kennen begreep ze niet waarom een meisje een jongen boven haar vriendinnen zou verkiezen. Nu snapte ze het wel: sommige jongens waren het waard. Geen van de jongens waar haar vriendinnen voor hadden gekozen, maar dat was het verschil tussen haar en hen... haar maatstaven lagen hoger.

'Nee, ik kan niet. Ik heb een afspraak.'

Rachel fluisterde in haar oor: 'Ik heb gezegd dat ik je vanavond niet weer kan dekken.' Hun hele gezin vertrok de volgende ochtend vroeg naar Australië voor een bruiloft.

'Ik weet het. Dat is geen probleem. Ik blijf niet slapen.'

Miriam gooide een broodkorstje naar hen; het raakte Savannahs schouder. 'Geen geheimen,' zei ze.

'Ja, Rachel,' zei Savannah hardop. Tegen Miriam zei ze: 'Ze bekende me net dat ze liever het lichaam van Michael Jackson ziet dan dat van Ashton Kutcher... dus nu weet je het, het is geen geheim meer.'

Ze lachte toen Miriam gillend uiting gaf aan haar afkeer en dook toen weg voor Rachels gespeelde stomp.

Rachel zei: 'Denk je dat ík erg ben.... Savannah geilt op Marilyn Manson.'

'O, baby!' zei Savannah met geveinsde hartstocht, terwijl ze dacht dat zij geen idee hadden van hoe het echt was... maar zij wel.

44

Anna Powells allerlaatste dagboeknotitie, van de avond voor ze was overleden, stond redelijk vooraan in het twaalfde notitieboek. Meg wist dat die daar stond en had het vermeden hem te lezen; ze had weerstand geboden aan de onontkoombaarheid van haar moeders laatste woorden. Ze had niet verstrikt willen raken in het verleden en de pijn die dat mee kon brengen, maar hoe meer ze las, hoe minder ze wilde dat het bezoek aan haar moeder zou eindigen. Door het schrijven van haar eigen dagboek had ze ontdekt dat het einde niet onontkoombaar was, althans niet voor de lezer; ze kon terugkeren naar de eerste notitie en zo haar moeder opnieuw opzoeken.

Dus die vrijdagavond, na het huilerige afscheid van haar zussen, toen Savannah naar de film was en Brian uit eten met een klant, trakteerde ze zichzelf op afhaalchinees en witte wijn. En toen ze dacht dat ze het aankon, begon ze aan die laatste notitie.

10 september 2005
Minimum 18°; maximum 31°. Helder, winderig en heet.
Ik heb vanavond vreselijke hoofdpijn die maar niet over wil gaan. Het zal de vochtigheid wel zijn, of misschien is er storm op komst en voel ik de dalende barometerdruk.

Spencer was vandaag naar die orchideeënshow, dus had ik een lunchafspraak met Meggie gemaakt, alleen wij tweeën. Noem me krankzinnig, maar ik heb het vreemde gevoel dat er een engel op mijn schouder zit die me aanspoort met mijn oudste dochter te praten, mijn hart te luchten. Waarom weet ik niet, maar ik heb toch besloten het te doen, om die engel tevreden te stellen.

Meggie haalde me op en ik merkte dat ze ter hoogte van de McKays langzamer reed. 'Het schijnt dat ze deze winter een overvloedige grapefruitoogst kunnen verwachten,' zei ik, gewoon om een praatje te maken. Vanaf de weg kun je hele trossen rijpend fruit zien hangen, en dat is niet altijd het geval. Sommige jaren zijn veel minder gunstig. Maar goed, ze gaf gas bij, alsof ik haar ergens op had betrapt.

Dus ik begon met de toespraak die ik had bedacht, al had ik daar eigenlijk mee willen wachten tot we klaar waren met eten. Ik wilde alleen dat ze wist hoe bezorgd ik om haar ben, dat ik het onjuist vind dat we haar hebben aangemoedigd met Brian te trouwen. Ach, hij is geen slechte schoonzoon; hij is netjes en beleefd en hij steunt haar en zo, maar hij is niet het soort man dat haar gelukkig maakt. Er ontbreekt iets. Ik heb er veel over nagedacht, en als ik zou moeten aangeven wat dat iets is, zou ik het hartstocht noemen. Hij heeft energie, toewijding en ambitie te over, en sommigen zouden dat hartstocht noemen, maar nee, ik heb het over een ander soort energie die iemand verbindt met de kracht van de natuur en het leven. Zoals Spencer die bezit, en Savannah. En Meggie toen ze klein was. En Kara, God zegene haar, met haar vier jongens en al haar ideeën!

Spencer is niet altijd verstandig, dat is waar. Maar in al mijn 64 jaar, en ondanks de moeilijke tijden die ik dankzij zijn krankzinnige ideeën of verkeerde beoordelingen – of mijn eigen kortzichtigheid of wat dan ook – heb doorgemaakt, ben ik altijd blij geweest dat ik zijn vrouw was. Meggie en Brian hebben een goed leven, maar ik weet – we weten allemaal – dat er bij hen iets ontbreekt. Brian verstikt haar, droogt haar uit. Ik geloof dat die hele manier van leven, hoe leuk het er ook uitziet, haar heeft losgemaakt van alles waar ze als kind zo van hield.

Ik begon haar over mijn zorgen te vertellen – dat ze alleen en depressief achter zal blijven als dit zo doorgaat – maar zodra ik begon met: 'Lieverd, ik maak me de laatste tijd een beetje zorgen over je', begon zij te vertellen dat Savannah het zo goed doet op school en dat ze volgend voorjaar een auto gaan kopen voor haar verjaardag! Ik dwaalde meteen helemaal van mijn onderwerp af, en deed mijn duit in het zakje over al die kinderen die tegenwoordig zomaar alles krijgen. Zonder haar en Brian te beschuldigen, hoor – ik ben nog wel een beetje diplomatiek – maar ik gaf wel mijn mening; dat ik vind dat je een kind dat nooit ergens voor hoeft te werken een belangrijke levensles onthoudt. Meggie sprak me niet tegen.

In het restaurant probeerde ik nog een keer mijn toespraak af te steken, alleen pakte ik het iets subtieler aan. 'Nog maar een paar jaar en jij en Brian zijn weer alleen,' zei ik. 'Dat zal een hele verandering zijn. Doordat jij zo snel zwanger raakte, hebben jullie niet veel tijd met alleen elkaar gehad.' Ze was het met me eens, dus ik dacht dat ik vorderingen maakte, maar toen begon ze te vertellen over een vijftienjarige patiënte van haar die zwanger is... en getrouwd ook! En ik leek het gesprek niet terug te kunnen brengen op haar en Brian, dus gaf ik het maar op. Ik dacht dat ik me misschien toch vergist had in wat die engel wilde.

We hebben een fijne tijd gehad samen, Meggie en ik, en dat is heel veel waard. Ik kan me de vorige keer niet herinneren dat we zomaar een middag gepraat hebben, zonder echte agenda (tenminste niet voor zover zij wist). Ik neem aan dat ik me ofwel met mijn eigen zaken moet bemoeien, en haar hetzelfde laten doen, of een moment af moet wachten dat ze er wel voor openstaat om over haar problemen te praten.

Als zich dat ooit voordoet... in elk geval met mij. Het is mogelijk dat ze Spencer en mij er de schuld van geeft, en als dat zo is kan ik het haar niet kwalijk nemen. Ik moet eigenlijk de moed zien op te brengen om er haar ronduit naar te vragen en haar te vertellen dat het me spijt. Maar Moeder in de hemel, U weet dat ik er niet van hou om onrust te stoken! Maar nu ga ik eens kijken of er nog van die extra zware pijnstillers zijn die Spencer na zijn dubbele wortelkanaalbehandeling heeft gekregen. Ik moet van die hoofdpijn af zien te komen, anders slaap ik de hele nacht niet, en de hemel weet dat een goede nachtrust me een wereld van goed zou doen.

Er ontsnapte Meg een lange zucht.

Ze gaf haar moeder inderdaad deels de schuld; het zou goed zijn geweest als ze wel wat onrust had gestookt; dan zou Meg gezegd hebben dat het inderdaad verkeerd van haar was geweest om Meg aan te moedigen te trouwen, en van haar vader ook. En ze zou gezegd hebben dat ze het wel begreep en dat het ook haar eigen schuld was en die van Brian. Als de schuld over hen allemaal verdeeld was, hadden zij noch haar moeder er zo onder gebukt hoeven gaan. Had ze maar niet zo halsstarrig geweigerd over haar huwelijk te praten, had haar moeder het maar niet zo snel opgegeven...

Had ze maar...

Waren er triestere woorden?

45

Savannah zwaaide toen Kyle voor de bioscoop stopte, waar haar vader haar enkele minuten daarvoor had afgezet.

'Sweet Savannah,' zong Kyle door het raampje van zijn Pontiac van eind jaren negentig. De bekleding was van grijze stof, die kaal en gevlekt was – hij had te vaak de ramen opengelaten in de regen – maar dat kon haar weinig schelen.

'Ga je niet parkeren?'

Hij grijnsde weer een kuiltje in zijn wang. 'Wat zeg je ervan om de film over te slaan? Ik heb zo lang gewacht voor ik je weer zag en weet je, ik kan dan onmogelijk mijn aandacht bij het witte doek houden.'

Hoe kon ze hem iets weigeren als hij op die manier glimlachte? Ze stapte in en ze reden bij de bioscoop weg. Kyle stak een joint op zodra ze onderweg waren. 'Hier, neem jij hem maar,' zei hij.

'Ik hoef niet,' zei ze. 'Maar ga jij gerust je gang.'

Hij hield haar de joint voor. 'Kom op... je kunt er niet aan verslaafd raken. Je hebt vorige week toch ook genoten?'

Het zou hypocriet zijn om te protesteren nadat ze de vorige keer wel mee had gedaan. En ze wilde niet dat hij dacht dat ze hem veroordeelde, of dat ze zich gedroeg naar haar leeftijd. 'Ja, oké, ik neem wel een trekje.'

Toen ze hem de joint teruggaf, zei ze: 'En nu heb ik iets voor jou.' Ze haalde een dikke envelop uit haar tas en legde die op zijn schoot. Om je te helpen met de zomercursus. Heb je je al ingeschreven?'

'Schat! Wat ontzettend gul van je. Hoeveel is het?'

Ze boog naar hem over en fluisterde in zijn oor: 'Duizend dollar.'

'Goeie genade!' Zijn blijdschap wond haar op en ze beet speels in zijn oor. Hij zei: 'Maar, hé, kun je je dat echt wel veroorloven?'

'Ja, het is van mijn spaargeld, net als de vorige keer. Ik heb je toch al gezegd dat ik het nergens voor nodig heb. Kan ik het net zo goed aan iets nuttigs besteden.' Zoals hem gelukkig maken... en misschien dankbaar. Zorgen dat hij haar zou gaan zien als een partner. Tegen de tijd dat zij klaar was met school, zou hij zijn bachelorsopleiding aan het Florida State hebben voltooid, en konden ze samen een appartement nemen in Tallahassee. Dan zou zij ook naar het State gaan terwijl hij doorging voor zijn masters. Haar ouders zouden misschien zelfs voor hem helpen betalen... tegen die tijd zouden ze dol op hem zijn, als ze zich eenmaal over het leeftijdsverschil heen hadden gezet. En zo niet, ach ja...

Kyle en zij gaven elkaar de joint een paar keer door terwijl ze door de stad reden, en tegen de tijd dat ze bij het hotel kwamen, had ze het gevoel dat ze er wel heen had kunnen vliegen. Kyle schreef hen in terwijl zij in de auto wachtte, meezong met een nummer van No Doubt op de radio en in zijn dashboardkastje keek. In plaats van de tekst van het nummer zong ze: 'Pe-en, registratie, bandenspanningsmeter, kleine zaklamp, kleine, zaklamp, kleine, zaklamp, kleine zak-lamp...friet-jes, condooms!' Onder in het kastje lagen drie condooms in een wat vuil geworden verpakking.

'Je hebt de voorraad gevonden,' zei Kyle toen hij weer instapte. Ze schrok op. Was hij niet net pas uitgestapt? De tijd gedroeg zich zó raar als je stoned was.

Ze hield de strip omhoog. 'Je bent zeker een padvinder of zo... overal op voorbereid!' Alleen had hij vorige week geen condooms gebruikt en had hij gezegd dat het net zo leuk was om andere plekjes te zoeken om de daad te voltooien. Hoe dan ook, zolang ze maar niet zwanger raakte was het allemaal prima.

In de kamer zette hij zijn canvas rugzak op het bed en ging ernaast zitten. 'Zoals elke padvinder heb ik ook zo'n ding... In Miami gekocht.' Hij haalde een digitale camera tevoorschijn. Ze wilde naast hem gaan zitten, maar hij stak zijn hand op.

'Wacht... eerst een foto.' Hij deed de camera aan, richtte hem op haar en nam een foto.

Ze was blij dat ze een nieuwe felgroene rok en wit katoenen bloesje had aangetrokken; het was trendyer dan wat ze gewoonlijk droeg, maar haar tantes, die op het punt hadden gestaan naar het vliegveld te vertrekken, hadden het allemaal goedgekeurd. Haar moeder was ver genoeg uit haar depressie gekomen om te kunnen zeggen dat ze er 'echt geweldig' uitzag in haar nieuwe kleren, waardoor ze zich schuldig en onoprecht had gevoeld. Tante Beth had waarschijnlijk gelijk; ze zou haar moeder moeten vertellen dat ze een jongen leuk vond, al was het alleen maar om haar te laten wennen aan het idee dat ze iemand had.

'Maak je bloesje open,' zei Kyle. 'Wees mijn model.'

Ze begon de knoopjes open te maken. 'Wacht. Die foto's zijn toch alleen voor jou, hè?'

'Alleen voor mij,' zei hij terwijl hij opnieuw de camera op haar richtte.

Vanaf toen was het gemakkelijk om haar bloes uit te trekken en haar witte beha met kant te laten zien, ook een recente aankoop die ze – samen met de rok, de bloes en nog wat kanten dingetjes – met haar moeders creditcard had betaald. Ze had het geld daarvoor al teruggestort en had zelfs al een plan om de vliegtuig- en hotelrekeningen te verklaren wanneer die opdoken: ze zou erop zinspelen dat alles wat volgens haar moeder niet klopte, het gevolg was van identiteitsdiefstal. Simpel.

'Nu de rok.'

Kyle pakte een flesje pilletjes terwijl zij het haakje van haar rok losmaakte en hem over haar heupen omlaag liet zakken. Ze poseerde vrijpostig voor hem. 'Vind je me leuk?'

Hij stond op, pakte haar bij de hand en trok haar naar het bed. 'Voel maar eens hoe leuk ik je vind,' zei hij, en hij legde haar hand tegen zijn kruis. Hij vond haar erg leuk.

Hij hield een geel pilletje omhoog en zei: 'Ik heb deze geweldige dingen, die je mag proberen als je wilt, maar denk niet dat ik ze je opdring, oké? Ze verlengen de trip, dat is alles.' Hij stak het pilletje in zijn mond en slikte het zonder water door. 'Maar het is prima; je bent hier misschien nog niet klaar voor.'

Ze probeerde het aanbod verstandig te bekijken. Hij had er net een genomen, dus zo slecht konden ze niet zijn. Ze was er wel klaar voor en om dat te bewijzen, pakte ze het flesje, schudde er een pilletje uit en stak het in haar mond. Zo'n klein ding kon vast geen kwaad.

Toen kreeg de drug haar in zijn greep. Later herinnerde ze zich alleen nog rafelige flitsen van wat er daarna was gebeurd: poseren in haar ondergoed. Poseren zonder. Seksspeeltjes uit Kyles tas. Een klop op de deur toen zij met handen en voeten losjes vastgebonden lag... 'Een vriend,' zei Kyle terwijl hij naar de deur liep. Daarna Kyle op alle mogelijke manieren in haar. Was die vriend er nog? Ze kon zich niet herinneren dat ze iemand had gezien, en er was niemand toen de drug zijn uitwerking begon te verliezen.

De tijd vertraagde tot een grijpbare snelheid en Savannah keek op het klokje naast het bed.

'O, mijn god,' zei ze, 'ik ben zwaar de pineut!' Het was bijna één uur 's nachts.

Ze kleedde zich snel aan, pakte haar mobiele telefoon en zag dat ze gemiste gesprekken had van zowel haar ouders als van Rachel. Er kwam een vloedgolf van paniek over haar heen. Wat moest ze tegen haar ouders zeggen? 'Je moet me naar huis brengen.'

Kyle stapte, nog steeds naakt, op haar af. 'O, schatje, hé, het spijt me. Ik... we... zijn iets te ver gegaan. Poeh! Maar wat een rit!' Hij ging met zijn handen over haar borsten en toen omlaag. Onder haar rok. Hij fluisterde in haar oor: 'Je bent het heetste meisje dat ik ooit heb gezien.'

Zijn warme adem kriebelde aan haar oor en zijn woorden deden haar plezier, maar tegelijkertijd schaamde ze zich ook. Hoe had ze aan al die dingen mee kunnen doen? Was ze zo'n soort meisje? 'Hé... die foto's...'

'Zijn mijn kostbaarste bezit.' Hij duwde haar haren weg en kuste haar in haar nek.

Niet zeker wetend wat echt was en wat ze zich had verbeeld, wilde ze hem vragen of er echt iemand naar hen had zitten kijken. Had Kyle alleen maar gepraat over hoe sexy het zou zijn als er iemand naar hen keek? Maar ze stelde die vragen niet. Ze kon het nu maar beter laten rusten en er later over nadenken wanneer ze zich helderder, nuchterder voelde.

Kyle trok haar hand omlaag naar zijn erectie. Alweer? Haar hele lichaam voelde pijnlijk en gebruikt aan.

'Ik moet echt naar huis,' fluisterde ze met tranen in haar ogen.

'Vijf minuten,' zei hij, en hij duwde haar op haar knieën. Ze wist niet hoe ze nee tegen hem moest zeggen.

46

Meg werd overspoeld door opluchting toen ze Savannah thuis hoorde komen. Ze stond op van de bank in de woonkamer door zich met haar goede arm af te zetten.

'Waar heb je in godsnaam gezeten?' Haar opluchting verdween meteen en ze raakte vervuld van woede nu ze wist dat haar kind veilig was.

Savannah keek langs haar heen naar een drietal palmen in potten die in een hoek van de kamer stonden, en zei: 'Bij vrienden.'

Brian, die ook was opgebleven, zei: 'Niet bij Rachel.'

'Dat zei ik ook niet.' Savannah maakte een gespannen indruk en zag eruit alsof ze gehuild had.

'Is er iets?' vroeg Meg terwijl ze naar haar toe liep. Savannah wilde haar niet in de ogen kijken, maar haar hele houding straalde verslagenheid uit. 'Wil je liever met mij alleen praten?'

'Alles is in orde... oké? Alles is in orde. Ik ben gewoon heel erg moe.'

'Je komt voorlopig de deur niet meer uit,' zei Brian. Hij liep naar de keuken en deed de lampen uit. 'Peins er maar niet over om voor de rest van het weekend plannen te maken.'

'Prima!' riep Savannah, die nog steeds aan de rand van het Chinese wollen tapijt stond alsof dat tapijt een krachtveld was dat zij niet kon binnendringen... of niet wilde binnendringen, dacht Meg. Alsof er binnen dat krachtveld vragen, twijfels en misschien wel ernstiger consequenties waren dan wat Brian haar zojuist had toegevoegd.

'Lieverd?' zei Meg, het tapijt overstekend en Savannahs hand vastpakkend; haar boosheid was weer verdwenen en vervangen door bezorgdheid. Ze had vrouwen gezien die mishandeld waren, die seksueel misbruikt waren... die zagen er bijna net zo uit als haar dochter nu. Schichtige blik, afhangende schouders, een aura van trauma dat je bijna kon ruiken.

'Ik ga naar bed,' zei Savannah en ze trok haar hand los. 'Alles is in orde,' zei ze weer, en Meg vroeg zich af wie ze probeerde te overtuigen. Er was beslist iets gebeurd, daar was ze van overtuigd. Hoe vaak had Savannah de afgelopen minuut gezegd dat alles in orde was? Ze had een veel uitgebreidere woordenschat. Hoewel... wie was er om kwart voor twee nog echt welbespraakt? Misschien was ze gewoon uitgeput, misschien had ze ruzie gehad met een vriendin, of met een jongen. Misschien had ze iets verantwoordelijks gedaan, zoals weigeren mee te rijden met iemand die gedronken had, en toen besloten naar huis te lopen. Meg deed haar best te geloven dat haar eigen vermoedens haar grootste probleem waren en dat met Savannah alles in orde was, zoals ze had gezegd.

Meg keek Savannah na tijdens haar ontsnapping door de gang en wachtte tot ze haar slaapkamerdeur dicht hoorde gaan voordat ze Brian vertelde wat ze dacht dat er mogelijk aan de hand was.

'Ik heb de tekenen gezien bij andere vrouwen... ze zou aangevallen of vernederd kunnen zijn of... of... zoiets dergelijks.' Het hardop te zeggen maakte haar bang, angstig om haar dochter. Waar was Savannah werkelijk geweest?

Brian kwam op de armleuning van de bank zitten. 'Of misschien doet ze expres zielig zodat ze niet zoveel problemen met ons krijgt.'

'Dat kun je niet menen.'

'Ik zeg dat het mogelijk is. Ik bedoel, je hebt haar toch gehoord... Ze was nukkig. Ze zal wel gedacht hebben dat we het druk hadden met je zussen en niet eens zouden merken dat ze niet op tijd thuiskwam.'

'Ze wist dat die vanavond weggingen,' zei Meg hoofdschuddend. 'Dit is helemaal niets voor haar.' Ze keek de gang door. De driedelige kroonlijst van bladgoud langs het plafond trok haar aandacht; die had drie keer zoveel gekost als wat ze voor één semester universitaire studie kwijt was geweest. Zo veel geld, en waarvoor?

Brian zei: 'We hebben het er morgen nog wel met haar over. Ik heb nu even genoeg stress gehad... en jij waarschijnlijk ook,' voegde hij eraan toe. Duidde hij op de ALS, bovenop de nieroperatie van haar vader, het bezoek van haar zussen, en hun dochters eerste overtreding van de avondklok? Als dat zo was, dan was dit zijn eerste verwijzing naar dat onderwerp sinds hun gesprek op woensdagochtend. Ze moesten bespreken wat het voor hun aller levens betekende en het over de moeilijke details hebben... natuurlijk niet nu, maar wel binnenkort.

'Ga jij maar vast,' zei ze. 'Ik denk dat ik nog even hier blijf zitten tot ik gekalmeerd ben. Ik heb geen slaap.'

'Ik kan opblijven als je wilt, maar ik word morgen om acht uur op de golfbaan verwacht.'

'Nee, ga maar. Zet je wekker.'

Hij stond op, liep in de richting van de slaapkamer, bleef toen staan alsof hij nog iets wilde zeggen, maar bedacht zich kennelijk en liep door.

Meg nam een glas, een fles jenever, een pen en haar dagboek mee naar de veranda. Savannah had tijd nodig om te kalmeren... en zij ook. Ze ging in haar favoriete stoel zitten, ademde de vochtige nachtlucht diep in en probeerde er niet aan te denken dat haar longen net als haar armen en benen zwakker werden.

Ze schreef:

Savannah, ik voel me verscheurd. Ik wil naar je kamer gaan om erachter te komen wat er vannacht met je is gebeurd, maar herinner me mijzelf op jouw leeftijd, en hoe ik mijn eigen privacy beschermde. Zou je mijn bezorgdheid verwelkomen of die schuwen? Hoewel ik bang ben dat je op een of andere manier kwaad is aangedaan, realiseer ik me dat ik waarschijnlijk overdrijf. Het is zo moeilijk om je de bijna-volwassene te laten zijn die je geworden bent...

Toen je tantes er waren had ik geen tijd om te schrijven. De behoefte om hier voor jou iets substantieels van te maken drukt zwaar op me; het zand in mijn zandloper lijkt elke dag sneller door te lopen en toch heb ik nog zo weinig gezegd dat belangrijk is. Ik heb nog een heel leven nodig om jou te begeleiden... zo voelt het. Maar toen ik zestien was wist ik zeker dat ik mijn moeder helemaal niet nodig had en het idee dat ze me zelfs in mijn volwassen leven nog zou willen begeleiden zou me belachelijk toegeschenen hebben. Ik zou me afgevraagd hebben waarom ze me niet los wilde laten, zou gezegd hebben dat ze de meest saillante beetjes wijsheid maar moest uitkiezen en me de rest zelf laten ontdekken. Ik zou er niet bij stil hebben gestaan dat ze zelf ook nog van alles moest leren.

Meg schonk met haar linkerhand de jenever in om haar rechter- te sparen voor het werk aan het dagboek. De kleine ongemakken van de oprukkende ziekte namen toe, maar ze hield haar frustratie in bedwang in de wetenschap dat wat haar nog te wachten stond als ze het erg lang volhield, veel erger was... en als ze al niet met de kleine dingen kon omgaan, hoe kon ze dan hopen de grotere te kunnen hanteren?

Ze nipte van de drank, voelde de warmte vanaf haar keel tot in haar maag als een lang, brandend lont. Ze genoot van het gevoel van de warmte in haar maag en vroeg zich af wanneer ze ook die aan de lijst van verloren genoegens zou moeten toevoegen. 'Hou op,' zei ze tegen zichzelf. Ze moest zich op haar dochter en op haar taak blijven richten.

Ze vervolgde:

Het heeft lang geduurd voor oma enkele van haar eerdere beoordelingsfouten inzag... en ik heb dat nooit geweten, niet voordat ik haar dagboeken las. Ze had geprobeerd me te vertellen over een van haar grootste fouten, zoals zij het zag, maar ik was niet klaar om het te horen. Jij bent er misschien ook nog niet klaar voor om enkele van mijn conclusies te horen; dat weet ik. Maar probeer het, Savannah, en zoek hulp wanneer je verward of van streek bent, wanneer je niet kunt begrijpen waarom ik heb gedaan wat ik van plan ben te doen. Mijn pogingen om het uit te leggen behoeven misschien wat... aanvulling. Tante Kara herinnert zich nog veel over mijn jeugd, over hoe het was toen we opgroeiden. Manisha is een goede bron voor vragen over mijn carrière en mijn ziekte... en je weet dat ze van je houdt als van haar eigen dochter. Papa zal je ook kunnen helpen... hoewel hij zelf ook veel verdriet zal hebben.

In elk geval een poosje, dacht ze. En daarna zou hij zijn uiterste best doen om vooruit en hogerop te komen, zoals hij graag zei, en de drukkende last van haar ziekte en zelfmoord van zich af te schudden.

'Zelfmoord,' zei ze hardop. Waarom moest dat woord zo een negatieve, wanhopige associatie hebben? De meeste dokters geloofden erin, al zouden ze dat niet allemaal openlijk toegeven. In Brians kringetje zou het waarschijnlijk wel worden gezien als een krankzinnige daad. Zou hij het zo zien?

Misschien was het inderdaad krankzinnig. Misschien zou zij een van de patiënten zijn waar Bolin over had gepraat bij wie ALS de conventionele prognoses tartte. Ze voelde hoop, maar dat was maar voor even; haar ziekte woedde momenteel als een bosbrand... Maar God, ze vond het vreselijk moeilijk om het te accepteren! Waarom kon zij niet een van de gelukkigen zijn?

Toen het zelfmedelijden weer afnam, nam haar nuchterheid de overhand en bedacht ze dat ze, als ze dan niet zo gelukkig mocht zijn, in elk geval het heft in handen kon houden. Een schrale troost, maar ze trok zich er wel aan op.

Sommige mensen zullen twijfels hebben bij de manier waarop ik met mijn ziekte en mijn dood ben omgegaan, jij misschien ook. Je vriendinnen zullen het mogelijk niet begrijpen. Er zullen wellicht mensen zeggen dat ik egoïstisch ben geweest of de ultieme zonde heb begaan. Laat me je dit op voorhand alvast vertellen: ik geloof niet in de christelijke hel; de hel is hier op aarde, in de fouten die we maken, in het lijden van de mensen, in het bloedvergieten, de hongersnood en de oorlogen... in de overtuiging van onze cultuur dat een stervende persoon volgens de wet niet mag worden geholpen een genadige dood te sterven. Als je begrijpt dat ALS feitelijk een gevangenis is waaruit je niet kunt ontsnappen, dat die een persoon degradeert en hem zijn menselijkheid, zijn trots en het vermogen om datgene te zijn en die dingen te doen waarmee de term 'leven' wordt gedefinieerd, ontneemt, zul je misschien begrijpen waarom ik mezelf, maar ook jou, dat niet wilde aandoen.
En nu stap ik van mijn zeepkistje af.

Ze strekte haar hand, masseerde de verzwakte spieren en fronste toen ze zag hoe slordig ze had geschreven. Ze zou niet veel langer in staat zijn een pen vast te houden en te gebruiken; nou ja, als ze moest zou ze links gaan schrijven. Al wat nodig was om ervoor te zorgen dat ze zo veel mogelijk verteld zou hebben. Dit zou het enige zijn wat Savannah van haar had.

Nadenkend over wat ze verder wilde zeggen, dacht ze aan Carson en hun geschiedenis. Moest ze Savannah aanmoedigen ook hem om antwoorden te vragen? Ze wou dat ze wist hoever ze moest gaan wat dat betrof. Savannah wist weinig over haar relatie met hem. Maar hoe belangrijk was het voor Savannah om daar een duidelijk beeld van te krijgen? Dat was alleen van belang als Carson haar vader was. Op het moment wist Meg niet zeker of het zinvol was een doos te openen die zo vol onheil zat als die van Pandora. En toch, behalve de vreselijke dingen die Pandora had losgelaten toen ze haar doos opende, had ze op de bodem daarvan ook hoop gevonden. Het was toch niet te veel gevraagd dat er ook op de bodem van deze doos hoop lag, al was het alleen maar voor Savannah?

Nadat ze Carson afgelopen vrijdag had gezien was Meg ervan overtuigd dat hij, zelfs als hij niet Savannahs vader was, een goede invloed op haar kon hebben. Als hij tenminste iets te maken wilde hebben met een tienermeisje dat hij anders niet zo nodig hoefde te kennen. Ze nam langzaam een slok van haar jenever en wenste dat die haar deze kwestie kon helpen ontrafelen, dat die haar gedachten en haar hart uit de knoop zou kunnen halen. Had Carson niet het recht te weten dat hij een kind had... als dat zo was? Had Savannah niet het recht te weten dat hij haar vader was, als dat zo was? Was het niet juist dat Brian zou horen dat Savannah niet zijn dochter was, als dat inderdaad zo was? Het risico van pijn voor hen alle drie was groot als Savannah Carsons dochter was... en toch vond ze het niet juist om haar geheim mee het graf in te nemen.

Hoe kon ze de waarheid achterhalen? Ze moest een vergelijkend DNA-onderzoek van Savannah en Brian laten doen; dat kon zonder dat Savannah het wist. Gewoon een keer bloed laten prikken. Brian zou ze wel moeten inlichten – en hij zou moeten toestemmen – tenzij... tenzij ze een monster van hem kon krijgen zonder dat hij het wist. Bloed was ideaal, maar iets anders kon ook. Sperma bijvoorbeeld. En dat kon ze krijgen zonder hem iets te hoeven vertellen...

Was ze tot een dergelijk bedrog in staat? Was het erger dan de reden die het bedrog nodig maakte? Ze zou zich waarschijnlijk moeten schamen voor haar bereidheid om hem te misleiden... maar had haar eerste misleiding hem ooit kwaad gedaan? Hij leidde precies het leven dat hij wilde. Als ze – heimelijk – de DNA-vergelijking liet doen en eruit kwam dat hij echt Savannahs vader was, zou hij niet eens hoeven weten dat ze daar ooit aan had getwijfeld. En kwam er iets anders uit het onderzoek? Hij zou razend zijn, daarover bestond geen twijfel; de manier waarop ze het monster had gekregen was nog wel het minste. Er was dus geen reden om hem in vertrouwen te nemen zolang dat niet echt noodzakelijk was.

Wat niet wilde zeggen dat het verkrijgen van het monster een pretje voor haar zou zijn. Ze zou het niet van harte doen, nu minder dan ooit.

Ze liet haar spullen op de veranda achter en hinkte het huis door om te kijken of Savannah was gaan slapen. Ze luisterde aan haar slaapkamerdeur, ook al zag ze er geen licht onderdoor. Ze hoorde zachte gitaarmuziek – Savannah, die zat te spelen – en hief haar hand op om aan te kloppen, maar aarzelde: moest ze haar dochter niet gewoon de tijd en ruimte gunnen om zelf te verwerken wat er was gebeurd? Nu hen nog zo weinig tijd restte, wilde ze geen vijandige sfeer tussen hen creëren. Voor ze een beslissing had genomen hoorde ze een metaalachtig melodietje... Savannahs telefoon. Ze drukte haar oor tegen de paar millimeter ruimte tussen de deur en het kozijn.

'Hé ... nee, sorry dat ik zo heftig reageerde ... ik weet dat je niet wilde ... ja, ik denk dat het iets te veel was ... gewoon moe ... ja? ... Natuurlijk hou ik ook van jou...'

Meg sperde haar ogen open. Wie? Van wie hield Savannah?

'Nee, hou het maar. Ik wil je helpen ... huisarrest ... volgende week zaterdag mijn verjaardagsfeest...'

Daarna hoorde ze niets meer; Savannah moest hebben opgehangen of naar haar badkamer of inloopkast zijn gegaan. Meg bleef stomverbaasd staan. Savannah had een vriend! En het was serieus. En zij had daar geen enkel vermoeden van gehad... Wat was ze ver verwijderd van haar dochters emotionele leven! Ze werd erg verdrietig van dat idee.

Savannah had een vriend en hij had te maken met wat er was gebeurd; en Savannah hield nog steeds van hem. Ze hadden waarschijnlijk ruzie gehad. Wat was 'iets te veel' geweest? Had Savannah gedronken? Dat zou de rode ogen en de schuldbewuste uitstraling verklaren. Goddank was het niet zo erg als ze had gevreesd; goddank was Savannah veilig thuisgekomen.

Meg liep bij de deur weg en besloot een beter tijdstip af te wachten om met Savannah te praten. Morgen misschien, of binnen een paar dagen... het had geen zin het te doen nu ze allebei moe en humeurig waren. Ze zouden het ook over voorbehoedsmiddelen moeten hebben, zoals ze vorige week van plan was geweest.

Ongelooflijk. Savannah was verliefd.

Meg ging terug naar de veranda en pakte het dagboek weer op.

Er is iets wat ik je wil vertellen over toen ik een tiener was en verliefd werd. Ik dacht dat ik al eerder verliefd was geweest – in de zevende was het een Cubaanse jongen die Rico heette; daarna zat er een heel grappige jongen, Neil, bij me in de achtste... ik ben ook met een paar anderen uitgegaan, maar geen van hen paste echt bij me. En toen, net voor ik zestien werd, zag ik eindelijk wat ik al die tijd al pal voor mijn neus had gehad. Mijn echte liefde was mijn allerbeste vriend: Carson McKay.

Destijds zwoer ik dat ik alleen maar voor Carson leefde en ik kon me geen toekomst voorstellen die niet gevuld was met zijn gelach, zijn genegenheid, met eindeloze, volmaakte dagen van samenzijn. Hij dacht toen niet aan een muziekcarrière, en ik dacht dat het geen zin had een medische carrière na te streven... maar dat was prima. We dachten dat we met onze ouders zouden gaan samenwerken. Ik twijfelde er destijds niet aan of mijn ideeën over onze toekomst zouden werkelijkheid worden.

Maakt dit nieuws je van streek? Voor mij is de herinnering een prachtige fantasie, een droom die ik ooit had, lang geleden... maar voor jou lijkt het waarschijnlijk alsof er een kleine bom is ontploft. Hoe kan ik zo veel van Carson hebben gehouden en jou dat nooit hebben verteld? Waarom wilde ik jou grootbrengen met zijn muziek, maar de waarheid voor je verborgen houden? Je vraagt je misschien af of papa het weet. Geloof me, hij weet het. Geloof me ook als ik zeg dat ik mijn verleden achter me liet toen ik met je vader trouwde. Alleen komt het nu weer in zo grote hevigheid naar boven dat ik het niet kan tegenhouden.

Dit is iets waar je je niet in moet vergissen: sommige waarheden laten zich niet voor altijd onderdrukken. Ik denk dat de ALS misschien een of andere kosmische straf is voor de keuzes die ik al die jaren geleden heb gemaakt.

Het was verkeerd, helemaal verkeerd.

Meg legde de pen tussen het dagboek; haar ogen traanden, haar hand was te zwak om nog door te gaan. Hoe graag ze ook door wilde schrijven, weerstand wilde bieden aan de slaap – er was niet genoeg tijd om te slapen als de uren wegsijpelden als bloed uit een dodelijke wond – ze wist dat haar koppigheid zinloos was. Ze trok haar trui over haar schouders, ging op de chaise longue liggen en sloot haar ogen.

47

Carson reed zijn huurauto de oprit van zijn ouders op en parkeerde hem. De afkoelende motor tikte terwijl hij in het duister naar de lichte vorm van de schuur keek. Hier was zijn toevluchtsoord, eindelijk. Wat hij hierna zou doen – morgen, de dagen daarna – wist hij niet. In theorie zou hij wat het ook was regelen en dan vrijdag een vlucht naar Sint Maarten nemen. In theorie zou dit... deze toestand met Meg geen nadelige invloed hebben op zijn trouwplannen of zijn aanstaande vrouw. Waarschijnlijk zou hij Meg een keer opzoeken en haar zijn... wat... aanbieden? Zijn steun? Wat had hij anders te bieden dan zijn wens voor haar dat ze aan haar prognose zou kunnen ontsnappen? Zijn geld had ze niet nodig, hij had geen wonderbaarlijk geneesmiddel in zijn tas, hij was zelfs niet bijzonder goed in bidden. Hij wilde gewoon dat ze wist dat hij er was, dat hij nog steeds om haar gaf. Hij wilde erop aandringen dat ze niet probeerde alles in haar eentje te regelen.

Maar natuurlijk had ze een echtgenoot om haar gerust te stellen, om haar te helpen. Ze had haar schoonouders, haar vader, haar zussen, haar kind. Hij haalde zijn handen door zijn haar en vroeg zich af wat hij hier in godsnaam deed.

In de schuur was het koeler dan hij had verwacht. Iemand had de airconditioning aangezet. Hij liet het licht uit en klom de trap op. Het was gemakkelijker om hier te zijn in het donker, waarin de scherpe randen van de waarheid werden gedempt en verdwenen in de schaduw. Hier in het donker kon hij zich voorstellen, zoals hij die avond voor haar huwelijk had gedaan, dat alle hoop nog niet vervlogen was. Dat een deel van Meg nog steeds hier was, dat ze hem niet voor altijd zou verlaten.

Het had geduurd tot hij zeventien was en Meg bijna zestien voor zij het in de gaten kreeg... Hun aarzelende jeugdige ontdekkingstochten niet meegerekend was hun relatie tot dan toe beperkt gebleven tot vriendschap. Hechte vriendschap – hechter kon niet – maar geen romantische liefde. Toen – het was alsof het kwam doordat hij het gewenst had – veranderde alles.

Een jaar lang had hij gezien hoe ze interesse kreeg voor iemand, haar belangstelling verloor en haar aandacht weer op iemand anders richtte; ze had zelfs een paar keer beweerd verliefd te zijn. Dan vertelde ze hem over haar gevoelens voor die andere jongens, haar ogen dromerig, haar hoofd schuin zoals wanneer ze naar de bel luisterde die haar moeder altijd luidde als ze naar huis moest komen; alleen luisterde ze naar iets anders. Kosmische bevestiging misschien dat haar bevlieging overeenkwam met wat het heelal voor haar wilde. Hijzelf had de waarheid al door de glimmende bladeren in de boomgaarden horen fluisteren en wist dat als hij geduldig was, zij ook zou inzien wat voor hem al duidelijk was: dat zij tweeën voor elkaar bestemd waren.

En toen zag ze dat inderdaad in.

Het was mei. Ze zaten bij haar thuis in de achtertuin, die ook dienst deed als kippenren, op de rand van de stoep een waterijsje te eten. Meg droeg een gestreept T-shirt en een korte broek van badstof. Haar haren waren bijeengebonden in een paardenstaart die als licht koperdraad over haar rug viel. Hij wilde het elastiekje wel doorsnijden zodat haar haren los over haar schouders vielen. Hij wilde ze tegen zijn huid voelen, stelde zich voor hoe het zijn gezicht zou verbergen als een waterval wanneer hij op zijn rug zou liggen met haar boven op hem. Hij wilde dat zij hetzelfde wilde.

Julianne, die toen zeven was, was met Beth onder de sproeier aan het spelen. Meg keek hoofdschuddend naar de meisjes, die de kippen over het natte gras achternazaten.

'Kijk nou eens... Jules was een jaar geleden al uit dat badpak gegroeid.' Juliannes billen waren bijna bloot door het te hoog opgetrokken veel te kleine badpakje, en de schouderbandjes strekten zich aan de voor- en achterkant ver naar beneden uit, waardoor haar schouderbladen en magere borst te zien waren.

'Daar kan ik wel wat aan doen,' zei hij. 'Hou even vast.' Hij gaf Meg zijn ijsje – druivensmaak, al voor de helft opgegeten – en pakte toen het zakmes dat hij voor zijn dertiende verjaardag van Spencer had gekregen. Zonder zich iets van de sproeier aan te trekken liep hij naar Julianne.

Ze zag het mes en haar ogen werden rond.

'Gewoon even blijven staan,' zei hij en met een paar snelle halen door de strakke roze stof, maakte hij het badpak tweedelig, zij het met rafelige randen en een broekje dat maar net op Juliannes kleinemeisjes-heupen bleef hangen. 'Kijk. Dat zit vast lekkerder.'

Julianne keek naar haar blote buik en daarna weer naar hem en begon toen te grinniken. 'Hé, Beth, kijk, ik heb een bikini!' riep ze.

Carson liep terug naar Meg; er droop water uit zijn haren, van zijn neus en kaken. Ze keek naar hem met haar hoofd een beetje schuin.

Hij nam zijn ijsje weer van haar aan, zag dat ze het over haar hand had laten druppen en glimlachte.

'Dat was geniaal wat je daar deed. Ze is vreselijk opgetogen,' zei Meg, hem strak aankijkend. 'Ik zou het haar gewoon hebben laten uittrekken. Ik vind jouw manier van denken erg leuk.'

'Ik vind het leuk zoals jouw ogen van kleur veranderen afhankelijk van wat je aanhebt.'

Ze glimlachte verlegen. 'O, ja? Ik vind het leuk zoals de jouwe groen worden als je... als je naar me kijkt zoals je nu doet.'

Zonder nadenken kuste hij haar; haar mond was zoet en kleverig van haar sinaasappelijsje. Hun eerste echte kus. Toen hij terugweek deed ze haar ogen open en knikte.

Was het maar zo gebleven...

Gezeten op het tweezitsbankje strekte hij zijn benen voor zich uit en luisterde of hij de deur hoorde opengaan en twee van de traptreden hoorde kraken. Hij wachtte op die manier tot de zon over de vensterbank naar binnen scheen, legde toen zijn gezicht in zijn handen en begon te huilen.

Een kloppend geluid rukte hem uit een droom waarin hij en Meg aan de rand van het meer naar een piratenschat aan het graven waren, zoals ze dertig jaar geleden hadden gedaan. Hij had een spade in haar hand geduwd. 'Blijf graven!' had hij gezegd en ze had gelachen. 'Gek, er ligt hier geen goud.' Haar lange haar, wild en in de war, glansde als gesponnen koper. Ze grinnikte en trok haar zomerjurk uit, waarvan de gehaakte onderrand achter deels losgescheurd was, en rende naakt en lachend het water in. Hij zag haar zwemmen en wilde haar volgen, maar iemand riep zijn naam en hield hem tegen. Hij werd wakker, teleurgesteld dat de stem van zijn moeder kwam, die voor zijn deur stond te roepen.

Ze klopte weer aan. 'Word wakker, Car, ik heb worstjes en eieren klaarstaan.'

'Kom eraan,' riep hij, en hij kwam overeind van het bankje, waar hij misschien een uur eerder in slaap gevallen was. Zijn schouder knakte toen hij zich uitrekte.

Shep, de bastaardhond liep naast Carson mee naar het huis. Zijn ouders zaten op hun vaste plek, zijn moeder rechts van zijn vader aan de vierkante tafel. Ze hadden door de jaren heen veel aan het huis veranderd – aanrechtbladen, vloeren, zelfs de grootte van het huis zelf door een kleine vleugel aan het traditionele, twee woonlagen tellende gebouw te zetten – maar de tafel was dezelfde als die waaraan ze zijn hele jeugd hadden gegeten, en waaraan de vierde stoel vaak in bezit was genomen door Meg.

Val had daar het meest recent gezeten. Vandaag sprong Shep erop en wachtte netjes tot hij iets kreeg aangeboden. Dat was wel een verandering, een hond aan tafel; dat zou zijn vader vroeger nooit goedgevonden hebben. Vanochtend was zijn vader de eerste die Shep voerde; hij gaf hem een stukje worst op een manier die Carson vertelde dat dit niets nieuws was. Zijn ouders waren milder geworden en het gaf hem troost en plezier om hen zo te zien, nog steeds samen, nog steeds tevreden... tevredener zelfs dan toen hij nog klein was. In september zouden ze drieënveertig jaar samen zijn. Hij bewonderde hen en benijdde hen; aangenomen dat hij en Val over een week zouden trouwen, was de kans dat zij zo lang harmonieus getrouwd samen zouden zijn behoorlijk klein. Geen van de mannen in zijn familie was gezegend met een lang leven, ze waren allemaal voor hun tachtigste overleden. Hij wist dat het aantal jaren dat je had geleefd geen maatstaf was voor hoe goed je leven was geweest. Die maatstaf was hoe je had geleefd. En wat je achterliet.

'En, ben je op het moment nog ergens mee bezig?' vroeg zijn vader toen hij bij hen was gaan zitten.

Zijn moeder zei: 'Wat, bedoel je behalve een bruiloft en een huwelijksreis?'

'Ik bedoel zijn muziek. Wanneer ga je weer op tournee?'

Carson doopte een hoekje toast in een eierdooier en nam een hapje. 'Daar werkt Gene aan. Mijn label heeft plannen voor een nieuwe uitgave van mijn zelfgekozen favorieten later dit jaar... waarschijnlijk liveopnamen. Ik neem aan dat ik die zal moeten promoten als het doorgaat.'

Zijn vader vroeg: 'Ben je nog iets nieuws aan het schrijven? Iets voor Val?'

'Laat hem met rust,' mopperde zijn moeder.

'Wat heb ik dan gezegd?'

'Nee,' zei Carson bits en hij keek zijn ouders aan. Ze hadden duidelijk zitten praten over de toestand van Meg en zijn onverwachte terugkeer vanwege haar. 'Maar ik heb het de laatste tijd erg druk... misschien is jullie dat opgevallen?'

'Natuurlijk,' zei zijn moeder terwijl ze Shep een heel stuk toast gaf, dat hij meenam naar zijn bak bij de deur. 'Laat het ons maar weten als er iets is waarmee we je kunnen helpen deze week. De bestelling van de bloemen is al helemaal geregeld en je vader gaat woensdag de smokings ophalen.'

'En,' zei zijn vader, 'wat zijn de plannen voor vandaag?'

Carson stond op en nam zijn bord mee naar Shep. Hij had eigenlijk geen honger. 'Ik weet het niet, pap. Ik zie het wel.'

Het eerste wat hij moest doen was bedenken wat hij Val zou vertellen. Hij belde haar laat in de ochtend, toen hij terug was in de schuur na een lange wandeling door de boomgaarden. Zoals altijd al het geval was geweest hield zijn vader alles netjes bij; het gras was gemaaid, de bomen gesnoeid en de meren vrij van alligators. Bij dat laatste werd hij geholpen door Shep, en door een groep studenten die op vrijwillige basis regelmatig het terrein kwamen uitkammen om gevaarlijk wild te 'redden'. De toenemende ontwikkeling in de hele staat maakte de alligators steeds brutaler en wanhopiger in hun zoektocht naar water. Ze waren zelfs al in zwembaden aangetroffen. Hoe onfortuinlijk de gevolgen ook waren, de recente toename van de aanvallen op mensen was geen verrassing, als je bedacht dat dit het paarseizoen was. Net als, theoretisch, voor Val en hem.

Hij belde haar mobieltje en ze nam op met: 'Hé, knapperd, hoe gaat het? Heb je alles al ingepakt?'

'Niet helemaal,' zei hij terwijl hij op de trap ging zitten. 'Maar... het zou niet al te lang meer moeten duren. Hoe ging het gisteren, nadat je had gebeld?'

'Ik heb later nog geprobeerd je terug te bellen... heb je mijn voicemailbericht niet gehoord? We zijn nog naar zo'n Hawaïaans feest gegaan. Wade won de limbowedstrijd. Dat zal je vast niet verbazen!'

Wade was met zijn soepele, gespierde lichaam het anatomisch ideaal. Hij en Val zouden een tweeling kunnen zijn. 'Klinkt geweldig.'

'Maar ik mis je wel. Zie ik je nog voor vrijdagavond?' Ze hadden hun plannen voor die week opengelaten, en ze laten afhangen van hoe het hem in Seattle verging met inpakken.

'Nee... Eigenlijk,' zei hij terwijl hij zijn sokken uittrok, 'heb ik besloten terug te gaan naar Ocala.'

'Ocala? Waarom?'

'Een vriendin... je herinnert je Meg Pow... ik bedoel Hamilton toch wel?'

'Die van het concert. En de kleermaker, toch?' Haar stem had een behoedzame klank.

Hij probeerde het voorzichtig aan te pakken. 'Juist. Nou, ik heb net gehoord dat ze...' – hij zweeg en schraapte zijn keel – 'dat ze de ziekte van Lou Gehrig heeft.' Dat was geen volledige verklaring voor zijn plotselinge verandering van plannen, maar hij hoopte dat het voldoende zou zijn.

'Dat is vreselijk,' zei Val. 'Maar... maar wat heeft dat met jou te maken? Ik bedoel, ik wil niet, je weet wel, harteloos lijken of zo... Ga je in het ziekenhuis bij haar op bezoek of zo?'

Hij wreef over zijn kin. Er was maar één rechtvaardiging voor deze onverwachte reis, en die wilde hij haar niet geven, maar hij wilde ook niet liegen. 'Nee,' zei hij zuchtend, 'zo zit het niet.'

'Hoe zit het dan wel?'

'Het is... het punt is, nou ja, Meg en ik waren vroeger beste vrienden, weet je? Toen we opgroeiden.'

'Maar je zei dat je haar al twintig jaar of zo niet had gezien. Dan kan jullie band nu toch niet erg hecht meer zijn.'

'Tja... Dat klopt, dat is waar. Dat is hij niet. Maar voor die tijd... het zit zo...' Hij stond op en begon heen en weer te lopen tussen de keuken en de woonkamer. 'We zouden gaan trouwen. We hadden nog wel geen datum vastgesteld, en het niet helemaal gepland... en ik had haar nog geen ring gegeven,' voegde hij eraan toe in de hoop dat het dan voor Val minder hard zou aankomen.

'Wat gebeurde er toen?'

'Het ging mis.'

'Kennelijk.'

'Ja, kennelijk.' Hij bleef bij de tafel staan en drukte zijn hand erop. 'Ze vond iemand anders. Maar toen ik hoorde dat ze... doodging, had ik gewoon het gevoel dat ik naar haar toe moest. Dus hier ben ik.'

267

'Oké...' zei Val. 'Oké, dus daar ben je. Oké.' Ze leek het even te moeten verwerken. 'Wauw,' zei ze, 'dat is echt balen voor haar... Het is erg attent van je om bij haar langs te gaan.'

'Dat zal wel,' zei hij. Hij wilde haar vertellen hoe ellendig hij zich voelde, en hoe hulpeloos. Hij wilde het gevoel hebben dat hij zijn hart bij haar kon uitstorten en weten dat ze het zou accepteren. Maar zo zat hun relatie niet in elkaar. Ze was één brok energie, een vrouw die alleen nog maar fysiek strijd had geleverd: meisje tegen de golven. Een slechte dag was voor haar een kalme zee, een betere tegenstander of haar moeder die haar lastigviel over wat ze van plan was met haar haren te doen voor de bruiloft. Dat frisse, onbeschadigde maakte een belangrijk deel uit van wat hem in haar aantrok, maar hij wist nu hij hier met zijn telefoon tegen zijn oor gedrukt stond dat het ook de reden was dat hij het recht niet had haar te vragen zich aan hem te binden.

'Val?'

'Ja?'

'Wat zou je ervan vinden als ik zei dat ik hier wilde blijven, in Ocala... of ergens in de buurt?'

'Wat, de hele week?'

'Nee. Voorgoed. Hier gaan wonen.'

'Doe even serieus, Car,' zei ze lachend. 'Dat is het binnenland! Waarom zou je dat willen? Toch niet vanwege die Meg? Ik bedoel, dat is het toch niet, of wel? Ik bedoel, ze gaat dood... Al vrij snel.'

Zijn maag verkrampte. 'Juist. Nee, niet vanwege Meg. Mijn ouders...'

'Die kunnen naar Malibu verhuizen.'

'Ik... ik moet gewoon thuis zijn,' zei hij, en hij besefte pas hoe waar dat was toen hij het gezegd had. Ooit was hij hier vandaan gevlucht. Nu vluchtte hij terug, biddend dat het niet te laat was om datgene terug te winnen... wat? Niet Meg, nee; natuurlijk kon hij haar niet terugkrijgen. Zijn geschiedenis dan. Hun geschiedenis. Dat was in elk geval iets.

'Carson, wat is er aan de hand?' vroeg Val, terecht geïrriteerd.

Hij stak zijn hand in zijn zak, haalde er Megs gouden kettinkje uit en legde het in een cirkel op de tafel. 'Ik moet me bij je verontschuldigen,' zei hij, terwijl hij met zijn vingers de tere cirkel volgde die hij had gemaakt. Ik had het je moeten vertellen... over Meg. Ik had je moeten vertellen dat het nooit echt voorbij is geweest.'

48

Meg besloot dinsdagavond haar DNA-queeste door te zetten.

Nadat ze eerder die dag haar kantoor had leeggeruimd, had ze een omweg gemaakt om langs het land te rijden. Hun oude stoeterij, en de kwekerij van Carsons ouders. Voordat ze niet meer in haar auto kon stappen om er zelf heen te rijden, of waarheen dan ook. Toen ze voorbij hun oprit reed, zag ze vanaf de andere kant een blauwe sedan aankomen, waarvan de richtingaanwijzer aanstond. Toen ze de auto passeerde keek ze wie erin zat; tot haar verbazing was dat Carson. Waarom was hij terug? Ze reed door omdat ze Savannah moest ophalen, maar de ontmoeting bleef haar de hele dag bij. De wetenschap dat Carson in de buurt was, gaf haar de moed om achter de antwoorden aan te gaan die achterhaald moesten worden.

's Avonds laat kroop Brian naast haar in bed. Ze droeg een satijnen nachthemd, niet al te uitdagend, maar wel wat anders dan het zachtgele katoenen hemd dat ze meestal droeg. Brian droeg zoals gewoonlijk een geruite pyjamabroek met trekkoord – een duidelijke indicatie dat hij geen seks in gedachten had. Als dat wel zo was, kwam hij naakt naar bed, dat scheelde een stap.

Hij kroop onder de dekens en ging op zijn zij liggen, steunend op zijn elleboog. 'En... heb je op kantoor vandaag alles kunnen regelen?' Zijn gespannen toon loochende zijn nonchalante woorden.

Ze knikte. 'Ja. Alles uitgezocht en in dozen gedaan – het meubilair laat ik staan. Had ik al gezegd dat Manisha twee kandidates heeft voor de praktijk? Dus het komt daar allemaal wel goed.'

'Mooi zo,' zei hij, iets te hartelijk.

Het was voor haar ook een onplezierig onderwerp, al was het alleen al omdat het voor hem zo moeilijk was. En hoewel een gesprek over het einde van haar carrière niet de beste weg leek naar romantiek – of in elk geval seks – dacht ze dat ze hem misschien wat gerust kon stellen door hem te laten merken dat ze alles onder controle had, dat ze hem niet tot last zou zijn.

Ze zei: 'Je weet dat ALS een slopende ziekte is, maar ik wil dat je weet dat je niets voor me zult hoeven doen. Je zult me waarschijnlijk niet eens in die toestand zien.' Ze was nog steeds vastbesloten haar eigen uitweg te zoeken, al wist ze nog altijd niet hoe en wanneer.

Brian liet zich op zijn rug in de kussens vallen. 'Meg, ik kan hier niet over praten.'

'Hoe bedoel je dat je dat niet kunt? We moeten erover praten, het gaat echt niet weg voordat ik ga.'

Hij keek geschokt. 'Hoe kun je zoiets doen?'

'Wat? Er zo nonchalant over praten? Ik weet niet... ik weet alleen dat ik dat wel moet. Wij moeten erover praten. Luister, ik weet dat het raar is... Maar vroeg of laat in je leven kom je met dit soort dingen in aanraking. We hadden alleen gedacht dat het later zou zijn.'

'Mannen horen vóór hun vrouw dood te gaan,' zei hij met geforceerde stem. 'Ik... ik vind niet... het klopt gewoon niet.'

Hij wendde zijn blik af, keek naar de dubbele deur van de inloopkast. De kast die groter was dan de kamer die zij met Kara had gedeeld, met op maat gemaakte planken en laden voor elk mogelijk doel. Zou hij die meteen leegruimen als ze er niet meer was? Misschien zou ze het van tevoren zelf wel doen, en enkele dingen bewaren voor haar zussen en Savannah. En voor Carson, zijn John Deere T-shirt lag netjes opgevouwen onder een stapeltje zijden pyjama's.

Ze raakte Brians schouder aan. 'Hé, het komt wel in orde. Ik zal het zo gemakkelijk mogelijk voor je maken.'

'Doe niet zo idioot. Er is geen gemakkelijke manier, snap je dat dan niet?' Zijn ogen waren vochtig toen hij haar weer aankeek.

'Kom hier,' zei ze, en ze stak haar armen naar hem uit.

Zo simpel was hun samenzijn. Veel simpeler dan ze had verwacht. En ook oprechter. Ze dacht niet aan Carson, behalve heel even toen ze erkende hoe anders haar gevoelens voor Brian waren. Beschermend. Sympathiek. Helemaal niet hartstochtelijk. Er was een tijd geweest, aan het begin van hun huwelijk, dat ze haar best had gedaan een enthousiaste partner te zijn; haar lichaam had verlangd naar de intensiteit die ze met Carson ervaren had. Brian was niet inspirerend in bed. Als zij aantrekkelijk en schoon was, en bereid tot rechttoe rechtaan seks, dan was dat alles wat hij nodig had. Vannacht was niet zo heel anders dan eerdere nachten, alleen wist zij – en hij misschien ook wel – dat het hun laatste keer zou zijn.

Toen Brian in slaap was gevallen, ging zij op de rand van de marmeren badkuip zitten en maakte ze met behulp van een wattenstaafje en twee glasplaatjes het DNA-monster klaar voor het lab. Vreemd genoeg voelde ze zich nu beter bij wat ze had gedaan. Ze was niet uit berekening met Brian samen geweest, maar als een vriendin die afscheid van hem nam. De DNA-test voelde ook als een juiste stap, een stap dichter naar de waarheid, wat die ook mocht zijn. Eindelijk.

De volgende middag stopte Meg Brians monster in haar tas en liet Savannah toen naar de kliniek rijden voor een zogenaamde routine-controle. Daarvandaan gingen ze naar het lab.

'Waar is dat bloedonderzoek nou voor nodig?' vroeg Savannah onderweg. 'Ik heb net die controle gehad. Ik ben niet ziek.'

'Voor een drugstest, kennelijk,' zei Meg met een stalen gezicht.

Savannah reageerde alsof ze was gestoken. 'Wat? Dat is... ik gebruik geen...'

'Nee? Prima. Hou dat zo.' Ze glimlachte heimelijk. Het was goed om je kind af en toe te laten schrikken. 'En nu, over vrijdagnacht...'

Nu Savannah in de auto gevangen zat, was dit de beste kans die ze tot dusver had gehad om het onderwerp aan te snijden. Ze steggelden even over en weer over 'niets' en 'wel iets' en toen zei Meg: 'Lieverd, ik ben niet zo stom als je misschien denkt. Ik vraag je er niet naar omdat ik je wil vermanen; ik vraag het omdat ik me zorgen maak. Als jij ophoudt met te doen alsof ik gek ben, dan zal ik proberen je te behandelen als de jongvolwassene die je wilt zijn. O... je moet hier linksaf.'

Na de bocht zei Savannah: 'Oké, goed dan. Ik zal het je vertellen. Ik heb een vriend, en we hadden ruzie gehad.'

Eindelijk vorderingen. 'Een vriend?' Meg deed haar best verbaasd te klinken. 'Ken ik hem?'

'Nee.'

'Waar zit hij op school?'

'Weet je wat, mam? Ik wil het je wel vertellen, maar ik weet gewoon dat je kwaad zult worden. Jij en pap zijn gewoon zo... conservatief! Jullie maken je alleen maar druk om de juiste school, de juiste buurt, de juiste ouders...'

Meg fronste haar voorhoofd. Zij? 'Nee, dat is niet waar. Ik vind al die dingen niet belangrijk, zolang zo'n jongen maar, je weet wel, een fatsoenlijk mens is. Dan is hij voor mijn part paars en komt hij van Saturnus...'

'Er is geen leven op Saturnus,' zei Savannah, waarmee ze in Megs ogen meteen weer negen jaar werd. Was het maar waar.

Meg knipperde die gedachte weg. 'Je weet wel wat ik bedoel,' zei ze.

'Nou, pap is wel zo. Dus zelfs als jij die jongen zou goedkeuren, dan zou pap dat nog niet doen, en ik wil gewoon... ik weet het niet. Ik was wel van plan het je te vertellen... uiteindelijk,'

Uiteindelijk was misschien te laat. Meg zei: 'Oké, nou, daar ben ik blij om. Ik wil dat je weet – nee, je moet zelfs weten – dat ik meer dan ik misschien lijk, net als jij ben. Ik ben niet alleen maar dokter en moeder en echtgenote. Ik doe al die dingen al zo lang als jij je kunt herinneren, daar ben ik van overtuigd, maar ik ben net zo'n complex menselijk wezen als jij... als iedereen. Je kunt echt met me praten, oké?'

Savannah haalde haar schouders op.

'Daar is het.' Meg wees met haar linkerarm. De rechter-, die vandaag in een draagband hing, reserveerde ze voor belangrijker dingen. Die was nu de hele tijd zwak en omdat ze vreesde dat het snel nog erger zou worden, had ze al veel in het dagboek geschreven over haar jonge leven en de geschiedenis van Powell's Breeding and Boarding, de poging daarvoor om orchideeën te kweken, en zelfs een samenvatting van wat ze zich herinnerde te hebben gehoord over de verkeringstijd van haar ouders. Ze had ook de telefoonnummers, adressen, geboortedata en gegevens van de echtgenoten en kinderen van Kara, Beth en Julianne opgeschreven, terwijl ze zich afvroeg wanneer Beth ooit de juiste man zou vinden. Het deed Meg verdriet om haar alleen te zien, hoewel Beth volhield dat ze tevreden was. Gisteren had Beth gebeld om te zeggen dat ze over zes weken naar Ocala zou verhuizen, klaar om een oogje op hun vader te houden en om voor Meg te doen wat nodig was. Meg dacht aan Penny, de zus van Lana Mathews. Ze nam zichzelf plechtig voor dat, hoewel ze drie decennia geleden vaak genoeg Beths luiers had verschoond, onder geen enkele voorwaarde zou toestaan dat Beth dat voor haar moest doen. Ze zou er tussenuit knijpen voor het zover was, hoe dan ook.

Ze reden het parkeerterrein van het lab op. In dat lage, grijze stenen gebouw zou een anonieme man of vrouw het antwoord aan Savannahs arm onttrekken op een zestien jaar oude vraag, en iemand anders zou dat antwoord na vijf werkdagen naar Megs kantoor sturen. Wat zou de test uitwijzen? Savannah dacht er op dit moment misschien over na of ze haar geheimen moest onthullen, maar de belangrijkste onthulling voor hen beiden zou veel ingrijpender zijn dan de vraag op welke school Savannahs vriend zat. Meg wou dat ze haar dat kon vertellen, dat ze haar iets duidelijk kon maken als: 'Waar je je ook zorgen om maakt, het is niets vergeleken bij mijn geheimen, dus waarom vertel je het me niet gewoon?'

Savannah zette de motor uit. 'Waarom ben ik hier nou eigenlijk? Je hoeft me niet te controleren op drugs, mam, ik zweer het.'

Misschien had Savannah iets te verbergen, maar Meg wist ook dat ze een hekel had aan naalden; toen Savannah negen was en haar knie open had gevallen tijdens het skateboarden met haar vriend Jonathan, hadden Meg en twee verpleegsters haar in bedwang moeten houden opdat de dokter haar een verdoving kon toedienen. Toen Savannah vorig jaar een herhalingsspuit moest halen tegen tetanus, kwam ze huilend weer naar buiten.

'Routine. Controle op bloedarmoede, de gezondheid van je bloedlichaampjes, de werking van bepaalde klieren. Onthou maar gewoon dat je niet moet kijken, dan is het voorbij voor je er erg in hebt.'

'Hij heet Kyle.' Savannah opende het portier.

'Wacht even.' Meg reikte naar haar shirt en kreeg de zoom te pakken. 'Waar hadden jullie ruzie over?'

Savannah antwoordde niet meteen. 'Iets stoms. Laten we dit nou maar gauw gaan doen, oké?'

Meg liet haar voorlopig met rust, maar ze keek hoe Savannah zich bewoog, hoe ze naar binnen liep; haar houding was sinds vrijdagnacht niet veranderd, ondanks de verontschuldigingen die Meg had gehoord. Misschien was het naaldangst, maar Meg vermoedde dat er meer aan de hand was. Savannah ging nog steeds gebukt onder dat 'iets stoms' waar zij en Kyle zogenaamd ruzie over hadden gemaakt.

Ze meldden zich en Savannah werd bijna meteen door de verpleegster geroepen. Meg bleef lang genoeg achter om Brians monster af te geven en volgde haar toen.

Ze ging tegenover Savannah zitten en zag het donkere bloed in het eerste van de drie buisjes lopen, waarvan er twee bedoeld waren voor de onderzoeken die ze Savannah had genoemd, en eentje om de meer cruciale vraag te beantwoorden. Meg stelde zich voor dat ze de kronkelende DNA-strengen in het buisje kon zien, die graag wilden aantonen dat haar laatste uren met Carson hadden geresulteerd in het prachtige wezen dat nu tegenover haar zat. Ze kon maar net zo goed toegeven dat ze hoopte dat Savannah van Carson was... het was misschien zelfzuchtig, maar het was waar. Dat verlangen hield er weinig rekening mee hoe Savannah zich zou voelen als ze een dergelijke waarheid te horen kreeg, hield weinig rekening met de verwarring, de boosheid, de pijn en het verlies die ze beslist zou voelen. Savannah was idolaat van Carson, maar ze kende hem niet als man, laat staan dat ze hem als iemands vader zag. Brian, of hij het nu goed of slecht deed, was haar feitelijke vader; geen enkele DNA-test kon de ervaring van de afgelopen gezamenlijke zestien jaar wegvagen.

De wens was zelfzuchtig, maar geworteld in de liefde die Meg nog steeds voor Carson voelde, een liefde die ze hoopte aan Savannah te kunnen tonen en met haar te kunnen delen.

Maar toch... het risico dat ze Savannah pijn zou doen maakte haar nerveus, beschermend. Dus oké, als Carson het bleek te zijn hoefde ze dat nog niet per se aan Savannah, Carson of Brian te vertellen.

Of misschien was ze, net als haar dochter die daar met dichtgeknepen ogen zat, bang om iets onder ogen te zien wat eigenlijk helemaal niet zo vreselijk was. Savannah zou best eens voordeel kunnen hebben van die wetenschap.

Vreemd, dacht Meg, dat ze wel zonder angst in de afgrond van de sterfelijkheid kon kijken, maar beefde bij het vooruitzicht om haar dochter te kwetsen. Ze keek naar Savannah en verzekerde zichzelf ervan dat de beslissingen die ze de afgelopen dagen had genomen uiteindelijk voor Savannahs bestwil waren.

De verpleegster legde het derde buisje bloed weg en drukte een vierkant gaasje op Savannahs arm. 'Zo,' zei de vrouw. 'Je kunt je ogen weer opendoen.'

49

Carson voelde zich net een stalker toen hij achter een bloeiende gardeniahaag in zijn auto zat te wachten tot Meg en Savannah uit het laboratorium naar buiten zouden komen. Hij hoopte dat hun aanwezigheid hier, en daarvoor in de kliniek, betekende dat Meg zich liet behandelen. Hij hoopte dat ze haar gezin over haar ziekte had verteld en zich had laten overhalen al het mogelijke te proberen. Zolang de behandeling tenminste niet erger was dan de ziekte; hij kon de gedachte dat Meg moest lijden niet verdragen.

Elke dag sinds zijn aankomst had hij haar gevolgd alsof het feit dat hij wist waar ze was hem zou helpen te beslissen hoe – en zelfs of – hij haar moest benaderen. Sinds zijn gesprek met Val op zaterdag was hij van het ene emotionele uiterste in het andere geslingerd, als een trapezeartiest in een circus. Val voelde zich gekwetst, maar was bereid hem te steunen terwijl hij 'deze kwestie met Meg' aanpakte. Hij voelde zich moreel gebonden aan zijn belofte aan Val, en zag geen enkele logische reden om dat niet te zijn. Dan slingerde hij weer naar de andere kant, naar wat hij zag als zijn duistere kant, de plek waar Meg hem nog steeds in haar greep hield en dat vast en zeker voor altijd zou blijven doen.

Hij was moreel verplicht met Val te trouwen, maak ook moreel verplicht om dat niet te doen.

En zo reed hij in zijn huurauto, die te klein was en te weinig vermogen had naar zijn zin, door Ocala rond terwijl hij zich niet eens in staat voelde dat verdraaide ding om te ruilen voor iets beters. Hij dacht telkens weer dat hij naar Meg zou gaan, daarna de auto terug zou brengen en naar Seattle terug zou keren om verder in te pakken. Maar nu was het al woensdagmiddag en was hij nog niet dichter bij een beslissing dan toen hij op vrijdagavond was aangekomen.

Ze had gisteren niet naar hem uitgekeken, dat wist hij; ze had gewoon... gekeken. Net als hij nu zij en Savannah uit het grijze gebouw naar buiten kwamen en samen, Meg kreupel en met haar arm in een draagband, naar een schijnbaar splinternieuwe SUV liepen. Ze was ver gekomen sinds de tijd dat ze een oude Ford stationcar met haar ouders had moeten delen. En nu moest ze het eind van de weg onder ogen zien, de bestemming waarheen ze allemaal op weg waren – ongeacht wat voor auto er in je garage stond – maar die iedereen angstvallig negeerde. De dood was immers altijd iets voor andere mensen; zo was het toch?

Impulsief stapte hij uit de auto en zwaaide. 'Meg!' riep hij, luid genoeg dat zij het over het parkeerterrein heen konden horen.

Savannah en zij draaiden zich tegelijk om en zagen hem. Hij zwaaide en holde naar hen toe. 'Hoi. Ik dacht al dat jij het was,' zei hij.

Savannah, die er veel verbaasder uitzag dan Meg, zei: 'Hé, hoi! Moet jij ook je bloed afstaan aan een of andere kwaadaardige dokter?' Ze liet hem haar arm zien en hij zag het gaasje aan de binnenkant van haar elleboog. Hij was teleurgesteld; ze waren dus niet omwille van Meg hier geweest.

Hij zei: 'Nee, ik... ik moest gewoon even stoppen om...' Hij kon geen smoes bedenken. 'Dat wil zeggen, nou ja, ik ben een beetje de weg kwijtgeraakt... het is lang geleden dat ik door dit deel van de stad gereden heb. Ik wilde net daar naar binnen gaan,' hij wees naar de garage aan de andere kant van de parkeerplaats waar hij had geparkeerd, 'en de weg vragen.' Dat klonk nauwelijks plausibel. Aan de manier waarop Meg naar hem keek kon hij zien dat zij er niet intrapte.

Savannah kennelijk wel. Ze zei: 'Waar moet je heen? Ik ken inmiddels aardig de weg sinds ik een tijdje autorij. Met mijn oefenpapiertje, bedoel ik. Mijn rijbewijs kan ik pas zaterdag gaan halen.'

'Maandag,' corrigeerde Meg haar, 'als het examencentrum open is. Maar Carson hoeft niet alle details te horen.' Ze keek geamuseerd. Dat was mooi; ze had in elk geval haar gevoel voor humor nog niet verloren. Tegen hem zei ze: 'Ze is gewoon opgelucht dat ze het bloedprikken overleefd heeft.'

'Natuurlijk,' zei hij met een knikje naar Savannah, die erg mooi was en erg op haar moeder leek. 'Dokters zijn inderdaad kwaadaardig. Je mag van geluk spreken dat je nog leeft.'

'Nou en of,' zei Meg snel om zijn blunder te verdoezelen. 'Meestentijds laten onze beulen de persoon gewoon helemaal leeglopen.'

Ze lachten allemaal en toen leek niemand meer iets te zeggen te hebben. Hij zocht naar een onderwerp, en vond dat in Savannahs opmerking over haar rijbewijs. 'Zaterdag dus... dan word je zeker zestien.'

'Ja, we geven een feestje thuis...' Haar toon deed vermoeden dat ze er weinig zin in had en hij vroeg zich af waarom. Ze vervolgde: 'Hé, als je wilt mag je ook vast wel komen.'

Natuurlijk moest hij haar bedanken en de uitnodiging afwijzen. Dat wist hij en toch wilde hij uit alle macht dat het anders was. Hij wilde deel uitmaken van Megs leven, een paar uur in haar gezelschap doorbrengen, gewoon daar zijn waar zij was. Maar zelfs als hij erbij zou kunnen zijn, kon hij zich niet voorstellen dat Brian Hamilton daar blij mee zou zijn. Hij stelde zich voor hoe Hamilton hem zou introduceren. *Ha Preston, ouwe kerel, laat me je even voorstellen aan Megs oude vlam, een kerel die in Punk'd op MTV te zien was in januari...*

Natuurlijk had Hamilton geen tijd gehad om naar MTV te kijken toen ze tieners waren; hij had het waarschijnlijk veel te druk gehad met het lezen van de *Wall Street Journal*. Hij zou *Punk'd* alleen kennen van het zappen tijdens de reclames op de golfzender.

Maar meer nog dan de sociale en culturele verschillen die hem van Hamilton scheidden, was er de wetenschap dat Meg ooit aan hem had toebehoord, en dat Brian haar in feite tot een huwelijk had gechanteerd. Zoiets vergaten mannen niet. Normaal zou hij er niet eens over peinzen samen met Hamilton in één ruimte te verblijven; de verleiding om die man iets aan te doen zou veel te groot zijn. Normaal zou Meg niet aan een terminale ziekte lijden.

Hij zei: 'Weet je, ik waardeer je uitnodiging echt, maar ik moet hem afwijzen. Andere verplichtingen.'

'O, natuurlijk... het geeft niks,' zei Savannah, maar ze leek teleurgesteld.

'Carson gaat zaterdag trouwen,' zei Meg.

'Ga je trouwen op mijn verjaardag? O, mijn god, dat is geweldig!'

'Ik neem aan dat je niet zult vergeten ons elk jaar een kaartje te sturen,' gekscheerde hij, hoewel niet van harte.

'Ja, dat ga ik zeker doen,' zei Savannah glimlachend.

Meg, haar ogen als diepe poelen vol gedachten waarnaar hij alleen maar kon raden, zei: 'Maar misschien zien we je nog voor je de stad weer verlaat.'

Een uitnodiging. Hij voelde het meer dan dat hij het hoorde. 'Zeker,' zei hij knikkend. 'Ik vertrek pas vrijdag.' Over minder dan achtenveertig uur, maar hij zou de resterende uren met alle plezier aan Meg besteden. Zou Val het hem misgunnen dat hij op die manier uit hun relatie stapte... als dat zou kunnen? Hij zou het haar nooit vertellen. Ze gaf hem toch al veel emotionele speelruimte. Het was niet mogelijk. Meg had een dochter voor wie ze moest zorgen, en ze moest een feestje organiseren. Ze zou hem op z'n best misschien een paar platonische uurtjes geven.

En hij zou die aannemen.

'Nou, we moeten nog kleren gaan kopen voor haar verjaardag,' zei Meg. 'Maar hier... Savannah, pak mijn notitieboekje eens uit mijn tas.'

Savannah gaf haar het boekje en Meg hield het naar voren zodat ze met de hand in de draagband kon schrijven. 'Hier heb je een plattegrondje om hiervandaan terug te komen op de hoofdwegen.' Ze schreef een poosje, scheurde toen het blaadje uit en gaf het aan hem.

Behalve het ruw getekende plattegrondje stond er in plaats van een straatnaam waarvan ze wist dat hij die maar al te goed kende, een telefoonnummer en 22.00 uur.

Hij keek naar haar op. 'Dit is geweldig, je bent mijn reddende engel.' De blik in haar ogen – de opluchting die vast en zeker overeenkwam met de zijne – deed zijn knieën knikken. Hij slikte moeizaam, zich bewust van Savannahs aanwezigheid, en voegde eraan toe: 'Je weet hoe mannen zijn als het om richtingsgevoel gaat. Ik zou de hele avond rondjes gereden hebben.'

Ze namen afscheid en toen hij weer in de kleine huurauto zat, sloeg hij het nummer op in zijn mobiele telefoon en begon de minuten af te tellen tot hij het kon gebruiken.

50

Megs telefoon ging een minuut voor tien. Ze was in de woonkamer, alleen met de schaduwen die zich over het geboende parket uitstrekten. Ze had een artikel in haar hand getiteld 'Hoe en waarom te leven met ALS', maar las het niet. Ze had het al eerder gelezen, meer dan eens zelfs; het was niet meer dan verstandig om te doen wat ze zelf enkele onfortuinlijke patiëntes had aangeraden die de ontnuchterende feiten van hun eigen ongeneeslijke ziekte onder ogen moesten zien: zorg dat je weet wat je doet als je besluit de hele rit uit te zitten, of niet.

Ze nam de telefoon op, verrukt toen ze de naam in het display zag. 'Carson. Ik ben blij dat je belt. Sorry voor dat heimelijke gedoe vanmiddag.'

'Nee, ik... natuurlijk.'

'Je denkt vast dat ik krankzinnig ben.'

'Niet krankzinniger dan een man die zogenaamd verdwaald is geraakt in de stad waar hij is opgegroeid en nog geregeld terugkomt.'

Ze had dus gelijk gehad met haar vermoeden dat zijn aanwezigheid voor het lab geen toeval was. Ze was niet zo dwaas om te denken dat zijn motivatie meer te betekenen had dan de bezorgdheid om een dierbare oude vriendin.

'Waar ben je nu?' vroeg ze.

'Thuis. Dat wil zeggen, bij mijn ouders. Meestal logeer ik gewoon bij hen in huis, maar voor deze week heb ik de schuur weer in gebruik genomen,' zei hij met zachte stem, vol van herinneringen. 'Ben jij thuis?'

'In de woonkamer.' Ze dacht aan hem daar in de schuur, omringd door de details van hun jeugdige dromen: de blauwe kastjes, de wijnranken die ze beneden op de ramen had geschilderd, de kleurige voddentapijten die Beth en Julianne een keer hadden gevlochten onder Kara's begeleiding... Ze hadden allemaal betrokken willen zijn bij de romantische toekomst van hun grote zus. Ze wilde dat ze weer daar kon zijn, in het onschuldige verleden.

Hij zei: 'Kun je praten?'

'Er is niemand in de buurt.' Savannah was in haar kamer aan de telefoon. Brian bleef die nacht in Jacksonville en zou pas morgenavond terugkomen. 'Maar ik vroeg me af of je misschien... of je zin hebt om langs te komen?'

'Om eens bij te kletsen met jou en Brian?' zei hij met een humorloze lach.

'Nee, Carson, natuurlijk niet. Hij is de stad uit. En Savannah zal niet eens merken dat je hier bent; ze komt zo laat nooit meer haar kamer uit. Maar als je liever niet...'

'Ik ben al onderweg... o, een routebeschrijving zou fijn zijn.'

Terwijl ze op zijn komst wachtte, keek Meg het Hoe-en-waarom-artikel nog een keer door. Ze moest de auteur nageven dat die de realiteit van ALS niet fraaier voorstelde dan die was, en geen religie gebruikte om mee tegen zelfmoord te dreigen. In de kolom 'Waarom' stonden 'familiegebeurtenissen en mijlpalen' en 'de kans om bij te dragen aan onderzoek'. Nergens stond 'omdat we bijna een geneesmiddel hebben'. Zelfs het meest optimistische medische advies durfde dat niet te beweren. In essentie herinnerde het foldertje de patiënten aan dingen die ze misschien nog wilden meemaken terwijl ze wachtten op het einde. 'Denk erom,' stond erin, 'dat je het recht hebt om elke ambitie na te streven die je denkt te kunnen verwezenlijken.'

En dat was precies wat ze deed door Carson uit te nodigen. En wat een opluchting was het dat hij haar wilde zien, dat hij haar toch niet haatte. Ze was blij dat hij niet had gevraagd wat ze met deze ontmoeting hoopte te bereiken, want daar wist ze geen antwoord op. Haar instinct was haar enige gids.

Ze keek even bij Savannah, haar deur was nu dicht, ze hoorde haar zachtjes zingen en gitaar spelen. Meg wilde haar voor haar verjaardag een verzameling cd's van Joni Mitchell geven. De auto was een fantastisch geschenk, maar niet bepaald persoonlijk. Brian had Savannah niet eens zelf de kleur laten uitkiezen. Hij had erop gestaan dat ze voor wit kozen, vanwege de goede zichtbaarheid. Hij wilde dat ze op de weg zo veilig mogelijk was, en daar had Meg niets tegenin te brengen; schonk hij ook maar zo veel aandacht aan de dingen die Savannah belangrijk vond. Wanneer had hij haar voor het laatst zien softballen? Wanneer had hij voor het laatst naar haar geluisterd als ze zat te zingen, behalve toevallig?

Nu ze het daar toch over had, wanneer had zij dat zelf gedaan?

Goddank kwam Beth gauw naar Ocala; Savannah zou de komende twee jaar – en hopelijk langer – iemand hebben die veel meer tijd en aandacht voor haar had. Zoals Meg maar al te goed wist, hield de noodzaak een meisje te begeleiden niet op alleen omdat ze dat zelf dacht.

Ze ging naar de gang, waar ze met het licht uit de weg op kon kijken. Al snel zag ze koplampen en de trage nadering van een donkere auto. Haar ademhaling stokte in haar keel toen ze naar buiten stapte, de oprit op; nu Carson er was, wist ze niet goed wat ze zou doen, wat ze zou zeggen. Haar uitnodiging was een impuls geweest en nu wist ze niet hoe ze daarmee om moest gaan.

Nu was het te laat om het terug te draaien. Ze keek plotseling verlegen omlaag naar haar kleren. Haar outfit – een broek van een zijdemengsel in de kleur van een zonsondergang en een handgeborduurd witzijden shirt – was wat ze ooit bekakt zou hebben genoemd. Ze had in elk geval haar schoenen uitgelaten; op blote voeten voelde ze zich iets dichter bij de jonge vrouw die ze ooit was geweest... bovendien was ze stabieler zonder schoenen, zelfs haar platste sandalen.

De draagband voor haar arm was niet te camoufleren; hoewel hij hem al eerder had gezien, deed ze hem af en liet ze hem naast een cameliastruik vallen.

Carson zette de motor af en stapte uit. Ze zag hem omhoogkijken naar de vakkundig verlichte stenen gevel van het huis, zag hem naar de koperen buitenlampen en de goten, het pannendak en de in patroon gelegde keitjes van de oprit kijken. Toen hij zijn blik op haar vestigde, verwachtte ze dat hij een of andere opmerking zou maken over hoeveel luxer haar leven was geworden, en dat ze goed geboerd had. Ze had al een antwoord klaar; dat hij waarschijnlijk net zo goed of nog beter leefde dan zij. Hij zei niets, hij kwam gewoon naar haar toe, legde zijn handen op haar schouders en trok haar toen in zijn armen.

Ze sloot haar ogen en drukte haar wang tegen zijn schouder, die zo warm en stevig aanvoelde onder zijn hemd. Zijn geur, zijn vorm, zijn slanke taille waar ze hem vasthield waren als een thuiskomst voor haar zintuigen. Hij hield haar nog steviger vast, begroef zijn gezicht in haar haren en mompelde iets geruststellends. Dat ze de woorden boven het gebonk van zijn hart uit niet kon verstaan, was helemaal niet belangrijk.

Hij liet haar langzaam los, tot ze weer tegenover elkaar stonden. 'Zo, dat is beter,' zei hij.

'Zeker.' Haar stem klonk hees. Ze schraapte haar keel. 'Ga mee naar binnen, dan krijg je wat te drinken van me.'

Ze liepen naar de woonkamer en gingen ieder op een uiteinde van de met fluweel beklede bank zitten, ieder een glas in de hand als hulpmiddel om hun verlegenheid te overbruggen. Nooit had een van hen beiden hebben kunnen voorspellen dat ze ooit samen in een dergelijke kamer zouden zitten, op geruwd fluweel, met leunstoelen ernaast die waren bekleed met damast, en vier lagen draperie voor de ramen. Een kamer met zes dure likeuren in antieke kristallen karaffen. Mensen als zij hoorden ergens met dunne katoenen gordijnen en tweedehands meubilair – en met tweedehands bedoelde ze dan niet antiek. Ze hoorden thuis in een kamer met simpele houten vloeren, waar boerderijkatten tegen hun enkels wreven en de geur van oranjebloesem door metalen horren naar binnen dreef; een huis met blauwe kastjes en voddenkleedjes. Deze kamer leek bij iemand anders te horen; ze voelde zich hier gedesoriënteerd, alsof ze ergens in 1987 een verkeerde afslag had genomen en toch maar was doorgegaan, en tot dit moment alle waarschuwingsborden langs de weg over het hoofd had gezien.

'Die karaffen zijn van Brians oma geweest,' zei Meg om maar iets te zeggen. Ze hield het geslepen kristallen longdrinkglas in haar linkerhand omhoog. 'Deze ook. Ik heb geprobeerd ze aan mijn moeder te geven, maar die wilde ze niet. "Veel te deftig voor ons," zei ze. Ze zijn voor mij ook te deftig maar iets wat zo mooi is kun je toch niet ongebruikt laten? Ik geef ze aan Beth als die hierheen komt.'

'Komt ze je opzoeken?'

'Ze komt weer hier wonen. Om te helpen met pap... en met mij, al hoop ik dat ik niet veel hulp nodig zal hebben.'

Carson wendde zijn blik af en nam een slok. 'Goed spul,' zei hij.

Ze liet toe dat hij het onderwerp vermeed, voorlopig. 'De rum heb ik van Sint Barthelemy, maar ik weet zeker dat je hem op Sint Maarten ook kunt krijgen. Ze drinken rum als water op de eilanden.

'Dat is niet overdreven,' zei hij. 'Ik heb mijn aandeel er ook van gehad toen we laatst daar waren... al probeer ik het tegenwoordig wel binnen de perken te houden.'

Ze herinnerde zich het krantenartikel waarin stond dat hij een ruig leven leidde, en haar moeders poging het daar met haar over te hebben. 'Ik ben blij dat te horen.'

Ze voelde zich al iets beter op haar gemak en hij zag er ook uit alsof hij zich wat begon te ontspannen, al wreef hij op dezelfde manier over zijn kin als hij bij de kleermaker had gedaan. Maar toch, wat een opluchting om te weten dat ze hem niet helemaal was kwijtgeraakt, dat ze zelfs op deze surrealistische plek nog toegang tot hem had, al was het maar voor even.

Hij zei: 'Ik ben blij dat Beth terugkomt. Ik weet niet goed hoe ik dit moet vragen, maar... ik heb over dat ALS-gedoe zitten lezen, nadat je me vorige week gebeld had, en ik zag dat sommige mensen zich nog lange tijd vrij goed redden.'

'Sommigen, ja,' zei ze, blij dat het onderwerp ter sprake kwam en niet als een reusachtig taboe tussen hen in bleef hangen. 'Hoewel de definitie van "goed" natuurlijk subjectief is.'

'Het lijkt met jou wel redelijk te gaan,' zei hij voorzichtig.

'Ik kan nog functioneren. Mijn rechterhand en -arm zijn het slechtst. Mijn linkerarm gaat ook achteruit, maar die kan ik nog wel gebruiken. Ik kan me aankleden, ik kan autorijden, ik kan eten... en drinken.' Ze nam een slok. 'Ik doe mijn uiterste best om een dagboek te schrijven voor Savannah. Mijn vader heeft me een aantal notitie-boeken gegeven die mijn moeder als dagboek gebruikte en het is niet te beschrijven hoeveel die voor me betekenen.' Ze vertelde hem niet dat ze had gemerkt dat haar spraak aangetast raakte; slechts af en toe een onduidelijk uitgesproken woord of een gemiste klank, maar voldoende om haar duidelijk te maken dat ze hard achteruit ging. Ze kon zich aan de ziekte aanpassen en die misschien zelfs af en toe voor enkele zalige minuten vergeten, maar ze wist nu wel zeker dat ze niet tot de paar 'gelukkige' ALS-patiënten behoorde.

Carson zei: 'O, Meg, ik vind dit zo verschrikkelijk...' Zijn stem brak. 'Het is gewoon... het lijkt niet echt. Of eerlijk. Het is niet eerlijk.'

Ze zuchtte. 'Wat is dat wel? Niemand heeft ons "eerlijk" gega-randeerd. Zoals ik het zie, ben ik gewoon blij dat ik mijn dochter heb gehad,' of onze dochter, dacht ze. 'En mijn carrière. En... en de stoeterij, de boomgaarden en de meren... En jou,' voegde ze er zacht aan toe. 'Je weet dat ik het allemaal anders zou doen als ik het kon overdoen... maar dat kan ik niet. Dus...'

'Dus ben ik blij dat ik wat tijd met je mag doorbrengen. Ik hoop... weet je, het zou me erg helpen als ik je zo nu en dan mocht zien. Als jij dat tenminste wilt.'

Ze antwoordde niet meteen, en dacht dat hij een toekomst voor zich zag waarin zij nog lange tijd slechts lichtelijk mindervalide zou zijn, en waarin hij haar – met Val? – kon komen opzoeken. Hoe kon ze hem uitleggen dat het anders was nu hij haar zo hoopvol aankeek? Natuurlijk wilde ze hem zien, maar hij moest begrijpen hoe zij er-over dacht.

Ze zei: 'Carson... het zit zo: ik ben niet het type dat bereid is alles te ondergaan wat deze ziekte me voorschotelt om mijn laatste adem zo lang mogelijk uit te stellen. Ik ben niet bereid een gevangene in mijn eigen bewegingloze lichaam te worden. Mijn zintuiglijke ge-waarwordingen gaan niet weg. Mijn helderheid van geest verdwijnt niet. Ik zal alles zien, horen en voelen, maar niet in staat zijn te rea-geren. Dat kan ik niet, Car. Ik kan niet... zo kan ik niet zijn.'

'Nee... nee, dat begrijp ik.' Hij bracht even een hand naar zijn mond. 'Maar er zijn toch zeker wel behandelingen die je kunt pro-beren.'

'Afgezien van symptoombeheersing is er niets dat meer dan een miniem effect heeft, zeker niet bij de zware gevallen als ik.'

'En experimentele dingen dan? Andere landen, of...?'

Ze schudde haar hoofd. 'Moeilijk te geloven, nietwaar? Hoe ver-gevorderd de geneeskunde ook is... We verwachten toch op z'n minst dat we een kans krijgen. De waarheid is dat artsen op meer gebieden machteloos zijn dan je zou willen weten.'

'Het is zo...' Hij zuchtte luid. 'Jezus. Wat ben je van plan te doen?'

Ze haalde haar schouders op en draaide haar glas zo dat het het licht ving en de stralen brak op haar been, kleine stukjes regenboog op haar okerkleurige broek. 'Dat weet ik nog niet, maar ik ben dok-ter; ik kan alles krijgen wat ik nodig heb, als dat de weg is die ik wil kiezen.'

'Wat voor andere...?'

'Mogelijkheden? Methodes? Niets gewelddadigs, dat weet ik wel. Geen vuurwapens, geen scheermesjes of dat soort dingen. Ik hou niet van bloed.'

Hij lachte, ondanks het sombere onderwerp. 'Uiteraard. Zelf hou ik helemaal niet van vliegen, en ik geloof dat ik de helft van mijn tijd in vliegtuigen doorbreng. Waarschijnlijk hou ik er daarom niet van.'

'Maar je hebt heel veel van de wereld gezien, niet dan? Dat is ook iets waar ik blij mee ben, dat ik zo veel heb gereisd. Het was niet allemaal voor mijn plezier, maar ik ben naar Europa geweest, naar Mexico en Canada... Banff is prachtig. Ben jij daar ook geweest?'

'Nee. Ik ben het wel steeds van plan; het is eigenlijk niet eens zo ver van Seattle. Maar ik ben altijd ergens anders heen onderweg, snap je?' Hij dronk zijn glas leeg en stond op om het bij te vullen. 'Jij nog?'

'Nee,' zei ze, bang dat haar spraak slechter zou worden als ze nog meer dronk. En ze wilde ook geen slaap krijgen nu hij hier was. Het was zo'n genot om zelfs maar dezelfde ruimte met hen te delen, om weer bekend te raken met zijn bewegingen, de diepe tenor van zijn stem, verfijnd door de vele jaren van optreden. Ze wilde met al haar zintuigen van hem genieten.

Carson keek naar zijn handen, pulkte aan een eeltplek op een vinger; ze wist dat hij erover nadacht hoe hij de volgende voor de hand liggende – maar moeilijke – vraag zou stellen. Ze wachtte, gun-de hem alle tijd die hij nodig had, hoewel ze wist dat haar antwoord hem niet tevreden zou stellen. Uiteindelijk zei hij: 'Wanneer? Ik bedoel, hoe weet je wanneer je... zover bent?'

'Dat weet ik niet zeker. Ik neem aan wanneer ik het gevoel heb dat ik alles heb gedaan wat nog gedaan moet worden. Ik heb Savannah nog niet eens de hele waarheid verteld. Ze denkt dat wat ik heb niet meer dan een vervelende aandoening is... dat is wat ik haar heb verteld. Ik kan haar vlak voor haar verjaardag niet met de waarheid belasten.'

'God, Meg. Ik snap niet hoe je zo kalm kunt blijven. Ik zou hopeloos zijn.'

'Gewoonte,' zei ze.

Tot een paar weken geleden was veel van wat ze deed, van hoe ze leefde, zelfs van wat ze dacht, gewoonte. Het was gemakkelijker om alles op routine te doen dan om bewust te leven... omdat ze bang was geweest voor wat er zou kunnen gebeuren als ze te goed naar zichzelf, naar haar leven keek. Je kon te ver gaan in je pogingen te vermijden dat je de vergissingen van het verleden onder ogen moest zien. Je kon zo vastberaden zijn om een andere weg te kiezen dat je niet inzag dat die weg nergens heen leidde.

Hoe vreemd het ook klonk, het feit dat ze ALS had, begon aan te voelen als een vrijkaartje om de routine los te laten en te doen wat ze wilde. Ze zag nu in dat het die houding was die haar vader in haar probeerde aan te moedigen; het was wat haar zussen hadden verwacht toen ze wachtten op antwoord op de vraag wat ze van plan was te gaan doen. Ze dachten allemaal dat ze zelfzuchtiger zou zijn met het einde in zicht, dat enig egoïsme redelijk en geoorloofd zou zijn.

In het verleden zou ze die houding onverantwoordelijk hebben genoemd; vanavond begreep ze het.

'Ik neem toch aan dat Brian je wel steunt,' zei Carson, maar hij klonk alsof hij iets anders vermoedde.

'Hij is verbijsterd. Mijn ziekte past niet in zijn plannen. Maar ik kan niet te streng voor hem zijn, weet je? Hij heeft altijd alleen maar geluk gehad. Zijn strategieën hebben altijd nog gewerkt, maar deze keer is er geen winnende strategie.'

'Ik vind het moeilijk om medelijden met hem te hebben. Hij heeft je in de val gelokt, Meg... vroeger, bedoel ik.'

Ze knikte. 'Hij had iets nodig om je mee af te troeven. Waarom zou ik anders voor hem kiezen? Ik zeg niet dat ik het goedkeur of er blij mee ben, maar ik begrijp het wel; hij gebruikte de middelen die hij ter beschikking had.'

'Ik wou dat hij ze voor iemand anders had gebruikt.'

Ze bleven een poosje zwijgend zitten. 'Afrika,' zei Carson opeens. 'Ben je al in Afrika geweest?'

'Nee,' zei ze, glimlachend bij de herinnering aan hoe hij die dag, lang geleden, op de schommel had gezeten, 'maar ik herinner me wel je belofte... waar ik je overigens niet aan zal houden. En jij? Ben je al in Thailand geweest?'

'Een paar jaar geleden,' zei hij. 'Tijdens mijn laatste wereldtournee deed ik ook Bangkok aan.'

'O, dat klopt, daar zei je iets over tijdens het optreden in Orlando.'

Hij knikte. 'Maar het was niet... de ervaring was niet zoals ik had gewild.'

'Vond je de garnalen met citroengras niet lekker?'

Hij keek haar in de ogen. 'Jij was niet bij me.'

Hij had het nooit losgelaten, evenmin als zij.

'Het spijt me zo, Car,' fluisterde ze.

Het moment omarmde hen, tijdloos en vergevingsgezind. Toen stond Carson op en haalde iets uit de zak van zijn spijkerbroek. 'Ik heb iets voor je meegebracht.'

In zijn hand lag haar gouden kettinkje.

'O,' zuchtte ze, overweldigd door het besef dat hij het had bewaard.

Hij kwam dicht naast haar zitten, maakte het kettinkje om haar hals vast en schikte het over haar sleutelbeenderen zoals de eerste keer. 'Zo,' zei hij. 'Dat ziet er goed uit.'

Meg depte haar ogen droog met de zoom van haar shirt, en trok zich er niets van aan dat de mascara vlekken op de zijde zou maken. Ze keek op toen ze een geluid hoorde in de gang. Savannah kwam in een lang wijd shirt de kamer in en zei: 'Hé, mam...' en bleef plotseling staan. Ze keek naar Meg, duidelijk verbijsterd dat Carson er was.

'Savannah! Dag, schatje! Het spijt me, ik had je moeten vertellen dat Carson langs zou komen...'

Carson schoof een beetje op en Savannah trok de zoom van haar shirt over haar dijbenen omlaag. 'Hoi, Carson. Eh, mam, ik kwam alleen vragen of Rachel na mijn feestje hier mag blijven slapen. Van haar moeder mag het.'

'Ja, natuurlijk. Ik zou niet weten waarom niet.'

Savannah bleef naar hen kijken. 'Wat zijn jullie aan het doen?'

'Nou, Carson moest...'

'Ik heb nog iets van je moeder gevonden en wilde het haar terug-geven voor het weer kwijtraakte.' Hij stond op als om te bewijzen dat er niets onbetamelijks was voorgevallen.

'Wauw, dat is aardig van je. Wat was je kwijtgeraakt?' vroeg ze aan Meg.

'Dit kettinkje,' zei Meg, en ze raakte het even aan.

Carson zei: 'Ik heb het lang geleden al gevonden, maar het heeft een poos geduurd voor ik ertoe kwam het terug te brengen. Staat mooi, vind je niet?'

'Ja, inderdaad. Ze draagt nooit kettinkjes... daar is ze best saai in.'

Meg was verbaasd dat Savannah zelfs maar lette op wat zij wel of niet droeg en haalde haar schouders op. Carson glimlachte en ze zag aan zijn gezicht dat hij begreep wat Savannah niet in de gaten had: dat ze haar hals met opzet kaal liet.

'Het wordt al laat; je moet naar bed,' zei ze, en Savannah keek teleurgesteld. 'Bovendien ben je niet bepaald gekleed voor bezoek.'

'Mmm, daar kan ik inderdaad niets tegenin brengen,' zei Savan-nah. Ze zei hen goedenacht en liep de kamer uit. Meg liep naar de gang en luisterde tot ze haar slaapkamerdeur dicht hoorde gaan.

Terug in de woonkamer was Carson weer op het randje van de bank gaan zitten. 'Dat zag er niet echt goed uit.'

'Dat zal wel niet... maar ik maak me niet al te veel zorgen. Ze zal toch binnen niet al te lange tijd de waarheid over mijn verleden horen; dat ik vóór Brian al een leven had, en vooral dat jij daar een belangrijk deel van uitmaakte.' Ze ging naast hem zitten, heup tegen heup, en verbaasde zich erover hoe heerlijk het voelde om precies te doen waar ze zin in had.

Ze voelde weer aan het kettinkje en zei: 'Bedankt dat je me dit hebt gebracht.'

'Meg...?'

'Hmm?'

'Ik... luister eens, ik heb nagedacht over wat je eerder zei... dat je niet wilt wachten tot, nou, je weet wel, dat je niet volledig... en ik wil...' Hij haalde zijn handen door zijn haren en bracht ze in de war, waardoor de slag die erin zat nog duidelijker werd. 'Ik wil... ik stel de bruiloft uit.'

Ze draaide zich geschrokken om. 'Car, nee! Dat is niet... je moet dat allemaal laten doorgaan. Ik wil niet verantwoordelijk zijn voor het verstoren van jouw plannen. Dat is niet... dat is niet waar dit om gaat.'

'Jij doet helemaal niets, Meg. Ik doe het. Het gaat niet alleen om jou... ik twijfel al een tijdje.'

'Ze is dol op je.'

Hij knikte. 'Dat weet ik, maar ze verdient beter. Ze verdient iemand die haar gevoelens voor honderd procent beantwoordt. Ik heb het geprobeerd, eerlijk waar, maar ik kon niet meer opbrengen dan ongeveer vijfenzeventig procent.'

'Maar... je trouwt zaterdag. Dat kun je nu niet meer afzeggen. Je hebt gewoon koudwatervrees.'

'En wie wil er naar bed met een man met ijskoude voeten, hè? Nee... ik schuif het een poosje op.'

Hij stond op en liep een paar keer de kamer heen en weer. 'Nee... nee, verdorie, ik zeg het helemaal af en maak het uit. Ik ga haar niet aan het lijntje houden.'

Meg staarde hem aan. Hij klonk erg zeker van zijn beslissing en zag er... opgelucht uit. Toch vreesde ze dat hij een emotionele beslissing nam die, ongeacht hoe blij zij daarmee was – en echt, ze was zo blij dat ze licht in haar hoofd werd – voor hem een ernstige vergissing zou kunnen betekenen.

'Carson, ik heb geen toekomst, dat weet je. Je hebt medelijden met me, maar dat gaat voorbij. Ik ben er straks niet meer en dan heb jij nog bijna een heel leven voor je. Je moet... je moet je geluk niet op het spel zetten.'

Hij ging weer zitten, met zijn handen op zijn knieën en zijn gezicht omlaag. 'Er bestaat voor mij geen geluk als ik me niet helemaal geef. Begrijp je dat, Meg?' Hij keek haar aan. 'Ik wil jou. Voor vijf minuten, vijf uur, vijf dagen... wat dan ook, ik neem het aan en ben er blij mee. Alsjeblieft. Sta me dat toe.'

Zijn woorden waren een onverwachte oase. Ze keek in zijn ogen, zo dierbaar, zo vertrouwd – zozeer lijkend op die van Savannah – en glimlachte zo breed dat ze in lachen uitbarstte.

'Oké,' zei ze.

51

Tweehonderd kleurige ballonnen leken de partytent waaronder twintig tieners zaterdagavond pizza zaten te eten de lucht in te willen tillen. Pizza pepperoni natuurlijk, maar ook veel andere soorten met namen die Savannah niet eens interesseerden, met bijvoorbeeld avocado, knoflook en pesto, of babymaïs en koriander. En er waren salades: aardappelsalade, rode en met mosterd; Italiaanse salade, met champignons, olijven, piment en verse asiagokaas; gemengde salade met mandarijn en aardbei. En een vrieskast vol ijs en vijf grote verzinkte tonnen vol met alle tienervriendelijke drankjes die de cateraar had kunnen bedenken. Een chocoladetaart van drie verdiepingen met glazuur dat eruitzag als kant – leuk gedaan – stond te midden van het andere voedsel als een te opzichtig gekleed meisje zonder vriendje.

Naast de tent stond haar glimmende witte Honda, een toonbeeld van overdaad. Er zaten ballonnen aan de beide spiegels en een reusachtige rode strik op de motorkap. Savannah, die aan de rand van een groepje kletsende meisjes stond, vond de strik prullig en wou dat de auto limoengroen of een andere felle kleur was, maar ze moest wel bekennen dat ze blij was dat ze hem had. Nu kon ze haar eigen regels bepalen, min of meer. Caitlin, die een piepklein bruin hondje in haar schoudertas had zitten, had haar auto zelfs bewonderd, en gezegd dat haar Mini erg leuk was, maar dat ze zich net een circusclown voelde als ze erin rondreed. Ze wilde hem inruilen tegen een BMW X3.

Savannah keek naar de mensen – voornamelijk haar vaders vrienden en hun kinderen. Hoewel het feestje ter ere van haar was en ondanks het eten, de taart, de cadeaus en de aandacht, wilde ze dat ze ergens anders was. Interessant om te horen dat zelfs Caitlin, die alles leek te hebben, niet zo tevreden was met haar leven als ze zou moeten zijn. Hoe kwam dat? Waarom was genoeg nooit genoeg? Savannah vond dat verontrustend, niet alleen wat Caitlin betrof, maar ook haarzelf. Haar leven was zo goed als dat van ieder ander – beter dan dat van de meesten, vermoedde ze – en toch stond ze hier op haar zestiende verjaardag met het gevoel dat ze hier niet thuishoorde.

Al die kinderen in hun dure merkkleding, die allemaal gegarandeerd de kans hadden om minstens zoveel te bereiken als hun ouders hadden gedaan – als hun ouders zich niet van hen afkeerden zoals die van Kyle hadden gedaan. Ze kregen alles aangereikt. Ze leken er nooit op te worden betrapt dat ze de wet overtraden... en zij was net zo erg. Nou ja, zij probeerde in elk geval nog anderen te helpen – Kyle bijvoorbeeld, en de lamantijnpopulatie – en was van plan haar leven opnieuw in te richten zodra ze de kans kreeg. De komende vierentwintig maanden werden beslist de langzaamste van haar leven.

Rachel, die een strokenrok droeg en een bloesje met ruches dat ze in Australië had gekocht, bracht Savannah een flesje frisdrank en onderbrak haar gepeins. 'Alsjeblieft, jarige job. Heeft hij al gebeld?'

De hele dag al verwachtte Savannah Kyles telefoontje en tegelijkertijd zag ze ertegenop. Ze hadden het weliswaar bijgelegd over de manier waarop hij haar vorige week vrijdag had overgehaald nog langer te blijven, maar ze had toch nog steeds een vreemd gevoel bij die hele avond. Hij had foto's van haar waarop ze naakt poseerde en ze wist niet wát allemaal deed omdat ze te beschaamd en te bang was om hem ernaar te vragen. Hij had al drie dagen niet gebeld of online met haar gechat, en zelf was ze niet meer zo opgetogen geweest om van hem te horen. Ze was niet meer zo zeker van haar zaak. De drugs, de seks – dat was allemaal niet wat ze wilde, of in elk geval niet op die manier... maar ze wist niet hoe ze hem iets kon weigeren zonder hem voor het hoofd te stoten. Toch miste ze hem, kon ze niet wachten tot ze hem weer zou zien; het deed pijn dat hij haar vandaag niet had gebeld.

'Nee,' zei ze tegen Rachel. 'Maar zijn mobiele telefoon is kapot, dus...'

'Jonathan vroeg net naar je... je weet wel, of je op het moment met iemand gaat. Ik heb gezegd dat hij je dat zelf maar moet vragen.'

Savannah keek over de tafeltjes heen naar Jonathan, die daar bij de vijf andere aanwezige jongens stond. Ze leken een beetje schichtig, niet zeker hoe ze zich onder de meisjes moesten mengen, van wie ze sommigen toch al heel lang kenden. Het viel haar op hoe volwassen Jonathan er plotseling uitzag; lang, en gespierder dan een paar maanden geleden. Ze vond zijn haar mooi, dat de kleur van licht zand had en sluik was, behalve rond zijn gezicht, waar het een beetje krulde. Wilde hij echt met haar uitgaan? Wilde hij verkering? Het idee sprak haar eigenlijk wel aan, maar ze voelde zich meteen schuldig. Ze hield van Kyle. Wat er was gebeurd was niet alleen maar zijn schuld. Ze waren stoned. Ze had gewillig meegedaan.

Miriam, die naast Savannah stond, zei: 'Jonathan is leuk. En kijk, jullie passen bij elkaar.'

Savannah lachte. Ze droegen allebei een groen shirt met iets van kaki eronder... hij een korte broek en zij een rok.

'Het lot,' zei Lydia Patel. 'Mijn moeder zou zeggen dat het een teken is.'

Rachel zei: 'Ze heeft al een vriend.'

'Die nog niemand ooit heeft gezien,' merkte Miriam op.

Lydia knikte. 'Hoe zit dat, Savannah? Waarom is hij er niet?'

Ze kon het hun niet vertellen, niet van zijn ware leeftijd en niet dat hij in haar vaders ogen helemaal... fout zou zijn, en niet van haar twijfels over haar onkarakteristieke gedrag en Kyles aanmoediging daarvan. Wat zou hij van haar denken? Voelde hij zich er ook vreemd bij? Maakte hij zich ook zorgen om hoe hij zich gedragen had?

Tegen haar vriendinnen zei ze: 'Hij moest werken tot sluitingstijd.' Dat dacht ze tenminste; hij had gezegd dat zijn baas bij Home Depot hem veel liet overwerken omdat hij zo veel uren had gemist toen hij in Miami was.

'Kon hij niet eens vrij nemen voor je verjaardag?' zei Caitlin. 'Sorry, maar ik zou een knul die niet vooruit kan plannen en zo, meteen dumpen. Heb je dan in elk geval een cadeautje van hem gekregen?'

'Nog niet,' zei Savannah. 'Maar dat krijg ik nog.' Dat nam ze tenminste aan. Hij had het niet gezegd, maar ze hoopte dat dat betekende dat hij haar wilde verrassen.

'Over cadeautjes gesproken,' zei Rachel, en ze trok haar aan haar arm mee naar de tafel waar een stapel kleurig ingepakte dozen en cadeautassen stond te wachten, 'waarom maak je er niet een paar open? Ik hoorde dat dit een verjaardagsfeestje was.'

Toen de jongelui allemaal om de tafel heen stonden en toekeken terwijl ze een paar kleurige kristallen oorbellen, vier tassen van

Vera Bradley in verschillende kleuren en maten, iPod-accessoires voor haar auto en Broadway-kaartjes voor de musical *The Lion King* – van Rachel, die wist dat de film een van haar allergrootste favorieten was – uitpakte, kreeg ze de grootste verrassing van het hele feest, aangekondigd door Jonathan.

'Hé, kijk nou! Daar heb je Carson McKay!'

Iedereen draaide zich tegelijk om naar de plek waar Jonathan heen wees, het terras aan de andere kant van het zwembad. Het was inderdaad Carson... in korte broek en hawaïshirt, kennelijk een beetje nerveus, maar met die beroemde vriendelijke glimlach op zijn gezicht.

Haar moeder, die bij haar grootouders en een paar andere volwassenen stond, wenkte hem. 'Ik ben blij dat je kon komen,' zei ze, duidelijk makend dat ze had geweten dat hij misschien zou komen. Maar zijn huwelijk dan? En Val dan? Savannah wilde ernaar vragen, maar hield zich in, voor het geval hij dat niet aan iedereen wilde uitleggen. Het was haar niet ontgaan dat hij woensdagavond laat met haar moeder in de woonkamer had gezeten en dat hij nu hier was op wat geacht werd zijn trouwdag te zijn. Maar wat er ook aan de hand was, het kon haar weinig schelen... hij was hier! Niet te geloven. Dit was wel een voorrecht dat ze niet graag misgelopen zou zijn.

Carson had een witte envelop in zijn hand. Hij kwam naar haar toe, legde hem op de tafel en gaf haar een kus op haar wang, waardoor alle vrouwelijke aanwezigen meteen jaloers op haar waren. 'Gefeliciteerd met je verjaardag,' zei hij. 'Sorry dat ik zo laat ben.'

'Ben je gek? Het is fantastisch dat je er bent!'

Haar moeder gaf een algemene introductie. 'Zoals sommigen van jullie al weten en zoals Jonathan opmerkte, is dit Carson McKay. Carson, die al sinds de lagere school een goede vriend van me is, heeft zijn plannen voor dit weekend moeten wijzigen, dus dacht ik dat hij het misschien leuk vond om langs te komen.'

Carson maakte een lichte buiging en ging toen bij de volwassenen staan om toe te kijken terwijl Savannah de rest van haar cadeautjes uitpakte. Ze bewaarde zijn envelop voor het laatst. Er zat een kaartje in met op de voorkant een schildering van een veld vol wuivend gras en wilde bloemen onder een blauwe hemel. Ze opende het kaartje; hij had er een gedichtje in geschreven, dat ze zwijgend las:

Een wei kun je maken met een klavertje en één bij,
Eén klavertje, een bij,
En een droom.
Maar dagdromerij volstaat,
Bij gebrek aan bijen.
– Emily Dickinson, 1896

Ze liet het even tot zich doordringen. *Inderdaad*, dacht ze toen. Onder het gedicht stond: 'Fijne 16e verjaardag!! Ik nodig je uit voor een jamsession met mij en de band (we spreken nog wel af wanneer); jij kiest de muziek. Je toegenegen, Carson.'

Dat stuk las ze hardop, niet in staat de opwinding uit haar stem te weren. 'Wauw! Dankjewel! Dat lijkt me geweldig... als je maar belooft dat je niet oplet hoe slecht ik ben.'

De rest van de avond verstreek in een opgetogener sfeer, waarin Carson het middelpunt vormde. Hij was een gigantische hit, beantwoordde vragen, signeerde servetjes, bordjes, shirts, alles waarmee ze bij hem kwamen aanzetten. Gebruikmakend van Savannahs gitaar zong hij 'Happy Birthday' toen de cateraar de kaarsjes op haar taart aanstak, en hij haalde haar later op de avond, toen het feest zo goed als voorbij was, zelfs over een duet met hem te zingen bij het zwembad. Alleen haar vaders nauwelijks verhulde norse blik en haar gekwetste gedachten aan Kyle waren minpunten... zij het maar kleine.

Nadat ze haar gasten gedag had gezegd en samen met Rachel op de bank in de extra kamer was neergeploft, keerden haar gedachten terug naar Kyle. Waarom had hij zelfs niet gebeld?

En alsof hij haar bezorgdheid had aangevoeld ging op dat moment haar telefoon, en daarmee begon wat een van de angstigste nachten van haar leven zou worden.

'Dat is hij,' zei ze tegen Rachel.

'Neem dan op.'

'Ja, oké...' Ze stond op en liep naar de boekenplank, met haar rug naar Rachel. 'Hallo?'

'Hé, hoe gaat het?'

'Prima,' zei ze koeltjes, afwachtend om te zien of hij was vergeten wat voor dag het was.

'Ik wilde je wel eerder bellen, maar ik was, zeg maar, met een plan bezig, snap je? Een verrassing voor je verjaardag.' Hij neuriede het begin van 'Happy Birthday' en zei toen: 'Maar ik had het nog niet helemaal uitgewerkt, weet je. Maar nu wel.'

'O, nou, dat is prima... ik heb al een geweldige verrassing gehad; Carson McKay kwam op mijn feestje.'

'Die kerel probeert mijn territorium over te nemen,' zei hij. 'Dat is niet cool.'

'Hij is mijn móéders vriend,' zei ze lachend.

'Ik wed dat je moeder een echte stoot is.'

'Wat?'

'De vrouw van McKay is een stoot, jij bent een stoot... dus volgens mij moet elke griet in zijn leven een stoot zijn. Zijn eigen moeder ook, wedden?'

Zachter vroeg ze: 'Ben je high?'

'Van het leven, schatje, van het leven. Want luister eens: ik heb een verjaardagsvoorstel voor je! Zou ik "verjaardagsvoorstel" kunnen zeggen als ik stoned was? Nee. Hier komt mijn verrassing: ik stel voor dat jij en ik voorgoed bij elkaar blijven.'

'Hoe bedoel je, voorgoed?' Hij had het toch zeker niet over een huwelijk?

'Ik bedoel dat jij je spullen inpakt en we de stad uit gaan... een plekje voor onszelf zoeken waar we continu samen kunnen zijn.'

'O... wauw.' Grappig dat ze zo opgelucht was omdat hij het niet over trouwen had. Daar was ze nog niet klaar voor. Maar was ze híér eigenlijk wél klaar voor?

'Ik weet het niet,' zei ze. Ze stak een vinger op naar Rachel om aan te geven dat ze zo terug zou komen en ging toen naar haar eigen kamer om ongestoord te kunnen praten. 'Kan dat volgens de wet? Ik ben pas zestien, geen achttien, weet je nog?'

'Schat, dat weet ik nog. Nee, het zit zo. De wet doet er niet toe; ik heb een plan om het zo te regelen dat we kunnen doen wat we willen, oké? Ik hou gewoon zo veel van je, Savannah... ik vond het vreselijk dat je kwaad op me was. Ik kan niet nog twee hele jaren wachten voordat ik je voor mezelf heb. Wil jij niet de hele tijd bij me zijn?'

Haar hart zwol van liefde. 'Natuurlijk,' zei ze, en ze liep haar badkamer in en deed de deur dicht. 'Bedoel je nou echt dat ik van huis moet weglopen?'

'Hè, ze snapt het eindelijk. Ja. Kom op, loop met me weg.'

Dit was iets waar ze nooit aan had gedacht, van huis weglopen om met Kyle samen te zijn... Maar waarom niet? Haar opa Spencer was op zijn vijftiende van huis weg gegaan om bij zijn neef in Ocala op een grote stoeterij paardenstallen te gaan uitmesten. In sommige landen waren meisjes van haar leeftijd al getrouwd en hadden ze kinderen. Ze stelde zich voor dat ze met Kyle samen zou leven, dat ze konden doen wat ze wilden wanneer ze maar wilden. Geen bekritiserende vaders of afwezige moeders om je druk over te maken. Geen avondklok voor haar en Kyle. Geen hoge ouderlijke verwachtingen.

Toch was het een grote stap, en ze had wel plannen. 'Ik weet het niet... Ik bedoel, waar moet ik dan mijn school afmaken?'

'Je kunt volwassenenonderwijs volgen.'

'Kan ik dan nog wel gaan studeren?'

'Misschien niet in Princeton, maar weet je, de staatsscholen nemen iedereen aan. Je hebt toch geen behoefte aan al dat elitaire gedoe, of wel?'

'Nee, maar... ik wil er even over nadenken, oké?'

'Wat valt er nog na te denken? Ik hou van jou. Jij zegt dat je ook van mij houdt...'

'Dat is ook zo!'

'Oké dan. Beslissing genomen. Pak je spullen en kom hierheen... O, hé, je hebt je spaarrekening toch nog, of niet? Je moet maar alles opnemen wat erop staat, want omdat je minderjarig bent, zullen we wel een poosje het land uit moeten.'

'Wacht even... het land uit moeten? Hoe doen we dat?'

'Dat hebben we... ik bedoel, ík, al helemaal uitgedokterd, schatje. Ik vertel het je wel als je hier bent, oké? Want je weet maar nooit wie er mobiele telefoons afluistert.'

Ze keek naar zichzelf in de spiegel en wist zeker dat ze er ouder uitzag dan zestien. Ze vóélde zich in elk geval oud genoeg om voor zichzelf te zorgen. Waar ze niet helemaal zeker van was, was Kyle. Als hij bereid was de drugs op te geven... dan, misschien. Maar hoe moest ze hem daartoe overhalen als ze er tot dusver zelf niet eens aan had kunnen weerstaan?'

Ze zei: 'Kun je heel even wachten?'

'Tuurlijk.'

Ze drukte op DEMPEN en legde haar telefoon op het wastafelblad. Het meisje in de spiegel keek haar bezorgd aan. 'Ik weet dat het een krankzinnig plan is... maar stel je voor dat ik nee zeg en dat hij het dan uitmaakt?' Dan kon zij terug naar haar irritante, saaie leven van alledag.

Kyle was grappig, hij was avontuurlijk; en afgezien van die ene vreemde nacht, gaf hij haar het gevoel dat ze slim, knap, talentvol en achtenswaardig was. Haar moeder zei altijd wel dat ze dat was, maar het was anders als Kyle het zei; dan voelde het echt aan. Haar moeder was haar moeder; ze hoorde dat soort dingen te zeggen.

Toch wist ze niet zeker of ze haar lot wel veilig aan dat van Kyle kon verbinden.

In de spiegel waren haar ogen donkerder dan ooit, de ernstige ogen van een vreemde. 'Ik weet gewoon niet zeker of ik ja kan zeggen. Ik heb meer tijd nodig.' Tijd om te zien of hij wilde veranderen. Tijd om te zien of ze op de juiste weg konden komen en blijven. Dan zou ze het misschien niet zo moeilijk vinden om haar thuis te verlaten om een echt leven te leiden.

Nu moest ze alleen Kyle overhalen te stoppen met drugs.

Ze wendde zich van de spiegel af, pakte haar telefoon en zette het geluid weer aan. 'Ik ben er weer.'

'Dus we zijn het eens, toch?' zei hij. 'Kom hierheen, dan regelen we het verder. Heeft je pa je die auto nog gegeven?'

'Ja, hij is best leuk.' Leuk dat haar ouders haar daarmee haar vrijheid hadden geschonken, een beloning voor het feit dat ze zich bijna altijd verantwoordelijk en netjes gedroeg. 'Maar luister...'

'Geweldig,' zei hij zonder naar haar te luisteren. 'Kom zo snel mogelijk hierheen... ik zal je zeggen hoe je moet rijden. Ik zit net buiten Summersfield, dicht bij de 301.'

Misschien moest ze persoonlijk met hem praten over haar zorgen. Dan kon ze beter beoordelen of ze echt kans maakten het samen te redden. Als hij oprecht van plan was de drugs op te geven zou ze dat in zijn ogen kunnen zien. Ze zei: 'Kun je me komen halen? Want ik krijg mijn rijbewijs pas maandag, weet je?'

Hij lachte. 'Nou en?'

'Ik... laat maar. Goed, oké.' Ze reed vandaag net zo goed als ze maandag zou doen, dus wat maakte het uit, zolang ze maar voorzichtig was? Dan wist ze ook zeker dat ze weer thuis kon zijn voordat haar ouders zelfs maar hadden gemerkt dat ze weg was gegaan.

Ze voelde een ader in haar hals kloppen toen ze zijn aanwijzingen opschreef. 'Ik ben zo snel mogelijk bij je.'

In de extra kamer hing Rachel achterstevoren over de bank heen met iemand te bellen.

'Wacht even,' zei Rachel tegen degene die ze aan de telefoon had. Ze keek Savannah verwachtingsvol aan.

'Hij wil me vanavond zien,' zei Savannah. 'Om me mijn cadeautje te geven.'

Rachel zei in de telefoon: 'Ik bel je wel terug,' verbrak de verbinding en ging rechtop zitten. 'O, wat romantisch! Heeft hij gezegd wat het is?'

'Nee... dan zou het geen verrassing meer zijn, of wel dan?'

'Ik wed dat het lingerie is. Denk je niet? Of juwelen! God, ik wou dat ík juwelen van een jongen kreeg.'

Hoewel Rachel er ver naast zat, voelde Savannah zich beter nu ze haar jaloerse grijns zag. 'Hoe dan ook,' zei ze, 'ik heb je hulp nodig.'

'Zeg het maar.'

'Wil je hier blijven en in mijn kamer rondhangen? Hou de deur dicht en als er iemand komt kijken, zeg je maar dat ik in de badkamer ben. Maar ze komen vast niet... dat doen ze nooit als ze eenmaal welterusten hebben gezegd. En ik ben voor de ochtend weer terug.'

Rachel zei: 'Begrepen. Maar denk erom, wat je ook doet, ga niet te hard rijden en zorg dat je geen ongeluk krijgt.'

'Je bent een schat,' zei Savannah, en ze omhelsde haar.

Rachel deed alsof ze boos op haar was. 'Jezus, ik haat je, geluksvogel! Beloof me dat je me voorstelt aan een van zijn broers of zo.'

'Ik beloof het, maar nu moet ik weg.'

Terwijl ze zich weg haastte, hoorde ze stemmen vanuit de slaapkamer van haar ouders; ze maakten ergens ruzie over. Ze deed geen poging hun woorden te verstaan en weigerde zich druk te maken over wat ze zouden denken of doen als ze ontdekten dat zij weg was.

Toen ze de donkere straat uit reed, concentreerde ze zich op het maken van een plan. Het eerste wat ze moest doen als ze bij Kyle was, was zorgen dat ze niet weer van de wijs raakte door hasj te roken of pillen te nemen. Ze wist zeker dat ze daar in zou slagen nu er zo veel op het spel stond.

En het zou geweldig zijn om seks met hem te hebben – nee, om de liefde te bedrijven – terwijl ze alleen beneveld waren door liefde en verlangen. Dat zou haar mooiste verjaardagscadeau zijn. Als zijn huisgenoot tenminste niet thuis was. En anders konden ze misschien ergens anders heen gaan... Maar absoluut geen drugs, niets wat de ervaring zou veranderen of waardoor ze zich... vulgair zou voelen. Alles was nog steeds goed tussen hen; kennelijk was hij nog net zo verliefd op haar als eerst. Ze moest hem alleen op het rechte pad zien te krijgen en dan zou alles fantastisch zijn.

Maar als hij niet wilde stoppen met de drugs en zo... Ach... daar moest hij maar gewoon mee stoppen. Hij hield van haar, hij wilde dat ze gelukkig werd met hem... hij zou het begrijpen, dat hoopte ze althans. Hij was zo lief en bedoelde het allemaal zo goed; hij zou de dingen die haar niet aanstonden wel opgeven zodra hij zich realiseerde hoezeer ze daartegen was.

52

Meg deed hun slaapkamerdeur dicht, zodat Savannah en Rachel hun luide stemmen niet zouden horen. 'Het spijt me,' zei ze, 'maar ik zie er niets verkeerds in dat ik Carson heb uitgenodigd. Savannah vond het geweldig... dat heb je kunnen zien.'

'En ik dan, Meg? Ik vond het niet geweldig. Je had me niet eens verteld dat je hem zou uitnodigen!'

'Omdat ik wist dat je zo zou reageren!'

'Hoe zou jij het vinden als ik een van mijn exen uitnodigde op het verjaardagsfeestje van onze dochter? Wat zou je ervan vinden als Lisa Hathaway ineens was opgedoken en jij beleefd had moeten reageren en doen alsof het je geen moer kon schelen?'

'Dat is nauwelijks hetzelfde,' zei Meg. 'Ze is een plaatselijke nieuwslezeres, geen internationale ster waar Savannah idolaat van is.' Haar lippen hadden moeite de woorden te vormen en ze ging langzamer praten. 'Bovendien hebben jij en Lisa voor zover ik weet tegenwoordig helemaal geen relatie.'

Brian wees naar haar. 'Dat bedoel ik maar... sinds wanneer heb jij een relatie met McKay? Je vertelt me nooit iets, Meg. Jezus!'

Ze draaide zich om naar het raam en keek naar het nog steeds verlichte zwembad. Hij wist nog niet de helft. Niet alleen had ze hem niet verteld dat Carson vandaag zou komen, ze had ook niet gezegd dat ze Carson woensdag had gezien, of dat ze hem daarvoor had opgebeld... ze had hem niet eens verteld dat ze Carson, James en Val bij de kleermaker had gezien. Hij wist ook niets over haar bezoek aan Lana Mathews of over haar moeders dagboeken en het dagboek dat zij voor Savannah schreef.

Hoewel ze al bijna haar halve leven een bed, een kamer, een huis met hem deelde, was hij niet iemand met wie ze haar diepste gedachten wilde delen. Ze wist nu dat dit altijd al zo was geweest, dat het tot op zekere hoogte de op-armlengte-afstand-intimiteit van hun gezinsleven verklaarde. Als Brian ooit meer van haar had gewild, had ze niet met hem kunnen trouwen, niet zo lang in relatieve harmonie met hem samen kunnen leven. Wat vreemd dat hij haar dichter naar zich toe wilde trekken nu zij zich van hem verwijderde. Zou hij jaloers zijn, zelfs nu hij wist dat ze ging sterven? Het was vleiend om te bedenken dat hij zo veel om haar gaf, maar ook triest, omdat hij wist dat hij niet degene was tot wie ze had verkozen zich te wenden... en zelfs niet gekozen zou hebben als Carson niet terug in haar leven was gekomen.

Ze draaide zich naar hem om en zei rustig: 'Goed dan, Brian. Wil je weten wat er speelt? Ten eerste ben ik vast van plan een manier te vinden om een eind aan mijn leven te maken voordat ik helemaal niets meer kan.'

'Waar heb je het over? Je gaat toch niet... bedoel je zelfmoord?'

Ze knikte. 'Zodat niemand me hoeft te zien lijden, en zodat ik niet hoef te lijden.'

'Maar... ALS is pijnloos. Dat heb ik gelezen in het foldertje dat je hebt gekregen.'

'Het is pijnloos, maar dat wil niet zeggen dat mensen die het hebben niet lijden.' Ze dacht aan Lana. 'Ze lijden onder de hulpbehoevendheid, de verlamming, de vernedering... Als al je ledematen ophouden te werken, als je niet meer kunt praten, kauwen of slikken, kun je mijns inziens alleen maar gaan liggen wachten op een afschuwelijk langzame dood. Dát is lijden. En kun je je voorstellen dat Savannah me dag in dag uit zo moet zien?'

Hij keek haar geagiteerd aan. 'Je kunt niet zomaar... ik bedoel, oké, ik begrijp wel dat... maar ik bedoel, hoe moet ik dan... Toe nou, Meg. Denk eens aan het stigma... en je levensverzekering zal niet uitbetalen.'

Ze dwong zichzelf niet te reageren. Hij was van streek, hij greep zich vast aan strohalmen. Zelfs zonder haar verzekering zou Brian nooit gebrek aan geld hebben, en ze zou Savannah voldoende nalaten; daar was haar advocaat mee bezig. Zelfs als de DNA-test aantoonde dat Brian niet Savannahs vader was en Savannah haar trustfonds kwijtraakte, zou ze toch zonder financiële problemen haar studie kunnen afmaken.

'Je weet dat het geld geen probleem is,' zei ze kalm, 'en wat het stigma betreft, dat kan niet erger zijn dan het stigma dat haar moeder met een luier aan in een ziekenhuisbed ligt en continu verzorging nodig heeft.'

'Het is zelfmoord, Meg.' Hij keek haar aan alsof ze haar verstand verloren was. 'En als je denkt dat ik je daarbij ga helpen... vergeet het maar.'

Ze had geen steun van hem verwacht, maar dat hij zelfs niet bereid was haar te helpen als ze hem dat vroeg, als ze hem nodig had, maakte haar evengoed verdrietig.

Ze ademde diep in en zei: 'Het tweede wat je moet weten is dat Carson zo lang ik nog leef op alle mogelijke manieren een rol in mijn leven wil spelen. En ik wil ook dat hij dat doet.'

'Jezus!' Hij ging op de rand van het bed zitten en wreef over zijn voorhoofd. 'Wil je nog meer aan me kwijt nu je toch bezig bent?'

'Het spijt me dat het zo abrupt overkomt... maar het heeft geen zin om tijd en energie te verspillen met om de hete brij heen draaien. Ik... nou, ik wil mijn laatste dagen oprecht leven, en ik hoop dat je dat zult kunnen accepteren.'

Brian keek op. 'Oprecht, hè? Wat denk je van verantwoordelijk? Zou je niet eens aan Savannah denken in plaats van aan jezelf?'

Ze werd kwaad. 'Als jij eens een lijstje maakte van wat jíj de afgelopen zestien jaar voor haar hebt gedaan, en daarna een van míjn inspanningen... alleen kun je dat niet, omdat je geen flauw idee hebt wat het van me heeft gevergd om al die tijd haar leven én het jouwe en het mijne te bestieren. Waag het niet me te vertellen dat ik niet aan Savannah denk. Ik weeg voortdurend haar behoeften af tegen de mijne, zelfs nu.'

'Jíj wilde een kind, Meg... dat heb je helemaal zelf gedaan.'

'Ja, hoor,' zei ze.

Ze keken elkaar stuurs aan en toen wendde Brian zijn blik af. 'Ik wil dit niet doen.'

'Doe het dan niet. Savannah weet al dat Carson en ik oude vrienden zijn. Het zal erg helpen als jij op een volwassen manier met de zaak omgaat.'

'Wat, word ik geacht hem in mijn huis te verwelkomen... om mijn vrouw en mijn bed op te geven?' Hij stond op en maakte een gebaar alsof hij Carson het bed aanbood. 'Zal ik dan maar in een logeerkamer gaan slapen tot jij besluit om je polsen door te snijden of een overdosis te nemen?'

'Je kent me beter dan dat, Brian. Ik vraag alleen maar je begrip. Ik heb mijn best gedaan, dat weet je. Maar nu is alles anders.'

Brian vertrok naar de bar van de club; hij had ruimte nodig om na te denken, zei hij. Meg vond het niet erg. Ze had geen energie over voor zijn emoties. Ze had al moeite genoeg met de hare.

Ze schonk een glas melk in en nam een paar chocoladekoekjes mee naar de woonkamer. Tussen de happen in melk gedoopte koekjes door schreef ze in haar dagboek:

14 mei 2006

Je zestiende verjaardag vandaag en het feestje was leuker dan ik gevreesd had, omdat Carson kwam. Hou hem aan dat aanbod om samen met zijn band te spelen... je hebt zo veel potentieel, zo'n mooie stem en zo veel gevoel voor muziek.

Ik hoop dat ik zal weten hoe het met je gaat wanneer ik er niet meer ben, dat ongeacht wat er na dit leven komt, me de kans gegeven zal worden om van tijd tot tijd een blik te werpen in dat van jou. Misschien zie ik je ooit wel op het podium staan om je eigen nummers te spelen en te zingen. Misschien zul je ooit een programma presenteren waarin Carson een prijs krijgt voor zijn gehele oeuvre. Of misschien zal muziek gewoon een hobby voor je blijven, en dat is ook prima. Doe alles wat je kunt om te worden wat – of wie – je het liefst wilt zijn. Laat je vader, je vriendinnen of een man in je leven je nooit

wegvoeren van de oprechtheid van je hart. Er is niets ergers dan terugkijken op
je leven en wensen dat je het allemaal anders had gedaan, dat je je had verzet
tegen de druk, dat je die oprechtheid trouw was gebleven. Zoals wel eens wordt
gezegd, ik kom je vertellen dat je niet dezelfde fouten moet maken als ik.
Maar jij, mijn fantastische dochter, jij bent het enige aan mijn verleden dat ik
nooit zou willen veranderen.

Ik heb vandaag naar je gekeken, omringd door andere tieners, die er allemaal
even volwassen uitzagen. Ik herinnerde me een ochtend in het weekend toen jij
een jaar of acht was en Jonathan hier een nachtje had gelogeerd; jullie vielen
haast om van vermoeidheid na een geslaagd 'experiment' om de hele nacht
wakker te blijven. Ik was ook uitgeput, omdat ik niet had willen gaan slapen
terwijl jullie twee opbleven – Jonathan kon toen nog niet zwemmen en ik was
bang dat jullie zouden besluiten om drie uur of zo het zwembad in te duiken.
Maar ook wilde ik getuige zijn van je verrukking over het feit dat je iets zo
spannend en 'volwassen' deed als niet naar bed gaan. Toen de zon opkwam
bakte ik wafels en die aten we gewoon met onze handen op, weet je nog? En
zonder borden... we deden er stroop op en gingen op de vloer zitten eten.

'Wacht maar tot mijn moeder hoort dat we alle regels hebben overtreden!'
'Wie maakt de regels eigenlijk?' vroeg jij.
Jonathan zei: 'Dat doet God toch?'
Ik zei: 'Nou, sommige worden bedacht om het leven van ouders gemakkelijker
te maken, maar sommige regels zijn niets anders dan oude gewoonten die de
mensen niet durven te veranderen.'
Dus hier heb je mijn advies: volg de regels die jouw leven goed maken, Savan-
nah, en vergeet de rest.

Meg stak de pen in haar mond, masseerde haar hand en overwoog
wat ze verder nog zou schrijven... en toen ging de telefoon. Toen Savannah hem niet opnam, stond ze op; ze wankelde even voor ze haar
evenwicht vond en haastte zich naar de schrijftafel om op te nemen.
'Hallo?'

Statische ruis, geritsel, zware ademhaling. Meg wilde al ophangen, maar hoorde toen: 'Mam?'

Ze zette zich schrap tegen de tafel om in evenwicht te blijven. 'Savannah? Lieverd, ben jij dat?' Waarom zou Savannah haar bellen?

'Mam, ik...' Nog meer geruis. Savannah praatte snel, maar Meg
verstond alleen de woorden *Kyle* en *auto* en *komen halen*? en daarna
Summerfield, kom alsjeblieft snel.

Het vriendje. Weer ruzie? Ze wist niet of Savannah haar hoorde toen ze zei: 'Ik kom eraan.'

53

Savannah zat in het donker onder de struiken en voelde iets over haar nek kruipen. Ze durfde zich niet te bewegen, anders zouden Kyle en zijn afschuwelijke vriend haar horen, haar vinden, haar weer mee naar binnen nemen in dat armzalige huis... of haar misschien gewoon hier buiten in de bossen verkrachten... of vermoorden? Haar ademhaling was snel en oppervlakkig en ze bad in stilte dat haar moeder er snel zou zijn.

Misschien had ze het alarmnummer moeten bellen. Te laat. Misschien zou haar moeder de politie bellen, maar waarschijnlijk niet; de verbinding was zo slecht geweest dat Savannah niet eens zeker wist of haar moeder haar wel had gehoord, laat staan dat ze had begrepen dat ze onmiddellijk hulp nodig had. God, wat was ze stom. Stom dat ze de politie niet had gebeld, stom dat ze hierheen gegaan was, stom dat ze in Kyle had geloofd...

Alles was best goed begonnen. Hoewel het huis een erg afgelegen, erg kleine, stinkende varkensstal was, was ze blij daar met Kyle te zijn, zijn armen om haar heen te voelen en hem 'Gefeliciteerd met je verjaardag' in haar oor te horen fluisteren. Ze nam de cola aan die hij haar aanbood en deed haar best om niet haar neus op te trekken bij het zien van de aanrechtbladen vol aangekoekt voedsel en de overvolle vuilnisbak.

'Hé, kom even zitten,' zei hij, en hij leidde haar langs slordige stapels reclamefolders en tijdschriften naar een versleten goudkleurige bank in een smerige voorkamer. Uit een goedkope stereo-installatie klonk stampende rockmuziek. Hij zette het wat zachter.

'Heb je honger? Mijn huisgenoot – Aaron, weet je wel – die is pizza halen.'

Ze veegde kruimels van een bankkussen en ging zitten. 'Nee, ik heb geen honger. We hebben al pizza op. En veel taart.'

'Ja, natuurlijk.' Kyle ging naast haar zitten, leunde achterover en legde zijn voeten op een oud melkkrat. 'Zo, de grote een-zes.

Dus nu mag je volgens de wet een relatie hebben, hè?'

Ze glimlachte. 'Ja, alsof dat er iets toe doet.'

'En nu zijn we vrij.'

Ze dronk van de cola en knikte, onwillig om meteen de discussie aan te zwengelen die ze tijdens de rit hierheen had proberen voor te bereiden. Ze wilde het juiste moment afwachten; misschien zou hij voorstellen dat ze iets gebruikten om high te worden, en dat zou een goed moment zijn om te zeggen waarom ze vond dat ze dat geen van beiden nog moesten doen.

Voor nu vroeg ze: 'Hoe zou het gaan? Je weet wel, het land uit gaan en zo?'

Kyle ging rechtop zitten en begon enthousiast te praten. 'Het is een meesterlijk plan,' zei hij. 'Aaron en ik hebben het helemaal uitgewerkt.'

Gealarmeerd zei ze: 'Heeft Aaron geholpen?'

'Aaron is, zeg maar, de sleutel. Hij heeft de connecties. Hij is, je weet wel, mijn bron.'

Zijn bron. Voor drugs. En aan dit huis te zien besteedden ze daar al hun geld aan. En dat van haar ook?

Dit was een goede opening. Ze zei: 'Weet je, daar wil ik het met je over hebben, over die drugs.'

'Aaron is geweldig,' vervolgde Kyle alsof zij niets had gezegd. 'Hij weet hoe het werkt. Hij regelt de goederen. Valse ID, paspoorten, tickets... o, heb je dat geld al opgenomen?'

'Nee, nog niet. Ik...'

'We hadden bedacht om eerst naar Mexico te gaan, snap je, omdat je daar gemakkelijk de grens over komt, en omdat Aaron daar iemand kent.'

Savannah had net haar mond opengedaan om te protesteren dat ze geen zin had om samen met een drugsdealer te reizen toen Aaron binnenkwam met drie kartonnen pizzadozen op zijn hand.

Zijn haar was vaalblond en hij was zo bleek dat zijn huid bijna doorschijnend leek. Zijn ogen gingen schuil achter een donkere zonnebril. 'Hé!' zei hij, naar haar kijkend. 'Als dat niet mijn favoriete six-pixel chick is!' Hij liep door naar de keuken en liet de pizzadozen boven op de stapel reclamefolders vallen.

'Six...?' begon ze. Waar had hij het over? En toen begon het haar te dagen: hij had het over de foto's, de foto's van die nacht in het hotel die Kyle van haar had gemaakt. Haar maag verkrampte en ze fluisterde: 'Je hebt ze hem toch niet laten zien...?'

Kyle haalde zijn schouders op. 'Hij was erbij.'

De cola die ze net had doorgeslikt dreigde weer naar boven te komen. Hoe kon hij zo gemakkelijk doen over iets wat zo pijnlijk persoonlijk was?

Vanuit de keuken vroeg Aaron: 'Is het al geregeld met die auto?'

Kyle zei: 'Eh, nee... ik heb nog geen kans gehad het daarover te hebben, man.'

'Dan doen we dat tijdens het eten,' zei Aaron, en hij stak een joint op. 'Kom op, we gaan eten.'

Kyle sprong op. 'Ik ben uitgehongerd.' Hij liet een vernederde Savannah op de bank zitten.

Ze keek toe terwijl Kyle de joint deelde met Aaron en pizza met worst op een papieren bordje legde. Paniek verspreidde zich als gloeiend lood door haar borst. Dit ging helemaal niet zoals ze had gepland; ze moest hier weg, naar huis, om over alles na te denken. Kyle was niet de man die ze had gedacht dat hij was, helemaal niet. De waarheid weergalmde door haar hoofd toen de zoete geur van de marihuana haar kant op dreef.

Ze stond op, zich bewust van haar korte rok, haar blote benen en schouders, de vorm van haar tepels die door haar topje heen zichtbaar waren. 'Ik moet gaan. Mijn ouders...'

De mannen keken haar verbaasd aan en toen zei Aaron: 'Wat is er met haar aan de hand? Ik dacht dat je zei dat ze meedeed?'

'Dat doet ze ook. Nietwaar, schatje?'

'Eigenlijk,' begon ze, maar Aarons ogen vernauwden zich en hij sprong op om haar tas van de vloer te graaien.

'Hé!' Ze wilde hem de tas afpakken, maar Kyle stond ook op en hield haar tegen.

'Hé jij,' zei Aaron meesmuilend, en hij stak haar sleutels in zijn zak. 'Ik heb een koper voor de Honda... goed geld. Daar kunnen we nu niet meer onderuit.'

Kyle streek haar haren uit haar gezicht. 'Toe nou, schat, we hebben die auto helemaal niet nodig. Laat Aaron alles maar regelen, hij weet wat hij doet.'

Het afgrijzen dat al aan de rand van haar bewustzijn zweefde sinds ze Aarons naam voor het eerst hoorde, trof haar met grof geweld nu ze Kyle in de ogen keek. Ze wist nu zeker dat ze geen bondgenoot aan hem had. En net zo snel begreep ze dat ze het spel zou moeten meespelen als ze haar sleutels terug wilde krijgen.

'Prima,' zei ze met een nerveus glimlachje.

Aaron duwde met zijn voet een stoel voor haar naar achteren. 'Hierzo, Six-Pix, ga zitten.'

Kyle wachtte tot ze zat en ging toen ook zitten.

'Zo,' zei Aaron, 'laten we nu het *pièce de résistance* van ons plan even bespreken... iets wat ik een poosje geleden heb bedacht. Het is briljant, Six, geloof me. Je zult het geweldig vinden.'

Ze glimlachte alsof ze het nu al met hem eens was. 'Wil je me alsjeblieft "Savannah" noemen?'

Aaron lachte. 'Nou, dit is wat ik ga doen zodra we in Mexico zijn...' Hij deed een plan uit de doeken om haar ouders geld af te persen door aan te bieden de foto's te vernietigen in ruil voor zo veel mogelijk geld. 'Een paar honderdduizend, zou ik zeggen, gezien de middelen van pa.'

'Wacht. Je kunt niet... ik bedoel, dit is een grapje, toch?' Ze keek het kleine vertrek rond, dat nauwelijks groter was dan haar badkamer thuis, op zoek naar een verborgen camera. 'Dit meen je toch niet serieus?' Het laatste wat ze wilde was dat haar ouders hier lucht van kregen, en vooral niet van de foto's.

Aaron zei: 'Het is bepaald niet zo dat zij het geld nodig hebben.'

'Hoe weet jij dat nou?'

Hij wees met een punt pizza naar zichzelf. 'Ik weet alles. De waarde van onroerend goed, bedrijfseigendommen... het staat allemaal op het web, Six.'

Kyle zei: 'Je hebt een trustfonds, schat, dus er moet wel een hoop geld zijn. Hoe dan ook, we worden toch niet gepakt. En kun jij een betere manier bedenken om aan het geld te komen dat we nodig hebben?'

'Ik weet het niet... door te werken misschien?'

Hij snoof. 'Voor zeven dollar per uur zeker? Je ziet wel hoever ik daar tot nu toe mee gekomen ben.'

Ze probeerde de wanhoop uit haar stem te weren. 'Toe nou, Kyle... we kunnen het wel op een andere manier voor elkaar krijgen. Ik doe hier niet aan mee.'

'Doe nou niet ineens zo intolerant,' zei hij op gemoedelijke toon.

'Nou, ik kan gewoon niet geloven dat je mijn ouders wilt afpersen, en dat je bereid bent míj daarvoor te gebruiken...'

'Ja, ja, oké, we snappen het,' sneerde Aaron. 'Zestien, maat... niet oud genoeg, ik heb het je gezegd. Luister eens, Six, we hebben jouw goedkeuring niet nodig; we hebben de foto's gedownload, dus we hoeven alleen je pa maar te bellen.'

Kyle keek naar Aaron en Savannah herkende iets in zijn blik van *laat mij dit nou maar regelen*. Tegen haar zei hij: 'Luister even, maak je niet zo druk, oké? Het is maar een idee.' Omwille van Savannah keek hij fronsend naar Aaron en zei: 'Hou er even over op, man.'

Ze glimlachte dankbaar om Kyle in de waan te laten dat ze erin trapte. Hij had haar wat respijt gegeven, maar voor hoelang?

Savannah duwde haar stoel naar achteren en zei: 'Ik moet even naar het toilet.' Wat ze nodig had was een paar minuten voor zichzelf, om haar gedachten op een rijtje te zetten en een plan te bedenken. Ze moest Aaron op de een of andere manier overhalen haar sleutels terug te geven, en Kyle zover zien te krijgen dat hij dat idee van die afpersing liet schieten. Ze voegde eraan toe: 'En daarna lust ik toch wel een stuk pizza', om hen het idee te geven dat ze los begon te komen. Toen ze haar tas pakte in de hoop in elk geval haar geld en haar bankpas te kunnen beschermen, hielden ze haar niet tegen.

'De deur aan het eind van de gang,' zei Kyle terwijl ze opstond, en daarna begonnen hij en Aaron erover te praten welke dag ze zouden vertrekken en met welke luchtvaartmaatschappij ze zouden vliegen.

De gang naar het toilet was kort en smal. Toen ze langs een donkere slaapkamer liep, werd haar aandacht getrokken door een rechthoek van licht. Ze stond even stil, keek achterom naar de keuken, stapte toen de slaapkamer in en om het bed heen, zodat ze het beter kon zien. In de hoek op een vouwtafeltje stond een laptop met een camera eraan gekoppeld.

Daarop scrolden de foto's van haar over het scherm. Ze staarde ernaar en kromp ineen. De foto's waren... walgelijk. Om misselijk van te worden. En Kyle en Aaron hadden haar zo gezien.

Het kostte haar geen tijd om te beslissen wat ze moest doen.

Nu zat ze – nadat ze met Kyles camera en laptop in haar tas uit het slaapkamerraam was gekropen – bibberend in het bos verscholen.

Aarons stem kwam van ergens achter en rechts van haar. 'Dat geniepige kleine kreng... ik had toch gezegd dat je een oudere meid moest uitkiezen.'

'Ze zei dat ze twintig was.'

'En daarna zei ze dat ze vijftien was en neukte je haar gewoon weer! Gebruik je verstand! Jezus!' Ze kwamen dichterbij. 'Niet te geloven dat we verdomme geen zaklamp hebben!'

Savannah zei een schietgebedje op.

'Als ik je vind,' schreeuwde Aaron, 'dan zal ik je een lesje leren, kleine meid! Je zult schreeuwen om hulp, dat beloof ik je! Je zult een week niet lopen!'

Kyle weer: 'Kalm aan, man, je jaagt haar de stuipen op het lijf.'

Te laat. Haar hele lichaam schokte. Ze klauwde met haar handen in de vochtige grond om stil te kunnen blijven zitten. Hoe lang was het geleden dat ze haar moeder had gebeld? Hoe lang zou het duren voor iemand haar kwam redden? En wat als Aaron haar eerder vond? Er welde een snik op in haar keel en ze klemde haar kaken op elkaar om hem tegen te houden.

De kever – of spin? – kroop van haar nek op haar rug en ze begon te huilen.

54

Meg probeerde twee keer Savannah terug te bellen, maar kreeg geen reactie. Bezorgd hobbelde ze naar de keuken om haar tas te zoeken. Toen herinnerde ze zich dat Rachel zou blijven slapen en riep ze haar, voor het geval zij er nog was.

Rachel kwam de gang in met haar mobiele telefoon aan haar oor. 'Ja?'

'Is dat Savannah?'

'Eh, nee... die is, eh, in de badkamer.'

Dat verbaasde Meg. 'Weet je dat zeker? Want ze belde me net om te zeggen dat ik haar moest komen halen... maar haar telefoon viel uit en nu kan ik haar niet meer bereiken.'

Rachel beëindigde haar eigen gesprek. 'O nee, heeft ze haar auto in de prak gereden?'

'Haar auto...? Dus ze is niet in de badkamer?'

Rachel schudde haar hoofd. 'Is alles goed met haar? Ik heb nog zo gezegd dat ze voorzichtig moest zijn.'

Meg gebaarde Rachel naar de keuken te komen. 'Vertel,' zei ze.

Rachel vertelde Meg hoe laat Kyle had gebeld, en het beetje dat ze over hem wist, gebaseerd op wat Savannah haar had verteld.

'Ze heeft hem online leren kennen...'

'Wacht. Online, je bedoelt via internet?'

'Ja... via haar webpagina.'

'Heeft ze haar eigen webpagina?'

Rachel keek haar vreemd aan. 'Eh, dat hebben we allemaal. Ik kan het u laten zien.'

'Nee... ik bedoel, dank je, daar kijk ik later wel naar.' Hadden ze allemaal hun eigen webpagina? Wat hadden ze nog meer 'allemaal'? Een pessarium? Soa's? En hoe had dit kennelijk essentiële element van het leven van haar dochter haar kunnen ontgaan? Waarom had Savannah het haar niet verteld, of het haar laten zien? Wat voor geheimen had ze nog meer?

Ze vroeg aan Rachel: 'En verder?'

'Nou... ze heeft gezegd dat hij negentien is, en ik neem aan dat hij ergens in de buurt van Summerfield woont.'

Nu werd het iets duidelijker. 'Juist, oké... maar waar? Waar in de buurt van Summerfield?'

Rachel zag eruit alsof ze zou gaan huilen. 'Als haar iets is overkomen... o, god, het spijt me zo! Ik had nooit aan haar plan mee moeten werken. Ik heb helemaal niet gevraagd waar hij precies woont, want, u weet wel, ze zou vannacht terugkomen... er is toch niets met haar gebeurd? Ik had nooit gedacht...'

'Natuurlijk niet,' zei Meg, en ze drukte toen haar hand tegen haar mond. Dat was het probleem: niemand van hen had ooit gedacht dat de dingen niet zouden gaan zoals ze gepland hadden. Ze waren allemaal te slim, te gelukkig, te braaf, te vol goede bedoelingen.

In werkelijkheid waren ze te naïef.

Tegen Rachel zei ze: 'Ik weet niet of alles goed is met Savannah.' Het hardop zeggen leek het nog erger te maken, en Meg voelde de aandrang naar Summerfield te rennen... alsof ze dat zou kunnen.

Ze probeerde Savannah weer te bellen. De telefoon ging diverse keren over en toen kreeg ze de voicemail. Meg sprak een kort berichtje in om te zeggen dat ze onderweg was; ze probeerde rustig en zelfverzekerd te klinken. Daarna probeerde ze Brian te bereiken... die ook niet opnam. Uit kleingeestigheid waarschijnlijk. Ze sprak op zijn voicemail in dat Savannah in moeilijkheden zat en dat hij haar meteen moest terugbellen.

Met een angstige Rachel naast haar belde ze de politie, ook al vermoedde ze, terecht, dat die de situatie niet zo ernstig zou vinden als zij. Ze zouden wel een patrouillewagen richting Summerfield sturen, zei de telefonist, en haar bellen als ze iets zagen. 'Maakt u zich geen zorgen, mevrouw... tieners, ze moeten gewoon af en toe uit de band springen. Het loopt bijna altijd goed af.'

Bijna altijd.

Ze zei tegen Rachel: 'Laat je door je zus ophalen, oké, ik moet weg.'

Megs plan was om de 301 af te rijden en net als de politie naar Savannahs auto te zoeken. Hopelijk zou ze Savannah te pakken kunnen krijgen als ze dichterbij was; of anders kon ze haar misschien bereiken en dan zou ze precies weten waar ze haar moest zoeken. Het was geen geweldig plan, maar het was beter dan thuis gaan zitten wachten.

Het lukte haar de Lexus te starten en de straat op te rijden. Haar zwakker wordende linkerarm had moeite met de versnellingspook, de richtingaanwijzer, het stuur. Een paar huizen verder leek haar rechterbeen steeds zwakker te worden. Vijf straten verder schoot een konijn voor haar de weg op; Meg week uit en probeerde te remmen, maar haar reflexen waren te traag en haar voet te zwak. Ze voelde de misselijkmakende klap en realiseerde zich vol afschuw dat het arme konijn dat ze net had geraakt ook een kind had kunnen zijn. Het koude zweet brak haar uit en ze zette de auto langs de kant van de weg.

Hoe vastberaden ze ook was om Savannah te vinden, ze kon onmogelijk zelf veilig naar Summerfield rijden.

Ze slikte haar frustratie in en belde Savannah weer. Daarna belde ze Brian weer en sprak opnieuw een berichtje voor hem in. Toen probeerde ze Savannah opnieuw; nog geen reactie.

Meg drukte haar voorhoofd tegen het stuur en keek bij de gloed van de dashboardverlichting naar haar nutteloze arm. Wanhoop en woede welden in haar op. Haar dochter had haar nodig en zij zat hier halfverlamd in een SUV die meer kostte dan het eerste huis van haar ouders. Belachelijk! 'Verdomde kloteziekte!' riep ze en toen begon ze te snikken. 'Verdomme!'

Er was geen tijd te verliezen. Haar dochter, haar kindje wachtte op haar, ergens. *Alsjeblieft, God, zeg dat het goed met haar is...* Ze depte haar ogen, snoot haar neus en toen, omdat ze wist dat ze op hem kon rekenen, belde ze Carson.

Toen ze een paar minuten later weer thuis zat te wachten tot hij haar kwam ophalen, wist ze plotseling hoe ze Savannah zou kunnen vinden: de Honda had een gps-zender. Zodat Savannah niet alleen overal in Amerika de weg zou kunnen vinden, maar ook gevonden kon worden... of in elk geval haar auto. Brian had het haar in maart allemaal uitgelegd toen hij de auto had besteld. Destijds had Meg maar half naar hem geluisterd en had ze de gps gewoon gezien als een van de gadgets waar hij zo gek op was. Nu zegende ze hem voor zijn vooruitziende blik en ze liep naar zijn bureau om de ontvanger te zoeken die hij ook had gekocht... het apparaatje dat haar dichter bij haar dochter zou brengen, waar ze al die tijd al had moeten zijn.

Een kwartier nadat ze hem had gebeld hielp Carson haar in de passagiersstoel van de Lexus, maakte hij haar gordel vast en luisterde hij naar haar aanwijzingen. Ze was blij dat hij geen vragen stelde, niet speculeerde over Savannahs gedrag en Meg er niet van beschuldigde een nalatige moeder te zijn... al voelde ze zich wel zo. Ze voelde zich crimineel in haar nonchalance over hoe Savannah haar tijd doorbracht. Het enige wat hielp was dat Carson hen simpelweg zo snel mogelijk naar de locatie van de Honda reed.

Eenmaal van de 301 af werden ze omringd door het duister van de nacht. De wegen waren slecht aangegeven. Elke verkeerde of gemiste afslag verergerde de spanning op haar maag, joeg haar hartslag weer iets verder op. Elke minuut die verstreek werd er een kei toegevoegd aan de zware last van het schuldgevoel die ze op haar schouders droeg... over Savannah en de rest.

Ze keek naar Carson, plotseling in de verleiding om een deel van die last met hem te dragen door hem op te biechten dat Savannah mogelijk zijn dochter was.

Terwijl ze over slechte, opgelapte wegen reden, oefende Meg in stilte haar bekentenis. *Carson, weet je nog de ochtend van mijn trouwdag? Nou, er is iets waarvan ik vind dat je het moet weten...* Haar hart bonkte, wensend, hopend... Toch kon ze het hem nu niet vertellen, niet op deze manier. Misschien helemaal niet. Door haar last te verlichten zou ze alleen hem een last op de schouders leggen en dat wilde ze niet.

Eindelijk vonden ze de juiste weg en kwamen ze vijftien meter van Savannahs Honda vandaan, die daar spookachtig in het duister van het afgelegen weggetje stond, tot stilstand. De auto stond net naast het afbrokkelende asfalt voor een brievenbus zonder klep.

Meg staarde naar het kleine huis dat achteraan op een verwilderd stuk grond stond en vroeg zich af waarom Savannah, als ze tot hier gekomen was, zo snel had gebeld om te worden opgehaald.

'Misschien is ze niet hier,' zei ze. 'Misschien is haar auto gestolen.'

Carson knikte. 'Zou kunnen, maar als die Kyle hier ergens woont...'

'Ja, te veel toeval. Ze moet dus wel hier zijn.' En er moest iets misgegaan zijn.

Op de met onkruid overgroeide oprit stond een Pontiac met ernstig doorgezakte achtervering. Geen wonder dat Savannah niet had willen zeggen waar Kyle naar school ging, dat ze niet wilde praten over een jongen die van zulke schamele komaf was. Even schaamde Meg zich ervoor hoe ver zij – en daarmee ook Savannah – verwijderd was geraakt van haar eigen onelegante jeugd. zo ver zelfs dat Savannah haar niets specifieks over Kyle had durven te vertellen.

Het had haar verbaasd, toen ze met Brian uitging, dat hij voorbij de armoede van hun gezin keek, dat hij haar had uitgekozen terwijl hij ook iemand had kunnen kiezen die op sociaal vlak veel beter bij hem paste. Ze had hem daar jaren later, toen ze naar een feestje van zijn vrienden waren geweest en flink aangeschoten waren van een fles wijn van honderd dollar, ooit naar gevraagd en hij had gegrinnikt. 'Gelegenheid,' had hij gezegd. 'Je had fantastisch groeipotentieel.' Alsof ze een investeringsfonds was. Zelfs toen had ze niet zeker geweten in hoeverre dat een compliment was.

Misschien zag Savannah Kyle ook op die manier, als een veelbelovende gelegenheid, die onder haar hoede nog beter zou worden.

Misschien was ze toch door en door Brains dochter.

Carson zette de auto uit. 'Ik ga wel eerst.'

'Wacht... ik probeer haar eerst nog een keer te bellen.' Ze keek naar het huis terwijl ze dat deed; er was slechts een dunne streep licht zichtbaar door de opening tussen de gordijnen. 'Nog geen reactie.'

'Hoe lang is het geleden dat ze jou heeft gebeld?'

'Bijna een uur,' zei ze met samengeknepen keel. 'Laten we het huis proberen.'

'Meg...'

'Ik ga hier niet niks zitten doen.'

Met Carson achter zich aan strompelde ze door het vochtige onkruid naar de voordeur. Met ingehouden adem klopte ze aan.

Ze hoorden binnen voetstappen en toen stonden ze plotseling in de felle gloed van een kaal peertje boven hun hoofd en werd de deur geopend door een jongeman in gerafelde kakibroek en een besmeurd T-shirt. 'Ja?'

'Ik zoek Savannah.'

'Geen idee over wie u het hebt.' Hij wilde de deur dichtdoen.

'Wacht!' riep ze, en ze probeerde naar binnen te kijken. 'Ben jij Kyle?' Hij was erg knap, maar beslist geen middelbare scholier.

Hij aarzelde even met zijn antwoord, maar zijn gezicht verried hem. Ten slotte zei hij: 'Misschien.'

Ze verschoof haar draagband om haar nek. 'Laten we geen spelletjes spelen, oké? Ik heb haar auto opgespoord met de gps. De politie is onderweg hierheen.' Of hoorde dat te zijn, en zou na een telefoontje beslist komen. Hoopte ze. Maar ze hoopte ook dat het niet nodig zou zijn om te bellen. 'Waar is ze?'

Kyle zuchtte en opende de deur. 'Waarom komt u niet binnen? Hier wordt u toch maar opgevreten door de muggen, nietwaar?'

Meg keek Carson aan. Hij haalde zijn schouders op alsof hij wilde zeggen: 'Wat hebben we voor keus?'

Binnen greep de stank haar naar de keel; smerig als oud vet en zure melk en nog iets, een zoete, rokerige lucht... marihuana? Ze keek eerst naar de deuropening van de donkere keuken en toen rechts van haar naar een vuile, goudkleurige bank. De vloer, gebarsten formicategels uit omstreeks 1965, was vuil en gevlekt, vol spetters die stof hadden vergaard en de grauwe vloer een onregelmatig dessin van schimmelig uitziende amoeben gaven. Ze wilde niet eens proberen te raden wat er allemaal op de grond gemorst was.

Megs geduld raakte op. 'Waar is mijn dochter?'

Kyle krabde aan zijn kin. 'Ik wou dat ik het wist.'

Op dat moment tikte Carson op haar schouder. Ze draaide zich om en zag dat hij naar buiten wees... naar de Honda. Hiervandaan konden ze zien wat ze niet hadden opgemerkt toen ze naar het huis toe liepen: de koplampen waren kapotgeslagen en de voorbumper en motorkap ingedeukt alsof iemand zich er met een honkbalknuppel op had uitgeleefd. Meg deed haar mond open maar er kwamen geen woorden uit, alleen een zacht, dierlijk geluid.

Carson liep langs haar heen naar voren en pakte Kyle bij zijn arm. 'Antwoorden,' zei hij. 'Nu.'

55

'Savannah Metallic,' fluisterde Savannah. Haar keel voelde verkrampt aan, maar de pijn in haar borst nam af nu ze tussen de bomen door haar moeders SUV honderd meter verderop zag staan.

Ze was in noordoostelijke richting gekropen – daar was ze tenminste vrij zeker van – verder het bos in en weg van het lawaai toen Aaron haar auto onder handen nam. Er was een uil vlak langs haar hoofd gevlogen, die zich ook terugtrok. Aaron schreeuwde de koele avondlucht in: 'Het is te riskant' – *knal* – 'om hem nu nog te verkopen' – *knal* – 'dus ik hoop dat je kleine teef' – *knal* – 'tevreden is!' Toen het slaan ophield, bleef zij zitten wachten. Even later hoorde ze het geronk van Aarons Camero toen hij wegreed en wist ze dat het ergste voorbij was.

Haar benen, geschaafd en geschramd door de struiken, deden overal pijn en God mocht weten hoe ze eruitzag. Er zat gedroogde modder onder haar vingernagels en op haar gezicht waar ze haar tranen had weggeveegd. Maar ze was er nog, grotendeels ongedeerd, blij dat ze nog leefde... en klaar om haar stommiteit op te biechten en naar huis te gaan.

Bij die gedachte begonnen de tranen weer te stromen.

Voor ze naar huis kon moest ze nog een paar belangrijke dingen doen. Ze tilde de schouderband van haar tas over haar hoofd, zette de tas neer, haalde de laptop eruit en legde die ondersteboven op de grond. Daarna dook ze opnieuw in haar tas op zoek naar de kleine zaklamp en het miniatuur Zwitserse zakmes dat eraan vastzat.

Bij de kleine lichtbundel schroefde Savannah zorgvuldig het klepje los waar de harddisk van de computer onder zat. Daarna haalde ze de harddisk eruit en schroefde ook die open. Ze haalde de behuizing eraf; hoe kon ze het beste de data vernietigen die zo gemakkelijk haar hele toekomst zouden kunnen verpesten? Ze schraapte telkens weer met het mes over het koper op de groene printplaat. Daarna stak ze het lemmet onder de rand en trok hem omhoog tot hij aan één kant afbrak. Toen kwam een kleine ronde schijf – het feitelijke geheugen? – gemakkelijk tevoorschijn. Met het mes groef ze een gat in de grond om de schijf in te begraven. Niemand zou die hier vinden, en zelfs als dat ooit eens mocht gebeuren, zou de schijf verroest en onbruikbaar zijn. Metaalafval. Hetzelfde gold voor de groene printplaat die ze doorbrak en dertig meter verderop ging begraven.

Nu de camera: binnen een paar minuten waren alle foto's gewist, de geheugenkaart verwijderd en opengebroken. Ze smeet de camera één kant op en gooide daarna het karkas van de laptop zo ver mogelijk de andere kant op.

Zo. Nu zou nooit iemand anders erachter komen.

Ze ging op weg naar het huis en bereidde zich voor op wat haar te wachten mocht staan. Boze ouders, dat zeker. En als Kyle nog hier was...? Wat zou hij hun vertellen? Hij was gehaaid. Charmant.

'Klootzak,' zei ze.

Was ze ooit meer voor hem geweest dan een lichaam en een bron van geld?

Er zat niemand in de Lexus te wachten, dus liep ze door naar het huis. Misschien zou ze wegkomen met een simpel verhaal over een ruzie over... drugsgebruik. Vast wel. Ze kon zeggen dat Kyle en zijn vriend wilden dat ze meedeed, maar dat ze had geweigerd en dat de mannen, omdat ze stoned waren, heel idioot hadden gereageerd en dat zij daar bang van was geworden... ja, dat zou best kunnen lukken. Wat Kyle haar ouders ook verteld mocht hebben, zij zou haar eigen versie geven en ze zouden haar geloven. Niet een of andere zak die tegen hun dochter had gelogen en nu tegen hen loog.

Ze was vol vertrouwen dat ze het voor elkaar zou krijgen... tot het moment dat ze de deur opendeed en het berouwvolle gezicht van Kyle zag.

'Savannah!' zeiden haar moeder, Kyle en Carson – Carson, niet haar vader – alle drie tegelijk.

Savannah barstte in tranen uit. 'Je bent een vuile leugenaar!' riep ze tegen Kyle alsof ze niemand had gehoord. Ze had hen ook nauwelijks gehoord. 'Je hebt me alleen maar gebruikt! Hoe kon je?'

'Wacht, schatje,' begon Kyle.

Haar moeder, die op de bank zat, stond op. 'Liefje... goede god, kijk toch eens hoe je eruitziet! Is alles goed met je?'

Savannah keek omlaag. Haar benen zaten vol bloederige, vuile schrammen, en haar armen ook. 'Ja hoor,' zei ze, langs haar neus vegend. Ze wees naar Kyle, die op de grond zat. 'Wat heeft hij jullie verteld?' Zonder op antwoord te wachten liep ze naar Kyle toe en zei: 'Ik hield van je, en het enige wat jij van me wilde was... was geld,' en seks natuurlijk, maar dat kon ze nu niet zeggen. 'Zodat jij en die andere klootzak konden profiteren van het rijke meisje!'

Kyle kwam overeind. 'Nee! Ik bedoel, oké, misschien in het begin, maar...'

'Loop naar de hel!' zei ze terwijl de tranen nog steeds over haar vuile gezicht liepen. 'Maar eerst wil ik mijn sleutels terug.'

'Aaron... hij was woest, dus hij heeft ze meegenomen.'

'En jij hebt hem dat laten doen,' zei ze, en hij moest iets begrepen hebben van de heftigheid van haar gevoelens, want hij ging niet tegen haar in.

'Schatje,' was het enige wat hij zei, met wijd open en trieste ogen.

'Ik hoop dat ik je nooit meer zie.' Ze verbeet een snik en draaide zich om naar de voordeur. Binnen vijf passen werd ze in haar moeders wachtende armen getrokken.

De Lexus was vervuld van de spanning van niet-gestelde vragen toen Savannah, haar moeder en Carson wegreden. Nu ze wat rustiger was, vroeg ze zich af wat Kyle hun verteld had en ze wist zeker dat ze zouden willen weten waarom zij eigenlijk daarheen was gegaan. Een tijdlang reden ze stilzwijgend, alsof de toenemende afstand tot het huis van Kyle alles rechtzette.

Was dat maar waar, dacht ze, terwijl ze haar wang tegen het

koele glas van de zijruit drukte. Was het maar zo dat ze, nu ze niet meer met hem samen was, nu ze wist hoe hij was en hoe hij sommige dingen aanpakte, zich niet meer zo rot zou voelen vanbinnen. Hij had haar helemaal niet gewild; hij had iemand gewild die geld leverde voor zijn drugs, haar benen voor hem spreidde en geen vragen stelde... en dat alles had ze gedaan. Goeie God, waar had ze gezeten met haar verstand? Was dit wat de 'liefde' met je deed? Was het zo gemakkelijk om jezelf voor de gek te houden... en voor de gek te worden gehouden?

Misschien voelde Kyle toch wel iets voor haar – dat wilde ze graag geloven – maar dan nog was dat kennelijk niet voldoende voor hem geweest om zich fatsoenlijk te gedragen.

Hij had Aaron die avond gevraagd om naar het hotel te komen. Hij had gewild dat die foto's werden gemaakt. Oké, misschien had ze hem aanvankelijk het idee gegeven dat ze het soort meisje was dat zulke dingen deed... maar niet meer na hun ruzie. En toen had hij toch die foto's op zijn computer gezet en ze als screensaver gebruikt, en toegestaan dat Aaron haar six-pixel chick noemde. En daarna vond hij het een goed idee om haar ouders te chanteren, was hij akkoord gegaan met ieder onderdeel van Aarons zogenaamd nieuwe plan – ze begon zich af te vragen hoe 'nieuw' het werkelijk was – zonder ook maar een moment te denken dat het niet juist was en dat zij het er misschien niet mee eens zou zijn.

Haar moeder draaide zich naar haar om en vroeg: 'Hoe voel je je nu?'

Savannah haalde haar schouders op. 'Behoorlijk stom.'

'Hij zei dat je naar buiten was gestormd na een ruzie met zijn huisgenoot, die geld van je wilde lenen. Maar dat was niet alles, is het wel?'

'Moeten we het daar nu over hebben? Ik ben... ik ben gewoon heel erg moe.'

'Nee, dat is goed.'

Haar moeders vriendelijkheid maakte haar bijna weer aan het huilen. Ze wendde haar blik af. 'Ik ga even een dutje doen, oké?'

De rest van de rit zat ze te doezelen, met het gemurmel van de stemmen van haar moeder en Carson als een plezierig slaapliedje, dat wat haar betrof voor eeuwig mocht doorgaan.

56

Toen Savannah gedoucht was en in bed lag, voegde Meg zich bij Carson en Brian in de woonkamer.

Brian zei: 'Ik heb Meg diverse keren proberen te bellen, maar de ontvangst is daar vreselijk slecht.'

'Zeker,' zei Carson. 'Ze moeten daar meer antennes neerzetten.'

Meg ging naast Carson op de bank zitten, terwijl Brain in de leunstoel zat.

Brian zei: 'Ik zou meteen vanaf de club op pad zijn gegaan.'

Meg wist dat hij zich ergerde omdat Carson haar held was; ze zag het aan de manier waarop hij telkens weer zijn handen tot vuisten balde.

Ze zei: 'Nou, Savannah is weer schoon en de ergste schrammen zijn verbonden, maar ze zegt nog steeds niet veel.'

'We moeten bespreken wat we met haar doen,' zei Brian. Hij bedoelde nogal nadrukkelijk: na Carsons vertrek. Arme Savannah... Voor ze in bed was gekropen, had ze heel pertinent gezegd dat haar vandaag niets was aangedaan, behalve de zichtbare wonden. Meg wist dat ze emotionele wonden had; het was duidelijk dat Savannah zich door Kyle verraden voelde, dat ze op z'n minst een gebroken hart had.

'Ik ga maar naar huis,' zei Carson in reactie op Brians niet bepaald subtiele hint. Hij stond op.

Meg stond ook op en zocht steun bij de armleuning van de bank. Haar been voelde wiebelig aan, maar ze probeerde het niet te laten merken. 'Kom maar, ik loop even met je mee.'

Carson keek naar Brian, maar zij niet. Wat Brian ook vond van deze keus of alles wat verder met Carson te maken had, dat interesseerde haar op het moment niet.

Toen ze buiten op de oprit stonden en de krekels en cicaden om het hardst zongen, trok Carson haar tegen zich aan. Wat voelde dat goed, wat voelde dat juist. Ze paste nog precies zo in zijn armen als vroeger.

Hij deed een stap terug, leunde tegen de auto, maar hield zijn armen in een lus om haar middel. 'Je was heel indrukwekkend van-avond.'

'Wat heb ik dan gedaan?'

'Het is eerder wat je niet hebt gedaan... je hebt haar geen uitbrander gegeven of geëist dat ze je alles vertelde.'

'God, ik heb zo'n medelijden met haar... Ze heeft tijd nodig om alles op een rijtje te zetten... het heeft geen zin om haar nu onder druk te zetten.'

'Dat ben ik met je eens,' zei hij, 'maar het moet wel moeilijk zijn. Je hebt blijk gegeven van opmerkelijke zelfbeheersing.'

'Dank je.' Ze kreeg een brok in haar keel en verborg haar gezicht tegen zijn schouder tot het gevoel verdween. 'Ze is zo onervaren... nou ja, ze was onervaren. God weet wat er allemaal gaande was waar ik volkomen blind voor was.'

Ze bleven een poosje peinzend en zwijgend staan. De insecten zoemden om hen heen, zich niet bewust van de nietigheid van het menselijk leven. Wat simpel, wat heerlijk om een insect te zijn, dacht Meg... je levensweg vastomlijnd door absoluten: voedsel vinden, paren, je voortplanten, sterven. Geen existentiële drama's, geen schuldgevoel... helemaal geen emoties. Ze dacht ongewild wat een zegen dat soms zou zijn.

Carson zei: 'Wanneer zie ik je weer? Ik moet maandag eerst naar Seattle om het een en ander te regelen voor mijn appartement. Ik zou in het weekend voor een paar dagen terug kunnen komen. Daarna moet ik naar Hawaï – een optreden voor Memorial Day. Daar kan ik niet onderuit.'

'Je hoeft tussendoor niet hierheen te komen,' zei ze, zich herinnerend dat hij niet van vliegen hield. Savannah zou sowieso veel van haar aandacht vergen; wie wist wat voor gevolgen het gebeurde nog zou hebben? 'Dan moet je veel te veel vliegen. Ik kan wel wachten tot daarna.'

'Dat is niet erg,' zei hij, en hij drukte een kus op haar voorhoofd. 'Weet je dan niet dat je het waard bent?'

57

Het eerste wat Savannah deed toen ze zondagochtend om halftwaalf wakker werd, was weer onder de douche kruipen, met de kraan zo heet als ze het kon verdragen. Kon ze haar hoofd en haar hart ook maar schoonwassen en ieder spoortje van Kyle en zijn akelige vriend wegspoelen. Ze boog voorover om zich tussen haar tenen te wassen en zag toen het enige lichtpuntje in haar leven: waterig bloed dat langs de binnenkant van haar dijbeen sijpelde.

Toen ze klaar was met douchen, voelde ze zich al iets menselijker, maar toch nog vooral een geslagen hond. Wat een idioot was ze geweest! Als ook maar iemand erachter kwam dat ze er zelfs maar over had gedacht om van huis weg te lopen met een loser als Kyle, zou ze door iedereen verstoten worden. Pientere Savannah... ja hoor.

Ze kon zichzelf nauwelijks onder ogen komen in de beslagen spiegel. Hoe moest ze haar vader dan onder ogen komen? Ze kon het hem niet kwalijk nemen als hij de auto terug zou nemen. Ze wilde dat iemand haar hele leven terug kon nemen. Of in elk geval de laatste paar maanden. Alles uitwissen vanaf het moment dat ze via die webpagina begonnen was met haar grootse ideeën om een vriend te vinden die volwassener was dan de jongens die ze kende.

Kyle was inderdaad volwassener. Als ze aan hem dacht, deden haar hoofd en haar hart pijn en ze begreep nu waarom sommige meisjes hun heil zochten bij drank of drugs, of aan zelfmoord dachten nadat ze waren gedumpt – of verraden – door een jongen van wie ze hielden. Ze begreep de verleiding van een dergelijke toevlucht, ook al wist ze dat die vals was.

Toen ze zich afgedroogd en aangekleed had, deed ze wat ze kon om Kyle uit haar leven te bannen: ze wiste hem uit haar mobiele telefoon en uit haar vriendenlijst, blokkeerde zijn e-mailadres en verwijderde al zijn berichten van haar webpagina. Ze zag een bericht van Rachel: BEL ME!!!! en stuurde haar een kort berichtje terug: *Alles goed. Niets aan de hand! Tot later. Schadebeperking.*

Ze trof haar ouders aan de bar in de keuken – allebei, op zondag! Ter ere van haar natuurlijk. Ze zag haar vader op zondag anders nooit voor vijf uur of zo. Dit kon alleen maar betekenen dat ze haar gezamenlijk zouden aanpakken over deze ramp; ze dook in elkaar en wachtte.

'Lekker gedoucht?' vroeg haar moeder, iets te opgewekt.

'Hm-mm.' Ze liep naar de voorraadkast en pakte de ontbijtgranen, meer om iets te doen te hebben dan omdat ze honger had.

'Papa en ik hebben gepraat en het lijkt ons goed als jij en ik even samen op vakantie gaan.'

Vakantie? Ze pakte een schaaltje en een lepel en daarna de melk, allemaal zonder hen aan te kijken. Haar moeder klonk zo vriendelijk. Er zouden toch vast wel boze woorden komen, een of andere preek, en straf? Die 'vakantie' was waarschijnlijk een reisje om mogelijke kostscholen te gaan bekijken.

'Waarheen?' vroeg ze terwijl ze naast haar moeder ging zitten en de ontbijtgranen in het schaaltje schudde.

'Ik dacht aan Hawaï. Daar zijn we nog nooit geweest... en met mijn, eh, toestand, zal het in de toekomst moeilijker voor me worden om te reizen.'

Savannah keek op. Haar moeders gezichtsuitdrukking was zó oprecht en haar blik zo vriendelijk... In plaats van haar de les te lezen, boden ze haar een vakantiereis aan.

God, wat was ze toch een vreselijk kind.

Haar stem haperde een beetje toen ze zei: 'Dat klinkt geweldig. Wanneer wilde je gaan?'

'Over een week of zo.'

Haar keel verkrampte helemaal door hun vrijgevigheid. Ze slikte moeizaam. 'Dat is... ik bedoel, ja, oké. Bedankt.'

Haar vader had tot dusver niets gezegd en ze vroeg zich plotseling af of hij wel zo blij was met het plan, of dat hij misschien zweeg omdat hij het er niet mee eens was. Ze aarzelde om hem aan te kijken; ze schaamde zich dood omdat ze wisten hoe ze zich door Kyle had laten inpakken. Het was beschamend en vernederend: hij dacht vast dat ze een dwaas was, geen haar beter dan een of ander dom blondje. Híj zou zichzelf nooit in zo'n nadelige positie laten manoeuvreren!

'Dus dan... mis ik school?' Niet dat ze dat erg vond.

Haar vader zei: 'Mam wil proberen te regelen dat je je tentamens kunt inhalen als jullie terug zijn.'

Ze waagde een snelle blik op hem. Zijn gezicht stond neutraal, wat beter was dan ze verwacht had. 'O, oké. Dat zal wel lukken.'

Ze begon te eten, haar blik op haar cornflakes gericht, maar zich ervan bewust dat haar ouders naar haar zaten te kijken. Wat viel er te zien? Na de derde hap zei ze: 'Kunnen jullie alsjeblieft ophouden naar me te kijken?'

Een van de krukken schoof naar achteren. 'Praat jij met haar?' vroeg haar vader.

'Ja, ga maar. We gaan om vier uur.'

Savannah keek hem na. 'Wat is er om vier uur?'

'We moeten je auto gaan halen.'

'Kan ik niet gewoon hier blijven?'

Haar moeder fronste haar voorhoofd. 'Zelfs al zou ik hem zelf terug naar huis kunnen rijden, dan zou het antwoord toch nee zijn.'

Tja, dat was natuurlijk haar verdiende loon. En het gesprek dat volgde ook, wat min of meer het gesprek was dat haar moeder een paar weken geleden met haar had willen voeren.

Eerst de praktische zaken: als zij en Kyle met elkaar naar bed waren gegaan, hadden ze dan enige vorm van geboortebeperking gebruikt?

'Ja,' zei Savannah, met een vingertop over de zilveren vlekjes in het granieten blad strijkend, 'en ook nee.'

Hoe vaak onbeschermd? 'Drie keer, misschien meer.' Ze was de tel kwijtgeraakt. Ze voegde eraan toe: 'Maar die keren stopte hij altijd, je weet wel, voordat...' Daar was ze tenminste vrij zeker van.

Haar moeder keek somber. 'Besef je wel dat je risico loopt op HIV, hepatitis, chlamydia, herpes, syfilis, gonorroe, om nog maar te zwijgen van zwangerschap?'

'Het spijt me!' huilde ze. 'Hij leek zo fantastisch! Hij zei dat hij van dezelfde dingen hield als ik... En ik ben trouwens niet zwanger.'

'Niet? Is je menstruatie begonnen? Dat is in elk geval een opluchting. En als over een halfjaar de tests voor HIV, hepatitis en herpes negatief zijn, kun je die ook van je lijstje van zorgen wegstrepen.'

Savannah kromp ineen onder de last van die zorgen. 'Dus... al die aandoeningen... Ik weet niet meteen of ik ze heb?'

'Ik wou dat ik kon zeggen dat het wel zo was. Syfilis, chlamydia en gonorroe zijn vrij snel te herkennen; binnen een paar weken. Ik zal je morgen preventief antibiotica geven voor alles wat te genezen is. De rest zal de tijd moeten uitwijzen.'

'O, mam....' Ze liet haar hoofd hangen. 'Het spijt me. Het spijt me zo.'

Haar moeder raakte haar arm aan. 'Ach, lieverd...'

Ze praatten een poosje over haar webpagina, en haar moeder zei dat ze tijdelijk van haar computer zou moeten afzien, 'terwijl wij uitzoeken hoe we je tegen jezelf kunnen beschermen.'

Ook dat had ze verdiend.

'Luister nu even. Ik moet je nog een moeilijke vraag stellen. Luister je naar me?'

'Wat dan?' zei Savannah.

'De dingen die je hebt gedaan... dat heb je allemaal vrijwillig gedaan, is dat zo?'

'Ja,' zei ze, de volledige verantwoordelijkheid op zich nemend voor alle dingen die haar moeder nooit zou hoeven weten.

'En je hebt kennelijk gelogen over waar je was zodat je bij hem kon zijn.' De pijn in haar moeders stem was precies wat ze had verwacht te zullen horen.

'Mam...' Ze haalde haar schouders op. 'Kijk, ik weet dat ik het verkeerd heb gedaan, maar kom op, jullie zouden nooit hebben goedgevonden dat ik met hem uitging en... weet je, ik hield van hem. Hij gaf me het gevoel dat ik bijzonder was en... en belangrijk.' Ze veegde hete tranen van haar wangen.

Haar moeder bracht haar hand naar haar mond en knikte. 'Goed dan,' zei ze uiteindelijk. 'Goed. Het is niet zo dat ik goedkeur hoe je de zaak hebt aangepakt, maar ik begrijp het wel. En het... het spijt me dat papa en ik je op een of andere manier hebben teleurgesteld. Jij bent echt heel bijzonder, en heel belangrijk. Niets is belangrijker dan jij. Dat meen ik, en het spijt me.'

Savannah veegde nog meer tranen weg. 'Het is al goed,' zei ze.

'Nee, dat is het niet. Ik ga het beter doen, dat beloof ik je.'

'Ja,' fluisterde ze, 'ik ook.'

Haar moeder trok haar tegen zich aan en streelde over haar haren. 'Oké,' zei ze.

Savannah ging terug naar haar kamer en liet zich op haar bed vallen. Hawaï klonk goed... misschien zouden ze daar kunnen bijkomen. Misschien zou ze kunnen verklaren, voor zichzelf en voor haar moeder, waarom ze wat ze met Kyle meende te hebben, nu al miste.

Liefde... het was gecompliceerd, verwarrend en misleidend. Hoe overleefde je zoiets? Hoe wist je wanneer het echt was? Ze zette haar koptelefoon op en luisterde naar haar favoriete ballades, alsof de muziek alles duidelijk zou maken. Ze kwam pas weer uit haar kamer toen het tijd was om haar auto te gaan halen.

Veel later, toen ze haar moeder een vaas irissen op de haardmantel bij de foto van oma Anna zag zetten, herinnerde ze zich dat het vandaag Moederdag was.

58

Terwijl Savannah maandagmiddag op een luchtbed in het zwembad lag te doezelen, zat Meg in de keuken haar moeders dagboeken door te bladeren. Ze hield een oogje op haar dochter, alsof haar in het zicht houden hetzelfde was als haar beschermen, zoals vroeger. Zelfs wanneer ze Savannah de afgelopen maanden had gezien, had ze haar duidelijk niet écht gezien.

Blindheid was geen symptoom van ALS, dus daar kon ze alleen zichzelf de schuld van geven.

Tussen de onbeschreven bladzijden van het laatste dagboek – lege ruimte die tijd vertegenwoordigde die haar moeder niet had gekregen – viel haar oog op een uitgescheurd stuk krantenpapier. Het was haar moeders overlijdensbericht.

Ocala Star-Banner, maandag, 12 september 2005

POWELL, ANNA LOUISE, 64. Mevrouw Anna Louise Powell, geboren Jansen, is zaterdagnacht in haar slaap heengegaan na een hartinfarct. Geboren op 27 juli 1941 in Clemson, South Carolina, als dochter van William en Alice Jansen, verhuisde de toenmalige Anna Jansen op vijftienjarige leeftijd met haar familie naar Marion County. Ze trouwde in 1963 met Spencer Powell, oorspronkelijk uit Pittsburgh, PA. Als lid van het Damescomité ter Verbetering van het Plattelandsleven in Marion County, het Genootschap van Fokkers van Centraal-Florida, en vrijwilligster bij diverse diensten voor bejaardenhulp in de omgeving van Ocala, was mevrouw Powell een zeer geliefd persoon die node gemist zal worden. Mevrouw Powell laat haar man Spencer achter; hun dochters dr. Meghan Hamilton uit Ocala, Kara Linford uit Sacramento, CA, Elizabeth Powell uit Berkeley, CA, en Julianne Portman uit Quebec, Canada, en hun echtgenoten; en acht kleinkinderen. Afscheid nemen is mogelijk vanavond om zeven uur in de rouwkamer van het Montecito Mortuarium. Begrafenisplechtigheid dinsdag 13 december om elf uur, begraafplaats Onze Lieve Vrouwe van Genade.

Natuurlijk had ze er eerder een exemplaar van gezien, maar dat ze het hier vond betekende dat haar vader van de dagboeken had geweten, dat hij ze met opzet aan haar had gegeven... zodat ze haar moeder beter zou leren kennen, en hem ook, geholpen door haar moeders toegewijde maar eerlijke woorden.

Hij had een ander neveneffect wellicht niet voorzien – dat ze ook zichzelf beter zou leren kennen – maar ze was hem daar niettemin dankbaar voor.

Deze positieve resultaten stelden Meg op een belangrijk punt gerust; ze geloofde nu dat goede bedoelingen een goed effect konden hebben, en dat soms ook hadden. Het lot kon zowel belonen als straffen. Ze keek weer naar Savannah, die op het kalme blauwe water dreef. Zij moet deze les ook leren, dacht ze.

'Bedankt, pap,' mompelde ze.

DEEL VIER

De enige remedie tegen liefde is nog meer liefde.

– Henry David Thoreau

59

In de week voordat ze naar Hawaï vertrokken, creëerde Meg allerlei mogelijkheden om met Savannah te praten. Boodschappen doen, eten koken, kasten opruimen... doordat ze Savannah thuis hield uit school en weg van de computer en de telefoon hadden ze de tijd voor elkaar die ze in jaren niet hadden gehad.

Ze richtte zich daarbij niet op de moeilijkheden die Savannah had doorgemaakt – daarvoor praatte Savannah met een counselor zonder dat haar ouders erbij waren, op aanraden van de counselor. En Meg had het ook niet over ALS, al wist ze dat dat gesprek spoedig zou komen. Haar symptomen verergerden bijna met de dag een beetje en ze wist dat Savannah zich zorgen maakte omdat ze steeds meer dingen door haar liet doen. Autorijden, snijden, afwegen, roeren, knoppen indrukken van afstandsbediening, geldautomaat en telefoon. Savannah hield haar scherp in de gaten, zo ongeveer als Meg dat bij haar vader deed. Toen ze op een ochtend klaarstonden om naar de markt te gaan, vroeg Meg Savannah om haar haren naar achteren te kammen, een vreemd intieme rolwisseling. Savannah deed het en vroeg: 'Mam, kunnen ze niet iets aan dat gedoe met je arm doen?' Dat zou een goed moment zijn geweest om haar in te lichten, maar Meg kon de woorden niet over haar lippen krijgen.

Verder hadden ze het over van alles en nog wat: jongens, school, politiek, ecologie, muziek. Toen ze op het vliegveld zaten te wachten op het eerste deel van hun reis naar Hawaï, begon Savannah over Carson.

'We zien hem daar toch ook, of niet? Behalve tijdens het concert, bedoel ik.'

'Ja, wel wat... maar hij zal het behoorlijk druk hebben.'

'Wat was er nou tussen hem en Val?' vroeg Savannah, met haar voeten op haar handbagage. Op de startbaan aan de andere kant van het raam recht voor hen bulderden straalmotoren, tot grote verrukking van een paar jongetjes die met hun gezicht tegen het glas gedrukt stonden.

Meg zei: 'Nou, voornamelijk dat hij meende dat ze niet goed genoeg bij elkaar pasten. Hij vond dat ze iemand verdiende die volledig aan haar was toegewijd.'

'En waarom was hij dat dan niet? Ik bedoel, ze lijkt me geweldig.'

Meg gaf haar het antwoord dat haar eigen moeder gegeven zou kunnen hebben. 'Daar heb je gelijk in, maar weet je, de liefde heeft haar eigen ideeën. We kunnen haar niet dwingen, en we kunnen ons er niet tegen verzetten... althans niet erg succesvol.' Zoals ze zelf maar al te goed wist.

Ze controleerde de tijd. 'We zullen wel snel aan boord moeten; help je me even de instapkaarten uit mijn tas te halen?'

'Hou jij van Carson?' vroeg Savannah tot Megs grote verbazing.

'Wat? Waarom vraag je dat?'

'Je mag een vraag niet met een vraag beantwoorden... dat is vals spelen.' Savannah pakte de instapkaarten uit Megs tas.

'Ik vroeg me gewoon af waarom je... het antwoord is natuurlijk ja. Ik ken hem al bijna mijn hele leven. Hij was bijna een lid van de familie, en...'

'Mam,' zei Savannah, en ze keek haar strak aan. 'Ik probeer tegen jou ook overal eerlijk over te zijn. En ik ben geen kind meer. Ik weet dat jij en pap niet stapelverliefd op elkaar zijn. Je kunt het me wel vertellen.'

Meg keek naar haar dochter, naar de oprechte bezorgdheid en liefde op haar gezicht, en ze realiseerde zich dat er op dit moment een wens uitkwam. 'Oké,' zei ze, 'je hebt gelijk. Maar voordat we het erover hebben wat ik voor Carson voel, wil ik je vertellen hoe het was.' En ze begon het verhaal dat ze Savannah al zo lang had willen vertellen.

Het genoegen van hun verblijf op Hawaï had weinig te maken met Hawaï zelf en bijna alles met het feit dat moeder en dochter uit hun voormalige leventje waren gehaald. Omdat alles, zo dacht Meg, alles wat voor dit moment had plaatsgevonden, voorbij was – spinsels van het verleden die er helemaal niet toe deden voor de rolbeweging van de golven of de liefkozing van de warme bries op hun gebronsde huid. Het verleden was voorbij, de toekomst nog niet aangebroken, dus leefden ze voor het moment, of dat moment nu een zonsondergang was die ze zagen vanaf het station van de kustwacht op Kaena Point, of een blik op Saturnus vanuit een van de observatoria van

Mauna Kea – waar de plaatselijke astronomen Carson en zijn goede vrienden met plezier een rondleiding langs de nachtelijke hemel gaven – of het moment dat Meg op een vroege ochtend naast haar dochter op het zand zat met Diamond Head achter hen, en haar vertelde dat ze ALS had.

Had ze ooit in haar leven iets moeilijkers gedaan? Zelfs Carson verlaten, die dag lang geleden, was niets geweest in vergelijking hiermee.

Er was geen gemakkelijke manier om het onderwerp aan te snijden, dus zei Meg terwijl ze naar de zeevogels keken die langs het schuim op het strand renden, en roze gekleurde golven zachtjes op de vloedlijn klotsten: 'Savannah, wat ik je heb verteld over mijn arm en been, dat was gelogen.'

'O... eh, wat is er dan wel aan de hand?'

Meg klemde haar lippen op elkaar en zette toen door. 'Ik heb iets wat bekendstaat als de ziekte van Lou Gehrig.' Ze beschreef het zo eenvoudig mogelijk.

Savannah sperde haar ogen open van ongeloof en afgrijzen. Toen vertrok haar gezicht en sloeg ze haar handen voor haar mond. 'Nee, mammie...' Ze schudde haar hoofd. 'Nee... dat kan niet... o god, o god! Ik ben... o mijn god, ik ben een afschuwelijke dochter geweest!' De tranen stroomden over haar wangen. Megs borst verkrampte alsof die in een bankschroef zat en ze deed haar uiterste best zelf niet te gaan huilen. Uiteindelijk kon ze het niet meer tegenhouden. Ze nam Savannah in haar armen en wiegde haar.

'Nee, nee,' zei ze, haar mond tegen Savannahs golvende haren. 'Nee, je bent de beste dochter aller tijden.'

Ze huilden samen tot ze allebei rode ogen en vlekkerige wangen hadden en geen tranen meer over hadden. En toen ze geen van beiden wisten wat ze daarna moesten doen, keken ze elkaar aan en glimlachten ze zelfs om hun pech, om de absurde wegen die het leven koos. Meer konden ze niet doen.

Ze liepen hand in hand over het strand tot Savannah plotseling bleef staan en zei: 'Wordt het een gruwelijke dood? Zul je veel pijn lijden?'

Meg verzekerde haar dat, als haar tijd gekomen was, het juist het tegenovergestelde zou zijn. Bij die gedachte voelden ze zich allebei een beetje beter.

Meg wist dat Savannahs aanvaarding tijdelijk was, een geschenk van deze tijd buiten hun gewone leven, maar ze was dankbaar voor hen beiden dat ze die mochten meemaken. Het was de zegen van de jeugd, het vermogen om te vergeten – en zo niet te vergeten, dan toch in elk geval door te gaan. Savannah begon te doen wat Meg deed: genieten van hun lange dagen samen zonder al te veel na te denken over de geheven bijl die Meg boven het hoofd hing.

Ze hadden meer lange gesprekken. Savannah onthulde dat haar laatste ruzie met Kyle en zijn huisgenoot te maken had gehad met obscene foto's en afpersing; ze bekende dat ze haar moeders credit-card had gebruikt; ze verontschuldigde zich voor het feit dat ze vervallen was tot gedrag waar ze een grote tegenstander van was – 'Ik heb gelogen, stiekem gedaan, alles goedgepraat! Het spijt me echt heel erg.' – en Meg vergaf haar; natuurlijk vergaf ze haar, want was Savannah immers al niet genoeg gestraft?

Ze gingen winkelen, ze gingen zwemmen... of Savannah ging zwemmen en Meg bleef daar waar ze het zand veilig onder haar voeten voelde. Ze maakten boottochtjes, ze aten poi, ananas en vis die een paar minuten voor die op hun bord belandde nog in zee had gezwommen. En soms voegde Carson zich bij hen. Maar niet al te vaak. Hij wilde de 'tijdbel' die haar en Savannah omringde niet verstoren. Haar tijd met hem zou later komen, nadat ze Savannah naar Beth had gebracht voor een week op de campus van Berkeley, om Beth te helpen met inpakken.

Ze had het onmogelijk geacht dat twee weken op Hawaï iets zouden kunnen veranderen aan haar spijt over verloren tijd met Savannah, maar ze had het mis gehad. Nu ze hier op het strand naar Savannah zat te kijken die op de door de avondzon gekleurde golven surfinstructie kreeg van een meisje dat ze hier had ontmoet, was Meg tevreden. De zon scheen op haar rug, haar huid rook naar kokosnoot; de wereld – háár wereld in elk geval – was op orde. Wat ze twaalf, acht of twee jaar geleden, of vorige maand met haar dochter had gedaan of niet had gedaan, had geen invloed op de vreugde van dit moment. Het leven kon voortdurend opnieuw worden uitgevonden. Het verleden was niet verdwenen; het was simpelweg minder belangrijk geworden, op zijn plek gezet zodat er in de ruimste zin van het woord van het nu kon worden genoten.

En de toekomst? Haar lichaam had haar niet laten vergeten wat er in het verschiet lag, maar op dit moment was dat pad nevelig en irrelevant. Ze hoefde het niet te betreden zolang ze hier was. Dat was het genoegen van hun verblijf op Hawaï.

60

Savannah lag boven in Beths logeerkamer te slapen en Meg zat aan de keukentafel, haar hoofd zo vol als een rivier na enkele stortbuien.

Zoals altijd was de tijd meedogenloos gebleken; zelfs vakanties op Hawaï konden niet eeuwig duren. Haar toekomst was terug, alleen was die nu haar heden geworden: een mistige avond in een huisje op Panoramic Hill, enkele minuten van de campus van de universiteit in Berkeley vandaan, waar haar zus warme melk in een paar bruine aardewerken mokken schonk.

'Ik weet dat ze het spoor een beetje bijster was geraakt,' zei Beth terwijl ze een mok voor Meg op tafel zette, 'maar je hebt haar tot een fantastisch kind opgevoed. Je hoeft je echt geen zorgen over haar te maken, weet je.'

'Misschien niet... maar er zijn nog steeds een hoop dingen waar zelfs een fantastisch kind geen zeggenschap over heeft.' In feite waren er een hoop dingen waar niemand iets over te zeggen had, maar daar wilde ze nu niet aan denken. Het gesprek waarvoor ze Beth had gevraagd op te blijven ging over een van de weinige dingen die ze nog wel kon regelen.

Ze draaide de mok in haar handen om en zei: 'Ik ben je ontzettend dankbaar dat je terugkomt naar Ocala. Pap verheugt zich erop je in de buurt te hebben.'

'Jij bent mijn prioriteit, dat weet je.'

Meg keek naar haar mok. 'Dank je, maar ik maak me meer zorgen om Savannahs welzijn. Daar wilde ik ook met je over praten.' Ze keek Beth weer aan. 'Ik wil jou in mijn testament tot haar voogd benoemen, en ik wil zeker weten dat je het daar mee eens bent.'

Beth legde haar handen om die van Meg heen en trok ze los van de mok. 'Ik vind het een eer.'

'Het is niet alleen maar een eer,' zei Meg.

'Nee, dat weet ik.' Beth kneep in haar handen en liet ze toen los. 'Maar ze is al zestien; de kans is vrij groot dat zowel jij als Brian haar nog achttien zullen zien worden.'

De waarheid over Megs plannen voor haar veel minder roos-kleurige toekomst lag op het puntje van haar tong, maar ze hield zich in. In plaats daarvan zei ze: 'Ik wil niet op mijn kansen gokken, oké, dus ik moet het zeker weten: wil jij in mijn plaats voor Savannah zorgen? Ongeacht wanneer dat zal zijn?'

'Meg, ik zou je mijn ziel geven als je daarom vroeg.' Beth keek haar heel open, triest en oprecht aan. 'Ik vind het vreselijk dat je over deze dingen moet nadenken... maar ik wil dat je weet dat ik er echt respect voor heb dat je zo proactief bent, dat je dit alles al ruim van tevoren zelf regelt. Jij bent altijd de verstandigste geweest.'

Niet altijd.

Er was geen tijd om te piekeren over dingen die niet konden wor-den verholpen met warme melk en de belofte van een zus.

Megs vader wachtte haar op de parkeerplaats op toen ze hem na haar terugkeer ging opzoeken. Aan de lantaarnpaal achter hem bloeiden grote blauwe passiebloemen als aankondiging van de zo-mer. Hij zwaaide toen ze uit de taxi stapte en kwam naar haar toe om haar zijn arm te geven.

'Goede reis gehad?' vroeg hij. Ze was pas de vorige avond laat teruggekomen van Beth.

'Fantastisch. Je krijgt de groeten van Beth en Savannah.'

'Wanneer komt Beth?'

'Volgende week donderdag. Ik zal het voor je opschrijven.'

Ze liepen langzaam over het pad naar het gebouw, zij manker dan ooit, en in plaats van ongeduldig te worden met zichzelf nam ze de tijd om de nieuwe potten met gestreepte paars-met-witte petu-nia's naast de deur van een van de bewoners, en de lange bloembak vol rode, witte en blauwe bloemen – voor Memorial Day, vermoedde ze, of alvast voor de vierde juli – bij iemand anders. Weer een ander had een paar vogelvoederhuisjes met koperen daken buitengezet, die stonden te glimmen in de zonsondergang. Zelfs hier, waar veel bewo-ners zogezegd hun eigen zonsondergang doormaakten, deden velen hun best van de natuur te genieten, hun omgeving te verfraaien... te leven, zolang ze nog leefden. Dat vond ze leuk, en ze hoopte dat het er ook toe zou leiden dat mensen vriendschappen sloten en een beetje op elkaar pasten.

'Dat been wordt echt een probleem,' zei haar vader.

Dat gold in feite voor alles. 'Ik ga morgen naar een fysiotherapeut.'

'Dat had je gisteren moeten doen,' gekscheerde hij en hij kneep zachtjes in haar arm om haar te laten weten dat het maar een grapje was. Hij was nooit goed geweest in het tonen van zijn gevoelens – in elk geval niet zijn hartelijke gevoelens.

Toen ze binnen aan de eettafel zaten af te koelen met haar vaders nieuwe favoriete drankje, een Mojito met mint, citroen en rum, zei ze: 'Ik wil je bedanken, pap, omdat je Bruce hebt terugbetaald en omdat je me mams dagboeken hebt gegeven.'

Hij leek verrast en een beetje verlegen onder haar directe benadering. 'Ja, oké.'

'Je maakte haar gelukkig. Niet alleen omdat je die dingen hebt gedaan – hoewel ik zeker weet dat ze blij is als ze naar ons kijkt – maar altijd. Heb je die notitieboeken gelezen?'

'Ik heb er misschien wel even in gekeken,' zei hij.

'Dan weet je het. Ondanks alles hield ze van je. En ik ook.' Ze keek hem strak aan, zodat hij het gewicht en de waarheid van haar woorden zou voelen. 'We wisten geen van allen hoe verkeerd het zou lopen; het zag er in het begin allemaal goed uit. Hoe dan ook... ik ben lang kwaad op je geweest, maar dat ben ik nu niet meer.'

'O, Meggie toch...' Hij keek naar zijn glas alsof dat plotseling het meest fascinerende voorwerp in de kamer was. 'Je bent al die tijd veel te goed voor me geweest... net als je moeder. Ik ben een stomme ouwe man. Ze wacht op je, weet je,' voegde hij eraan toe, en hij keek naar haar op.

Ze glimlachte. 'Ja, dat denk ik ook.' Het was een prettige gedachte, welkom en troostrijk.

'Ja,' zei hij knikkend. 'Ik heb haar laatst 's nachts nog gezien – je zult me misschien niet geloven, maar het is waar. Ik werd om vier uur of zo wakker... verrekte blaas. Ik zou misschien die nierstenen wel terug willen hebben als het betekende dat ik niet iedere vijf minuten hoefde te gaan piesen. Hoe dan ook, ik werd wakker en daar zat ze, op het bed, met het dekentje in haar handen dat jij altijd overal mee naartoe sleepte.'

'Welk dekentje?' vroeg Meg.

'Weet je dat niet meer? Dat blauw-met-gele flanellen ding met roze roosjes. Ik geloof dat je tante Brenda het had opgestuurd als babycadeau. Je sleepte het overal mee naartoe tot er bijna niets meer van over was. Maar toen ik het laatst zag was het weer nieuw,' zei hij nog, en hij krabde aan zijn hoofd. 'Ik vroeg haar: "Is dat van Meggie?" En ze zei ja, en ik zei: "Je wacht zeker op haar." En ze zei dat ze dat inderdaad deed.'

Meg herinnerde zich het babydekentje maar heel vaag, en kon zich vooral nog het gevoel van de zachte flanel tegen haar gezicht voor de geest halen. Wat haar vaders visioen betrof, ze zou niet zeggen dat ze daaraan twijfelde. Hij leek erg overtuigd, dus hoewel haar logische doktersverstand haar vertelde dat het niet meer dan een mooie fantasie was, of misschien een droom, wilde ze best geloven dat het waar zou kunnen zijn. Ze merkte zelfs dat ze steeds nieuwsgieriger werd naar wat ze zou aantreffen wanneer het haar tijd was.

'Wil je dat ik iets aan haar doorgeef als ik haar zie?' vroeg ze.

'O, nee. Ik zie haar vaak genoeg.' Hij stond op en ging achter Megs stoel staan. 'Ik hoop dat jij af en toe ook langs zult komen,' zei hij, en hij drukte een kus op haar hoofd. 'Ik geniet wel van al die aandacht. Ik ben zo terug.' Hij liep naar de badkamer, bleef toen staan en draaide zich om. 'Nou schiet me trouwens net te binnen... wanneer komt Beth eigenlijk?'

De krant lag op het aanrechtblad, opengeslagen bij de overlijdensberichten. Meg begreep eerst niet waarom. Wat voor macabere boodschap wilde Brian haar hiermee geven? Toen zag ze het: 'Moeder van vier in Silver Springs bezweken aan de ziekte van Lou Gehrig.'

De kop moest hem zijn opgevallen. Het was een lang bericht, ongetwijfeld liefdevol opgesteld door Lana's gezin. Alles wat ze had gedaan in haar veel te korte leven werd vermeld. Padvindsters en gidsen, Spaanse club, turnster, verpleeghulp, peuterjuf op de zondagsschool, echtgenote, moeder, weduwe, dapper slachtoffer van een ziekte waarover te weinig bekend was. Brian moest gedacht hebben dat het haar zou interesseren, vooral het gedeelte waar stond dat Lana 'vredig was overleden, omringd door haar kinderen, zus, vader en schoonouders'. Voor haar geen zelfmoord. Geen stigma.

Tja, voor Lana was dat de juiste keus geweest... waarschijnlijk althans. Als ze Penny moest geloven had Lana volgens haar eigen voorwaarden geleefd en was ze ook zo gestorven. Precies zoals Meg van plan was te doen; beter laat dan nooit.

Ze dacht aan Penny en Lana's dochtertjes, die Lana zo toegewijd waren geweest. Wat zou er nu met hen gebeuren? Ze moesten zich met zo weinig zien te redden, terwijl zij, Meg, veel meer had dan nodig was. Ze pakte de telefoon.

'Hallo, Penny? Met Meg Hamilton.'

'O, hallo! Ik had niet verwacht nog iets van je te horen,' zei Penny. 'Je hebt de krant zeker wel gezien?'

'Inderdaad. Ik vind het heel erg voor jullie.'

'O, dank je, schat. Ze is heel vredig gestorven. Haar longen hielden er gewoon mee op, begrijp je?'

Meg begreep het.

'Hoe is het met de meisjes?' vroeg ze.

'Nicole is behoorlijk gedeprimeerd, maar dat gaat wel over. Colleen heeft een gedicht geschreven en dat tijdens de begrafenis voorgelezen. Zal ik haar vragen het aan jou voor te lezen?'

'Nee.' Ze dacht niet dat ze dat nu zou kunnen verdragen. 'Maar ik vroeg me af of je van plan bent de meisjes te houden of...?'

Penny zuchtte. 'Dat ben ik inderdaad. Krankzinnig, niet? Ik weet niet hoe ik het voor elkaar ga krijgen, voor hen zorgen, werken en Lee terug zien te krijgen. Maar met Gods hulp zal het allemaal wel goed komen.'

Met Gods hulp. 'Ik zou je graag een beetje willen helpen, als je dat goedvindt.'

'Jij?' vroeg Penny verbaasd. 'Schat, dat is vreselijk lief van je, maar je hebt het zelf zwaar genoeg. Jij moet gewoon goed voor jezelf zorgen.'

'Ik kan niet meer rijden. Mijn arm... nou, dat weet je. Dus wil ik mijn auto op jouw naam overschrijven. Hij is groot genoeg voor alle vier de kinderen.'

'Maar, Meg...'

'Alsjeblieft, laat me dat voor hen doen, en voor jou. 'Het... het zal mij rust geven.'

'In dat geval heel erg bedankt. Hemeltje. Wie ben ik om een cadeau af te wijzen,' zei Penny. 'En vertel me nu eens, schat, hoe ik jou kan helpen?'

'Dat heb je al gedaan.'

Brian ging vroeg van zijn werk weg en was thuis om Meg gedag te zeggen voor ze naar Carson vertrok.

'Ik kan je wel brengen,' zei hij.

'Nee, maar bedankt.' Ze voelde zich hier in de salon, wachtend op de taxi met haar gepakte tas naast de deur, al onbehaaglijk genoeg.

Brian ging naast haar op de bank zitten. 'Je denkt misschien dat ik je haat, maar dat is niet zo.'

'Dat denk ik niet. Je hebt het volste recht je hier... ongelukkig bij te voelen. Dat is volstrekt normaal. Ik wou, nou ja, ik wou dat het voor jou allemaal beter was uitgevallen.'

Hij boog zijn hoofd. 'Voor mij?' Hij lachte bedroefd. 'Ik red me wel. Jij bent degene die een wens verdient.'

'Mijn wens gaat al in vervulling,' zei ze. Ze wist dat hij op haar ziekte doelde, maar ze probeerde hem duidelijk te maken hoeveel vreugde ze had ontleend aan haar heerlijke tijd met Savannah. Ze bedoelde hoe blij ze was dat hij kon aanbieden haar naar Carson te brengen. Ze kreeg zo veel van wat ze wilde, en ze was blij dat ze hem dat kon laten zien.

'Nou...' zei hij, 'laat je me weten wanneer ik je terug kan verwachten?'

Ze knikte.

'Het zal hier stil zijn deze week... alweer.'

'Je zult het nauwelijks merken; je bent het grootste deel van de tijd weg.'

'Ik zal het wel merken.'

Buiten klonk een claxon. Meg pakte haar stok en duwde zichzelf omhoog. 'Als jij mijn tas zou willen pakken, zou dat geweldig zijn.'

Hij deed dat en hielp haar ook naar buiten en de treden bij de voordeur af.

Bij het portier van de taxi bleven ze nog even staan. Ze leunde tegen hem aan en kuste hem vol genegenheid en spijt zacht op zijn wang. Had ze maar meer van hem gehouden. Had hij maar van iemand anders gehouden.

61

'Welkom terug,' zei Carson wat nerveus tegen Meg toen hij de deur van de schuur voor haar openhield. Ze ging niet meteen naar binnen, maar keek, steunend op haar stok, vanaf de dorpel de kamer in. De stok gebruikte ze sinds Hawaï. Hij wist dat ze er een hekel aan had, maar zonder kon ze niet meer dan een paar passen lopen, en dat was erger.

'Het ziet er nog precies hetzelfde uit,' zei ze. 'Ik wou dat ik dat van mezelf ook kon zeggen.'

'Jij ziet er zelfs nog beter uit,' zei hij naar waarheid. Afgezien van de stok en de draagband – die evengoed hulpmiddelen konden zijn bij het herstel na een verwonding – zag ze er prima uit. Hij kon nauwelijks geloven dat ze aan het doodgaan was; dat sloeg nergens op. Hij zei: 'Je bent feitelijk mooier dan ooit.'

Ze hield de stok omhoog. 'Dat komt vast door mijn accessoires.'

'Hier,' zei hij terwijl hij haar optilde. 'Laten we dit doen zoals het hoort.'

Hij droeg haar naar binnen, zoals hij ooit had gedacht na hun huwelijk te zullen doen. Hadden ze nog maar lange jaren van samenzijn voor de boeg... maar wie was daar ooit echt van verzekerd? Hij had gisteren in de krant een triest verhaal gelezen over een pasgetrouwde soldaat die was gedood door een vrachtwagen toen hij in Pompano Beach de A1A overstak. Als zijn bruid zich al zorgen had gemaakt, zou dat zijn geweest over zijn naderende uitzending naar Irak, niet over zijn wandelingetje naar een winkel om grapefruitsap te halen.

In de keuken zette hij haar neer. 'Ik ben zo vrij geweest op al je verlangens in te spelen,' zei hij terwijl hij de koelkast opentrok. Die was gevuld met alles waarvan hij nog wist dat ze het lekker vond – sinaasappellimonade, ananassap, chocolademelk, Hostess Ho Ho's – en verder alles uit de winkel waarvan hij had gedacht dat het haar zou aanspreken. Wijn, bier, limonade, citroentaart, hartige lekkernijen en salades; het idee was dat ze de hele week niet weg zouden hoeven.

'Ik weet het niet,' zei ze, in de koelkast kijkend. 'Niet alles wat ik verlang ligt erin.' Ze draaide zich om en sloeg haar arm om zijn middel. 'Maar laat ik beginnen met de sinaasappellimonade.'

'Laten we hiermee beginnen,' zei hij, en hij kuste haar. Net als op de dag toen hij haar bij haar thuis op het stoepje voor het eerst had gekust, waren haar lippen hem zowel vreemd als vertrouwd... maar hij had nooit een kus gehad waar hij al zo lang naar verlangde.

Ze brachten de avond buiten door, luierend in een paar nieuwe stoelen die hij voor hun verblijf hier had gekocht. De cipres, die zo'n honderdvijfentwintig jaar oud was, vormde een koel, intiem balda-kijn van waaronder ze naar de vogels konden kijken die heen en weer flitsten tussen de sinaasappelbomen die nu vol vruchten hingen. Hij had zijn vader overgehaald een week vakantie te nemen – naar Parijs, waar zijn moeder altijd al eens heen had gewild – al had hem dat wel moeite gekost, omdat de sinaasappels bijna klaar waren om geplukt te worden. 'Noem het maar een vroeg reisje voor jullie hu-welijksjubileum,' had hij gezegd om hen over de streep te trekken. Hij vond het belangrijk dat Meg niet het gevoel had dat zijn ouders hen in de gaten hielden terwijl ze hier was.

Toen hij zijn vader en moeder op het vliegveld van Orlando had afgezet, had zijn moeder hem omhelsd en gezegd: 'Ik ben trots op, dat weet je.'

Zijn vader had geknikt. 'Ja. Het juiste is gewoonlijk ook het moei-lijkste.'

Toch was het helemaal niet moeilijk om Meg hier naast hem in de avondschemering te zien zitten, haar lichaam ontspannen, loom en bruin door twee weken Hawaïaanse zon. Het was helemaal niet moeilijk om eraan te denken dat hij haar over een paar minuten mee naar binnen en naar boven zou nemen en haar zou laten zien hoe begerenswaardig ze nog steeds was. Het moeilijkste was op dit moment het wachten. Hij wilde dat ze weer versmolten tot één wezen, één hartslag, één liefde... hij wilde dat zijn liefde haar kon redden, hoe dwaas die hoop ook was. Hij wilde haar op z'n minst tijdloosheid geven, en hij geloofde dat hun liefdesspel dat in elk geval zou doen.

'Herinner je je onze ontmoeting nog?' vroeg Meg.

'In de schoolbus. Eerste dag van de eerste klas.'

'Voor mij de kleuterschool.'

'Je liet iedereen een foto van je nieuwe zusje zien.'

Ze lachte. 'Kara. Ik was zo trots alsof ze mijn eigen kind was.'

'Ik herinner me nog dat ik pa en ma daarna vroeg waarom we

jouw familie nooit eerder hadden ontmoet... natuurlijk hadden alleen wij kinderen elkaar nog niet ontmoet.'

'Stel je voor dat ze ons sociale leven bovenaan in hun agenda zouden zetten!'

'Ik heb de verloren tijd wel ingehaald. Volgens mij woonde ik na dat jaar elke zomer zo ongeveer bij jullie,' zei hij. 'Dat was zoveel leuker dan alleen thuis te zijn.'

'Dus dat is alles wat ik voor je was, hè? Een gezellige tijd. Afleiding van de verveling.'

'Absoluut.' Hij kuste haar handpalm, de binnenkant van haar pols, en boog toen naar haar toe en kuste haar in haar nek. 'Waar dacht jij dan dat het om ging?'

'Ik geloof dat je me voor alle andere mannen hebt verpest,' zei ze.

Wat was hij dol op haar. 'Allemaal onderdeel van mijn duivelse plan.'

Een zwerm monniksparkieten vloog in hun richting en ging boven hen in de takken zitten, een vrolijk kwetterende felgroen-met-grijze kolonie. Meg bestudeerde ze, of dat leek althans zo. Toen zei ze: 'Wat denk je dat hierna komt?'

'O, iets waar je volgens mij erg van zult gaan genieten,' zei hij met een wellustige blik.

'Je bent onverbeterlijk. Nee, ik bedoel na het leven. Of in elk geval het leven zoals wij dat kennen.'

'O. Nou... ik ben helemaal voor reïncarnatie. Ik vind het een prettige gedachte dat er ergens een wachtruimte voor zielen is. En wanneer het dan tijd is – hoe dat ook wordt bepaald – word je wedergeboren.'

'Als mens? Of kan dat ook een ander levend wezen zijn?'

'Mens. Ik geloof dat er voor alles een soort vooraf bepaalde elektrische structuur is – je hebt toch scheikunde gehad, hè?'

'Eh, ja.' Ze glimlachte. 'Een hoop scheikunde.'

'Juist, ik denk dus dat we allemaal uit elektronen, protonen, neutronen en zo bestaan – vooraf geformuleerd en niet uitwisselbaar, behalve misschien door een kosmisch ongeluk. Je weet wel... als er bijvoorbeeld een zonnestorm woedt of zoiets terwijl jij in de wachtruimte zit, dan zou je kunnen terugkomen als een karper of... ik weet het niet, een worm misschien.'

Ze lachte. 'Dat klinkt niet echt geruststellend.'

'Wat denk jij dat er hierna komt?'

'Vrede... als je goed hebt geleefd. En zo niet, dan denk ik dat er een soort verantwoording is. Niet de hel, maar misschien een soort vagevuur... misschien is dat waar het met geesten om gaat. De mensen kunnen ze zien en ze als een waarschuwing beschouwen.'

'Heb jij ooit een geest gezien?'

'Nee... maar ik heb ook nog nooit radiogolven of satellietsignalen gezien, maar dat wil niet zeggen dat ze niet bestaan.'

Daar zat wat in. 'Dus misschien hebben we allebei gelijk.'

'Misschien wel, ja.'

Aan de donkerder wordende hemel boven de sinaasappelbomen zag hij de eerste ster van die avond. Hij wees ernaar en zei: 'Doe een wens.'

Ze keek omhoog naar de ster en zei: 'Oké. Heb jij een wens gedaan?'

'Ja, maar ik mag hem je niet vertellen, anders wordt hij niet vervuld.'

'Uiteraard.'

'Maar ik kan hem je wel laten zien.'

'Dat had ik al gehoopt.'

62

Hij had overal aan gedacht. Schone, koele lakens, kaarslicht, zelfs Miles Davis op de stereo-installatie, wat hij weliswaar een beetje een cliché vond, maar hij hoopte dat ze dat niet erg zou vinden.

Ze vond het niet erg.

Ze had ook geen probleem met de wijnranktatoeage die van zijn linkeronderarm naar zijn schouder en over zijn rug weer omlaag liep naar zijn taille. Evenmin als met de eeltige plekjes op zijn vingers die haar huid streelden, of de manier waarop hij haar haren uit haar nek streek om haar daar te kunnen kussen, of de drang van zijn handen, zijn heupen. Het was zoals het altijd was geweest en zoals het nog nooit was geweest – zoveel meer, op een bepaalde manier; ze waren geen kinderen meer die elkaar verbijsterd ontdekten. Ze kenden nu hun lichamen, kenden hun voorkeuren, wisten waar ooit de grenzen van het genot hadden gelegen... en ontdekten hoe ze die konden overschrijden. Het was evenzeer een geestelijke als een lichamelijke hereniging, en Meg genoot van alles wat ze ervoer.

Ze bedreven de liefde als een kunstvorm; Carson duwde zichzelf in haar alsof zijn leven, hun beider leven ervan afhing. Alsof hij daarmee de eeuwigheid kon veiligstellen.

En misschien had hij dat ook wel gedaan. Ze zou het binnen niet al te lange tijd weten, dacht ze toen ze naderhand naast hem lag, de kaarsen steeds kleiner werden in hun kandelaars en de maan door het raam naar binnen scheen. Het antwoord waarnaar ze had gezocht – op de vraag hoe – kwam tot haar in de lome, gelukkige nasleep van hun liefdesspel. Het kwam ongevraagd, alsof ze alleen maar verzadigd had hoeven zijn, fysiek en emotioneel, om het te kunnen herkennen. Ze dacht erover na terwijl de maan hoger rees en boven de takken van de cipres verdween, en besloot ook wanneer. En toen viel ze in slaap.

Er volgden idyllische dagen die haar herinnerden aan de zomers van hun jeugd, de jaren voordat ze beseft had hoe arm hun gezin was, voordat Beth werd geboren, voordat ze meer verantwoordelijkheid op haar schouders gelegd kreeg dan een meisje van die leeftijd hoorde te dragen. Carson en zij lazen, praatten, aten, rustten en bedreven vaak de liefde. Ze gingen naar hun boom, waar nog steeds de schommel aan hing, en vertelden elkaar alle verhalen over hun dagen daar die ze zich nog konden herinneren.

'Weet je nog dat het touw brak terwijl Jules op de schommel zat, en ze viel en haar pols brak?'

'Weet je nog die keer toen we die jonge koraalslang hadden gevangen en dat je hem mee naar school nam voor je spreekbeurt?'

'Herinner je je die gestreepte paardendeken nog?' vroeg Carson, en toen haalde hij de deken achter de boom vandaan en bedreef hij de liefde met haar op de schaduwrijke grond.

Ze praatten over zijn idee om een huis te bouwen aan de andere kant van de boomgaarden, alsof zij het nog zou kunnen zien, met hem zou kunnen delen... een onschuldige fantasie waar ze zich best aan wilde overgeven. Ze woonde bijna in haar pyjama; het John

Deere T-shirt en een dunne katoenen broek met trekkoord. Geen schoenen. Geen sieraden, behalve haar ketting. Geen onderbrekingen door piepers, geen telefoontjes behalve van Savannah.

Op woensdagochtend, hun zevende dag, zat Meg buiten achter de schuur met het dagboek op haar schoot en de brief van het lab daar tussen gestoken. Naast haar zat Carson *Moby Dick* te lezen. Hij zei dat hij dat altijd al eens had willen lezen, omdat hem verteld was dat hij en Ahab een aantal persoonlijkheidstrekjes gemeen hadden. 'Intense vastberadenheid, obsessie voor het verleden... Gene zei dat ik het moest lezen,' zei hij.

'Jij bent Ahab niet,' zei ze, glimlachend omdat hij er met zijn leesbril zo intellectueel uitzag. 'Jij weet wanneer je moet opgeven.'

Hij zei dat hij nooit iets opgaf, dat hij alleen van techniek veranderde.

'Oké dan,' waarschuwde ze hem, 'zorg er dan wel voor dat je niet in de bek van de walvis terechtkomt.'

Hij glimlachte. 'Verraad het einde nou niet... en maak je geen zorgen over mij.'

'Dat is mijn voorrecht.'

Ze had niets tegen hem gezegd over de brief, over de tests; en ze had de envelop ook nog niet geopend. Die was gekomen toen Savannah en zij weg waren; toen ze hem had aangetroffen in de stapel die Manisha voor haar had afgegeven, had ze naar de envelop gekeken alsof het een mand was met een cobra erin. Wat nu als het onderzoek uitwees dat Brian de vader van Savannah was. Elke dag als ze in het dagboek schreef dacht ze erover de envelop te openen, en elke keer stelde ze het uit. Ze keek er nu naar, een witte envelop, niets bijzonders; toen ze zeker wist dat Carson in zijn boek verdiept was, schreef ze op de achterkant:

Mijn lief,

De ochtend van mijn trouwdag heb ik zowel jou als Brian misleid. Ik wilde een kind van je als ik dat kon krijgen, een souvenir van de liefde die ik nog steeds voor je voelde, maar die ik voor altijd dacht te hebben verloren. Vergeef me mijn zelfzuchtigheid, alsjeblieft. In deze envelop zitten de resultaten van een DNA-vergelijking, die aantonen of Brian Savannahs vader is of niet. Ik dacht dat ik het moest weten, maar nu kan ik het niet opbrengen ernaar te kijken... ik wil zo graag dat jij het bent, dat ik het liever niet weet als dat niet zo is.

Als je besluit hem te openen, weet dan dat geen van beiden van de test op de
hoogte is; als ze jouw dochter is, mag je haar het resultaat meedelen of niet...
ik vertrouw op jouw oordeel. Ik weet dat ze hoe dan ook van je houdt.
Voor altijd de jouwe...
Meg

Ze stopte de envelop terug achter in het dagboek. Later zou ze hem bij de andere brief leggen die ze voor hem had geschreven, en de brieven die hij aan haar zussen moest geven, aan Manisha, aan haar vader; brieven die ze de afgelopen weken beetje bij beetje had opgesteld. Deze week had ze in de vroege ochtenduurtjes, wanneer Carson nog sliep, haar brief aan hem voltooid. Hij kon ook maar beter niet te veel van tevoren weten; ze kon het niet verdragen als hij zich er zorgen om zou maken, of haar uit liefde zou proberen tegen te houden.

Ze opende het dagboek op een nieuwe bladzijde en begon aan Savannah te schrijven. De inspanning die dat van haar arm en hand vergde was alsof ze een grote kei over een weiland moest duwen, maar ze weigerde gefrustreerd te raken. Ze had nog tijd.

Om één uur die nacht kroop de maan, nog niet helemaal vol, maar wel net zo helder, de westelijke hemel in. Meg gleed onder Carsons arm uit, probeerde hem niet wakker te maken. Hij mompelde: 'Hm? Waar ga je heen?'

'Het toilet,' fluisterde ze. 'Ga weer slapen.'

Hij trok haar terug naar zich toe en kuste haar slaperig. 'Ik hou van jou.'

'Ik ook van jou.'

Hij liet haar los en ze stond op. Ze hield zich vast aan het bed terwijl hij met zijn ogen dicht zijn kussen samenbalde en zijn hoofd er weer op legde. Zijn lippen waren gekruld in de prachtige glimlach die ze al bijna haar hele leven kende. Hij zag er volmaakt tevreden uit.

Ze liep voorzichtig de trap af, zodat ze niet zou vallen. Ze liep in het donker de keuken in. Het dagboek, de brieven... ze lagen allemaal in een lade op haar te wachten; ze legde ze op het aanrechtblad, naast de koffiepot. Toen bedacht ze zich en legde ze op de tafel; hij zou geen koffie zetten.

De deur piepte toen ze die opendeed en ze wachtte even, duwde hem toen bijna helemaal dicht, maar stopte voor hij weer begon te piepen. Om er zeker van te zijn dat Carson haar niet volgde, ging ze op een stoel zitten wachten. Buiten klonk een verbazingwekkend luid koor van kikkers, krekels en cicaden; in de verte liet een uil zich herhaaldelijk horen. Maanlicht sijpelde tussen de ciprestakken door en wierp overal om haar heen spichtige schaduwen. Het was een prachtige nacht.

Zwaar op haar stok leunend liep ze door de boomgaard heen. James McKays zorgvuldige onderhoud maakte de wandeling gemakkelijker dan die had kunnen zijn, dankzij de netjes gemaaide paden die vrij werden gehouden van afgevallen fruit en overhangende takken. Nu en dan fladderden er opgeschrikte vleermuizen om haar heen. Toen ze dichter bij het meer kwam, werd het gekwaak van de kikkers luider. Carolyns hond Shep kwam naar haar toe toen hij haar uit de boomgaard zag komen.

'Brave hond,' zei ze, en ze gaf hem een klopje. Hij snuffelde aan haar blote benen en ging zitten toen zij aan de waterkant bleef staan, alsof hij samen met haar het glanzend zwarte oppervlak wilde bewonderen, en de weerspiegeling van de maan midden in het bijna drie hectare grote meer.

Shep was de laatste in een hele reeks van honden die erop getraind waren het meer vrij te houden van alligators; de McKays zwommen er nog steeds wel eens en hadden de twee tienerjongens van het gezin dat de stoeterij had gekocht toestemming gegeven het ook te gebruiken. Toch had ze voor ze de schuur uit liep een sterke zaklamp aan haar pols gehangen en daar scheen ze nu langzaam mee over het wateroppervlak op zoek naar glimmende ogen.

Geen alligators. Ze ging op het zand van de oever zitten, ging vervolgens liggen en keek omhoog naar de heldere nachtelijke hemel.

Eeuwenlang hadden mensen al hetzelfde gedaan als zij nu, de heldere sterren vergeleken met de minder heldere, patronen en figuren ontdekt, zich afgevraagd wat het betekende om hier te zijn in plaats van daar. Ontelbare sterren, ontelbare mensen...

Zij was in essentie niet anders dan een vrouw van tienduizend, of honderdduizend jaar geleden. Ze hadden allemaal dezelfde lichamelijke samenstelling als zij, dezelfde twee handen, twee benen, twee ogen, twee oren, hetzelfde vermogen om te hopen dat de dood een fantastische kennis met zich mee zou brengen. Verlichting. Vervulling.

Wat heerlijk dat de hemel, zo zwart en uitgestrekt, niet angst-aanjagend was, maar in feite verbazingwekkend verwelkomend. Het zwart was niet echt... dat had de telescoop op Mauna Kea haar bewezen. Heel die schijnbaar zwarte ruimte was gevuld met lichtpunt-jes. Eindeloos, wonderbaarlijk veel lichtpuntjes; het zwart was een illusie, een beperking van het menselijk gezichtsvermogen.

Ergens daarbuiten verzamelde zich – onzichtbaar – de energie van zielen. Of misschien was die energie overal, net als licht.

Ze stond op – een moeizaam proces, zelfs zonder haar arm in de draagband – en waadde het meer in. Het ondiepe gedeelte was warm, als badwater, maar naarmate ze verder liep werd het koeler. Shep peddelde achter haar aan. Toen het water te diep voor hem werd keerde hij terug, maar zij ging door, langzaam lopend tot de bodem onder haar wegviel. Ze ging op haar rug liggen en zette af naar het midden van het meer, waarbij haar linkerarm en -been het meeste werk deden. Eindelijk dreef ze daar, haar haren uitgespreid rondom haar hoofd... als een halo, stelde ze zich voor toen ze be-dacht hoe het er vanboven af uit zou zien.

Toen ze het idee had opgevat om hierheen te komen had ze gedacht aan hoe baby's voor hun geboorte als amfibieën omringd door water in hun enclaves leefden. Tot ze de baarmoeder verlieten werden baby's beschermd en gekoesterd in een vloeibaar nest. Hun geboorte was een schok; ze jammerden en sputterden maar werden al snel weer rustig, klaar om door te gaan met wat er nu zou volgen. Het was redelijk om te vermoeden dat het proces wellicht ook an-dersom zou werken.

Vannacht zou het meer haar moeder zijn.

Na een paar minuten kostte het zelfs haar goede arm veel moeite om haar drijvende te houden en smeekten haar benen om rust. Ze bleef nog ongeveer een minuut watertrappen en toen ze voelde dat ze haar kin niet meer boven water kon houden liet ze zich opgelucht naar beneden zakken.

Met open ogen en ingehouden adem richtte ze zich op de wateri-ge maan. Het nachtlampje van de Heilige Moeder, had haar moeder tegen haar zusjes en haar gezegd toen ze nog klein waren.

Toen ook haar longen om verlossing smeekten, liet ze in een plotselinge instinctieve reactie de lucht eruit ontsnappen.

Beter dit, dacht ze, zichzelf kalmerend, dan maandenlang langzaam verdrinken onder de hulpeloze blikken van degenen van wie ze hield.

Degenen van wie ze hield...

Ze hield haar ogen op het geruststellende licht van de maan gevestigd en al snel, sneller dan ze had verwacht, ontspanden haar lichaam en geest zich. Ze wilde alleen dat ze Savannah en Carson, haar vader, haar zusters, zelfs Brian zou kunnen vertellen hoe gemakkelijk en hoe juist dit nu voor haar was. Gewiegd en getroost lag ze stil in het diepe water en keek ze gefascineerd toe toen het licht dichterbij kwam en groter werd... uitnodigend en puur.

DEEL VIJF

Ik geloof het, wat er ook gebeurt;
Ik voel het in mijn diepste verdriet;
Het is beter te hebben liefgehad en verloren
Dan nooit te hebben liefgehad.

– Alfred, Lord Tennyson

63

Door de brief op de keukentafel wist Carson dat waar hij Meg ook zou vinden, het allang te laat zou zijn om het alarmnummer te bellen. Hij belde ze toch, nadat Shep hem naar het meer had gebracht en hij haar daar in zag liggen. Hij belde eerst hen, zwom toen naar haar toe en trof haar koud en levenloos aan, maar met open ogen en een glimlach op haar gezicht. 'God, Meg,' fluisterde hij. Zijn lichaam schokte alsof er binnen in hem een aardbeving plaatsvond.

Hij trok haar naar de oever. Hij had moeten verwachten dat ze iets dergelijks zou doen. Had ze ooit in haar leven iemand ongemak bezorgd omwille van haarzelf? Zij was de zorgverlener; zij was degene die zorgde dat alles goed gebeurde. Wat ze hier had gedaan paste bij haar... het was bijna heldhaftig. Zoals er in haar brief had gestaan, konden op deze manier haar wensen niet worden misverstaan of genegeerd. Zelfs niet door hem. Want God wist – en Meg ook – dat als hij de keus had gekregen hij niet in staat zou zijn geweest haar te laten gaan. Nog niet.

Hij liet zich op zijn knieën vallen en hield haar snikkend, ontroostbaar in zijn armen tot de ambulancebroeders arriveerden.

'Rustig maar,' zei een jonge geüniformeerde vrouw troostend terwijl ze Carsons handen losmaakte. 'Kom maar, we zullen u helpen.' Er volgde een snelle bevestiging van wat hij had gezegd – dat het te laat was om haar te redden – en een paar vragen; daarna legden ze Meg zo voorzichtig op een brancard alsof ze zou kunnen breken en droegen haar met ernstige blikken naar het huis.

Een uur of zo later, nadat de medische hulpdiensten en de politie Megs 'ongelukkige' verdrinking hadden bevestigd, keek hij zwijgend toe terwijl een paar vriendelijke mannen van de begrafenisonderneming haar meenamen. De ochtend – was het pas kwart over acht? – was oogverblindend leeg toen hij weer de schuur in liep om meer telefoontjes te plegen.

Ze had nauwkeurige instructies voor hem achtergelaten, waaronder de details die ze in haar overlijdensbericht wilde hebben, en een essay dat ze een maand eerder had geschreven over het fundamentele recht van de mens om over zijn eigen dood te beslissen – en de plicht van een arts om dat mogelijk te maken. In haar brief stond dat ze dacht dat de plaatselijke krant het misschien wilde opnemen, maar hij zou iets beters doen; hij zou proberen het in de nationale media te krijgen.

Bij dat alles zat, bijeengebonden met een elastiek waar ze de foto's onder had gestoken die ze na zijn optreden in Orlando hadden gemaakt, het dagboek dat ze voor Savannah had geschreven. Hij keek naar de foto's en draaide ze toen om. *Voor Carson*, stond erop. *Als herinnering*.

Met bevende handen belde hij Spencer en daarna Kara, die Meg als tweede op de lijst had aangegeven. Hij besefte nauwelijks wat hij tegen hen zei; hij werkte zonder erbij na te denken, als verdoofd, geleid door Megs instructies. Zoals voorspeld bood Kara huilend aan om Brian, Julianne, Beth – en Savannah – te bellen, dus nu zat hij hier met zijn gezicht in zijn handen en de envelop van het lab op zijn schoot.

Zijn aarzeling om hem open te maken was minstens zo groot als die van Meg geweest moest zijn. Was Savannah zijn dochter? Wat een angstaanjagende, verbazingwekkende mogelijkheid. Hij had het zich zestien jaar geleden wel afgevraagd, toen zijn moeder hem vertelde dat ze een aankondiging van de geboorte in de krant had zien staan. Hij had het zich een paar dagen afgevraagd – en het gehoopt – en toen besloten dat Meg het tegenovergestelde gedaan moest hebben van wat nu het geval bleek te zijn: hij meende dat ze ervoor had gezorgd dat ze niet zwanger van hem zou raken, zodat ze een kind zou krijgen dat onmiskenbaar Hamiltons erfgenaam was. Ze had hem beetgenomen, ze had die dag net zo zorgvuldig haar plannen verborgen gehouden als ze dat de afgelopen week had gedaan. Hem beetgenomen voor zijn eigen bestwil. Hem beschermd... hen allemaal beschermd zelfs. Uiteindelijk had ze ervoor gezorgd dat hij de volledige waarheid te weten kon komen, over beide keren. Uiteindelijk had ze het allemaal uit liefde gedaan.

Hij legde de brief opzij en bracht de dag door in de leunstoel met het lezen van het dagboek, en met ijsthee binnen handbereik. Megs brief had hem toestemming gegeven het te lezen als hij dat wilde, en hem alleen gevraagd het heel beslist zelf aan Savannah te geven, niet via Brian of via Beth. Dat ze aan al die details had gedacht, dat ze hem zo volledig vertrouwde, maakte hem aan het huilen, deed hem branden van verlangen om haar terug te krijgen.

Om haar te kunnen zeggen dat ze hem verbaasde. Om haar te kunnen bedanken.

Het laatste stuk dat ze aan Savannah had geschreven, waar hij laat in de middag bij aankwam, was moeilijk te lezen. De letters waren klein en beverig; het had kennelijk zowel haar hart als haar hand veel moeite gekost. Hij las:

Liefste dochter,
Dit zal mijn afscheid zijn.
Ik neem aan dat dit hele dagboek klinkt als een combinatie van een afstudeertoespraak en een toost tijdens een bruiloft... dat spijt me. Dat is echter mijn taak, om de wijsheid van mijn jaren op jou over te dragen nu je zelf voor deze belangrijke fase van je leven staat: de periode na mam. Met Gods hulp zal het een lange en fantastische tijd voor je zijn.
Toen je heel klein was, stelde je me altijd vragen over alles wat je aandacht trok. Waarom hebben padden bultjes? Waarom buigen de knieën van flamingo's naar achteren? Waarom groeien mijn schoenen niet als ik ze water geef? Je wilde altijd antwoorden en ik probeerde je die te geven. Het mooiste deel van mijn dag was mijn tijd met jou, zelfs al was die beperkt tot een paar minuten van slaperige vragen voordat je in slaap viel.
Een keer vroeg je hoe het kwam dat, als wetenschappers van een afstand van honderdvijftig miljoen kilometer konden zien waar de zon van was gemaakt, ze niet met zekerheid konden zeggen wat er gebeurt als we doodgaan. Daar had ik geen goed antwoord op. De dood lijkt zo simpel, nietwaar? Hij is immers verbonden met de geboorte in een van de meest regelmatig terugkerende ervaringen die wij levende wezens kennen. Ik citeerde Peter Pan voor je: 'Doodgaan zou mijn grootste avontuur zijn.' Jij zei dat wetenschappers het misschien wel hadden ontdekt, maar nog geen manier hadden gevonden om terug te komen en het iedereen te vertellen.
Je zult nu wel vragen waarom ik niet ben gebleven zolang mijn ziekte dat toestond; ik ben immers arts en heb gezworen het leven in stand te houden – ook het mijne, zou je kunnen zeggen. Je hebt hier inmiddels gelezen hoe ik erover denk om een gevangene van mijn ziekte te zijn, en dat ik jou onmogelijk de kwelling kan laten ondergaan mij langzaam achteruit te zien gaan. Hoewel mijn keuze om hier te stoppen in jouw ogen misschien voorbarig lijkt, geloof ik oprecht dat het de meest genadige oplossing is. Ik kan me niets ergers voorstellen dan de gedeelde hulpeloosheid die we allemaal zouden voelen als ik langzaam zou doodgaan voor jouw ogen.

Wat ons is overkomen is vreselijk, dat staat buiten kijf. Toen de diagnose van mijn ziekte werd gesteld, bedacht ik hoe afschuwelijk mijn opties waren. Hoe moest ik kiezen hoe te sterven? Het deed me denken aan de ongelukkigen die op 11 september 2001 gevangen zaten in het World Trade Center en moesten beslissen of ze wilden sterven door het vuur of door een sprong. Vreselijke situaties, afschuwelijke keuzes... en toch schuilt er in die keuzes een vreemd soort vrijheid, een vreemd soort eer.

Laatste punt: het grootste deel van mijn leven heb ik mijn mooiste herinneringen, mijn oprechtste gevoelens verborgen gehouden zodat ze de façade die ik had opgetrokken niet zouden vernietigen. Een mooie façade weliswaar, en een heel respectabele, maar niettemin een façade. Bijna te laat leerde ik dat geluk alleen bestaat in wat echt en waarachtig is. Die delen van mijn leven heb ik de afgelopen maanden teruggevonden, en ik ben gelukkiger geweest dan ooit tevoren. Dus nu is het tijd om te gaan.

Ga verder en hou mijn woorden in je gedachten en in je hart, want waar ik ook ben als je dit leest, jij zult altijd in mijn hart zijn.

Met al mijn liefde,

mam

Carson sloot het dagboek en zette zijn bril af, zijn zicht wazig door verse tranen. De boomgaard voor hem was een grote groene vlek met oranje spikkels, maar hij stond op, stak de brief van het lab in zijn achterzak en liep weer naar het meer.

Hij zag Meg overal: vannacht, in het donker over het pad hinkend; op zesjarige leeftijd, als een aap aan een boomtak hangend; als veertienjarige, blootsvoets en lachend voor hem uit naar het meer lopend, de wedstrijd al winnend voor hij halverwege was. Hij zou Savannah mee hierheen nemen – ongeacht wat er in de brief stond... als hij die ging lezen – en de delen van Megs verleden voor haar invullen waar Meg haar zelf niet meer over had kunnen vertellen.

Met zijn hart in zijn keel ging hij aan de oever van het meer staan en sneed hij voorzichtig met zijn zakmes de envelop open. Het was nog niet te laat, dacht hij toen hij er twee velletjes papier uit haalde, om ze in het water te gooien, zodat niemand, ook hij niet, het zou weten. Dat zou het gemakkelijkste zijn, zou hem een toekomst garanderen met de minste verwikkelingen, verwachtingen en verplichtingen.

'...ingen,' zei hij en hij hoorde dat zich een flard van een melodie in zijn hoofd begon te vormen.

Het papier leek over een geheel eigen macht te beschikken, leek van hem te verlangen dat hij het las. Hij haalde zijn leesbril uit zijn zak en zette hem op. Zijn handen trilden toen hij het papier met de testuitslag openvouwde en snel over de zakelijk aandoende inleidende alinea's heen las. Technisch taalgebruik over statistische waarschijnlijkheid en acceptabele marges. Waar kwam het op neer?

Shep kwam naar hem toe en duwde zijn neus tegen hem aan. Carson klopte hem afwezig op zijn rug, zijn voorhoofd gefronst... en toen begon hij te glimlachen.

Ze duren niet lang, de dagen van wijn en rozen:
uit een mijmering
verschijnt ons pad, om dan weer te verzinken
in een droom.

– **Ernest Dowson**

Epiloog

Johnny Simmons stond op het podium, zijn arm om Carsons schouders geslagen, terwijl bijna duizend gretige fans in een uit-verkocht huis naar hen keken. Savannah stond net naast het po-dium een pluk haar te vlechten en weer los te maken. Ze had moeite met ademhalen.

'...had het hier zo naar zijn zin, dat hij heeft besloten in de buurt te blijven en ons op regelmatige basis te komen plagen,' zei Johnny. 'Denken jullie dat we het kunnen verdragen dat hij hier een paar keer per jaar komt?'

De menigte brulde haar goedkeuring.

'Zoals jullie willen,' zei Johnny, stapte toen weg uit het licht van de spots en ging bij Savannah in de coulissen staan.

Carson, als altijd nonchalant gekleed in een spijkerbroek, droeg daar voor de gelegenheid een zwart vestje over een wit T-shirt bij. Hij nam de microfoon van de standaard en zei: 'Bedankt dat jullie hierheen zijn gekomen om met ons het nieuwe jaar in te luiden! Weet je, ik zou geen betere manier kunnen bedenken om het te vieren!'

Gejuich en gefluit.

'Ik heb de band ervan weten te overtuigen dat Florida zo slecht nog niet is in de winter, dus we hebben wat van de zon genoten en aan iets nieuws gewerkt voor jullie. Zelfs Gene, onze manager heeft het nog niet gehoord,' zei hij, en hij hield zijn hand boven zijn ogen zodat hij op de eerste rij kon kijken. Gene stak zijn duim naar hem op.

Johnny sloeg zijn arm om Savannah heen. 'Klaar?' fluisterde hij in haar oor.

Ze vertrouwde haar stem niet, dus knikte ze maar.

'Je doet het geweldig, maak je niet druk!' zei hij.

Carson stelde intussen alle bandleden voor. Zij kwam aan het eind van het rijtje; haar maag verkrampte en ze was blij dat ze van tevoren niet in staat was geweest te eten.

'...een heel bijzonder welkom aan onze gast van vanavond, Miss Savannah Rae!'

Ze verstarde en Johnny gaf haar een duwtje. Ze had geen keus, ze was gevangen in het licht van de spot, dus liep ze naar het midden van het podium, naar Carsons verwelkomende omhelzing. Ze hield haar ogen gericht op Rachel, Jonathan en tante Beth, die bij Gene aan tafel zaten. Het leek of haar glimlach op haar gezicht vastgevroren zat. Ze zag er in elk geval goed uit, net als Carson in een spijkerbroek, en een felgroen shirt met een smiley van zilverglitter erop.

Toen de menigte weer zweeg zei Carson: 'Vanavond is Savannahs eerste openbare optreden, maar ze speelt al een hele tijd gitaar en schrijft haar eigen songs. Het eerste nummer dat we voor jullie gaan doen is een song die zij en ik samen hebben geschreven ter ere van haar moeder, een heel goede vriendin van me, die we in juni verloren hebben.'

Hij keek haar aan en knikte. 'Klaar?' fluisterde hij.

'Nee,' piepte ze, maar ze glimlachte en liep naar haar plaats links van de piano, terwijl hij op het bankje ging zitten. Ze hing haar gitaarband over haar schouder, wachtte tot Carson de band een teken gaf en luisterde toen naar de zachte piano-intro, haar handen klaar om mee te doen.

Carson zei tegen het publiek: 'Nieuwjaar heeft iets dat het verleden terughaalt en ons toch ook op de weg vooruit zet, vinden jullie niet? Dit nummer heet "Salutation".'

De afleiding die de voorbereidingen voor dit concert Savannah het afgelopen halfjaar hadden gebracht, was soms het enige geweest dat haar bij haar verstand leek te houden. Ze was er niet klaar voor geweest om haar moeder te verliezen en ze was wekenlang kwaad geweest... tot Carson haar eindelijk overhaalde het dagboek te lezen. Hij zei: 'Ik weet dat je niet wilde dat dit gebeurde, maar laat het haar uitleggen, Savannah.' Hij was zo geduldig met haar geweest, had rustig afgewacht terwijl zij zich bij haar tante Beth verscholen had omdat haar vader naar Atlanta, naar Londen, naar DC en Boston was vertrokken.

En dus las ze het dagboek; ze las het drie keer, en voelde dat haar hart weer openging, als een haagwinde in de opkomende zon. Boos zijn leek egoïstisch toen ze zich in haar moeders positie verplaatste. Sommige mensen zouden zelfmoord misschien egoïstisch vinden – en soms was het dat ook, als je een einde maakte aan een leven dat nog opgeknapt, hersteld kon worden. En zo niet... nou, ze begreep wel dat iemand in elk geval zijn waardigheid kon behouden door zijn eigen voorwaarden te kiezen.

Ze was trots op haar moeder en vergaf haar dat ze niet persoonlijk afscheid had genomen; dat zou volstrekt onmogelijk zijn geweest.

Daar klonk Savannahs teken. Ze voegde zich bij Carson voor het volgende couplet, dat alleen zij tweeën samen speelden en zongen.

Take just what you need, nothing more;
The road is long and your shoulders are only so wide.
Take just what you need and close the door;
Every day you'll find fresh roses and wine.

Het nummer was hun manier om de wijsheid van haar moeder door te geven. Toen ze met de tekst bezig waren zei Carson: 'Het is alsof zij ons deze song heeft gegeven, vind je niet? Ze schreef erover dat je, als je het verleden wegsluit, dingen ontkent of kwijtraakt die het waard zijn te behouden. Maar als je te veel van je verleden met je mee sleept, wordt het een zware last voor je.' Savannah begreep het in het begin niet zo, maar na een poosje ging ze inzien dat het wel klopte. Ook al had ze haar moeder nu vergeven, ze moest nog steeds in het reine komen met haar verlies, niet blijven hangen in het verleden en zich daardoor omlaag laten trekken. Ze moest haar leven weer in eigen hand nemen – ze moest weer gaan léven.

Carson was heel prettig geweest om mee te werken; wie begreep haar verlies beter dan hij? En toen hij haar vorige maand bij tante Beth was komen opzoeken – waar ze haar eigen kamer had in de zachte kleuren van de zeekust – en haar had gezegd te gaan zitten, haar handen had vastgepakt en haar had verteld wat haar moeder werkelijk van plan was geweest die dag dat ze hem buiten het lab tegen het lijf liepen, was ze bijna klaar voor zijn nieuws.

'Je weet wat een driehoeksverhouding is, of niet?' had hij gevraagd.

'Heb je het over jezelf en mam en pap?'

Hij knikte. 'Alleen is er in ons geval eigenlijk sprake van een soort vierhoeksverhouding, een liefdesvierkant.'

'Dat kan ik niet volgen,' zei ze. Bedoelde hij dat Val er ook deel van uitmaakte, die naar zijn zeggen weliswaar gekwetst maar begrijpend had gereageerd op hun breuk?

'Het gaat om je moeder, je vader, mij... en jou.' Hij liet haar een brief van het lab zien, en wat haar moeder op de envelop had geschreven.

'Een liefdesvierkant,' zei ze hem na, terwijl ze het probeerde te verwerken.

Het beeld sprak haar wel aan, vier gelijke zijden.

Haar vader – Brian, die altijd haar vader zou blijven; want je kon hun geschiedenis niet veranderen – nam het nieuws vrij goed op, althans in het openbaar. Hij leek helemaal niet zo verbaasd. Ze probeerde nog steeds uit te vogelen hoe ze er zelf over moest denken, hoe ze Carson naast haar vader moest tussenvoegen. Ze merkte dat ze voortdurend naar Carson zat te kijken, dat ze zichzelf zocht in zijn gelaatstrekken en de manier waarop hij dingen deed.

Het hielp een hoop dat ze hem zo graag mocht. Hij was een geweldige man... soms humeurig, maar dat was ze zelf ook. Dat was weer iets wat ze gemeen hadden.

Ze kwamen bij het refrein en ze keek voorbij de podiumlampen naar de bewonderende blikken van Carsons fans. Ze voelde een brok in haar keel, iets van trots; ze vonden haar goed, ze vonden de song mooi... ze wist dat Carson haar niet zou laten afdwalen, maar toch, de ontvangst van het publiek was geruststellend. Ze luisterden naar de muziek en de woorden die zij had helpen schrijven, ze luisterden er echt naar, reageerden erop, begrepen het.

De song liep ten einde, ging van de krachtige middelste tonen weer over in een duet van alleen hun beider stemmen en instrumenten. Ze boog voorover naar de microfoon; er liepen tranen over haar wangen toen ze naar Carson keek, zijn ogen blonken ook van tranen, en ze dacht aan haar moeder. Terwijl zij en

Carson het laatste refrein zongen en ze haar vingers naar de laatste noten van de song liet dwalen, sloot ze haar ogen. De menigte barstte in gejuich en applaus uit, en ze wist zeker dat ze haar moeders handen op haar schouders voelde.

'Voor jou,' fluisterde ze.

Dankwoord

Een eerste roman heeft veel van een eerste kind. Het is het kind dat de meeste onverdeelde aandacht krijgt, waar het meeste poeha over wordt gemaakt, en waar je je de meeste zorgen over maakt – het kind dat je eigenlijk niet het nest wilt zien verlaten. Als het toch weg is, wil je er iets voor doen. Een warme trui sturen, of wat extra geld. Vaak bellen om te zien hoe het ermee gaat.

Al snel besef je dan dat je het best een beetje los kunt laten. Je ontspant je als je weet dat het in goede handen is. Handen zoals die van mijn fantastische agent Wendy Sherman, en Jenny Meyer, die de buitenlandse rechten regelt. Zoals die van mijn oordeelkundige redacteur Linda Marrow. Dank jullie wel, dames, dat jullie zo goed voor Souvenir, en voor mij, hebben gezorgd.

De kern van dit verhaal draait om schrijven. Niet voor publicatie, maar voor het nageslacht. Toen mijn moeder Sally Campbell in 2004 plotseling overleed, kreeg ik de taak haar bureau en dossierkast door te spitten en documenten uit te zoeken zodat mijn broers en ik haar zaken konden afhandelen. Hoewel ik het meeste van wat ik zocht wel vond, vond ik niet datgene waarop ik het meest had gehoopt: een of ander dagboek waarin ik mam zou terugvinden. Een plek waar ik haar kon opzoeken en misschien zelfs beter kon leren kennen.

Wat ik wel vond was de kiem van een verhaal.

Voor hun hulp bij het verbeteren van mijn vaardigheden om dit verhaal te vertellen, dank ik de Faculteit Creatief Schrijven van de Universiteit van North Carolina, evenals mijn workshop-klasgenoten daar... met name Kathleen Laughlin. De leden van mijn schrijversgroep hadden ook een hand in *Souvenir*; mijn dank aan Sharon Kurtzman, Janet Silber, Maureen Sherbondy, Louisa Jones, Marjorie McNamara, Becky Gee en Lisa Morgan. (Een extra luid dankjewel aan Sharon!)

Ik heb het geluk een familie te hebben die in me gelooft: niemand heeft ooit sceptisch gereageerd op mijn wens om romanschrijfster te worden (in elk geval niet in mijn gezicht!). Mijn dank aan Cele Heuman, alle Fowlers, de Dellava's, de Lubliners, de Rubovits-clan en de familie Timmons.

De vriendschap van Pam Litchfield, Bob Egler, Mike Legeros, Peggy Houser en Pat en Bernie Clarke maakt alles nog veel leuker. En deze ervaring zou veel minder plezierig zijn dan die is zonder de kameraadschap van mijn blogvrienden, die me 'snappen' als ik mezelf van mijn literaire nerd-kant laat zien. *Gewoon blijven schrijven...*

Tot slot gaan mijn dankbaarheid en liefde uit naar Ben, Daniel en Andrew: geen enkele vrouw kan een beter leven hebben dan ik met jullie heb.